W0210092

Cristina Sánchez-Andrade

Die Geheimnisse älterer Damen

CRISTINA SÁNCHEZ-ANDRADE

Die Geheimnisse älterer Damen

Roman

Übersetzung aus dem Spanischen
von Anja Rüdiger

THIELE VERLAG

Wenn man keine Angst mehr vor dem Sterben hat,
beginnt die Angst, nicht zu sterben.

GERALD BRENAN

Eines Morgens im November betrat Bruna im Nachthemd mit schlurfenden Schritten, zerzaustem Haar und starrem Blick das Schlafzimmer ihrer Herrin. Obwohl das Haus riesig war, schlief Doña Olvido Fandiño in einer kleinen, kaum zu belüftenden Kammer mit nackten Wänden, eisernem Bettgestell, Kruzifix und einem Nachttisch mit einem Fach für den Nachttopf. In dem Zimmer herrschte ein ganz eigener Geruch – eine Mischung aus dem öligen Duft von Magnolien, Gesichtspuder, Medizin und alter Wäsche. Das betagte Dienstmädchen schaltete die Nachttischlampe ein und legte sich, ohne ein Wort neben ihre Herrin ins Bett, zog die Decke bis unters Kinn und löschte dann wieder das Licht. So lagen die beiden alten Frauen stumm nebeneinander und staunten den Mond an, dessen schimmernder Glanz durchs Fenster fiel und lange Schatten warf.

Das Zusammenspiel von Licht und Schatten ließen die eine Hälfte von Brunas rundlicher Gestalt dunkel und hart wie Pappelholz erscheinen, während die dem Fenster zugewandte Seite leuchtete wie von einem Heiligenschein umgeben. Doña Olvido wollte gerade wieder die Augen schließen, als sie plötzlich noch einmal aufschreckte, den Arm ihres Dienstmädchens packte und sagte:

»Meine Füße sind nass und kalt, Bruna. Ich bin schon zu lange auf dem Grund des Sees gelaufen. Es wird Zeit zu gehen.«

Sie sprach ganz ruhig, doch ihre Hand hielt den Arm des Dienstmädchens umklammert, und in ihrer Stimme schwang der seltsam drängende Ton eines Vorgefühls. Sie lebten nun seit beinahe sechzig Jahren zusammen. Die eine konnte kaum sehen, war verschrumpelt wie eine alte Kartoffel und ihre Vorstellung von der Zukunft war wie die eines Huhns; die andere hatte Gedächtnislücken, nur noch eine Niere und ihre Knie knarrten wie rostige Türangeln. Dennoch lebten sie allein.

Sie teilten das Essen miteinander, das Fernsehprogramm, gute und schlechte Nachrichten, die Schmerzen in der Blase, ihre Marotten und ihre Erinnerungen. Sogar den Geruch von Trostlosigkeit, der das ganze Haus durchzog. Doña Olvido wusste, dass die falschen weißen Zähne ihres Dienstmädchens an einigen Stellen abgebrochen waren wie die Fliesen im Bad. Und das Dienstmädchen kannte jede Falte der mittlerweile riesengroßen Ohren ihrer Herrin, die immer noch weiter zu wachsen schienen und deren Ohrläppchen mit der Zeit mehr und mehr erschlafften.

Bruna befreite sich von der eisernen Klaue ihrer Herrin und sah sie aus glasigen Augen traurig an.

»Heute?«, fragte sie. »Aber ich habe die Bohnen eingeweicht ...«

Sie hatten schon oft darüber gesprochen, über *die große Reise*, wie sie es nannten, doch immer ganz allgemein, so wie man über den Flug der Zugvögel redete oder die Pilgerfahrt der Jungfrau Egeria ins Heilige Land.

Außerdem schien nie der richtige Moment zu kommen. Entweder hatte ein Termin beim Arzt dagegen gesprochen oder die letzte Folge einer spannenden Telenovela, die sie gerade im Fernsehen sahen, oder eben die für das Mittagessen eingeweichten Bohnen. Und schließlich hatten sie jede Menge Zeit, all die Zeit, die ihnen noch blieb, ja. Aber was, wenn eine von ihnen unterdessen starb?

Das war ihre größte Sorge: der Tod, der sie gleichzeitig erschreckte und faszinierte.

Bruna setzte einen Fuß auf den Boden, dann den anderen, rieb sich mit den Händen energisch durchs Gesicht und stand auf. Sie ging zur Tür, wobei sie die Haarnadeln in ihrem zerzausten Dutt feststeckte, als ihre Herrin, die sich bereits einen Schal über das hochgerutschte Nachthemd gewickelt hatte und in Wollstrümpfen und mit wirrem Haar, den Abdruck des Kissens noch auf ihrer Wange, auf dem Bett saß, erneut das Wort ergriff.

»Sag der Milchfrau, dass wir heute nichts brauchen«, meinte sie.

Bruna zuckte mit den Schultern und antwortete nicht. Sie hatte ihr Gebiss noch nicht im Mund. Man hätte ihr Alter schwer schätzen können: Ein paar Jahre jünger als Doña Olvido vielleicht, doch ihr Gesicht wirkte, als wäre die Zeit irgendwann stehen geblieben. Ihr drahtiges graues Haar ließ die dunkle Farbe von einst noch erahnen, und ihr immer noch glattes Gesicht hatte irgendwann die Konsistenz von altem Leder angenommen.

»Geh eine Reisetasche holen, eine kleine«, fuhr Doña Olvido fort. »Und sieh nach, ob du eine gebügelte Bluse für mich findest. Und du, zieh den Kittel aus und dein Sonntagskleid an. Und kämm dich mal«, fügte sie nachdrücklich hinzu, wobei sie mit dem Finger ärgerlich in Brunas Richtung stach. »Hier muss alles sauber und ordentlich sein, damit die Leute uns nicht für Schmutzfinken halten. Hast du den Philodendron gegossen?«

Das Dienstmädchen legte die Hand auf die Türklinke.

»So gegen elf machen wir uns auf den Weg«, meinte ihre Herrin.

Bruna wandte sich um. Ihre Augen leuchteten kurz auf, bevor sie wieder dunkel wie trübes Tümpelwasser wurden. »Aber ich habe die Bohnen …«, begann sie. »Ach was!«, sagte sie dann und verließ die Schlafkammer.

Und genau so begann es. Die große Reise. An einem windstillen grauen Morgen, an dem nicht einmal ein Vogel zu sehen war.

»Bruna, kommst du jetzt?! Du bist nun schon seit drei Stunden da drin zugange«, rief Doña Olvido. »Was machst du denn so lange? Bist du fertig?«

Aus der Küche war das Klappern von Kesseln zu hören. Die Geräusche von Tiegeln und Töpfen. Von Wasser, das aus dem Hahn lief. Öl, das in der Pfanne zischte. Unverständliches Murren und Brummen. Bruna murmelte ununterbrochen vor sich hin, wobei ihre Lippen von gegenwärtigen und vergangenen Dingen sprachen. In der Küche hatte sie sich stets geborgen gefühlt; sie mochte die warmen Dämpfe, das saftige Fleisch oder die feuchten

Innereien der Fische. Die Küche war ihr Universum, und um sechs Uhr morgens kochte bereits das Wasser für den Tintenfisch, wurden die Zwiebeln in der Pfanne mit frischem Öl angebraten. Hier verbrachte sie den größten Teil des Tages. Ganz allein für sich sprach sie leise vor sich hin, schnitt die harte Rinde vom Brot ab, lutschte Feigen oder knabberte geröstete Kastanien.

Jetzt erschien sie mit einem Messer, einem Stößel und einem riesigen Kessel im Arm und brummte:

»Ich hab uns Empanadas mit Schnetzelfleisch gemacht, zum Mitnehmen.«

Den Kessel hatte sie mit einem Paket Kaffee, Milch, Schinken, ein paar Empanadas, einer Dose Sardinen, Tetilla-Käse, Würsten, Brot, einem Glas Diät-Erdbeermarmelade und einer Handvoll bereits weicher Bohnen gefüllt. Sie stellte ihn auf den Tisch in der Eingangshalle und ging, um noch mehr Dinge zu holen. Emsig wie eine Ameise, eilte sie hin und her, während sie unablässig mit sich selbst redete, trug Kisten mit Fotos, Kerzen, ein Grammophon, eine mit Intarsien versehene Truhe, einen Besen und allen möglichen Krempel heran und stapelte alles neben dem Kessel auf.

Wie ein kleines Mädchen schleppte sie all das heran, was sie mitnehmen wollte. Hin und wieder legte sie den Kopf in den Nacken und blickte ins Leere. So verharrte sie nachdenklich wie eine Maus, die, von einem Geräusch aufgeschreckt, mit nervös bebenden Nasenflügeln innehält, bevor sie die Suche fortsetzt.

Doña Olvido trat näher und warf einen mitleidigen Blick auf das Sammelsurium. Dann ging sie ein wenig in die Knie, bis sie sich auf gleicher Höhe wie ihr Dienstmädchen befand, und wies mit dem Kinn auf den Reißverschluss ihres Rocks, der sich in dem halb hochgeschobenen Nachthemd verklemmt hatte. Bruna tastete nach dem Reißverschluss und zog daran, bis er sich löste. Doña Olvido knackten die Knie, doch nach mehreren Versuchen war der Reißverschluss endlich zu.

»Du weißt ganz genau, dass wir all das nicht mitnehmen werden.« Sie blickte auf den Kessel und das andere Zeug. »Hast du der Milchfrau Bescheid gesagt?«, fragte sie, während sie sich mit einem leisen Stöhnen streckte. »Und was, um Himmels willen, willst du mit dem Messer?«

»Na, was wohl?«

»Also – was?«

»Ihnen unterwegs die Augen ausstechen!«

Es war nicht das erste Mal, dass sie darüber sprachen, was sie mitnehmen würden. Sie hatten es all die Jahre über getan, von dem Moment an, seit sie den Plan gefasst hatten, und sie waren nie übereingekommen, vor allem, weil Bruna nur unnütze Dinge einfielen.

»Verstehst du denn nicht?«, meinte Doña Olvido. »Wozu brauchst du einen Koffer voller Fotos? Oder Conchitas uraltes kaputtes Grammophon, zumal du niemals Musik hörst? Warum willst du einen Berg an Wurstbroten mitnehmen, die niemand essen wird? Oder willst du ein Wurstbrot essen? Ich jedenfalls nicht!«

Viele Nachmittage über hatten sie sich gezankt, wobei es vordergründig darum gegangen war, was sie mit auf *die große Reise* nehmen würden, doch der wahre Grund war ein anderer: Diese Zankereien weckten den alten egoistischen Argwohn in ihren Seelen, und beide nutzten die Gelegenheit, um sich für irgendein genauso eingebildetes wie dämliches Unrecht zu rächen.

»Und wenn Sie plötzlich Hunger kriegen?«, gab Bruna jetzt postwendend zurück. »Erinnern Sie sich nicht, wie furchtbar es ist, Hunger zu leiden?«

»Ich habe niemals Hunger gelitten, Bruna. Du schon. Und das ist der Unterschied. Der Unterschied zwischen dir und mir.«

»Ach was«, beschwerte sich Bruna.

»Was heißt hier ›ach was‹?«, fragte Doña Olvido.

»Einfach nur ›ach was‹. Ich habe einfach nur ›ach was‹ gesagt.«

»Was wir dagegen unbedingt mitnehmen sollten, ist …«, fuhr Doña Olvido fort, und das war der Moment, in dem Bruna – nur damit die Señora nicht erwähnte, *was sie unbedingt mitnehmen mussten* –, mit ihrer Litanei begann, wie schön es doch gewesen war, als sie noch in ihrem eigenen Haus gelebt hatte, das ganz neu gewesen war und ein Bad und eine Toilette hatte, damals, als sie mit dem Scherenschleifer verheiratet war. Dem Scherenschleifer, der …

»Hör auf mit dem verdammten Scherenschleifer!«, schnitt Doña Olvido ihr das Wort ab.

Der Scherenschleifer hatte nur, um sie zu heiraten, seine Arbeit aufgegeben. Warum hatte sie ihn nur so bald schon wieder verlassen? In gewisser Weise war sie noch immer verliebt in ihn. Sie hatte ihn geliebt, aber nun war er tot. Tot und begraben mit all seinen Messern und Scheren, begrüßte er jeden neuen Tag in dem neuen Hemd mit der roten Borte, die Bruna selbst für ihn gestickt hatte.

»Tot über das Leben und das Ende hinaus«, wie Bruna immer sagte.

Endlich ging sie und machte sich daran, den Boden zu fegen, die Teller zu spülen und in den Schrank einzuräumen. Zehn Minuten später kam sie mit trippelnden Schritten zurück und fragte sanft, ob die Señora vielleicht einen Kaffee oder einen Tee wolle; keine von beiden erinnerte sich noch daran, worüber sie gestritten hatten.

Doña Olvido trat in ihr Schlafzimmer, um sich zu kämmen, und Bruna folgte ihr, hob die Kleidungsstücke auf, die auf dem Boden verstreut lagen, und leerte den Nachttopf. Während Doña Olvido sich ihre Frisur richtete, nutzte sie die Gelegenheit, um das Bett zu machen – wobei sie sich zwischendurch kurz hinsetzen musste, um zu verschnaufen.

»Sag mal …«, meinte Doña Olvido, während sie, die Haarnadeln zwischen den Lippen, ihr Haar aufsteckte.

»Was?«, entgegnete Bruna, während sie nach der Fußsalbe griff.

»Ich weiß nicht, warum du dir noch die Mühe machst, das Bett herzurichten …«

Doña Olvido setzte sich und hob ächzend ein Bein an. Bruna nahm es und legte es auf den Nachttisch. Sie zog den Strumpf aus und begutachtete den Fuß ihrer Herrin, dessen Haut so rissig war wie ein ausgetrocknetes Flussbett. Dann öffnete sie die Salbendose, strich etwas davon auf die Ferse und begann, die Salbe einzumassieren, während sie selbst auf Knien vor der Señora hockte.

»Du weiß ja, was wir mitnehmen müssen …« Doña Olvido verstummte, als ob ihr plötzlich etwas eingefallen wäre oder als ob es ein geheimes Einverständnis gäbe, dass sie an dieser Stelle schweigen müsse.

Auch das Dienstmädchen hielt in der Bewegung inne, und mit Panik im Blick sahen sie sich stumm an. Brunas Brustkorb hob und senkte sich. Ein ersticktes Keuchen, das wie das Schnaufen einer Lokomotive klang, war das Einzige, was in diesem Moment zu hören war. Doña Olvido Fandiño konnte den Hauch regelrecht spüren, der wie ihre eigene Angst durchs Zimmer waberte. Bruna musste sich hinsetzen. Auf dem Boden kauernd, senkte sie den Kopf und hielt sich den Arm vor die Augen.

»Das ist der Zucker«, sagte sie nach einer Weile.

»Hast du etwa noch von dem Milchreis gegessen, den du gestern gemacht hast?«, fragte die Señora, deren Bein noch immer ausgestreckt auf dem Nachttisch lag, wobei sie heftig mit den Zehen wackelte.

»Ich hab keinen Milchreis gegessen.«

»Mantecadas oder sonst ein süßes Gebäck?«

Bruna nahm den Arm von den Augen.

»Nicht eine. Ich schwör's bei meiner Mutter.«

»Deine Bauchspeicheldrüse ist wie ein trockener Schwamm. Keine Ahnung, warum du mit den Spritzen aufgehört hast, die der Arzt dir verordnet hat …«

Doña Olvido hob den Strumpf vom Boden auf und fächelte ihrem Dienstmädchen damit Luft zu, in dessen Gesicht allmählich wieder die Farbe zurückkehrte. Bruna tastete nach der Salbe und begann erneut die Hornhaut ihrer Herrin zu massieren. Doña Olvido nutzte die Gelegenheit.

»Es ist an der Zeit, das Ding herauszunehmen. Du weißt schon …«, insistierte sie.

»Ich weiß gar nichts.«

»Unten im Schrank, neben der Kleidung …«

Bruna hielt erneut inne.

»Unten im Schrank ist keine Kleidung, Señora …« Sie fuhr mit ihrer Massage fort.

»Doch … Die Sachen, die nur selten benutzt werden. Hast du das vergessen?«

Bruna drückte einen der Zehen, hob den Kopf und blickte starr geradeaus. Dann sagte sie:

»Es ist ungerecht, dass Sie das von mir verlangen, Señora. Sie wissen ganz genau, was beim letzten Mal passiert ist, als wir das alte Ding herausnehmen wollten …«

»Du tust mir weh. Wir hatten das bereits besprochen, Bruna. Wir waren uns einig, dass wir es mitnehmen.« Doña Olvido seufzte. »Was sollten wir auch sonst machen? Du bist die ganze Nacht durch meine Träume gewandelt, Bruna. Auch du hast nasse, kalte Füße, das weiß ich.«

Bruna blickte weiterhin ins Leere, dann zuckte sie mit den Schultern, zog einen Flunsch wie ein kleines Mädchen und gab dem Fuß ihrer Herrin einen kleinen Klaps. Sie zog Doña Olvido die Strümpfe wieder an, murmelte etwas vor sich hin, das wie »Sie erinnert sich offenbar an gar nichts mehr« klang, und stand auf. Sie verschwand im Flur, der zur Treppe führte – eine kleine Gestalt, die aussah wie ein Spatz, gleichzeitig entschieden und resigniert voranschritt und dabei ihre Litanei von Klagen murmelte.

Kurz drauf hörte Doña Olvido, wie Bruna hinkend die Treppe hinabstieg.

»Sei vorsichtig!«, rief sie. »Das Ding ist tückisch.«

Sie seufzte erleichtert. Stand auf. Nahm ihre Tasche, zog ihren Bisampelzmantel an und verließ das Zimmer.

Nun war sie bereit, die Reise anzutreten. Sie würden aufbrechen, sobald Bruna das Ding heraufgebracht hatte.

Denn das war das Einzige, was sie wirklich mitnehmen mussten.

Alles andere konnten sie sich sparen.

Doña Olvido ging mit erhobenem Kopf langsam durch den Flur und stieg die Treppe hinunter. Unruhigen Schrittes betrat sie den Salon und sah sich ein letztes Mal darin um. Der Salon war ein imposanter Raum mit Facettenwänden aus geschliffenem Holz, Mahagonimöbeln mit Intarsien aus Perlmutt, einem Kristalllüster, einem Tisch mit langer Tischdecke und Kohlebecken darunter und knarrendem Eichenparkett. Ein Raum mehr in dem Haus mit der weißen Fassade und der Galerie, das ihr Schwiegervater, den sie nie kennengelernt hatte, vor hundert Jahren hatte bauen lassen, zu jener Zeit, als Santiago de Compostela noch eine Stadt mit Außenbezirken, verschiedenen Vierteln, Glockenturm und vielen Dörfern gewesen war, mit Straßen und Plätzen, die noch nicht asphaltiert waren. An der Seite ihrer sturen, hinkenden, mit Decken beladenen Maultiere hatten die Vorfahren aus Gondollín, die in La Rioja mit Stoffen handelten, irgendwann beschlossen, ihre Heimat zu verlassen und ihr Glück in Santiago zu versuchen. Nach und nach war es ihnen, dank ihres natürlichen Gespürs für gute Geschäfte, gelungen, die erste Kleiderfabrik der Stadt aufzubauen. Und einige Jahre später hatten ihre Einkünfte es ihnen erlaubt, Lagerhäuser im ganzen Land zu errichten.

An der holzgetäfelten Wand hingen jede Menge Bilder: Doña Olvidos Mann, lächelnd, ihre Schwägerin und ihr Schwager, ihre Schwiegermutter.

Der kleine Cristino, in Samt und Spitze gekleidet, eine Puppe in der Hand, vor einer Landschaftstapete im Fotostudio, eine Spielzeugkarre schiebend.

Conchita, ganz in Weiß, am Tag ihrer Erstkommunion.

Sie selbst am Tag ihrer Hochzeit noch mit eindringlichem, ein wenig verträumtem Blick.

Es war die einzige Fotografie, auf der sie selbst zu sehen war.

Noch einmal ihre Schwägerin und der Schwager. Ihre Schwiegermutter, in Schwarz gekleidet.

Ihre Tochter.

Etwas von all diesen Menschen war für immer in den dunklen Winkeln des Hauses zurückgeblieben, in den von Mäusen angenagten Dachbalken, dem knarrenden Holzboden und dem kalten Metall der Türklinken. Noch immer, nach all den Jahren, hörte Doña Olvido in dem Trippeln der Mäuse auf dem Speicher das unterdrückte Lachen ihrer Schwiegermutter und in den im Wind leise klappernden Fensterläden die Opern-Arien, die ihre Schwägerin auf dem Grammophon hatte abspielen lassen. Die Gegenwart all dieser Menschen durchzog das Haus wie ein Flüstern; Erinnerungen, die in der Stille anwuchsen und wie die Holzwürmer alles durchbohrten und von innen her aushöhlten.

Vor einem der Fotos, auf dem die Familie und Bruna beim mittäglichen Mahl zu sehen waren, blieb sie gedankenverloren stehen. Für eine Weile verharrte sie stumm, wie versteinert, bis die Glockenschläge der Kathedrale von Santiago de Compostela zu ihr herüberwehten.

Da erst richtete sie ihren Blick zum Fenster.

Der Tag war grau und wolkenverhangen. In der Ferne hörte man das Geschrei der Möwen.

Immer wieder ihr wildes Lachen, *Krah.*

Kra-haah! Kra-ha-haah!

Es war seltsam, sie hier zu hören, so weit weg vom Meer, doch in letzter Zeit schienen sie überall zu sein, überflogen die Praza de Quintana und die Toten, die, weiß wie Schnee, unter ihr ruhten, den Turm der Kathedrale, die steinernen Brunnen, aus denen sie tranken; weiße Vögel, die kreischend am Himmel kreisten und sich wie Ratten auf den Abfall der Straßen stürzten, auf Reste von Garnelen und Orangenschalen und Brotkrumen; Vögel der Angst, Möwen im Parque da Alameda, die sich in den Haaren der kleinen Mädchen verfingen und wie Raben krächzten.

Das Kind iiiiist in meinen Augen, schienen sie zu sagen, und Doña Olvido erschauderte ein wenig, während sie draußen auf Bruna wartete.

Die beiden alten Frauen hatten oft über die aufsässigen Möwen gesprochen; Doña Olvido beharrte darauf, dass sie von all dem Schmutz angezogen wurden, diesem ganzen Müll, und dass es früher niemals Möwen in Santiago gegeben habe, und Bruna meinte daraufhin, dass diese Vögel entsetzliche Schreihälse seien und dass sie ihre Schreie morgens, wenn sie noch im Bett lag, manchmal für das Weinen von Kindern hielt.

Das Geschrei der Möwen störe sie im Schlaf, beschwerte sie sich.

Und dann erzählte sie, dass die Möwen in ihrem Dorf, als sie noch ein kleines Mädchen war, gejagt wurden; man machte ihnen mit Steinen den Garaus, um sie dann, in Gemüse gegart, zu verzehren.

Bruna ließ immer noch auf sich warten, und Doña Olvido wurde allmählich unruhig. Vielleicht war es keine gute Idee gewesen,

Bruna allein die verteufelte Treppe hinunterzuschicken, um das Ding zu holen – mit einem Blutzucker von vierhundertzweiunddreißig. Der Arzt hatte Bruna eine Diät verordnet, an die sie sich jedoch nicht hielt. Und sich selbst Spritzen geben wollte sie auch nicht. Was sie dagegen liebte, waren Diät-Marmeladen und Bonbons ohne Zucker, das schon.

Was, wenn sie tot umfiele?

Vor kurzem erst hatte Bruna ihr einen fürchterlichen Schrecken eingejagt. Wie jeden Tag nach dem Essen hatten sich die beiden alten Damen gemeinsam die Nachrichten angesehen (»Guten Abend«, sagte der Moderator; »Guten Abend«, antworteten beide im Duett), die eine vom Sofa aus, die andere, auf einem Stuhl sitzend, die Arme vor der Brust verschränkt. Nach den Nachrichten kam die Telenovela, und das war der Höhepunkt des Tages; auch wenn sie kaum etwas verstanden, verfolgten sie aufmerksam die Handlung, was jedes Mal in einem anschließenden Streit darüber endete, wer von den Darstellern recht hatte und wer nicht. Bis Bruna schließlich nach der Fernbedienung griff, sich mit steifen Knien erhob, das Gerät auf den Fernseher richtete und den Sender wechselte.

Sie sahen sich auch gern *Starsky & Hutch* an, *Drei Engel für Charlie, Curro Jiménez – der andalusische Rebell,* die Zeichentrickserien auf dem Zweiten, *Alexander Prächtig, der singende Hund, Tom und Jerry, Wile E. Coyote* … vor allem *Road Runner* und *Wile E. Coyote,* den »dummen Vogel«, wie Bruna ihn nannte. Besonders diese Serie heizte die Gemüter der beiden alten Damen an. »Er hat Hunger«, verteidigte das Dienstmädchen den Kojoten, er *muss* den Vogel fressen.« »Der hat doch keinen Hunger!«, gab Doña Olvido zurück.

Um die Diskussion zu beenden, schickte Doña Olvido Bruna dann los, um irgendeine Besorgung zu machen: »Geh, und kauf ein Päckchen Zucker.« »Hol ein paar Steckrübenstängel für morgen.« Oder: »Geh Brot holen.« Und das Dienstmädchen zog sich den Mantel an und verließ aufgekratzt das Haus. Doch an jenem Tag, dem mit dem Schrecken, war sie länger als gewöhnlich weggeblieben, und Doña Olvido begann, sich Sorgen zu machen. Schließlich hatte sie vom Balkon geschaut und gesehen, wie eine Gruppe Leute eilig die Straße heraufkam und einen scheinbar leblosen Körper mit sich schleppte. So schnell sie konnte, war sie die Treppe hinuntergestürzt und hatte die Tür aufgerissen. Da war ihr Dienstmädchen wieder: Das Gesicht runzlig wie eine trockene Feige, hing sie mit steifen Beinen zu einer Seite, eine Hand baumelte lose herab, die andere hielt das Brot umklammert, mit verdrehten Augen und hochgerutschtem Rock, sodass die mit Krampfadern überzogenen Schenkel zu sehen waren.

Als Doña Olvido Bruna so sah, war ihr mit einem Schlag klar geworden, dass mit deren Krankheit nicht zu spaßen war. War sie etwa tot? »Bringt sie rauf! Bringt sie rauf, um Gottes willen!«

In dieser Situation war Doña Olvido zum ersten Mal äußerst unangenehm bewusst geworden, dass Brunas Tage gezählt waren und dass niemand in diesem Haus das Dienstmädchen jemals gut behandelt hatte. Im Laufe der Jahre waren sie von ihren Diensten abhängig geworden und hatten ihr immer schwerere Aufgaben zugemutet, sie härter arbeiten lassen, als ihrem Alter angemessen gewesen wäre. Auch sie selbst hatte nie ein nettes Wort zu ihr gesagt, ihr niemals ein Geschenk gemacht oder sich bei ihr für ihren unermüdlichen Eifer bedankt; sie hatte lediglich auf sie herabgesehen, mit ihr geschimpft und ihr zu verstehen gegeben, dass sie ihr überlegen war. Unterdessen war Bruna immer schweigsamer geworden, mürrisch, und ihr Rücken immer krummer.

Sie war immer kleiner geworden.

Woher kam wohl diese absurde Neigung, das, was ihr das Kostbarste war, derart gering zu schätzen? Als sie Bruna dann so halbtot vor sich gesehen hatte, hätte sie ihr gern gesagt, dass sie der wichtigste Mensch in ihrem Leben war und dass sie beide ganz allein, ohne irgendeine fremde Hilfe, in ihrem Alter und mit ihren ganzen Erinnerungen und Illusionen, mit dem übersäuerten Magen der einen und den trüben Augen der anderen, am Ende ihren Weg finden würden.

Doch sie hatte nichts davon gesagt.

Sie hatten Bruna die Treppe hinaufgetragen, als diese plötzlich die Augen öffnete. Allerdings sprach sie nicht; ihre Nase lief, und ihrer Kehle entrang sich ein ersticktes Glucksen. Oben angelangt, wies Doña Olvido die Leute an, sie aufs Bett zu legen. Brunas Mund stand offen, und ohne ihr Gebiss zitterte ihre hervorstehende Unterlippe im Rhythmus ihres Atems.

Zwei oder drei Frauen begannen, sie zu entkleiden, und verpassten ihr gleich mehrere Ohrfeigen, damit sie wieder zu sich kam. Weg mit dem Hemd, weg mit dem Unterrock. Auch Doña Olvido ließ die Gelegenheit zur Ohrfeige nicht ungenutzt verstreichen. Als schließlich die erste Kleidungsschicht entfernt war, wichen alle mit einem erschreckten »Ohhh« zurück und hielten sich die Nasen zu, denn Brunas Körper entströmte der süßliche Geruch von getrocknetem Thunfisch. Zwischen der Kleidung hatten sich jede Menge Essensreste angesammelt: ein verschimmeltes Stück Chorizo, Hack von Zwiebeln und Thunfisch, ein Stückchen Ei. Außerdem war es nicht möglich, ihr die Hand zu öffnen, um den Laib Brot, den sie noch immer umklammert hielt, daraus zu lösen. Bruna starrte an die Decke und bewegte mit glückseligem Gesichtsausdruck die Lippen. So verblieb sie den Rest des Tages über: halb nackt, auf dem Bett liegend, das Brot im Arm wie ein Kind.

Ein nasses, totes Kind.

Als am nächsten Morgen die Sonne aufging, erinnerte sie sich nur noch daran, dass sie in einen Tümpel gefallen war und jemand versucht hatte, ihr das Brot zu stehlen. Der Arzt kam, um nach ihr zu sehen, und das Erste, was er sagte, war, dass sie ein wenig dickleibig sei und auf ihr Gewicht achten müsse, woraufhin Bruna entgegnete, dass sich in ihrem Körper lediglich Flüssigkeit angesammelt habe.

»Klar hat die sich angesammelt«, kommentierte die Señora mit lauter Stimme, »vor allem Béchamel- und Tomatensauce.«

Während der Untersuchung starrte Bruna ununterbrochen auf das Stethoskop, das Blutdruckmessgerät und die Spritzen, die der Arzt in seiner Tasche hatte. Hin und wieder hob sie den Kopf und sagte:

»Kommen Sie nur ja nicht auf den Gedanken, mich zu operieren!«

Oder:

»Ich werde keinen Rollator benutzen!«

Oder

»Jetzt reicht's, ich werde mir keinen einzigen Tropfen Blut mehr abnehmen lassen!«

»Sei doch still!«, sagte Doña Olvido. »Siehst du nicht, dass du den Doktor bei der Arbeit störst?«

»Seien Sie still!«, entgegnete das Dienstmädchen frech. »Ich weiß genau, was mir fehlt.«

»Das, was du meinst, dass dir fehlt, ist genau das, was dir *nicht* fehlt.«

Als der Arzt fertig war, wollte er wissen, womit sie sich täglich beschäftige. Er drehte sich um und sah auch Doña Olvido an. Dann fragte er, was Bruna im Haus tue.

»Arbeiten«, antwortete Doña Olivo mit schrägem Blick, »was sonst …?«

»Arbeiten?«, meinte der Arzt daraufhin. »Diese Frau hat weder das richtige Alter noch die Gesundheit, um zu arbeiten. Gibt es niemanden, der sich um sie kümmert? Einen jüngeren Familienangehörigen …?«

Daraufhin stützte sich Bruna mit den Ellbogen auf und begutachtete den Arzt mit ihren halb blinden, kindlich blickenden Augen, um ihm dann zu erklären, dass sie durchaus eine sehr liebe Nichte habe, Carmucha, die sie bereits mehrfach aufgefordert hatte, dieses Haus zu verlassen und zu ihr zu ziehen, und die im Krankheitsfall sogar ausreichend Bettwäsche und ungetragene Nachthemden für sie habe.

Bereits in der Tür hatte der Arzt Doña Olvido schließlich erklärt, dass Bruna, wenn sie nicht bald etwas tue und ihr Leben nicht radikal ändere (genau dieses Wort hatte er benutzt, *radikal*), in wenigen Monaten sterben würde.

Als die Señora anschließend wieder in Brunas Zimmer trat, war diese äußerst nervös und wollte wissen, was der Arzt noch gesagt habe.

»Dass du noch hundert Jahre leben wirst«, antwortete ihre Herrin daraufhin.

All dies kam Doña Olvido nun wieder in den Sinn, und während sie sich ausmalte, was ihrem Dienstmädchen allein im Dunkeln dort unten widerfahren könnte, erschauderte sie. Sie streckte den Kopf in die Öffnung über der Treppe. Von unten waren wuchtige Schläge und Lärm von herunterfallenden Dingen zu hören. Dann das Seufzen und Fluchen einer weiblichen Stimme.

Immerhin lebte sie noch.

Dann trat Stille ein.

Eine endlose Stille.

Die Stufen knarrten (sie kam hoch, Gott sei Dank, und Brunas Füße waren die Treppe so sehr gewohnt, dass es egal war, ob sie etwas sehen konnte oder nicht), und heftiges Stoffrascheln war zu hören, bevor es erneut still wurde.

Dann tauchte Bruna auf der Treppe auf, keuchend vor Anstrengung, und strich sich die Falten des Kleides glatt – jenes weißen, staubigen Kleides, das sie dort unten in einer Kiste aufbewahrte: ihr Brautkleid. Sie hatte sich die Lippen geschminkt, trug eine Sonnenbrille und Hausschuhe.

Doña Olvido verzog das Gesicht zu einem Grinsen, sagte jedoch nichts. Ihr Dienstmädchen kleidete sich das ganze Jahr über mit demselben Wust an Röcken. Über die Unterwäsche – wenn sie denn welche anhatte – zog sie einen Überrock, den manche als Unterrock bezeichneten, obwohl es im Grunde keiner war. Darüber trug sie noch einen Rock, auf den sie, zumindest solange es kalt war, niemals verzichtete, der sich aufblähte, wenn der Wind wehte, und am Körper anlag, wenn dies nicht der Fall war.

Nun hatte sie schokoladenbraune Hausschuhe an den Füßen und sich in Nylonstrümpfe gequetscht, die am Bündchen so eng waren, dass sie ihr die Waden abschnürten. Ihr Dienstmädchen plötzlich in ihrem alten Brautkleid vor sich zu sehen, das mittlerweile zu lang war und eher gelblich als weiß, wenn man es genau nahm, war mal etwas Neues. Wann hatte sie Bruna zuletzt so gesehen?

Ihr kam das andere Mal in den Sinn – das einzige Mal, dass sie ihr Dienstmädchen in diesem Aufzug gesehen hatte, vor … Na, das musste mehr als fünfzig Jahre her sein, als sich in dem langen Rock trockene Blätter und Zweige verfangen hatten und sie von bunten Schmetterlingen umflattert wurde. An jenem Tag hatte der Wind ihren Schleier aufgeweht, sie war glücklich gewesen, wie die Frauen, die am Morgen schon Champagner trinken, und hatte ausgerufen: »Wo ist mein Scherenschleifer, ich bin bereit!« Diese Worte hatten sich in Doña Olvidos Gedächtnis eingebrannt. In jenem Moment war Bruna eine junge Frau voller Hoffnung gewesen. Damals hatte noch keine von ihnen das dunkle Reich der Schrecken betreten.

»Könntest du mir den Gefallen tun und dich ein wenig beeilen?«

Mit ein paar Schritten war Bruna oben bei ihrer Herrin angelangt. Die musterte sie misstrauisch und wollte wissen, ob sie irgendeine Süßigkeit in den Falten ihres Unterrocks oder im Gummiband der Unterhose versteckt habe, was das Dienstmädchen mit einem sehr ernsten »Natürlich nicht!« beantwortete.

Was sie allerdings sehr wohl dabeihatte, war ein großer, in eine Decke gehüllter und mit einer Schnur umwickelter Gegenstand. Als Bruna im Keller gewesen war, hatte sie mit dem Gedanken gespielt, das Ding dort unten zu lassen, doch war sie sich sicher gewesen, dass es sinnlos gewesen wäre, weil die Señora sie dann garantiert gezwungen hätte, erneut hinunterzugehen. Nie zuvor hatte sie sie gebeten, das Ding noch einmal hervorzuholen, und es wäre ungerecht von ihr gewesen, es zu tun, denn sie wusste sehr gut, dass Bruna das einzige Mal, an dem sie sie dazu gezwungen hatte, Ärger mit der Alten aus dem vierten Stock bekommen hatte, der Großmutter der Familie Abráldez.

Schwankend schleppte Bruna das ominöse Ding mit sich, wuchtete es auf den Tisch (»Sie werden wohl nicht annehmen, dass mir danach ist, das verdammte Ding überhaupt noch mal zu sehen«, beschwerte sie sich) und schüttelte die Hände aus. Eine Staubwolke erhob sich im Zimmer.

Doña Olvido trat andächtig näher. Eine Weile starrte sie fasziniert – beide waren fasziniert – und ohne ein Wort auf die ausladenden Formen, die sich unter der Decke abzeichneten.

»Eine Schere!«, befahl sie schließlich, ohne den Blick abzuwenden.

Dann wartete sie, bis Bruna mit der Schere kam.

Mit zitternden Fingern zerschnitt die Señora eigenhändig die Schnur, doch dann war sie nicht in der Lage fortzufahren. Stumm starrte sie auf den riesigen Ballen, der vor ihr lag. Ihre Kehle war ganz trocken.

Das Dienstmädchen beugte sich über die Schnur. Entfernte sie mit beiden Händen, doch in dem Moment, als sie die Decke wegziehen wollte, spürte sie erneut die eiserne Klaue der Señora an ihrem Unterarm.

»Warte!«

Bruna gehorchte.

Zog die Hände zurück.

Während Doña Olvido noch nachdachte, hatte Bruna sich umgedreht und sich das Gebiss herausgenommen, was sie immer tat, wenn sie nervös wurde oder nicht wusste, wie sie sich verhalten sollte. Dazu schob sie zwei Finger unter den Gaumen und zog es mit einem Ruck heraus, um es dann mit düsterem Blick in ihrer Hand zu betrachten wie ein gerade aus dem Meer gefischtes Krustentier.

Die Señora starrte noch immer unschlüssig auf das riesige Ding.

Dann griff sie nach der Decke und zog sie entschieden herunter.

Ein düsterer Geruch erfüllte das Zimmer, als ob die ganze Stadt begonnen hätte, ihren Schmutz durch die Ritzen zu pusten. Der strenge Geruch von Kampfer und alten, im Schrank aufbewahrten Mänteln.

Zunächst war außer der dichten Staubwolke nichts zu sehen.

Der beißende Staub brannte in ihrer Kehle.

Dann, nach und nach, zeichneten sich im Gegenlicht die schlanken weiblichen Formen jenes stummen, schweigenden, entfesselten Gegenstands ab.

Da war er.

Bruna begann, sich um sich selbst zu drehen. Ihr heiserer, langsamer Atem hörte sich an wie das Schnaufen eines Bären. Nach einem räuspernden Husten blickten die beiden alten Frauen sich an.

»Sieht irgendwie ... kleiner aus«, meinte Doña Olvido schließlich leicht enttäuscht.

»Hmm!«

»Aber das macht nichts.«

»Überhaupt nichts.«

Die Möwen kreischten, Bruna schob sich das Gebiss wieder in den Mund, und mit der Bummelei war es vorbei. Sie setzten sich in Bewegung, denn wenn sie ihren Plan in die Tat umsetzen wollten, würde es ein langer Tag werden. Bruna bestand darauf, wenigstens den Kessel mit den Lebensmitteln mitzunehmen (»Und wenn wir plötzlich Hunger kriegen?«), doch Doña Olvido blieb hart (»Wir ziehen doch nicht in den Krieg!«). Dafür musste sie zulassen, dass Bruna die schwarze Lacktasche einpackte, und – warum auch nicht – den Holzhammer mit den Metallzähnen, den sie benutzte, um Tintenfisch weich zu klopfen.

Von Spinnweben und Staub befreit, wickelten sie das Ding wieder in die Decke. Dann hoben sie es zu zweit an, jeder auf einer Seite, da es ziemlich schwer war. Mit knackenden, knirschenden Knochen schleppten sie es zur Tür hinaus, ohne diese hinter sich zu schließen (»Mach die Tür zu, Bruna!« »Wozu?« »Stimmt, du hast völlig recht …«), und dann langsam die Außentreppe hinunter, über die wenige Tage zuvor Bruna halb tot hinaufgetragen worden war, die eine das Ding von der unteren Stufe stemmend, die andere eine Stufe darüber.

Dabei verfing sich Bruna immer wieder im Saum des Brautkleides.

Als sie den obersten Treppenabsatz bewältigt hatten, hielt Doña Olvido abrupt inne und betrachtete in stummer Bewunderung ihre Last. Dann stieß sie einen langen Seufzer aus, nicht in der Lage, weiterzugehen.

Noch einmal dachte sie in bisher nie empfundener Heftigkeit an die Reise, die vor ihnen lag, an die Stadt, das Haus und alles, was sie zurücklassen würden. Und erneut wurde sie von jener – weiten, fernen, trägen – Angst erfasst. Blubbernd stieg sie von der Magengegend aus nach oben, und ihre Augen glänzten. Ihr Kinn begann zu zittern.

»Ach, Bruniña … Ich habe kalte Füße.«

»Bruniña, Bruniña …«, spottete das Dienstmädchen.

»Na ja, ich kann denken, verfüge über eine gewisse Intelligenz. Ich bin nicht dumm wie ein Huhn, so wie du. Das ist der Unterschied zwischen dir und mir. Der Unterschied zwischen einer Frau und einem Huhn.«

Bruna verzog erneut das Gesicht und schmollte wie ein kleines Mädchen. Dann zuckte sie mit den Schultern, wobei das zu eng gewordene Kleid ein paar Zentimeter nach oben rutschte und eine angebissene Mantecada aus den Röcken fiel und die Treppe hinunterrollte. Bruna blieb wie erstarrt auf der Stufe stehen.

»Meine Güte! Und das in deinem Alter …«, tadelte die Señora. »Was hast du noch in diesem Brautkleid versteckt?«

Bruna lächelte. In ihrem Aufzug wirkte sie wie ein unschuldiges Mädchen auf dem Weg zum Traualtar. Aber welcher Altar soll das sein?, fragte sich Doña Olvido, was denkt sie denn, wohin wir fahren? Bruna hob das Kleid an, wobei nacheinander ihre Filzpantoffeln, die auf die Fußknöchel heruntergerollten Strümpfe und die weißen Waden sichtbar wurden. »Nichts«, sagte sie, während im gleichen Moment ein Zuckerkringel zu Boden fiel.

Doña Olvido seufzte und hob das voluminöse Bündel an.

»Fass lieber mit an und lass uns zusehen, dass wir das Ding runterbekommen!«, befahl sie.

Auf der Straße ließ ein dichter Nebel die Umrisse der Häuser verschwimmen. Die gläubigen Frauen schlurften wie immer zu zweit in Richtung Kirche, und auf der Praza de Abastos wurden die ersten Marktwaren von den Lieferwagen abgeladen.

Jenseits der vom Nebel verhüllten Häuser waren die spitzen Türme der Kathedrale zu sehen. Dahinter zeichneten sich weitere Wohnhäuser und Klöster ab, bis hin zu den mit Kohl und anderem Gemüse bestellten Feldern. Während sie ihre Last langsam zu dem kleinen Platz schleppten, auf dem das Auto stand, wandte Doña Olvido den Kopf in sämtliche Richtungen, um all dies sehnsüchtig in sich aufzunehmen.

Sie kannte jede Kirche, jede Gasse, jeden Winkel, und die Stadt zu verlassen, in der sie aufgewachsen war und so lange Zeit über gelebt hatte, war das, was sie in diesem Moment am meisten schmerzte. Es gab nur noch wenige Menschen hier, die sich an die Zeiten erinnerten, in denen das Wasser aus öffentlichen Brunnen geholt wurde, als auf der Praza da Quintana Schafe weideten und die Frauen mit ihren Kleiderbündeln zu den öffentlichen Waschplätzen gingen.

So war sie einmal geschickt worden, eine ihrer Tanten zu holen, die am Fuß der Sarela-Brücke im Viertel Santa Isabel Wäsche wusch, direkt gegenüber der Lederfabrik, in der später Limonade hergestellt wurde. Auf der anderen Seite des Flusses befand sich die Mühle, zu der man über eine aus zwei Baumstämmen gebaute Holzbrücke gelangte. Dieser Canal del Molino, der auch zur Bewässerung der nahe gelegenen Felder genutzt wurde, mündete in den Regato do Corvo. Und dorthin brachten die Tanten in großen Körben, die auf dem Kopf getragen wurden, die Bettwäsche und rieben sie kniend auf dem Waschbrett, während sie mit den anderen Frauen plauderten und lachten. Aber war sie an jenem Tag wirklich ihre Tante holen gegangen?

Manchmal überkamen sie die Stimmen, das Echo der Vergangenheit, die Bilder, die Erinnerungen, wenn es auch immer etwas gab, was sie verschwimmen ließ. Denn bevor sie in die Stadt gezogen war, hatte sie auf dem Land gelebt. Eine Wiese führte zu einer Lichtung, auf der ein paar Eichen und Kastanien standen. In der Ferne waren der blaue Himmel, der Brunnen, das kleine Haus und die rote Schaukel zu sehen. Daran erinnerte sie sich und wunderte sich immer noch über die Unruhe, die an jenem Sommertag in ihrem Haus herrschte. Das Ende war aus ihrem Gedächtnis gelöscht, nur das vage Bild ihres Vaters, der sie weinend auf die Stirn küsste, war ihr geblieben. Sie war noch keine fünf Jahre alt gewesen. Möglicherweise war ihr jener Tag in Erinnerung geblieben, weil am nächsten Tag ihre Mutter tot war.

Das kleine Mädchen war daraufhin bei ihren Tanten väterlicherseits aufgewachsen, mit einer Schuld beladen, die Olvido niemals verstand. Als sie acht Jahre alt war, beobachtete sie, im Speiseschrank in der Küche versteckt, wie eine ihrer Tanten der anderen die Kleider vom Leib riss, bis sie nackt und bloß vor ihr stand, und dann deren Brüste mit Mehl bestäubte, die weich und schwer nach unten hingen. Dabei machten ihr die erstickten Schreie und der raue Atem der einen genauso wenig Angst wie ihre weißen birnenförmigen Körper und die aufgerichteten Brustwarzen oder das dichte Haar zwischen ihren Beinen. Nicht einmal das Gelächter, die umherfliegenden Früchte und das fröhliche Nachlaufspiel der beiden Frauen machten ihr Angst – oder die Linsen und die weiche Butter, die sie mit vollen Händen durch die Küche warfen. Was ihr dagegen Angst machte, war der Geruch, dieser süßliche Geruch nach ungewaschenem Geschlecht, der sich an sie zu heften schien, ihr nach draußen folgte und sie tagelang begleitete. Der Geruch, den sie als die Strafe für den Tod ihrer Mutter ansah.

Niemals hatte sie irgendjemandem von dieser Szene erzählt; nie hatte sie auch nur den Wunsch danach verspürt. Ein paar Tage lang hatte sie noch in einer Mischung aus Trauer und Unbehagen daran gedacht, bis die Erinnerung irgendwann verblasste und von Tausenden anderen Eindrücken überlagert wurde, die sich Jahr für Jahr in ihrem Bewusstsein ansammelten. Und nun, während sie neben ihrem Dienstmädchen an ihrem VW Käfer stand und die Reise zu jenem Ort antreten wollte, flammte diese Szene ohne jede Vorankündigung – wie es bei Erinnerungen so üblich ist – in aller Deutlichkeit in ihrem Gedächtnis auf.

Nicht lange nach jenem denkwürdigen Nachmittag hatten die Tanten sie nach Placeres in eine Schule für junge Mädchen geschickt, wo sie Lesen, Schreiben, Rechnen, Sticken, Französisch und die Kunst der Verstellung gelernt hatte.

An einem Tag im Herbst war sie, nachdem sie Berge an totem Laub durchquert hatte, dort angekommen, wobei ihr der Weg wie eine Art Reise ins Vergessen erschienen war. Sie hatte sich einsam gefühlt, immer allein, sogar, wenn sie begleitet wurde. Autos, Busse. Der Wald. Menschliche Körper, die ihrem Ziel entgegenstrebten, hatten sie durch dornigen Stechginster gezogen, und das Gestrüpp hatte ihr Gesicht zerkratzt, bis sie die Arme ausstreckte, um es von sich fernzuhalten. Seit sie in der Schule angekommen war, hatte sie nur daran gedacht, sie wieder zu verlassen. Mit einem Mann, der sie von dort wegholen würde, da die Nonnen ihr erklärt hatten, dass es nur zwei ehrbare Wege gebe und die Ehe sei einer davon.

»Jetzt machen Sie doch endlich die Tür auf, das Ding ist schwer wie Blei!«

Brunas Stimme, die über den Platz hallte, riss Doña Olvido aus ihren Gedanken.

»Du hast vollkommen recht«, entgegnete sie. Ungeschickt trat sie an den Wagen heran, um aufzuschließen. Dabei spürte sie die Blicke der Nachbarn, die sie von ihren Balkonen aus stumm beobachteten, genau wie damals, als das mit der Großmutter der Familie Abráldez passiert war.

Während Doña Olvido mit dem Schloss kämpfte, kam der Eisenwarenhändler aus der Rúa da Caldeirería vorbei, der stehen blieb, um ihnen zuzusehen: zwei alten Weibern, von denen eine ein Brautkleid, eine Sonnenbrille und Pantoffeln trug und ein eigenartiges voluminöses Bündel festhielt, während die andere, unter deren Mantel das Nachthemd hervorlugte, versuchte, ins Auto zu steigen.

Er unterdrückte ein Lachen, wagte jedoch nicht zu fragen, wohin sie wollten.

»Wie geht's denn so?«, fragte er schließlich.

Doch er erhielt keine Antwort. Die beiden Alten dachten nach, bis die eine die andere ansah und ihr zuflüsterte:

»Was meint er mit ›so‹?«

»Gesundheitlich sehr gut«, antwortete Doña Olvido, um nicht noch mehr Zeit zu verlieren, wobei sie Bruna, die direkt hinter ihr stand, ein Zeichen machte, das Bündel auf den Boden zu legen. »Wenn wir erst alt sind, werden wir es genauer wissen.«

Sie bedeckte das Bündel, das nun an der Wand lehnte, mit ihrem Pelzmantel und fing an zu lachen.

Die Laternen, die den Platz umstanden, tauchten das Pflaster in schwaches Licht, und der Mann beugte sich vor, um unter den Mantel zu schauen. Eine Kirchenglocke durchbrach die Stille und rief zum Gottesdienst.

»Und Ihrem Ehemann? Wie geht es dem armen Kerl? Ich habe ihn ja ewig nicht mehr gesehen! Ich glaube …« Er beugte sich noch ein Stück weiter nach vorn, »… das letzte Mal vor dem Krieg … Und seitdem sind Jahre vergangen!« Er zählte mit den Fingern. »Na ja … Vierzig Jahre werden es schon sein …«

Inzwischen hockte Doña Olvido mit angezogenen Beinen auf dem Boden, sodass das Nachthemd auf ihre Fußknöchel fiel, während der Mantel sie wie ein Teppich umgab.

»Tja. Das Leben vergeht eben wie im Flug, oder ist Ihnen das noch nicht aufgefallen?«, sagte sie nur.

»Und Ihrer Schwägerin und Ihrem Schwager? Wie hieß noch mal der sonderbare Kerl mit den Puppen?« Der Eisenwarenhändler richtete sich wieder auf. Mit verschwörerischer Stimme fuhr er fort: »Ich gebe nicht viel auf das Geschwätz der anderen, wie Sie wissen … Aber es gibt Leute, die tatsächlich behaupten, dass Ihr Mann Republikaner war.«

»Jesus!«, sagte Doña Olvido.

»Es ist natürlich völlig klar …«, redete er weiter, wobei er unaufhörlich auf das starrte, was sich die beiden alten Frauen zu verstecken bemühten, »… Invalide und im Rollstuhl … da steht Ihrem Mann nicht der Sinn danach, das Haus zu verlassen. Und Ihre Kinder sind auch nie zu sehen. Die haben sicher ihre Verpflichtungen … Wie viele Kinder haben Sie noch mal?«

»Oh … zehn … oder zwölf«, sagte Doña Olvido und schaute zu ihrem Dienstmädchen hoch. »Wie viele habe ich, Bruna?«

»Zehn«, bestätigte diese.

»Zehn! Was für ein Verdienst, zehn Kinder auf die Welt zu bringen! Meine Frau hat nur vier bekommen und ist seitdem ein Wrack.« Er zuckte die Achseln und lachte.

Doña Olvido hob belehrend den Zeigefinger.

»In den ersten neun Jahren meiner Ehe habe ich acht Kinder auf die Welt gebracht. Zu dieser Zeit kannten mich alle nur mit dickem Bauch … Mein Mann wusste schon nicht mehr, was er mit mir machen sollte.«

Der Eisenwarenhändler lachte erneut, diesmal jedoch eher gezwungen. Er beugte sich vor und starrte neugierig auf das von dem Mantel verdeckte Bündel.

»Und das?«, wagte er zu fragen.

»Nichts«, antwortete Doña Olvido mit Unschuldsmiene.

»Nichts«, wiederholte das Dienstmädchen.

Der Eisenwarenhändler richtete sich auf und sah sie verwundert an.

»Wohin geht denn die Reise?«, fragte er nun mit leichtem Unbehagen im Gesicht.

Die zwei Alten schwiegen. Ein Schatten flatterte über ihnen, und eine der beiden blickte auf.

»Weit weg«, sagte sie.

»Sehr weit weg«, präzisierte die andere.

Wieder war jenes typische *Kraah-haaa-krah, Kraah-haaa-krah* zu hören und dann ein dumpfer Flügelschlag direkt über ihren Köpfen. Nun blickten alle drei nach oben, doch bevor einer von ihnen irgendwie reagieren konnte, stieß eine der Möwen zu ihnen herunter und hackte mit dem Schnabel nach dem Eisenwarenhändler, der sich an den Hals fuhr und instinktiv wegduckte. Dann stieg der Vogel wieder auf und ließ sich auf dem Fenstersims eines Hauses nieder.

Das Kind ist da … schien das Kreischen zu sagen, das von den Wänden der Kirche San Paio widerhallte und in die Ritzen des bemoosten Pflasters drang.

Mit immer noch schmerzverzerrtem Gesicht warf der Eisenwarenhändler einen letzten Blick auf das zugedeckte Bündel und dann auf die beiden alten Frauen. Als sei ihm plötzlich ein anderer, äußerst düsterer Gedanke gekommen, verschwand die schmerzliche Grimasse gleich darauf.

Grußlos wankte er die Straße hoch, wobei er sich, die eine Hand immer noch am Hals, mit der anderen an der Wand abstützte.

Ein paar schwarze Wolken zogen Richtung Westen. Doña Olvido dachte, dass es bald regnen würde und dass Regen eigentlich etwas Dummes war: Wasser. Wasser, das vom Himmel fiel – diese willkürlichen, zusammenhanglosen Gedanken kamen ihr ganz plötzlich. Sie öffnete den Kofferraum und hob das Bündel an, um es hineinzulegen. Als sie es anfasste, fühlte es sich warm an, und sie meinte sogar, aus dem Inneren heraus einen leichten Herzschlag wahrzunehmen. Sie kämpfte eine Weile mit dem großen Ding, doch es gelang ihr nicht, es in den Kofferraum zu wuchten.

»Das war schon immer so sperrig«, meinte Bruna, die aus ein paar Schritten Entfernung zusah.

Daraufhin beschlossen sie, das Bündel auf der Rückbank zu platzieren. Anschließend setzte sich Doña Olvido ans Steuer. Noch immer keuchend von der Anstrengung, sagte sie aus tiefstem Herzen:

»Ach, Bruniña … Was tun wir uns hier eigentlich an?«

Denn nun kam die nächste Herausforderung: das Auto. Auch wenn Doña Olvido schon lange Auto fuhr, war es doch einige Zeit her (Monate? Oder Jahre? Manchmal verging die Zeit in ihrem Kopf in konzentrischen Kreisen), dass sie den Wagen zuletzt bewegt hatte. Sie hätte ihren Führerschein schon längst erneuern lassen müssen, hatte es jedoch nicht getan, da sie dazu ein aktuelles Foto gebraucht hätte, über das sie nicht verfügte. Zumindest war das die Ausrede, die sie jedes Mal vorbrachte, wenn sie danach gefragt wurde.

Sie hatte den Führerschein in sehr jungen Jahren gemacht, mit der Erlaubnis ihres Vaters, was zu jener Zeit Bedingung war. »Als erste Frau, die in Santiago die Fahrerlaubnis erhielt«, lobte sie sich selbst, wenn sie mit einem Verkehrspolizisten sprach, und seit jener Zeit war stets sie es gewesen, die zuerst ihren Vater, dann ihre Schwägerin, ihren Schwager, ihre Schwiegermutter und ihren Ehemann, der nur äußerst ungern Auto fuhr, überallhin chauffiert hatte.

Sie lächelte, als sie daran dachte, wie sie und ihr Vater in den Zwanzigerjahren, bevor sie geheiratet hatte, das Automobil mit Hühnerkäfigen und Orangen beladen hatten, wenn sie die Tanten besuchten. Der Wagen war immer wieder durch den Straßengraben gerumpelt, wobei ihr Vater mehrfach gegen das Armaturenbrett gestoßen war, doch stets waren sie gesund und munter angekommen.

Sie sah ihren Vater vor sich, wie er aus dem Auto stieg und die Tanten begrüßte, die aus der Tür kamen, um sie zu empfangen. Wie er den Käfig mit den Hühnern heraushob und dabei fröhlich rief: »Ich habe Hühner und Orangen mitgebracht!«

Das Automobil, das Doña Olvido Fandiño inzwischen besaß, ein altersschwacher flaschengrüner VW Käfer mit loser Tür und voller Beulen und Kratzer, war der Stolz von ganz Santiago, und beinahe täglich erhielt sie lukrative Angebote von Sammlern, die sie jedes Mal zurückwies.

Bruna hob die Schleppe ihres Kleides an, setzte einen Fuß ins Auto und kroch hinein, um es sich, so gut es mit den raschelnden Stofffalten ging, gemütlich zu machen.

Mit hinter den dunklen Gläsern ihrer Sonnenbrille verstecktem Blick murmelte sie irgendetwas von eingeweichten Bohnen vor sich hin.

Doch Doña Olvido hörte nicht hin. Sie ging im Kopf noch einmal all die Gründe durch, die zu dieser Reise geführt hatten. Sie schaute in den Rückspiegel und warf einen schüchternen Blick auf das Bündel, das zufrieden, wenn auch ein wenig schief, auf der Rückbank saß. Dann startete sie den Wagen. Dabei legte sie wie immer nicht den ersten, sondern gleich den dritten Gang ein, da sie die Theorie hatte, dass man auf diese Art Zeit sparte. Vielleicht, weil sie das Fahren in den Zwanzigerjahren gelernt hatte, als es in ganz Santiago nur sechs Autos gab und auf den teils unbefestigten Straßen, die an vielen Stellen durch Salat- und Tomatenpflanzungen führten, lediglich ein paar Bäuerinnen unterwegs waren, die ihre Kühe vor sich hertrieben, vielleicht aber auch weil sie generell das tat, wonach ihr der Sinn stand. Sie trat die Kupplung nicht ganz durch, sodass beim Schalten das Getriebe ein krachendes Geräusch von sich gab, das die Fußgänger erschreckte. Oft genug fuhr sie mit angezogener Handbremse, oder sie öffnete während der Fahrt die Tür, um den eingeklemmten Anschnallgurt zu befreien, während sie dem Straßengraben gefährlich nahe kam und das Steuer im letzten Moment herumriss. Oder sie hielt mitten auf der Fahrbahn an.

Während der alte Käfer sich rumpelnd in Bewegung setzte, musste sie wieder an den Tag denken, als sie am Steuer des mit einer Kurbel zu startenden Hispano-Suiza von ihrer Hochzeitsreise zurückgekommen war. Mit neunzehn Jahren hatte sie den ersten Mann geheiratet, der ihr einen Antrag gemacht hatte – einen attraktiven liberalen Anwalt aus Santiago de Compostela, der fünfundzwanzig Jahre älter war als sie, den sie beim Tanz im Casino von Santiago kennengelernt hatte und dessen Name Benigno de Gondollín gewesen war.

Benigno hatte an der juristischen Fakultät in Santiago studiert, hatte jedoch gleich danach beschlossen, zu reisen und die Welt zu erkunden. Er und Olvido hatten sich jeden Sonntag getroffen und waren gemeinsam durch den Parque da Alameda spaziert. Benigno hatte von seinen Reisen und den faszinierenden Städten erzählt, die er besucht hatte (Tanger, Paris, London), und sie hatte ihm beseelt zugehört. Am häufigsten erwähnte er seinen Aufenthalt in München, wo er vier Jahre lang gelebt und Deutsch gelernt hatte und häufig dem Führer begegnet war. Dieser sei ausgesprochen hässlich und ein böser Mensch gewesen, habe jedoch einen umwerfenden Charme besessen. Wie er gehört habe, sei dieser Mann, als er noch völlig unbekannt war, jeden Morgen um fünf Uhr früh aufgestanden, um den Mäusen in seiner Kammer Brotkrumen hinzuwerfen und dann zuzusehen, wie die niedlichen Tierchen sich in Monster verwandelten und sich um sich beißend um das spärliche Futter balgten. »Das ist ja ekelhaft«, hatte sie dazu gesagt.

Vor allem jedoch hatte er davon gesprochen, wie er die Zukunft des Landes und insbesondere Galiciens verändern wolle. Und wie durch die Abfassung eines Gesetzes, an der er beteiligt war, alles viel besser werden würde.

Die Zeit ihrer Verlobung umfasste nur wenige Monate. Hand in Hand waren sie unter den Bogengängen in der Rúa do Vilar einherflaniert und hatten sich zum Abschied einen keuschen Gutenachtkuss gegeben, sodass sie am Tag ihrer Hochzeit beinahe noch Fremde waren.

Bevor Benigno sie zur Frau genommen hatte, hatte er sie skeptisch gefragt: »Wirst du auch glücklich sein?«, da er sich durchaus bewusst war, wie jung und unerfahren sie war, und sie hatte dies bejaht, weil er so viel älter war als sie und faszinierende Dinge über hässliche, Mäuse fütternde Männer erzählte. Er hatte sich erkundigt, ob sie sich nicht später, wenn er bereits ein alter Mann wäre und sie noch jung, nach einem anderen Leben sehnen würde, worauf sie antwortete: »Nach was für einem anderen Leben denn?«

Die Hochzeit war in Santiago das gesellschaftliche Ereignis des Jahres gewesen, das in allen Zeitungen der Provinz angekündigt wurde und bei dem niemand, der etwas zu sagen hatte, fehlen durfte. In der ganzen Stadt schien die Zeit stehen geblieben zu sein, denn sämtliche Lebensmittelgeschäfte, Milchläden und Metzgereien hatten geschlossen, und die Schneiderinnen, Büglerinnen und Milchfrauen kamen alle drei Stunden zu spät zur Arbeit.

Die Hochzeit fand an einem nebligen Tag morgens um acht in der Kapelle des Hauses statt, das der Bräutigam von seinem Vater geerbt hatte, und auf Olvidos Wunsch hin hatte der Bischof von Madrid, der zugleich der Patriarch von Ostindien war, die Trauungszeremonie vollzogen. Die Geschenke, die von überallher eintrafen, hatten ein ganzes Zimmer des Hauses gefüllt: Silbertabletts und -besteck, Kerzenleuchter, Schränke mit doppeltem Boden, Rahmen, Kissen, ein Grammophon. Sie speisten »Seezungenröllchen Rossini« und »Pommes allumettes«, und während die extra aus Paris angereisten Köche den Gästen mit lauter Stimme »Pfirsich-Melba-Eis« zum Nachtisch ankündigten, kam Olvido der absurde Gedanke, ob dies wohl ihr ganzes Leben lang so weitergehen würde, was sie jedoch lieber für sich behielt.

In ihrem Hotelzimmer an der Gran Vía in Madrid führte Benigno sie schließlich in die Liebe ein. Tatsächlich hätte Olvido sich das lieber erspart, auch wenn sie immer gewusst hatte, dass dies eines Tages auf sie zukommen würde. Das verschwommene Bild der birnenförmigen weißen Körper ihrer mehlbestäubten Tanten blitzte für ein paar Sekunden in ihrem Gedächtnis auf, auch wenn sie es in diesem Moment nicht zuordnen konnte. Es war auch nicht der kurze Schmerz, der sie störte, aber die Scham, sich einem Mann, den sie kaum kannte, gegenüber nackt zu zeigen, war mehr, als sie ertragen konnte.

Als das Paar von der Hochzeitsreise zurückkehrte, erwartete sie vor der Tür des Hauses in Santiago bereits eine kleine Ansammlung von Leuten: die Verwandten, die Köchin und das Dienstmädchen. Außerdem gab es eine hässliche, magere Katze, die von Don Benigno herzlicher begrüßt wurde als die eigene Mutter, nämlich mit einem deutlich hörbaren Kuss auf die Schnauze.

Ein junger Mann, der etwa im gleichen Alter war wie Olvido, trat heran, um die Tür des Hispano-Suiza zu öffnen und ihre Koffer zu tragen. Es war Cristino, der »kleine Cristino«, wie er im Haus liebevoll genannt wurde, Don Benignos jüngerer Bruder. Olvido hatte den hochgewachsenen, unruhigen, rauflustigen Jungen mit der spitzen Nase und dem schmalen Gesicht, dessen dunkles Haar mit Pomade zurückgekämmt war und der für Juni viel zu warm angezogen war, auf der Hochzeit nur flüchtig kennengelernt – wie auch alle anderen Mitglieder der Familie ihres Bräutigams.

»Hast du schon mal Katzensuppe gegessen?«, fragte er sie gleich als Erstes, nachdem sie aus dem Wagen gestiegen war.

Olvido schwieg und dachte gerade über eine angemessene Antwort nach (War das ein Scherz?), als Conchita, Benignos Schwester, eingriff, die Cristino sehr ähnlich sah, wenn sie auch kleiner und temperamentvoller war und dunkle Augen hatte, die so kugelrund waren wie Mirabellen.

»Lass sie in Ruhe, du Dummkopf, merkst du nicht, dass sie deine Fragen nicht versteht?«

Daraufhin wandte sich Cristino an seinen Bruder:

»Hast du gehört, was sie gesagt hat?« Er stampfte mit dem Fuß auf und ließ die Koffer zu Boden fallen.

»Ich rede mit dir, wie du es verdienst.«

»Was weißt du denn schon darüber, was ich verdiene, du alte Jungfer!«

»Nenn mich nicht so!«

»Alte Jungfer! Alte Jungfer!«

»Haltet den Mund! Beide!«, schrie Benigno.

Auch die Mutter war da, also Olvidos Schwiegermutter, eine unförmige Alte in einem bedruckten Seidenkittel und mit Lockenwicklern im Haar. Neben den tief hängenden Tränensäcken unter ihren kleinen, misstrauisch blickenden Augen fiel an ihr vor allem der hervorstehende Kehlkopf auf, der ihr trotz ihrer Leibesfülle ein männliches Aussehen verlieh. Sie hieß Pelagia, und allein der Name ließ Olvido an lange Abende mit grünen Bohnen und Rosenkranzgebeten denken; an Schmutz und geschmortes Kaninchen mit viel Knoblauch; an Kalbsbries und an Scheiben von panierter Leber.

Allein schon ihr Name roch nach Kampfer und Urin.

Das frisch verheiratete Paar erklomm die Stufen, gefolgt von der Schar der Verwandten und Dienstboten sowie von der mageren Katze, deren Name Larpeira war und die, zwei Stufen auf einmal nehmend, die Treppe hinaufsprang. Während der mittäglichen Zwischenmahlzeit erzählten die Frischvermählten von ihrer Hochzeitsreise nach Madrid, und alle hörten gebannt zu, während sie geröstete Brotstückchen in heiße Schokolade tauchten. Die Speisen wurden von einem Dienstmädchen serviert, und jedes Mal, wenn die junge Frau sich vorbeugte, um etwas auf den Tisch zu stellen, nutzte der kleine Cristino die Gelegenheit, um ihren Busen zu betatschen oder sein Gesicht an ihren Hals zu drücken. Die Katze lief herum und rieb sich an den Beinen der Anwesenden, doch Olvido merkte schnell, dass niemand außer Benigno sie besonders zu mögen schien und alle jede Gelegenheit nutzten, ihr heimlich einen Tritt zu verpassen oder Tischleuchter und Schuhe nach ihr zu werfen, wenn sie sich näherte.

»Möchtest du nichts essen?«, fragte ihre Schwiegermutter.

Sie hielt ihr den Teller mit dem gerösteten Brot hin.

»Iss.«

»Ja, iss«, sagte Cristino und griff selbst gierig nach dem Brot.

»Iss etwas«, wiederholte Pelagia und schlug ihrem Sohn auf die Finger.

Über seinen Teller gebeugt und die Serviette um den Hals gebunden wie ein kleiner Junge, vertrieb Cristino sich während des Essens die Zeit damit, Fliegen zu fangen, die an jenem Tag Anfang Juni besonders lästig und hartnäckig waren. Dabei stellte er sich äußerst geschickt an und behielt sie eine Weile in der Faust, um ihnen anschließend die Flügel auszureißen und sie über den Tisch krabbeln zu lassen, ohne dass sie davonfliegen konnten. Danach spießte er sie wie Schmetterlinge auf Stecknadeln auf, die er einem Nähkästchen entnahm.

»Die Stunde der Hässlichen ist gekommen!«, sagte er und begutachtete die Fliegen, wobei er vor Eifer die Zungenspitze zwischen die Lippen schob.

Cristino war der Erste, der sich vom Tisch erhob. Lautstark rief er nach dem Dienstmädchen, damit die junge Frau ihm den Schokoladenmund abwischte (»Wisch mir den Schokoladenmund!«, befahl er), und verkündete, dass er müde sei und sich daher in sein Zimmer zurückziehe (In sein Zimmer?). Dann verabschiedeten sich die beiden Frauen bis zum Abendessen (Bis zum Abendessen?) und schritten, gefolgt von der Katze, aus dem Raum.

Ein paar Stunden später, als Olvido gerade ihre Kleidung aus dem Koffer nahm, hörte sie seltsame Geräusche. Sie verließ ihr Zimmer und ging in den Salon. Dort fand sie Cristino vor, der in Unterhemd und äußerst locker sitzender Unterhose, mit seinen weißen behaarten Beinen und einem Desinfektionsmittel in der Hand, auf der Suche nach Staubpartikeln und infektiösen Speicheltropfen die Anrichte und den Schrank besprühte, auch die Fläche unter dem Schrank, wo eine kleine Pfütze zu sehen war, die offenbar die Katze hinterlassen hatte. Anschließend schleuderte er das Desinfektionsmittel in eine Ecke, öffnete die Fenster und nahm sich einen feuchten Lappen, um über das Sofa, die Kissen, das Treppengeländer, die Bilder und Möbel zu wischen. Ein Windstoß ließ die Vorhänge aufwehen, und Cristino rutschte mit dem gelben Putzlappen unter den Füßen äußerst geschickt über den Holzboden, wobei er ein Geschrei ausstieß, als kämpfte er gegen einen unsichtbaren Feind.

Ein paar Schritte hinter ihm, den Seidenkittel bis obenhin zugeknöpft und noch immer mit Lockenwicklern im Haar, stand Pelagia mit Putzmittel, Staubwedeln und Naphtalin bewaffnet und erteilte ihrem Sohn Anweisungen – »Lüfte, mach sauber, schüttle die Kissen aus, töte den Feind!« –, als wäre sie ein General in einer seltsamen Schlacht, die sie – wie Olvido später erfahren sollte – schon vor langer Zeit begonnen hatte.

Die junge Frau blieb wie erstarrt im Türrahmen stehen, als warte sie darauf, dass jemand ihr diesen furchtbaren und sonderbaren Anblick erklärte. Dann kehrte sie in ihr Zimmer zurück und legte sich aufs Bett. Von dort aus lauschte sie der bizarren Symphonie an klopfenden und schabenden Geräuschen, die sich nun in die Küche verlagert hatten (»Mach sauber, reib das ab, schüttle die aus, töte den Feind!«), wobei sie die dunkle Vorahnung beschlich, dass die sonderbaren Vorkommnisse dieses Tages und der Geruch nach Staub, Wäsche und Katzenpisse sie von nun an für immer begleiten würden.

Geräusche, wie sie nun auch der grüne VW Käfer von sich gab, als Doña Olvido im dritten Gang anfahren wollte. Sie trat aufs Gaspedal, der Motor heulte auf und ging anschließend aus. Daraufhin drehte sie erneut den Schlüssel und nahm den Kampf mit dem Anlasser wieder auf.

»Señora«, sagte Bruna neben ihr, den Blick starr geradeaus gerichtet, »warum zittern Sie so?«

Doña Olvido hantierte immer noch nervös mit dem Schlüssel herum und spürte, wie es ihr eng wurde in der Brust.

»Sei nicht so gemein!«, sagte sie, nach Luft schnappend.

Sie wischte sich den Schweiß von der Stirn und blinzelte ein paarmal. Der alte grüne Käfer begann zu röcheln, zitterte, stieß eine Rauchwolke aus und sprang schließlich an. Die beiden alten Frauen applaudierten. Obwohl sie sich von der Praza de Feixóo noch nicht einen Zentimeter fortbewegt hatten, floss ihnen das Blut bereits wieder warm durch ihre alten Adern. Als sie wenig später mit laufendem Motor und eingeschaltetem Warnlicht lostuckerten, wurde eine von ihnen auf einmal ganz wehmütig und sagte:

»Das Leben ist bitter wie Wermut.«

Und die andere:

»So ist es.«

Doña Olvido warf einen Blick in den Rückspiegel, wo das Bündel bestätigend zu nicken schien. Ein Stück weiter hinten auf der Straße spiegelte sich das Warnlicht in einer Pfütze: an, aus, an, aus …

»Und es stimmt auch nicht, dass die Zeit alle Wunden heilt«, meinte sie dann. »Der Schmerz ist ständig da und unerträglich.« Sie schaltete das Warnlicht aus und trat auf das Gaspedal. Der Motor heulte auf. »Irgendwann verschwindet er, weil er eben unerträglich ist, weil es unmöglich ist, die ganze Zeit mit ihm zu leben. Aber es stimmt nicht, dass die Zeit alle Wunden heilt … Das sagen sie nur, um die Leute zu trösten.«

»Stimmt. Das ist genauso ein dummes Geschwätz wie alles andere.«

Am Ende gab Doña Olvido Gas, und ruckelnd verließen sie den kleinen Platz. Auf dem Autodach hatte sich die Möwe niedergelassen, die nach dem Eisenwarenhändler gehackt hatte.

Im Schneckentempo fuhren sie weiter, durchquerten das Stadtzentrum, polterten über das Straßenpflaster, bis sie zu einem Waldstück kamen, und nahmen dann die A-54. Hin und wieder stieß das Bündel gegen die Scheibe und machte ein zwitscherndes Geräusch, was die beiden Frauen zum Lachen brachte.

Die Sonne ging auf, und sofort fielen ihnen die saftigen grünen Wiesen, ein Getreidespeicher und der dunkle Schatten der Feigenbäume ins Auge. Zwischen den Eukalyptusbäumen ragten ein paar rosa, gelb und rot gestrichene Häuser auf, und es waren sogar einige Schweine zu sehen, die in der Erde wühlten. Der Nebel löste sich nach und nach auf, und die frische Landluft wehte herüber. Neben einem offenen Scheunentor pickten ein paar rote Hühner herum, und vom Beifahrersitz kam das beharrliche Brummen, das Bruna bei jedem Atemzug von sich gab.

Wie ausgestorben lag die Landstraße vor ihnen. Doña Olvido war immer noch nervös, wobei es sie beruhigte, dass sie immerhin zu zweit waren. Zusammen bis zum bitteren Ende. Denn Bruna war nicht einfach nur ein Dienstmädchen. War es nie gewesen.

Sie waren noch immer zusammen, weil sie es so wollten.

Nach all den Jahren wäre keine von ihnen mehr in der Lage gewesen, ohne die andere zu sein – oder zu *leben*. Doña Olvido wandte ein wenig den Kopf, um Bruna zu betrachten. Doch die hüllte sich wie so oft in Schweigen. Wie damals, vor über sechzig Jahren, als sie sie aus ihrem Dorf geholt hatte. Sie saß äußerst aufrecht, an die Rückenlehne des Sitzes gelehnt, hielt die schwarze Lacktasche auf dem Schoß und hatte ein Auge geöffnet und das andere zugekniffen.

»Man merkt erst, wie bitter das Leben sein kann, wenn man alt wird …«, meinte Doña Olvido nachdenklich. Dann holte sie tief Luft und verzog das Gesicht. Ein fauliger Geruch – nach Kaninchen? – zog durch das Innere des Wagens. »Sag mal, Bruna …«, fragte Doña Olvido, »wann hast du eigentlich das letzte Mal gebadet?«

Am Tag ihrer Rückkehr von der Hochzeitsreise hatte Olvido erfahren, dass all »diese seltsamen Leute«, inklusive der Katze, nicht nur zu Besuch waren, sondern tatsächlich in ihrem Haus lebten! »Aber keine Sorge«, sagte Benigno, wobei er zärtlich eine Hand auf ihr Knie legte, als er ihre Fassungslosigkeit bemerkte. Mit der anderen Hand streichelte er Larpeira, die auf seinem Schoß lag und schnurrte wie ein Tiger.

»Du brauchst dir wirklich überhaupt keine Sorgen zu machen«, wiederholte er noch einmal. »Der kleine Cristino ist nicht immer hier. Er ist … immer mal wieder für eine Weile fort, in Paris und so … In einer Klinik«, setzte er rasch hinzu. »Und Conchita, das arme Mädchen, ist voller Komplexe … aber man merkt sie gar nicht. Solange man sie ihre Opernschallplatten auf dem Grammophon hören lässt, stört sie niemanden. Und Mama … nun ja, Mama …«, er räusperte sich, »… hat es ein wenig mit den Nerven … Sie ist putzsüchtig, denn sie leidet …«

»Sie leidet …?«

Don Benigno streichelte ihr erneut übers Knie, und die Katze sprang von seinem Schoß. Er folgte ihr mit dem Blick.

»Aber sie ist nicht gefährlich. Ich sage es dir lieber gleich, damit du dich nicht erschreckst, wenn du hörst, was über sie geredet wird. Santiago ist ein Dorf. Mama ist eben äußerst reinlich. Reinlich und aufrichtig. Sie ist freundlich und steht morgens früh auf. Sie ist aufmerksam und redet gern, und sie ist fromm … Sie weint immer sehr, wenn bei der Prozession die Jungfrau vorbeigetragen wird … Sie ist eine gute Schwiegermutter. Sie ist …«

Sie war furchtbar! Sie war naschhaft und sprach dem Alkohol zu, und sie kaute Orangenschalen mit den Vorderzähnen. Wenn die Witwe Pelagia nach dem Tod ihres Mannes – er verstarb unerwartet an einer Embolie, als die Geschäfte bereits so gut wie von allein liefen – auch keine finanziellen Sorgen hatte, blieb sie doch allein mit sechs Kindern zurück, was ihr eine allzu schwere Last war und woran sie ihrem dahingeschiedenen Mann die Schuld gab – so als ob er nur gestorben wäre, um sie zu ärgern. Sein ganzes Leben über hatte sie ihn mit harschen Worten getadelt. Und auch nach seinem Tod ließ sie ihn nicht in Ruhe. Oft blickte sie zur Decke oder manchmal auf die Ritzen im Boden und machte ihm Vorwürfe, so früh fortgegangen zu sein und sie mit sechs Kindern zurückgelassen zu haben, denn »Man macht sich nicht einfach so und ohne Vorankündigung vom Acker, mein Lieber!«.

Nach dem Tod ihres Mannes fasste Doña Pelagia einen drastischen Entschluss, nämlich, dass sie nie wieder schlafen würde. Hatte sie vorher ein heiteres Wesen, so wurde sie nun zu einer düsteren, engherzigen Frau, die aus Gründen des Schlafmangels stets schlecht gelaunt war.

Nachts wandelte sie durchs Haus und sprach von *ihren anderen Kindern*, die in Madrid studierten, um Konzertmusiker zu werden, und das war der einzige Moment, in dem ein Funkeln in ihre Augen trat und ihr Gesicht erhellte. Tagsüber musste sie sich sehr anstrengen, nicht einzuschlafen, wobei sie oft während der Mahlzeiten einnickte. Mit der Zeit wurde sie eine »arme Witwe«, die streng darauf achtete, dass alles sauber und ordentlich war. Der Kampf gegen den »Feind« verschärfte sich je nach Jahreszeit, vor allem im Sommer, wenn Bazillen und Mikroben sich wie niemals sonst vermehrten. Dann versklavte sie alle, die mit ihr unter demselben Dach lebten, und vor allem den kleinen Cristino, mit ihrer Putzsucht.

Bereits am ersten Abend hatte Olvido die Gelegenheit, ihre Schwiegermutter und die anderen Mitglieder der Familie richtig kennenzulernen. Nach einer chaotischen Mahlzeit, während der Conchita plötzlich ein anderer Mensch zu sein schien – leicht beschwipst und äußerst redselig –, ununterbrochen trank und ständig auf die Frischvermählten anstieß – abwechselnd mit zwei Gläsern, in dem einen Bier und in dem anderen Cognac, wie es in Madrid gerade in Mode war –, und der kleine Cristino jede Gelegenheit nutzte, um einem der Dienstmädchen in den Hintern zu kneifen, verschwanden alle in ihren Zimmern.

Olvido wartete, im Nachthemd lesend in ihrem Bett, dass ihr Mann ins Schlafzimmer kam. Es war ein äußerst ungastlicher Ort. Niemand hatte sich darum gekümmert, ihn vorzubereiten. Es gab weder einen Teppich noch eine weiche Tagesdecke. Und alles war feucht und klamm. Ein paar Stunden später, als sie, eiskalt und zusammengerollt, bereits eingeschlafen war – bei eingeschaltetem Licht, die Zeitschrift lag auf dem Boden –, wachte sie davon auf, dass sie Conchitas Blick auf sich spürte.

»Mein Bruder sagt, dass du endlich schlafen sollst, weil er bereits ...«

Ohne den Satz zu Ende zu führen, blieb sie eine Weile vor dem Bett stehen, den Blick auf ihre Schwägerin gerichtet, die Arme schlaff neben dem Körper hängend, im zugeknöpften Nachthemd, und dann ging sie wieder.

Olvido wollte gerade weiterschlafen, als sie plötzlich eine andere Gestalt im Türrahmen stehen sah.

»Was machst du da?«, fragte Olvido und richtete sich auf, als sie Cristino erkannte.

»Willst du nicht wissen, warum die dumme Kuh nicht geheiratet hat? Manuel hat es mir erzählt«, sagte er nur.

»Wer ist Manuel?«

»Jetzt niemand mehr. Er ist gestorben.«

»Oh, das tut mir leid.«

»Ist ja nicht deine Schuld. Es ist hier passiert.«

Ohne eine Reaktion abzuwarten, ging Cristino wieder und knallte die Tür hinter sich zu. Dann hörte Olvido Geräusche:

Schritte, Türenknallen, Unruhe, Schreie. In der ganzen Nacht war es nicht einen Moment still, weil Doña Pelagia in ihrem Wahn, nicht schlafen zu können, durch die Dunkelheit wanderte und Selbstgespräche führte.

Am nächsten Morgen versammelten sich alle zum Frühstück wieder um den Esstisch, als wäre nichts geschehen. Der kleine Cristino tunkte Brot in seinen Milchkaffee, wobei er sich wie eine Puppe über die Tasse beugte und wieder aufrichtete. Dabei wurde er von Pelagia schweigend beobachtet, auf deren Stirn jetzt eine blaue Ader sichtbar wurde.

»Ich hab dir doch gesagt, dass du eine Jacke anziehen sollst!«, rief sie verzweifelt. »Sonst wirst du irgendwann schnaufen wie eine Lokomotive oder an einer Lungenentzündung sterben!«

Der kleine Cristino tunkte weiterhin sein Brot in den Kaffee und sagte kein Wort darauf. Neben ihm stand die Katze Larpeira, die er nicht zu bemerken schien. Doch plötzlich zog er blitzschnell sein Bein an und verpasste dem Tier einen Tritt mit der Sohle seines Schuhs, woraufhin es entsetzt die Flucht ergriff.

»Hast du mich gehört?«, schrie seine Mutter.

»Ich soll immer alles machen, aber das geht nicht alles auf einmal!«, sagte er. Und fügte hinzu: »Ich habe keine Lust, mir eine Jacke anzuziehen.«

Mit hängendem Kopf schielte er ängstlich zu seiner Mutter hinauf.

»Du hast keine Lust, dir eine Jacke anzuziehen?«, rief diese verächtlich aus. »Wie kann sich ein so großer Junge wie du nur so aufführen? Warte nur, bis ich das deinem Bruder erzähle!«

Als Benignos Schritte auf der Treppe zu hören waren, nahm Doña Pelagia Platz und alle schwiegen.

Wenig später erkundigte sich Olvido nach den Geräuschen, die sie am Abend und in der Nacht gehört hatte, woraufhin die beiden anderen Frauen sich wortlos ansahen. Nach einer Weile fiel ihr auf, dass sie sich mit den Ellbogen anstießen und miteinander flüsterten. Schließlich hörte sie, dass sie kicherten, bis sie schließlich nicht mehr aufhören konnten.

Es war ein Lachen, das aus der Kälte kam.

Niemand hob den Kopf.

Auch Benigno sparte sich an diesem und den folgenden Tagen die Mühe, seiner Frau irgendwelche Erklärungen zu geben. Er war mit dem Verfassen des neuen Statuts beschäftigt, verließ jeden Morgen früh das Haus und kam erst nach Mitternacht zurück. »Auf unser Galicien kommen glorreiche Zeiten zu, das will ich auf keinen Fall versäumen«, sagte er eines Tages zu Olvido. »Da will ich unbedingt dabei sein.« Da? Wo war »da«? Sie verstand überhaupt nichts.

Vier Jahre nach dem Tod seines Vaters hatte Benigno die Rolle des Familienoberhauptes übernommen. Er hatte drei Brüder, die in Madrid studierten, doch nur er kümmerte sich um seine Mutter und um die beiden anderen Geschwister, die mit ihm im Haus lebten. Das Familienunternehmen funktionierte auch ohne ihn, und er hatte die Absicht, die Politik für seinen Aufstieg im eigenen Land zu nutzen und – Warum nicht? – vielleicht auch im Ausland.

Daher war das Letzte, was er hören wollte, wenn er spätabends nach Hause kam, irgendwelche Klagen. Dabei handelte es sich tatsächlich nur um Kleinigkeiten, und Olvido hätte ihn nie mit solch nichtigen Dingen belästigt, wie dass Doña Pelagia ihr Steine unter die Linsen mischte oder dass Cristino heimlich ihre Zahnbürste benutzte, in ihrem Kleiderschrank und in ihrer Unterwäsche wühlte und in ihren Schubladen nach Süßigkeiten und Marmelade suchte.

Eines Tages hatte sie jemanden in ihrem Zimmer gesehen, der mit dem Rücken zur Tür stand. Das ist sicher meine Schwiegermutter, hatte sie gedacht, wahrscheinlich putzt sie wieder. Schweigend hatte sie eine Weile zugeschaut, hatte den gebückten Rücken gesehen, der in etwas wie einen schwarzen Schal gewickelt war, die schlaffe Haut an den sich eifrig bewegenden Armen. Doch Doña Pelagia machte nicht sauber, sondern durchwühlte eine der Schubladen. Was sie wohl sucht, fragte sich Olvido. Unbeweglich blieb sie hinter ihrer Schwiegermutter stehen. Dann hörte sie eine Stimme. Eine männliche Stimme. Denn es handelte sich gar nicht um Pelagia, sondern um den kleinen Cristino, der in ihren Sachen kramte. Sie vernahm ein Fluchen, während er ihre Kleidung aufs Bett warf. Er fand ihre Büstenhalter und schmiss sie durch die Gegend. Schließlich nahm er sich einen, schnüffelte daran, steckte ihn sich in die Tasche und schickte sich an, den Raum zu verlassen. Eilig versteckte Olvido sich im Flur.

Ein sauberes Haus, pünktliches Erscheinen bei den Mahlzeiten, Gehorsam und Beherrschung nicht nur der sichtbaren Unordnung, sondern auch und vor allem der eigenen Launen und Unzufriedenheiten. Das war das Einzige, was Don Benigno sich wünschte, wenn er nach Hause kam – das und dass seine süße Katze Larpeira ihm Beachtung schenkte. Und wenn es tatsächlich das war, was er wollte, wollte Olvido alles, was ihr möglich war, tun, um ihn zufriedenzustellen. Sie war sich bewusst, dass sie ein Talent dafür hatte, sich um andere zu kümmern. Manchmal machte sie *filloas*, dünne Eierkuchen, um ihn zu überraschen. Sie konnte davon absehen, ihn mit irgendwelchen Launen zu belästigen oder ihm Fragen zu stellen, wenn er spät in der Nacht nach Hause kam, und auch am folgenden Tag konnte sie schweigen. Sie konnte ihm die losen Hemdknöpfe annähen und geräuschlos bügeln.

Es stimmte, dass der kleine Cristino immer mal wieder für eine Weile fort war, in Paris oder sonst wo. Von dort brachte er Puppen mit, für die seine Mutter und seine Schwester Conchita anschließend mit einer Singer Nähmaschine Kleider herstellten. Wenn er zurückkam, öffnete er seinen Koffer, zog die Puppe mit angewidertem Gesicht an den Haaren heraus und warf sie auf den Tisch wie einen Leichnam, der obduziert werden musste.

Es waren Puppen in den verschiedensten Größen mit Porzellanköpfen, Händen aus Zelluloid, runden Augen, die sich, je nachdem wie man sie hielt, öffneten und schlossen, darunter auch welche mit schwarzer Hautfarbe und gelocktem Echthaar. Cristino hatte eine ganze Sammlung: schielende Puppen, dicke Puppen, Puppen mit offenem oder hochgestecktem Haar, lächelnde und mysteriös wirkende Puppen, Puppen mit Strohhut oder Glasaugen, stehende, liegende oder mit steifen Beinen sitzende Puppen. Puppen der beliebten Marke »Mariquita Pérez« in Begleitung eines Hundes. Einmal brachte er aus Paris eine Puppe mit, deren Kopf und Rumpf aus feinem Biskuitporzellan war, mit beweglichem Körper und einer Haut aus Glacéleder, und bei einer anderen Gelegenheit aus Deutschland eine Puppe mit »Charakter«, die lachen und weinen konnte.

Kaum waren sie ausgepackt, begann Conchita mit ihnen zu spielen, als wären sie echte Menschen, sie zu wiegen, sie zum Lachen zu bringen oder mit ihnen zu schimpfen. Sie entblößte sie mit geschickten Fingern, zog ihnen das Kleid und die Unterhose aus. Dann war es an Pelagia, ihnen die mit der Nähmaschine hergestellte Trauerkleidung anzuziehen. Dabei stand Cristino üblicherweise mit vor der Brust gekreuzten Armen, die Zungenspitze zwischen den Lippen, leicht nach vorn gebeugt und regelmäßig die Nase hochziehend, hinter ihnen und beobachtete die Prozedur des Kleiderwechsels.

Die Puppen sahen sie mit einem Lächeln im Gesicht an.

Mit der Dummheit kleiner Mädchen, die in Schachteln verpackt wurden, als wären es Särge.

Doch wie nicht zu übersehen war, interessierte der kleine Cristino sich nicht nur für die neuen Puppen, sondern auch und noch viel mehr für das Miauen der Katze, die er unablässig durchs ganze Haus verfolgte, um irgendwelche Dinge nach ihr zu werfen.

Die Katze und der junge Mann führten einen stummen Krieg. Ganz früh am Morgen trafen sie auf dem Treppenabsatz zusammen und blickten sich in die Augen.

Die Katze verharrte ein paar Sekunden lang angespannt und still bis auf den Schwanz, den sie hin- und herschlug, um dann eilig und voller Angst die Flucht zu ergreifen und sich unter dem Sofa oder dem Tisch zu verstecken. Manchmal jedoch wurde Larpeira auch vom Jagdinstinkt oder dem Spieltrieb erfasst und rannte durchs Zimmer, kämpfte mit einem Hausschuh, sprang auf die Betten und drehte sich quicklebendig um sich selbst. Dann verfolgte Cristino ihre Bewegungen aus der Ferne mit einem bösen Grinsen, während er mit den Fingern auf eine Kommode trommelte.

Eines Morgens hörte Olvido Schreie der Dienstmädchen und ging, um nachzusehen, was los war. Als sie den Salon betrat, sah sie sich ihrem Schwager gegenüber, der das Tier am Schwanz festhielt und schwungvoll im Kreis herumwirbelte, wobei die Katze heftig fauchte und sich wand, um sich zu befreien. Als Olvido den kleinen Cristino daraufhin fragte, was er da tue, ließ er die Katze los und sagte mit einem Glitzern in den Augen:

»Die Stunde der Hässlichen ist gekommen!«

»Wie bitte?«, fragte Olvido einigermaßen fassungslos.

In diesem Moment ergriff die Katze, im Schwindel stolpernd und gegen die Möbel stoßend, die Flucht. In der Tür traf sie auf Benigno, der, als er das Tier in diesem Zustand sah, auf die Knie ging, um nach ihm zu greifen. Doch die Katze war derart verängstigt, dass sie zwischen seinen Beinen hindurch entwischte.

»Was ist hier los?«, rief Benigno und sah Olvido und seinen Bruder an. »Was habt ihr mit Larpeira gemacht?«

Daraufhin erklärte der kleine Cristino, dass Olvido die Katze am Schwanz gepackt, heftig herumgewirbelt und dazu gesagt hätte, dass das Tier sie zur Weißglut brächte und sie es nicht mehr ertragen könnte.

»Zum Glück bin ich gleich, nachdem sie damit begonnen hat, hereingekommen«, fügte er hinzu und steckte sich das Hemd in die Hose. »Ansonsten hättest du jetzt keine Katze mehr, Beni.«

Olvido öffnete den Mund, um sich zu verteidigen, brachte jedoch kein Wort heraus.

Damals hatte Olvido in ihrer Schwägerin Conchita eine Verbündete gesucht. Da sie oft mitbekam, wie diese sich mit ihrem Bruder stritt, hatte sie gedacht, dass sie sich vielleicht als Frauen zusammentun könnten. Bei mehreren Gelegenheiten bemühte sie sich, ein Gespräch mit Conchita anzufangen, oder sie gesellte sich bei dem sonderbaren und etwas makabren Ritual des Aus- und Anziehens der Puppen zu ihr ins Nähzimmer. Dabei wollte sie sie nicht nur dafür gewinnen, gemeinsame Front gegen den kleinen Cristino zu machen – denn sie konnte nicht verstehen, dass Conchita sich offenbar daran gewöhnt hatte, ihn still für sich zu hassen –, sondern auch etwas über ihren Mann erfahren. Sie wollte wissen, wo Benigno die meiste Zeit des Tages verbrachte, welche Rolle er im politischen Leben spielte, worüber er mit den Männern sprach, die er im Casino traf, und was er von ihr dachte (liebte er sie?). Denn die Zeit verging und Benigno erzählte ihr nie etwas über seine Arbeit oder über seine Gefühle ihr gegenüber.

»Bist du schon mal mit einem Mann ausgegangen, Conchita?«, wagte sie eines Tages zu fragen, während sie jede Menge Stoffreste aufhob, die auf dem Boden verteilt lagen, schwarze Fetzen wie die Flügel eines Raben.

Conchita schüttelte heftig den Kopf.

Daraufhin richtete Olvido sich auf und verharrte einen Moment schweigend. Dann trat sie zu ihrer Schwägerin und machte Anstalten, den Arm um sie zu legen. Doch Conchita zuckte zurück wie eine Schnecke, die man an den Fühlern berührt, und verkroch sich in ihrem Haus.

»Glaubst du, dass dein Bruder mich begehrt?«, fragte Olvido.

Conchita begann eilig, den Boden zu fegen, bis sie plötzlich innehielt und sich umwandte.

»Begehrst du ihn denn?«

Nachdem Olvido im Nähzimmer zunächst einfach ignoriert worden war, fühlte sie sich, angesichts des eisigen Schweigens, der vielen unvollendeten Sätze und der Tuschelei hinter ihrem Rücken, immer mehr als Eindringling, wobei nicht nur ihre Schwägerin, sondern auch ihre Schwiegermutter sie ihre Ablehnung spüren ließen. Dennoch half sie jeden Tag beim Ankleiden der Puppen und folgte gehorsam allen Anweisungen. Sie beharrte auf ihrem Versuch, sich zu integrieren, ein Teil dieser seltsamen Truppe zu werden, die nun – ob es ihr gefiel oder nicht – ihre Familie war, bis sie eines Tages, als sie gerade eine der Puppen an einen anderen Platz gelegt hatte, plötzlich Conchitas eiskalte Hand auf ihrer Schulter spürte.

»Du solltest von nun an besser von diesem Raum fernbleiben«, verkündete ihre Schwägerin mit fester Stimme.

Olvido drehte sich um, um etwas zu entgegnen, doch als sie ihre Schwägerin sah, brachte sie kein Wort heraus. Conchitas Gesicht war beunruhigend starr und ließ auf beängstigende Weise jeglichen Ausdruck vermissen. Und ihre Augen waren wie die all der Puppen, die vor sich hin starrten, ohne etwas zu sehen.

»Wann ich gebadet habe?«, entgegnete Bruna jetzt. »Sie meinen, mit Seife waschen und solche Dinge?«

In San Marcos, auf der Höhe der Abzweigung, die zum Gebäude des galicischen Fernsehens führte und ganz in der Nähe eines Eukalyptuswaldes lag, sah Doña Olvido sich gezwungen, plötzlich das Steuer herumzureißen, als sie sehr dicht von einem Motorrad überholt wurden. Anschließend wandte sie den Kopf und sah nach Bruna, die sich immer noch hinter der Sonnenbrille versteckte und das Fahrmanöver gelassen hingenommen hatte. Dann schnalzte sie plötzlich mit der Zunge, hob eine Hand und begann, an den Fingern abzuzählen.

»Also ... ich würde sagen, so vor zweiundvierzig ...«, antwortete sie schließlich.

»Tagen?«

»Jahren.«

Doña Olvido bekreuzigte sich.

»Pfui Teufel! Das meinst du jetzt nicht im Ernst!«

»Ich hab's geschworen.«

»Was hast du geschworen?«

Bruna hatte den Blick stur zu Boden gerichtet und antwortete nicht.

Als Doña Olvido sie so dort sitzen sah, stumm und in ihrem aufwändigen Brautkleid herausgeputzt, verspürte sie auf einmal eine tiefe Traurigkeit. Die nicht sie betraf. Und auch nicht sie beide. Sondern etwas Großes, was sie zurückgelassen hatten.

Sie rollte mit den Augen und versuchte, nicht mehr daran zu denken. Plötzlich fiel ihr das Bündel wieder ein. Sie wandte sich um und blickte auf den Rücksitz. Ja, dort, an die Scheibe gelehnt, war es, Gott sei Dank. Sie streckte den Arm nach hinten aus und drehte am Kurbelgriff, um sich zu versichern, dass das Fenster geschlossen war. »Vielleicht übertreibe ich, aber bevor das Ding aus dem Fenster fällt und wir uns zu Tode erschrecken ...«, murmelte sie.

Als sie den Blick wieder auf die Straße richtete, sah sie sich plötzlich einem Lastwagen gegenüber. Ohne es zu merken, war sie auf die Gegenfahrbahn geraten. Erneut riss sie das Steuer herum, Bruna wurde nach hinten geschleudert, und das Auto landete im Straßengraben. Die Möwe, die wie durch ein Wunder immer noch auf dem Dach des Wagens saß, schwang sich aufgeschreckt in die Lüfte und verschwand im Nebel. Sie zog es offensichtlich vor, sich in den Himmel zu flüchten. Der Lastwagen hupte, und aus dem Inneren der Fahrerkabine waren gedämpft ein paar Schimpfworte zu hören.

Trotz all dem hatte Bruna sich nicht weiter gerührt; noch immer schien sie ihren Gedanken nachzuhängen. Doch plötzlich leuchtete in ihrem Gesicht ein gewisses Interesse auf.

Das passierte ihr oft, wenn ihr etwas ins Bewusstsein kam, was sie lange vergessen hatte.

Ihre Augen blitzten auf, als hätte jemand dahinter eine Lampe angezündet, doch sie rührte sich nicht und verharrte angespannt und nachdenklich, den Blick ins Leere gerichtet.

Dabei dachte sie meistens ans Ertrinken. Denn vor langer Zeit, in den Zwanzigerjahren, waren ihre Brüder im Meer ertrunken, und nun riefen sie nach ihr, meistens wenn sie schlief. Dann stand sie auf und trat ans Fenster. Sie hörte: »Bruna, Bruna, bist du es?« Und sagte: »Ja ich bin's, Bruna, wer ruft nach mir?« Niemand antwortete, woraufhin sie schließlich ins Bett zurückkehrte.

Und nun saß sie hier, im VW Käfer, und in ihrem Kopf leuchtete es. Ein paar Dinge kamen ans Licht: die Schachtel mit den Insekten, Gabeln und Messern, die wie Luftblasen nach oben schwebten, und das ansteigende Wasser in den Augen der Kleinen. »Die Kleine ist da drin«, murmelte sie.

»Die Kleine ist in meinen Augen«, sagte sie plötzlich.

Doña Olvido legte den Rückwärtsgang ein, die Räder drehten durch, schleuderten Erde auf, doch das Auto kam nicht aus dem Graben.

»Dies ist nicht der richtige Zeitpunkt für Geschichten. Steig aus und schieb!«, befahl sie.

Mit einem leichten Zittern tauchte Bruna aus ihren Träumen auf.

»Warum haben wir angehalten?«, fragte sie und sah sich um, als wäre sie überrascht, sich an der Straße zu befinden. »Sind wir schon da?«

»Wie sollten wir schon da sein, wenn wir doch gerade erst losgefahren sind! Steig aus und schieb!«

»Ich kann nicht.«

»Raus mit dir!«

»Nein.«

Doña Olvido sah sie wütend an.

»Wie, nein?«

Bruna strich sich das Kleid glatt. Dann sagte sie in düsterem Tonfall:

»Ich bin sehr krank. Das hat der Arzt gesagt. Und er hat auch gesagt, dass ich zu Carmucha ziehen soll. Sie hat schon eine komplette funkelnagelneue Ausstattung für mich.«

»Die Ärzte denken sich all die Krankheiten nur aus, um ihren Patienten das Geld aus der Tasche zu ziehen, wusstest du das nicht?«

Erneut begannen sie zu streiten, bis ein Seat Malaga, der aus der Richtung des Fernsehgebäudes kam, an ihnen vorbeifuhr und stehen blieb. Am Steuer saß ein Mann in Jeans und engem Hemd, unter dem sich seine Armmuskeln abzeichneten. Er erkundigte sich, ob alles in Ordnung sei. Im selben Moment landete die Möwe wieder auf dem Dach des Volkswagens.

»Oh, alles prima«, antwortete Doña Olvido lächelnd von ihrem Sitz aus, die Arme vor sich ausgestreckt und die Hände am Steuer.

Er betrachtete sie, dann das Auto und schließlich die Möwe.

»Haben Sie noch einen weiten Weg vor sich?«, fragte er.

»Kommt drauf an«, entgegnete Doña Olvido und lächelte breit.

Der Mann blickte zu Bruna hinüber.

»Und die?«, wollte er wissen, wobei er mit dem Kinn auf das Dienstmädchen wies.

Bruna schloss den Mund, kräuselte die Lippen und verdrehte die Augen, während sie mit ihrem Gebiss klapperte.

»Das ist meine Schwester Matilde«, antwortete Olvido und versuchte erneut, den Wagen zu starten.

»Die sieht ziemlich übel aus«, meinte der Mann. »Geht es ihr gut?«

»Sie leidet sehr … unter ihrer Krankheit«, erklärte Doña Olvido.

»Ah …«, sagte der Mann. »Hören Sie, ich komme gerade von der Arbeit beim galicischen Fernsehen und jetzt …«

»Beim galicischen Fernsehen?« Doña Olvido richtete sich auf und streckte den Kopf aus dem Fenster. Ihre Augen bekamen einen freudigen Glanz. »Letztens wollte das Fernsehen ein Interview mit mir machen, wissen Sie? Sie wollten mich interviewen, weil ich in ganz Spanien die Frau mit dem ältesten Führerschein bin. Wie finden Sie das? Und ich fahre immer noch ohne jeden Fehler! Denn, hören Sie, mit anderen Dingen steht es vielleicht nicht zum Besten, aber …«, sie tippte sich mit dem Finger an die Schläfe, »… hier oben funktioniert noch alles hervorragend. Wie bei einem fünfzehnjährigen Mädchen.«

Der Mann dachte einen Moment nach und blickte dann ins Innere des Wagens. Das riesige Bündel auf der Rückbank erregte seine Aufmerksamkeit.

»Ich war immer von eiserner Gesundheit«, fuhr Doña Olvido fort. »Ich hatte zehn Kinder direkt hintereinander und habe keine einzige Hämorrhoide und nicht eine Krampfader.« Sie wandte sich zu Bruna um. »Habe ich zehn oder zwölf Kinder, Matilde?«

»Elf«, sagte Bruna, den Blick nach vorn gerichtet.

»Gut, also ich habe das Interview nicht gegeben, weil meine elf Kinder es nicht zugelassen haben. Sie waren allesamt dagegen. Sogar ein paar meiner Enkel haben es abgelehnt. Ich habe um die zwanzig Enkelkinder, stellen Sie sich vor, was bei mir immer los ist. Den ganzen Tag über koche ich Béchamelsauce, weil sie so gern zu mir kommen, um bei Oma Kroketten zu essen, denn sie sind ja nicht dumm. Na ja, Sie wissen ja. Wenn die Kinder und die Enkelkinder etwas nicht wollen ... Aber ich hätte vieles erzählen können in diesem Interview ... Sehr viel, ha!«

Der Mann wandte langsam den Blick zu Bruna hin, die nun leise lachte, wobei ihre Schultern zuckten.

»Aber keine Sorge, wenn Sie jetzt gerade keine Kamera zur Hand haben und solche Dinge, es ist noch nicht zu spät ...«, fuhr Doña Olvido fort.

»Zu spät wozu?«, fragte der Mann verwirrt.

»Um mich zu interviewen.« Doña Olvido sah auf die Uhr. »Ich schätze, dass wir so um drei oder halb vier beim Kloster Sobrado eine Pause einlegen werden. Wenn Sie dorthin kommen möchten, stehe ich Ihnen gern zur Verfügung. Ich kenne Santiago in- und auswendig, zum Beispiel könnte ich Ihnen etwas über das Wasser- und Kanalsystem zu Beginn des Jahrhunderts erzählen ... Über die vier Automobile, die es damals gab und von denen eines dem Bischof, eines den Balandróns, eins den Harguindeys und eins uns gehörte. Außerdem habe ich viele Anekdoten auf Lager, denn ich hatte so ein ausgefülltes Leben ... Wussten Sie zum Beispiel, dass wir uns in einem Gutshof auf dem Land vor den Faschisten verstecken mussten? Und wissen Sie, dass ich mit dem Schriftsteller Álvaro Cunqueiro befreundet bin?« Doña Olvido wandte sich um und zeigte auf ihre Reisebegleiterin. »Er hat die gleiche Krankheit wie sie ... Und ich weiß noch viel mehr über ihn, aus seinem Privatleben, nicht von ihm als Schriftsteller, sondern als Mensch aus Fleisch und Blut, verstehen Sie?«

Der Mann seufzte. Während er erklärte, dass er keine Interviews mache, nicht einmal Journalist sei, sondern nur der Hausmeister in dem Gebäude, warf er einen weiteren Blick auf Bruna.

»Die sieht gar nicht aus, als wäre sie Ihre Schwester. Und außerdem glaube ich nicht, dass Sie mit der Rostlaube weit kommen. In Ihrem Alter! Sie sollten schön brav im Altersheim sitzen und Ihre Suppe löffeln und nicht hier mitten auf der Landstraße mit diesem …«

Er wies mit dem Finger auf den Rücksitz und öffnete gerade den Mund, um zu fragen, was sie da dabeihatten, doch bevor er etwas sagen konnte, schaltete sich Doña Olvido wieder ein:

»He, reden Sie nicht so über Matilde, sie ist eine seriöse Frau. Sie wird heiraten, wie man sieht. Das hat sie sich immer gewünscht, wissen Sie? Und es ist nie zu spät, sich seine Wünsche zu erfüllen … Haben Sie keine Wünsche?«

Der Mann musterte Bruna erneut. Sein Blick wanderte zwischen dem Bündel auf dem Rücksitz und dem vorderen Teil des Wagens hin und her. Plötzlich sagte er:

»Ihr Schmutzfänger ist lose. Haben Sie das Schleifgeräusch nicht gehört?«

Die beiden alten Frauen verharrten auf ihren Sitzen, ohne etwas darauf zu sagen, und nickten lächelnd, und der Mann hatte keine Lust mehr, das Gespräch fortzuführen. Also schob er den Wagen an, während Doña Olvido mit großer Geste das Lenkrad von einer Seite auf die andere drehte, wie sie es in den Telenovelas gesehen hatte, wenn dort ein Wagen nicht mehr ansprang. Unterdessen versuchte die Möwe auf dem Dach, krächzend wie ein Rabe, das Gleichgewicht zu halten.

Tatsächlich gelang es ihnen, den VW Käfer aus dem Graben zu befreien. An einer abschüssigen Stelle der Landstraße sprang er wieder an und ruckelte mit schleifendem Schmutzfänger in einer Wolke aus Auspuffgasen und Staub davon. »Adióóós, rufen Sie mich an, wann Sie möchten, wegen des Interviews! Ich bin mit Álvaro Cunqueiro befreundet!«

Der Mann hob die Hand an die Stirn und sah dem seltsamen Paar kopfschüttelnd nach, während die Möwe auf dem Autodach mit ausgebreiteten Flügeln umherspazierte.

Die alten Damen grinsten noch immer, doch nach und nach, mit zunehmender Entfernung, gefror ihnen das Lächeln im Gesicht.

»Wer ist Álvaro Cunqueiro?«, fragte Bruna.

Im Nähzimmer, das Olvido nicht mehr betreten durfte, wurde immer fieberhafter gearbeitet. Manchmal blieb sie stehen, wenn sie daran vorbeikam, und lauschte an der Tür. Dann hörte sie Gelächter, das metallische Geräusch der Scheren oder das Rattern der Nähmaschine. Allzu gern wäre sie dort drinnen bei ihnen gewesen!

Auch wenn sie das, woran sie gerade arbeiteten, beinahe jedes Mal unterbrechen mussten, weil der kleine Cristino schon bald wieder verschwand.

Irgendwann – in der Regel nach einer der anstrengenden Putzaktionen unter dem strengen Befehl seiner Mutter – kam er völlig erschöpft, mit verwirrtem Blick, schlecht gebundener Krawatte und triefender Nase ins Nähzimmer, um zu verkünden, dass er losmüsse. »Stell dir vor, wie dumm, Mama!« In diesem Moment schlug er sich zwei Mal vor den Kopf und erklärte schließlich, dass er seinen Regenschirm und die Zahnbürste in Paris vergessen habe.

Daraufhin hielt seine Mutter die Nähmaschine an und betrachtete ihn mit traurigem Blick über ihre Brille hinweg.

Mit jener Stimme, die tief in ihrer Kehle entstand und direkt vor der Nasenspitze erstarb, entgegnete sie:

»Musst du wirklich wieder fort?«

»Ich muss, ja, Mama.«

»Gut, dann geh, Junge, kehr zurück nach Paris, um deinen Regenschirm und die Zahnbürste zu holen.«

Olvido vermutete gleich, dass das, was ihn zu dieser Reise veranlasste, weder die Zahnbürste noch der Regenschirm waren, sondern das dringende, leicht exzentrische Bedürfnis, seine Ruhe zu haben.

Ruhe vor seinem Bruder Benigno, der ihm ständig sagte, dass er aufhören solle, die Dienstmädchen zu begrapschen, vor seiner Mutter, die ihm sagte, dass er sich eine Aufgabe suchen solle, denn mit irgendetwas müsse er seine Zeit verbringen, vor Doktor da Pena, der ihm sagte, dass er in kaltem Wasser baden solle, und vielleicht sogar vor sich selbst, wenn er mit vor der Brust gekreuzten Armen vor dem Spiegel stand und sich sagte: »Du musst damit aufhören, du musst endlich damit aufhören.« Immer dieselben Stimmen, die immer das Gleiche sagten: Hör auf, Cristino de Gondollín, nimm deine Tabletten, hör auf, den Dienstmädchen an den Hintern zu fassen, such dir eine ernsthafte Beschäftigung – Klavier- oder Geigenspiel, Finanzverwaltung –, Cristino, wisch dir den Mund ab, iss die Hühnerbeine richtig ab, da ist noch Fleisch dran, geh, mach eine Reise, Cristino, du kehrst besser nach Santa María de Conxo zurück, ins Psychiatrische Krankenhaus, geh tanzen, bevor du alt wirst. Lass die Tabletten und die kalten Bäder sein. Iss die Knochen richtig ab, da ist noch Fleisch dran. Aber was machte er in Paris?

Cristino hatte eine zerbrechliche, anfällige Gesundheit. Hin und wieder wurde er von zähflüssigem grünem Schleim gequält, raste sein Puls, riss er sich selbst an den Haaren und lief seiner Mutter hinterher, wobei er schrie: »Ich halte es nicht mehr aus, warum lässt du mich nicht gehen, Mama, warum lässt du mich nicht?« Daher war es normal, dass der Hausarzt, Doktor da Pena, regemäßig kam, der Einzige, der Cristinos Probleme zu verstehen schien und sich nicht erschreckte, wenn er ihn sah.

Don Ángelo da Pena war ein hochgewachsener, schlaksiger, robuster Mann mit traurigen, vorstehenden Augen, heller Haut und schwerfälligem Gang und, obwohl er für die konservativen Werte einstand, seit vielen Jahren mit Don Benigno befreundet. Er war ein exzentrischer Mensch, aber äußerst scharfsinnig und hatte den Ruf, weit mehr über seine Patienten zu wissen, als der fachmännische Blick oder die reine Wissenschaft ihm sagten. Daher war er auch der offizielle Arzt aller Klausurklöster in Santiago, und deswegen hatte Don Benigno ihm die heikle Gesundheit seines Bruders anvertraut.

Er untersuchte Cristino zwei oder drei Mal im Monat im Salon, bevor er zu den Klöstern weiterfuhr, und Olvido hörte durch die nur angelehnte Tür zu, während sie frühstückte. Dabei wurde immer nur das Gleiche besprochen.

»Nimmst du jeden Morgen ein kaltes Bad, Cristino?«

»Ja«, log dieser.

»Fastest du?«

»Brot, Wasser und ab und zu eine Sardine«, log der Patient erneut.

»Sehr gut. Verspürst du … *diesen Drang*?«

Cristino zitterte die Stimme:

»Ständig habe ich *diesen Drang.*«

»Wo?«

»Na ja, ich weiß nicht. Hier.« Er klopfte sich auf den Unterleib. »Da drin.«

Und wenn der Arzt alle seine Fragen gestellt hatte, legte er den Kittel ab und überließ ihn Cristino, der ihn sich eilig überzog und nun mit seinen Fragen begann.

»Haben Sie schon einmal einer Nonne unter den Habit geschaut, Don Ángelo?«

Darauf Don Ángelo:

»Niemals.«

»Und einem Priester?«

»Einmal.«

»Sehr gut. War es dunkel oder hell dort drunter?«

»Dunkel.«

»War es gut?«

»Cristino!«

Dank des Arztes, seiner Geduld, seiner Bereitschaft zum Spiel und seiner Empfehlungen ließ Cristinos *Drang* ein wenig nach. Und doch brach er kurz darauf zur nächsten Reise auf.

Sobald er, im Mantel und den Koffer in der Hand, nach einem Abschiedsgruß an seine Mutter – »Adiós, Mamaíña, ich bin bald wieder zurück!« – die Tür hinter sich geschlossen hatte, nahm Doña Pelagia wieder ihr normales Leben auf. Dann verließ sie unter dem hilflosen Blick ihrer Tochter Conchita das Nähzimmer, um nach Olvido zu suchen und ihr – in strengem Ton – von ihren drei *anderen* Söhnen, den Musikern, die in Madrid studierten, zu erzählen.

Am späten Nachmittag gingen sie oft gemeinsam zum Gottesdienst in die Iglesia de As Ánimas, gefolgt von Conchita, die kaum am Gespräch teilnahm, und von der Katze, die in diesem Fall den Wachhund ersetzte.

Wenn sie die Rúa do Vilar erreichten, war dies nicht nur ein Ortswechsel, sondern es hob auch ihre Laune. Olvido fühlte sich gleich besser, wenn sie unter den ersten Arkaden mit ihren Juweliergeschäften und den Apotheken mit den großen Gefäßen im Schaufenster und den eindringlichen, köstlichen Gerüchen hindurchging. Aufmerksam betrachtete sie die suchenden Blicke der anderen Menschen und tat so, als ob sie Annäherungen und Berührungen auswich, ohne auf das Rascheln der Mäntel und den knisternden Schaum in den Abwasserkanälen zu achten. Auf der Höhe des Casinos roch der Nachmittag dann nach Regen und heißen Maronen.

Nebel senkte sich herab, und manchmal gingen sie auch in die Kathedrale, um sich das Lächeln des Propheten Daniel auf dem Pórtico da Gloria im Eingang des Westportals anzusehen, und während sie umherspazierten, hörte Doña Pelagia nicht auf zu reden: »Du ahnst ja nicht, wie klug meine *anderen Söhne* sind und wie hervorragend sie Geige spielen … Stell dir vor, erst jung verheiratet, war ich auf einmal eine Witwe mit sechs Kindern. Mit viel Kraft und harter Arbeit habe ich sie durchgebracht. Meine *anderen Söhne* sind klug! Und gut aussehend! Und dann …! Und sie haben das Geigespielen so schnell gelernt, beinahe ohne Unterricht.« Doña Pelagia zog ihre Schwiegertochter am Arm, woraufhin diese ruckartig stehen blieb. Hinter ihr verhielt auch Conchita abrupt den Schritt. Sogar die Katze verharrte.

»Interessiert dich das, was ich dir erzähle?«

»Sehr.«

Von der Rúa do Vilar, wo Doña Pelagia eine Lamprete, ein paar Chorizos oder Orangen bei den Ständen der Händler kaufte, gingen sie ins Derby. Die Katze ließ sich draußen nieder und wartete, während Olvido einen Kaffee, Conchita eine heiße Schokolade und Doña Pelagia gar nichts trank, weil sie versäumt hatte, etwas zu bestellen. Also fuhr Letztere mit dem Vortrag über ihre Kinder fort: »Weißt du, die Leute halten mich für verrückt, weil ich meine Söhne, als sie noch klein waren, weg aus diesem ›Kaff‹ zum Lernen nach Madrid geschickt habe. Verrückt, weil … weil ich unablässig von ihnen geredet habe.« An dieser Stelle schwieg sie, und Conchita rutschte verlegen auf ihrem Stuhl hin und her. »Verrückt, weil ich mir keine Ruhe gönne, weil ich nur daran denke, dass sie eines Tages Musiker in einem großen Orchester sein werden … Ach, meine Söhne! Das letzte Mal, als sie hier waren, haben sie mir aus Madrid Süßigkeiten und Parfüm mitgebracht; du wirst sehen, wie gut sie aussehen. Aber nun haben sie mir lange nicht mehr geschrieben.« Nachdenklich verdrehte sie die Augen und klapperte mit den Wimpern. »Sie haben einfach keine Zeit, die Armen.«

Ein andermal legte sie nachdenklich die Hände auf ihren dicken Bauch, klammerte sich dann an Olvidos Arm und schnüffelte in die Luft, um dann zu sagen: »Ich rieche sie, Olvidiño, ich spüre sie, sie sind hier, bei mir.« Dann ließ sie Olvidos Arm wieder los und griff sich mit ihren knochigen Fingern ins Haar, als wollte sie es auswringen, zog dann an einer Strähne und verdrehte die Augen erneut. »Gestern war ich beim Frisör. Gefällt dir die Farbe?«

»Sehr.«

Olvido nutzte den vertraulichen Moment, um mit ihrer Schwiegermutter über Benigno zu sprechen. Sie zweifelte sehr an ihrem neuen Leben, wusste nicht, ob sie ihre ehelichen Pflichten angemessen erfüllte, ob ihr Mann mit ihr zufrieden war, da er ständig das Haus verließ und immer besorgter wegen dem erschien, was im Land geschah und was ihr nicht zu verstehen gelang. Eines Tages gestand sie Doña Pelagia, dass sie nicht wisse, wie sie ihren Mann zufriedenstellen könne. Sie wollte ihn ja glücklich machen, ihm eine gute Frau sein, selbstlos und seine Vertraute sein, doch er näherte sich ihr kaum, sodass sie nicht wusste, was sie davon halten sollte.

»Die Männer haben ihre eigenen Sorgen«, sagte ihre Schwiegermutter darauf nur.

»Ja, aber ich glaube, dass er mir Dinge verschweigt. Ich sollte glücklich sein, bin es aber nicht.«

»Das macht nichts. Stell keine Fragen. Sag nichts oder ...« Doña Pelagia wandte sich zu Conchita um. »Weißt du, was diesem dummen Mädchen passiert ist? Wieso ihr Verlobter sie verlassen hat?«

Conchita wurde rot wie eine Tomate und schüttelte heftig den Kopf, um ihrer Mutter zu bedeuten, nicht weiterzureden. In ihrem Blick stand die gleiche Angst wie in dem ihrer Mutter. Vielleicht war sie aus anderem Holz geschnitzt – Schmetterlingsstaub zwischen den Fingern, kein Blut oder andere Flüssigkeiten in den Adern, sondern kalte Asche –, aber die Angst war die gleiche. Ganz genau die gleiche, dachte Olvido. Sie betrachtete Conchita einen Moment. Sie wäre eine hübsche Frau, wenn ihr das Haar nicht immer so ins Gesicht hängen würde, wenn sie nicht ständig gerötete Augen hätte, wenn sie nicht so mager wäre und nicht an den Fingernägeln kauen würde, wenn sie nicht immer eine Gänsehaut voller blauer Flecken hätte und sich auch noch mit etwas anderem beschäftigen würde als mit Opern und Puppen.

»Jedenfalls hat sich herausgestellt, dass Josemari...«

Plötzlich sprang Conchita auf und stürzte aus dem Lokal, wobei sie gegen Tische und Stühle stieß, eine Pflanze umriss und eine

Frau beiseiteschubste, die gerade durch die Tür hereinkam. Sämtliche Gäste starrten ihr nach.

Doña Pelagia und Olvido senkten den Blick.

»Ich möchte dir nur den guten Rat geben, lieber nicht allzu schlau zu sein«, flüsterte Doña Pelagia ihrer Schwiegertochter ins Ohr. »Meine Tochter Conchita hielt sich für besonders schlau, verstehst du?«

Olvido verstand gar nichts.

Manchmal machte Olvido mit ihrem Mann und Conchita eine Spazierfahrt in ihrem Bonilla Cabriolet, wobei sie selbst am Steuer saß.

Zunächst schien Conchita sich zu freuen, das Haus und die erstickende Atmosphäre des Nähzimmers, in dem sie die meiste Zeit des Tages verbrachte, für eine Weile verlassen zu können. Während sie zur Universität hinunter und den Paseo da Alameda hinauffuhren, plapperte sie in einem fort. Sie sprach von den großen Meistern der Opernmusik, Bizet, Mozart, Verdi und »oh, Tschaikowsky!«, von den Amseln, die um sechs Uhr morgens unterhalb ihres Fensters sangen, und von der Überwindung aller Widrigkeiten. Sie erwähnte auch, wie wichtig es sei, sich sportlich zu ertüchtigen, die Bedeutung von gymnastischen Übungen im Kampf des Reinen gegen das Schmutzige, des Gesunden gegen das Ungesunde.

In diesen Momenten war Conchita ein *anderer Mensch*, redegewandt, leidenschaftlich, gebildet, ihr Haar, ihr elegantes Tuch, Tschaikowsky und die Gymnastik im Wind. Doch je weiter sie sich dem Parque da Alameda näherten und je öfter ihr Bruder ihr widersprach (Würdest du bitte aufhören, so einen Unsinn zu reden!), desto kürzer wurden ihre Sätze.

Sie wurden immer knapper und lakonischer.

Bis sich Conchita ganz in Schweigen hüllte.

Nach einer Weile mussten sie schließlich umkehren, weil Conchita immer wieder sagte, dass sie ihre Zeit vergeudeten und dass sie dringend weiternähen beziehungsweise Opern hören müsse.

Eines Nachmittags, als sie von einer dieser Spazierfahrten zurückkehrten, wartete Don Ángelo da Pena im kleinen Salon auf sie. Olvido wunderte sich, dass er um diese Zeit bei ihnen vorbeikam, und sagte, dass sie ihrem Schwager sofort Bescheid geben würde.

»Ich bin nicht wegen Cristino hier«, sagte der Arzt. Olvido bemerkte, dass Don Ángelo ihr eindringlich in die Augen sah.

»Ja ... Dann werde ich mal nachsehen, wo Benigno ist ...« Ihre Knie begannen zu zittern.

»Ich bin gekommen ...« Don Ángelo knöpfte sich den Mantel auf, zog ihn aus und warf ihn über einen Stuhl. Darunter trug er seinen Arztkittel, auf dem Blutflecken zu sehen waren. »Ich habe einer der Nonnen in Santa Clara einen Backenzahn gezogen ...«, entschuldigte er sich, »und da ich schon mal hier in der Nähe war, dachte ich, ich schaue mal vorbei, ob ich vielleicht gebraucht werde. Manchmal, wenn man immer nach demselben Patienten sieht, kommt es vor, dass die anderen Hausbewohner ein wenig vernachlässigt werden, sozusagen von Don Ángelo – ihrem ›Engel‹ – im Stich gelassen.« Er lachte nervös. »Wenn ich wegen Cristino hier bin, höre ich Sie in der Küche, wenn Sie dort frühstücken. Sie sind immer allein, und manchmal husten Sie leicht ... Wie geht es denn Ihnen, Olvido?« Nun betrachtete er sie von oben bis unten mit einem Lächeln, das man als ironisch hätte bezeichnen können.

Olvido, die während des Gesprächs zu Boden gesehen hatte, suchte nun den Blick Don Ángelos und hielt ihn über ein paar endlos scheinende Sekunden, bis sie merkte, dass ihre Augen brannten. »Gut, danke. Es geht mir sehr gut.«

»Und wie beurteilen Sie den Zustand des kleinen Cristino?«, fragte sie anschließend, die Gelegenheit nutzend. »Sind Sie es, der ihn hin und wieder nach Paris schickt?«

In diesem Moment waren aus dem Salon laute Schreie zu hören.

»Na ja, ich ... genau«, entgegnete der Arzt ein wenig verwirrt. »Nein, nein ... Ich habe nur gesagt, dass es nicht schlecht für ihn wäre, nach Paris zu reisen. Die Anregung kam von Doña Pelagia.«

Ein Dienstmädchen unterbrach sie, um die Nachricht zu übermitteln, dass die Katze verschwunden und der Señor sehr beunruhigt sei.

Der Arzt seufzte und zog sich den Mantel wieder an, um das Haus zu verlassen. Olvido begleitete ihn zur Tür, und nachdem sie diese hinter sich geschlossen hatte, blieb sie noch eine Weile schweigend und etwas verloren auf den Bodenfliesen stehend in der Eingangshalle zurück. *Wie geht es denn Ihnen, Olvido. Sie sind immer allein.* Der Backenzahn der Nonne. Der mit Blut beschmierte Arztkittel. Ihr war völlig entfallen, wohin sie gehen wollte; vielleicht erinnerten sich ihre Füße, sicher sogar, und sie setzte sich in Bewegung. Ihre Füße trugen sie in die Küche, wo Benigno jammerte wie ein Kind, weil seine Katze verschwunden war.

Seit dem Morgen des Vortages hatte niemand sie mehr gesehen.

Alle wussten, dass die Katze Larpeira die Angewohnheit hatte, mit erhobenem Schwanz miauend über das Geländer eines der Balkone zu balancieren, der zum Innenhof hinausging. Jedes Mal, wenn sie an einem Ende des Geländers angekommen war, spannte sie ihren Körper an und stieß mehrfach ein lautes Miauen aus. Doña Pelagia und der kleine Cristino schien es ein melancholisches Miauen zu ein; Benigno war gerührt. Olvido dagegen hielt es für hysterisch und äußerst lästig.

Jedenfalls war dem Tier dabei noch nie etwas passiert. Bis zu jenem Tag, an dem Conchita nach langer vergeblicher Suche auf den Gedanken kam, in den Innenhof hinunterzugehen und dort nach der Katze zu sehen. Zwei Minuten später kam sie mit hängenden Armen und einem dummen Ich-weiß-alles-Lächeln im Gesicht wieder herauf. Einige Stunden später, beim Abendessen, nachdem die Katze immer noch nicht aufgetaucht war und Don Benigno immer unruhiger wurde, schluchzte und die Polizei rufen wollte, fragte Olvido ihn, ob sie nicht im Innenhof sein könne, von woher sie ein Miauen gehört zu haben meinte. Daraufhin entgegnete Conchita:

»Sie ist tatsächlich dort unten.«

»Im Hof? Wunderbar!«, meinte Olvido. »Warum hast du sie nicht mit nach oben gebracht?«

Conchita spießte eine Erbse auf und führte sie zum Mund.

»Tu doch nicht so«, sagte sie, mit den Vorderzähnen kauend.

»Wie bitte?«, fragte Olvido.

»Du sollst nicht so tun ... du weißt genau, dass sie verblutet ist. Du selbst hast sie doch hinuntergestoßen. Du warst eifersüchtig. Hast sie gehasst, weil sie dir Konkurrenz gemacht hat. Weil du willst, dass dein Mann dich so streichelt wie sie.«

Don Benigno sprang auf, und alle folgten ihm. Zusammen gingen sie zu der Treppe, die in den Innenhof führte. Auf dem Weg hinunter stießen sie sich mit den Ellbogen an. Olvido folgte ihnen verblüfft. Unten versammelten sie sich um die Katze, die zwar nicht verblutet war, aber verzweifelt miaute; wie es schien, hatte sie sich ein Bein gebrochen.

Den Blick auf Olvido gerichtet, wandte sich Conchita erneut an Benigno.

»Sie war's.«

Der kleine Cristino krempelte sich die Hosenbeine hoch, um sich nicht mit Staub zu beschmutzen.

»Aufbegehren! Dies ist der erste Schritt des Wandels!«

Und Conchita:

»Sie hat sie runtergestoßen.«

Und Cristino:

»Jetzt gibt's Katzenbraten.«

Olvido zitterte das Kinn. Ihre Augen füllten sich mit Tränen.

Und Conchita:

»Die neueste Mode in Madrid: Katzen in den Innenhof werfen!«

Und Cristino:

»Die Stunde der Hässlichen ist gekommen!«

»Das ist nicht wahr! Seid endlich still!«, schrie Olvido auf einmal. »Warum sollte ich der Katze so etwas antun? Ihr wisst alle ganz genau, dass die Katze ständig über dieses Geländer balanciert ist! Ihr seid doch alle völlig verrückt und nur gegen mich, weil ich ein normaler Mensch bin. Ich bin normal, und ihr seid vollkommen durchgeknallt. Deshalb akzeptiert ihr mich nicht! Weil ich nicht verrückt bin!«

Sie brach in Tränen aus, wobei ihre Schultern heftig zuckten. Plötzlich zeigte sie mit dem Finger auf Cristinos Fußknöchel, die wegen der aufgekrempelten Hosenbeine gut zu sehen waren.

»Meine Strümpfe!«, schrie sie. »Du hast meine Strümpfe angezogen! Zieh sie aus, du Schwuchtel!«

Alle starrten auf Cristinos Beine, doch keiner war zu irgendeiner Reaktion in der Lage. Die Katze Larpeira versuchte, sich aufzurichten, was ihr jedoch nicht gelang. Sie miaute jämmerlich.

»Sie muss gefallen sein; bestimmt hat sie sich das Bein gebrochen«, erklärte Olvido schluchzend, die sich bereits für ihre letzten Worte schämte.

Sie hoffte weiterhin, dass einer von ihnen Larpeira hochnehmen würde, schließlich war es ihre Katze. Doch alle standen nur im Kreis um das Tier herum und starrten es nachdenklich an, ohne irgendetwas zu tun.

Schließlich nahm Olvido die Katze auf den Arm und ging mit ihr die Treppe hinauf. Die anderen folgten ihr im Gänsemarsch.

»Wenn der Prophet nicht zum Berg kommt, kommt der Berg zum Propheten«, sagte der kleine Cristino, während er mit den Strümpfen seiner Schwägerin an den Füßen energisch die Stufen hinaufschritt.

Oben angekommen, setzte Olvido die Katze in ihr Körbchen und übergab sie einem der Dienstmädchen, damit sich jemand um sie kümmere.

Doña Pelagia blieb andächtig stehen, bis die Katze fortgetragen worden war. Erst dann hob sie den Blick, kratzte sich an der Nase und wandte sich an den kleinen Cristino:

»Iss deinen Teller leer, putz dir die Zähne mit *deiner* Zahnbürste und geh zu Bett.«

In jener Nacht schreckte Olvido aus dem Schlaf. Sie setzte sich im Bett auf und stellte fest, dass ihr Mann wie gewöhnlich nicht neben ihr lag. Nachdenklich lauschte sie mit offenen Augen in die Stille der Nacht. Während sie die ersten Schritte, Stimmen und schlagenden Türen hörte, keimte in ihr ein Verdacht auf. *»Wie geht es denn Ihnen? Sie sind immer allein …«* Sogar der Arzt wusste es und bedauerte sie!

Sie vernahm das Rattern der Nähmaschine und blieb für eine Weile schwach und verstört sitzen.

Ihr Herzschlag schien sich dem monotonen, rhythmischen Geräusch der Nähmaschine anzupassen. *Ratter, ratatata, rat.* Sie konnte es nicht mehr ertragen. Während eines Moments der inneren Einkehr war ihr ein Verdacht gekommen. Und wenn ihr Mann auch weiterhin die Absicht hatte, die Nacht mit den Dienstmädchen zu verbringen, wäre es besser, es zu sagen. Sie war zwar jung, aber nicht dumm. Und sie würde es akzeptieren, ja. Sie würde es resigniert hinnehmen wie fast alles in diesem Haus. Denn das war ihre Pflicht als Ehefrau.

Sie sprang aus dem Bett, zog sich den Morgenmantel über und verließ das Zimmer. Dann eilte sie den Flur hinunter und die Treppe hinauf bis unters Dach, wo zwei der Dienstmädchen schliefen. Sie riss die Tür auf, machte Licht, stürzte zu einem der Betten hinüber und hob die Decke an: nur das Dienstmädchen. Also beugte sie sich über das andere Bett und machte dort das Gleiche: Auch dort lag nur das Dienstmädchen. Rasend vor Wut, machte sie sich auf den Weg zu Conchitas Schlafzimmer. Diese Heuchlerin würde ihr schon sagen, wo und mit wem ihr Mann schlief. Als sie das Zimmer betrat, stolperte sie über ein schlafendes Bündel auf dem Boden. Die Heuchlerin war wach und stand in Nachthemd und Hausschuhen neben dem Bett. Im Hintergrund war eine Stimme aus dem Radio zu hören. Jemand, der sehr verärgert klang, hielt eine erhitzte Ansprache in einer fremden Sprache. Der kleine Cristino war da und lag wie eine kalte Schlange, zusammengerollt und ohne Decken, auf dem Boden.

Conchita war offensichtlich dabei, Kniebeugen zu machen, wobei sie sich bemühte, nicht auf ihren Bruder zu treten.

»Suchst du meinen Bruder Benigno?«, fragte sie außer Atem.

»Wo ist er?«, schrie Olvido.

Conchita richtete sich auf, brachte ihre Hausschuhe wieder in Position und verzog das Gesicht zu einem Grinsen. Mit dem Zeigefinger wies sie auf das Zimmer gegenüber, das das ihrer Mutter war. Olvido verließ den Raum und ging, dem Geräusch der Nähmaschine folgend, zur angewiesenen Tür. Nachdem sie diese geöffnet und das Licht angemacht hatte, stellte sie fest, dass Doña Pelagia tatsächlich nähte, während Benigno, ihr Ehemann, am Fußende ihres großen Bettes schlief, in Embryostellung wie der kleine Cristino und in Decken gewickelt.

Auf seinem Bauch lag mit verbundener Pfote schnurrend die Katze.

Ein Schnurren, das sich in diesem Moment mit dem Motorengeräusch des VW Käfers vermischte. Doña Olvido kehrte aus ihren Gedanken zurück in die Gegenwart.

»Wir sollen schön brav im Altersheim sitzen und unsere Suppe löffeln?!«, meinte sie verärgert, während sie den Blinker setzte, um auf die N-634 in Richtung Curtis abzubiegen. »Das ist ja wohl die Höhe! Spinnt der! Soll er doch die Suppe essen! Was ist nur aus dieser Welt geworden! Die Kerle heutzutage kann man alle vergessen; echte Männer wie Starsky und Hutch oder Curro Jiménez sind nicht mehr so leicht zu finden, Bruna ... Alles nur noch sentimentale Erinnerungen ...«

»Curro Jiménez, ach was!«

Doña Olvido riss das Steuer herum, um einem entgegenkommenden Wagen auszuweichen, und Bruna wurde zur Seite geschleudert. Das Bündel auf dem Rücksitz knallte gegen die Scheibe. Doña Olvido warf einen Blick in den Rückspiegel; es saß nun ziemlich schräg, lag beinahe auf der Seite.

»Immer haben wir an die Liebe und die Leidenschaft geglaubt«, fuhr Doña Olvido fort, während sie den Arm nach hinten streckte, um das Bündel wieder aufzurichten. »Daran, dass die Männer galant, ehrbar und fleißig sind. War Hutch noch mal der Blonde oder der Dunkle?«

Bruna antwortete nicht.

»An Männer, die gern spazieren und ins Kino gehen, Literatur lieben und angenehme Gesprächspartner sind ... Was machst du denn da in der Ecke? Das passiert, wenn man nicht angeschnallt ist. Leg endlich den Gurt an!«

Bruna rappelte sich auf und griff nach dem Anschnallgurt, während Doña Olvido weiter redete.

»Männer, die aufmerksam sind. Und die gern zur Messe gehen und anschließend nicht ... Na ja, die sparsam sind und ein wenig zurückhaltend. Leichte Zurückhaltung ist immer gut.« Doña

Olvido sah wieder zu Bruna hinüber, die mit dem Gurt kämpfte, denn es gelang ihr nicht, die Schnalle einzustecken. »Dein Scherenschleifer, wie war der? ›Scherenschleifen ist mein Tun, zieh'‹ durchs ganze Land‹«, sang sie vor sich hin, um ihr Dienstmädchen zu verspotten. »›Wo es was zu schleifen gibt, bin ich gleich zur Hand …‹ Hat dein Scherenschleifer nicht Absätze getragen?«

Bruna überlegte kurz, ließ den Anschnallgurt wieder los und murmelte etwas vor sich hin. Doch Doña Olvido hörte ihr gar nicht zu. Tatsächlich war sie in Gedanken schon wieder bei Don Ángelo da Penas Lächeln und seinen Worten an jenem Tag.

»Weißt du …«, begann sie dann nach einer Weile, als sie wieder in die Wirklichkeit zurückgekehrt war. »Es klingt vielleicht dumm, aber mir ist eben richtig die Galle hochgekommen, als dieser Kerl, dieser unverschämte Kerl … Ich meine, bittere Galle – wie manchmal nachts, wenn man zu viel gegessen hat und einem alles zur Last wird, sodass man nicht mehr schlafen kann; du verstehst schon, Bruna, oder?«

Doña Olvido blickte niedergeschlagen nach vorn. Dann legte sie ruckartig einen kleineren Gang ein, und der Wagen machte einen Satz. Sie verstand nicht, wieso sie sich auf einmal an all das erinnerte, sie wollte sich nicht erinnern … Da schlug mit einem Mal etwas Schwarzes gegen die Scheibe, blieb dort einen Moment kleben und rutschte dann zur Seite. Doña Olvido trat berherzt auf die Bremse, und der VW schlingerte über die Fahrbahn und kam nach einigen Metern in einem Funkenregen zum Stehen.

»Das war ein Rabe!«, sagte Bruna.

Doña Olvido sagte nichts. Sie hielt keuchend das Lenkrad umklammert und hoffte inständig, dass ein erfahrener Autofahrer ihre Heldentat gesehen hatte. Schließlich geschah es nicht jeden Tag, dass man irgendwelchen umherfliegenden Teilen ausweichen musste, und Bruna hatte es nicht mal mitgekriegt. Tatsächlich war ihr nicht mal aufgefallen, dass sie stehen geblieben waren.

Doña Olvido wandte sich brüsk zu ihr um. Dann nahm sie ihren Gedanken wieder auf und meinte:

»Weißt du, wie dieser Typ vom Fernsehen aussah? Er sah aus wie ein Vogel … Oder besser wie ein Kapaun. Hast du sein schwabbeliges Doppelkinn gesehen? Der hält sich für jung, dabei hängt sein Fleisch schon schlaff herunter.«

Bruna schob mit der Zunge ihr Gebiss hin und her. Dann sagte sie zu sich selbst:

»Ich darf nicht vergessen zu pinkeln. Heute Nacht habe ich nicht einen Tropfen …«

»Der hat uns behandelt wie zwei dämliche Alte, hast du das gehört?«, fuhr Doña Olvido fort. »Als hätte ich im Leben nicht all das durchgemacht! Als hätte ich nun nicht das Recht zu tun, was mir beliebt, verdammt!«

»Pinkeln Sie nachts?«, fragte das Dienstmädchen.

»Nein!«

Bruna setzte sich das Gebiss wieder richtig ein und schnaufte. Dann sagte sie ruhiger:

»Dann sind wir schon zwei.«

Doña Olvido sah aus dem Fenster und dann wieder auf ihr Dienstmädchen.

»Bruna …«, meinte sie plötzlich, »wie alt bist du?«

Bruna dachte nach.

»Neunzehn Jahre«, sagte sie dann und ihre Schultern zuckten, weil sie lachen musste.

»Du meinst nicht zufällig einundneunzig?«

»Es werden wohl …«

»Na, dann hast du eh schon viel zu viel gepinkelt«, befand die Señora streng und startete den Motor, um das Auto wieder auf die Straße zu lenken.

Schweigend und eine Wolke aus Auspuffgasen hinter sich herziehend, fuhren sie weiter die N-634 entlang. In der Ferne tauchte ein Dorf auf, und zu beiden Seiten der Landstraße huschten die Stämme von Eukalyptusbäumen am Fenster vorbei.

»Dauert es noch lange, bis wir da sind?«, fragte Bruna.

Doña Olvido beachtete sie nicht.

»Der Typ vom Fernsehen sah aus wie der Kapaun, den wir mal zu Weihnachten bekommen haben und den keiner schlachten wollte. Warst du da schon im Haus, Bruna?«, fragte sie und kniff die Augen zusammen, als könnte sie sich so die Vergangenheit besser vergegenwärtigen.

»Nein, nein. Das war, bevor ich ins Haus kam. Sie haben mir schon mehrfach davon erzählt. Der Kapaun und Conchita. Aber da lebte ich noch bei meiner Mutter im Dorf.«

»Du hast recht. Denn wenn du schon da gewesen wärst, hättest du dich um das arme Tier gekümmert. Weißt du, dass es mehrere Stunden kopflos durchs Haus gelaufen ist? Das war vielleicht ein komisches Weihnachtsfest ... In welchem Jahr mag das gewesen sein, Bruna? 1936?«

Das Dienstmädchen schloss die Augen und zuckte mit den Schultern. Doña Olvido schaute kurz in den Rückspiegel und warf einen Blick auf das Bündel.

»Nein, 1936 kann das nicht gewesen sein«, entgegnete Bruna nachdenklich, »das war doch noch vor dem Bürgerkrieg. Vielleicht 1935 oder 1934 ...?«

Weihnachten 1935 wurden Blumenkohl und Gebäck ins Haus von Doña Olvido Fandiño gebracht, ein lebender Kapaun, den Don Benigno von irgendjemandem geschenkt bekommen hatte, Turrón, Marzipan, eine Krippe mit Porzellanfiguren, Moos, Wasserläufen, Palmen und Bergen, die mit Mehl statt mit Schnee bestäubt waren. Was jedoch wie in den Jahren zuvor ausblieb, war der Besuch von Doña Pelagias Geige spielenden Söhnen, die auch an Ostern weder angerufen noch sich im Haus hatten blicken lassen.

»Nichts, Doña Pelagia?«

»Nichts.«

Damals entschied sich Olvido, ihren Mann nach seinen Brüdern in Madrid zu fragen, die dieser bisher immer nur vage erwähnt hatte. An jenem Morgen spazierten sie wie an vielen anderen Sonntagen und um Doña Pelagias und Cristinos verrückter Putzaktion aus dem Weg zu gehen, um den Ententeich im Parque da Alameda. Sie nahmen die Treppe, die auf den Hügel Carballeira de Santa Susana hinaufführte, und spazierten bis zu der riesigen gusseisernen Voliere. Dort verweilten sie üblicherweise eine Zeit lang, um den Vögeln zuzusehen und sie mit Maiskörnern zu füttern, die sie in einer Papiertüte bei sich trugen. Dabei entspann sich ein Gespräch darüber, wie sie Weihnachten feiern würden.

»Und deine Geschwister?«, fragte Olvido plötzlich. »Werden sie nicht dabei sein?«

Benigno, der gerade einem Papagei mit grünem Federkleid zusah, wie er sich auf einer Schaukel in dem großen Käfig das Gefieder putzte, wandte sich zu seiner Frau um.

»Conchita und Cristino?«, entgegnete er überrascht.

»Ich meine die Geigenvirtuosen ...«

Benignos Gesichtsausdruck verdüsterte sich.

»Ach ... die«, sagte er.

»Warum kommen sie niemals zu Besuch?«

Benigno nahm ein Maiskorn und schob es durch eine Ritze in den Käfig. Ein Wellensittich kam heran, um es sich zu holen. Neben ihnen, allerdings außerhalb des Käfigs, bewegte ein wunderschöner Pfau heftig seine Schwanzfedern und schlug sie dann zum Rad.

»Sie können wohl nicht kommen«, erklärte er brüsk, ohne den Blick von dem Pfau abzuwenden.

»Das kann ich einfach nicht glauben«, erwiderte Olvido. »Man muss doch etwas tun können, um es ihnen zu ermöglichen. Deine Mutter sehnt sich so sehr nach ihnen! Die Arme!«

Benigno fasste entschieden nach ihrem Handgelenk, um sie zum Paseo dos Leóns zu ziehen und den Rückweg anzutreten. »Aber wir haben doch noch Mais«, wandte Olvido ein und bemühte sich, sich seinen energischen Schritten anzupassen, erhielt jedoch keine Antwort.

Benigno hatte die Stirn gerunzelt und sollte den ganzen Morgen über kein Wort mehr sagen.

Ein paar Tage vor Heiligabend brachte jemand den geschenkten Kapaun in einem Pappkarton vorbei. Das arme Tier wurde nackt und gelb, wie es war, durch die Tür gereicht, versuchte mühevoll, sich auf den Beinen zu halten, und blickte sich, den Tod bereits vor Augen, um. Olvido stellte den Karton in die Speisekammer auf dem Dachboden – zu den Orangen, den Turrones, den Marmeladen, den toten gerupften Hühnern und dem Gemüse –, und der Kapaun blieb ergeben und mit hängendem Kopf zurück.

Am nächsten Morgen trat Conchita in die Speisekammer, um ein paar Konservendosen zu holen, und sah ihn. Fasziniert starrte sie ihn an. Von da an ging sie alle paar Stunden zu dem Tier, um es schweigend zu betrachten. Wenn der Kapaun ihre Gegenwart bemerkte, verzog er sich in eine Ecke, plusterte sich auf und kam schließlich wieder an seinen angestammten Platz zurück.

Alle zwei, drei Stunden suchte auch der kleine Cristino die Speisekammer auf. Mit einer Flasche Cognac und einem Trichter ausgerüstet, packte er das Tier im Nacken, öffnete ihm den Schnabel und goss den Weinbrand hinein (»Öffne den Schnabel, du verdammtes Biest!«), wobei der Alkohol dazu dienen sollte, den Weihnachtsbraten geschmackvoller zu machen. Mit einem Funkeln in den Augen sah Conchita dabei zu.

Das Problem war, dass niemand das arme Tier töten wollte, und die Vorstellung, dass »der arme betrunkene Kapaun geschlachtet werden musste«, ging Olvido die ganze Zeit nicht aus dem Kopf.

Bis sie schließlich das zitternde Tier auf den Arm nahm, mit ihm in die Küche ging und mit den Dienstmädchen sprach. Weihnachten stand vor der Tür, und die Sache musste endlich erledigt werden. Doch die Dienstmädchen schoben die Angelegenheit vor sich her. Keines von ihnen sah sich in der Lage, dem armen Tier mit dem Messer den Kopf abzuschneiden. Schließlich erklärte sich der kleine Cristino mit dem Argument dazu bereit, dass kein Vogel geboren würde, um in seinem Nest zu bleiben. Er tat so, als hätte er Mais in der Hand, um das Tier anzulocken, packte es dann am Flügel und setzte es sich auf den Unterarm, wobei er es beruhigend streichelte. Mit angeschwollenem Kamm und funkelnden Augen plusterte der Hahn sich auf. Plötzlich schüttelte Cristino sein Opfer ein wenig und schlug dann mit dem Messer zu, schnitt dem Tier in den Hals und ließ es los.

Der Kapaun taumelte mit hängendem Kopf wie betrunken durch die Küche, prallte gegen die Möbel und verlor jede Menge Blut, während alles um ihn herum laut kreischte.

Von dem Geschrei angelockt, erschien Conchita, blieb wie erstarrt im Türrahmen stehen und betrachtete das Bild, das sich ihr bot. Dann setzte sie sich ohne irgendwelche Vorreden auf eine Bank, schob ihre Röcke beiseite, stellte einen Kessel neben sich und griff nach dem Messer. Ohne richtig hinzusehen, streckte sie die Hand aus, packte den armen Kapaun am halb durchtrennten Hals und köpfte ihn mit einer entschiedenen Geste. Das Tier zuckte heftig, während das dunkle Blut in Strömen floss und mit einem metallischen Geräusch im Kessel landete.

Eines der Dienstmädchen unterdrückte einen Schrei, und die Köchin legte die Hände vor den Mund.

Olvido stand stumm und unbeweglich in der Tür.

Die Zeit verging, und eines Tages musste Olvido sich am Morgen übergeben. Sie wollte nichts essen, war apathisch und jähzornig und immer müde. Am folgenden Tag geschah genau das Gleiche, sodass Don Benigno am Abend den Arzt kommen ließ. Nach der Untersuchung bestätigte Don Ángelo, dass Olvido schwanger sei.

Als Benigno die Nachricht vernahm, war er völlig verstört. Zunächst brachte er kein Wort heraus und sah abwechselnd seine Frau und den Arzt an. Später, als er Don Ángelo zur Tür geleitete, fasste er diesen am Arm und flüsterte ihm zu.

»Ángelo … stimmt es wirklich?«

Der Arzt richtete seine traurigen Augen auf ihn und antwortete:

»Ich habe gehört, dass die Linken, seit es die Volksfront gibt, überlegen, die Prozessionen zu verbieten und den Priestern zu untersagen, die Toten auf den Friedhof zu begleiten. Ob sie wohl demnächst auch die Beerdigungen verbieten wollen?«

Doch Benigno, der noch immer mit der gerade erhaltenen Nachricht beschäftigt war, hörte nicht zu. Am nächsten Morgen fiel es ihm schwer, das Haus zu verlassen. Er litt darunter, sich auch nur für einen Moment von seinem Sohn zu trennen (denn sicher würde es ein Junge werden), den er bereits ausgewachsen und ihm deutlich ähnlich vor sich sah. Er kehrte früher als gewöhnlich zurück und ging sofort zu seiner Frau, der es inzwischen deutlich besser ging. Als er die Hände auf ihren Bauch legte und ihren Bauchnabel ansang, musste sie lachen.

Neun Monate später, gleich nachdem die Volksfront in Galicien gesiegt hatte, was Don Benigno äußerst erfreut zur Kenntnis nahm, setzten bei Olvido in einer Gewitternacht die Wehen ein. An jenem Tag hatte Conchita, die meistens schwieg und nur selten etwas sagte, alle mit einem ungewöhnlichen Wutanfall überrascht. Ohne einen einleuchtenden Grund verlangte sie plötzlich, dass eine der Puppen keine Trauerkleidung, sondern normale Straßenkleidung tragen solle.

Dabei handelte es sich um eine Puppe in Lebensgröße, die Cristino ihr von einer seiner Reisen mitgebracht hatte und die sie als Modell für ihre Kleidung nutzten. Sie hatte kastanienbraune Augen und einen kleinen, leicht geöffneten Mund, in dem ihre Zähne zu sehen waren, und trug ein schwarzes Samtkleid. Unter dem eisigen Blick ihrer Mutter bürstete Conchita der riesigen Puppe das Haar, machte ihr Zöpfe, zog sie immer wieder um und bewegte ihre steifen Arme. Außerdem nahm sie sie aus dem Nähzimmer mit in andere Räume und setzte sie dort mit ihren starren Beinen direkt vors Fenster. »Damit du siehst, wie schön die Welt ist«, sagte sie zu ihr.

Als Doña Pelagia hörte, dass ihre Tochter der Puppe die Trauerkleidung ausziehen wollte, hob sie den Kopf und heftete den Blick aus ihren gelben Falkenaugen auf Conchita.

Zum ersten Mal in ihrem Leben sah die Tochter der Mutter hart und würdevoll in die Augen.

Und sagte:

»Ich sehe keinen Grund, warum *auch* die Puppen Trauerkleidung tragen müssen. Lass sie atmen, leben! Lass sie hinausgehen und sich einen Mann suchen!«

Doña Pelagia verzog das Gesicht zu einem trägen Lächeln. Sie zögerte ein paar Sekunden, doch in den Abgründen ihrer Bosheit gelang es ihr schließlich, den Satz zu finden, mit dem sie ihre Tochter am meisten verletzen konnte.

»Einen Mann so wie den, den du hattest?«, posaunte sie heraus.

Conchita fiel die Puppe herunter, die sie gerade in der Hand hielt, und ihr stieg die Röte ins Gesicht. Dann sagte sie, dass sie keinen Gedanken mehr an die dummen Violinisten verschwenden wolle, verpasste dem kaputten Porzellankopf einer anderen Puppe einen Tritt und begann haltlos zu weinen.

Anschließend zog sie sich in ihr Zimmer zurück und hörte von diesem Moment an unaufhörlich Wagners *Ritt der Walküren* auf dem Grammophon, immer und immer wieder dasselbe Leitmotiv, sodass alle Hausbewohner und vor allem Don Benigno beinahe verrückt wurden.

Kaum dass bei Olvido die Wehen einsetzten, war Don Benigno verschwunden. Sie hoffte, dass er – vielleicht in Begleitung des Arztes – zurückkehren würde, doch er tauchte bis zum nächsten Morgen nicht mehr auf.

Auch Don Ángelo ließ sich nicht blicken. Die Gebärende schrie immer lauter, und das wagnerianische Drama steigerte sich heftig und martialisch, vor allem im Bereich der hohen Töne und der Blechblasinstrumente – was in erster Linie die Trompeten, Posaunen und Violinen betraf –, zu einem orchestralen *fortissimo.* Der kleine Cristino wanderte den Flur auf und ab und ging mehrfach in Conchitas Zimmer, um sie zur Vernunft zu bringen: »Mach um Gottes willen das Grammophon aus, Conchita!« Diese jedoch befand sich in einer Ekstase, die sie allem gegenüber blind und stumm machte, und bekam überhaupt nichts mit.

Die Nacht nahm ihren Lauf, draußen blitzte es, und das Tremolo der Bratschen in der Opernmusik sorgte für unerträgliches Getöse. Der Arzt traf nicht ein, und die Melodie kam und ging, treppauf und treppab, quietschte, als ob das Grammophon nicht richtig aufgezogen sei, und Cristino und Doña Pelagia stolperten durch den Flur und legten sich kalte Umschläge auf die Stirn. Hin und wieder trat Cristino ins Zimmer, näherte sich dem Bett und tastete nach dem Puls der Gebärenden. Er hob nacheinander ihre Augenlider an und zog dann das Laken zurück, um mit dem Stethoskop die Herztöne des Babys abzuhören. Dabei klopfte er mit den Fingern hier und dort auf Olvidos Bauch.

Olvido brüllte vor Schmerzen, schnaufte, und die Dienstmädchen trugen mit Wasser gefüllte Kessel rein und raus und verschütteten die heiße Flüssigkeit im Flur, wobei die Pauken- und Beckenklänge der Oper die Schreie kaum übertönten.

Endlich, um drei Uhr morgens, als Olvido schon dachte, dass sie das Kind eigenhändig aus sich herausziehen müsse – denn trotz all der Aufregung kam niemand auf den Gedanken, ihr zu helfen –, tauchte endlich Don Ángelo da Pena auf. Mit seinem Eintreffen wurde das *crescendo* des *Ritts der Walküren* unerträglich. Der Arzt bat um Tücher und mehr Wasser, während er das kleine Mädchen auf die Welt holte – »Können Sie die Musik nicht leiser machen?« –, und Cristino ging in Conchitas Zimmer, um die Balkontür weit aufzureißen.

Genau als der erste Schrei des Neugeborenen ertönte, warf er das Grammophon aus dem Fenster.

Conchita starrte dem Gerät hinterher, doch in ihren runden, auf die wehenden Vorhänge gerichteten Augen war keine Regung.

Schon seit einer Weile waren sie vollkommen leer.

Das kleine Mädchen war winzig und stets unruhig und erhielt den Namen Candela. Mit ihrem Weinen – einem heiseren Jaulen wie von einem kaputten Grammophon – erschreckte sie ihre Tante, ihren Onkel und ihre Großmutter, die sie von der Tür aus anstarrten, als hätten sie noch nie ein Neugeborenes gesehen.

Trotz der Freude über die Geburt waren Olvidos Gefühle dem Kind gegenüber verwirrt. Wenn sie zunächst gedacht hatte, dass ihre Tochter, auf die sie all ihr Sehnen und ihre geheimen Wünsche konzentriert hatte, für sie eine Zuflucht in diesem verrückten Haus sein könnte, weckte sie nun in ihr lediglich Verstörung. Das Glück, das ihre Geburt mit sich brachte, enthielt eine gefährliche unterschwellige Strömung: Benigno beachtete seine Frau nun, da sie Mutter war, noch weniger als zuvor, und auch wenn er es niemals aussprach, warf er ihr doch insgeheim vor, dass das Neugeborene kein Junge war.

So brachte die Geburt von einem Tag auf den anderen Olvidos kleine Welt ins Wanken. Sich das Kind an die Brust zu legen wurde zur Qual. Die Muttermilch, die die Kleine nicht wollte, mischte sich mit dem Blut, das aus Olvidos rissigen Brustwarzen strömte. Es fiel ihr schwer, eine Verbundenheit mit diesem Wesen zu spüren. Wie war es möglich, dass es aus diesem Durcheinander an Schreien, blutigen Laken und Walküren hervorgegangen war?

All dies dämpfte die Freude und weckte eine gewisse Ablehnung in ihr. Es war nicht das erste Mal, dass es ihr so erging. Schon oft hatte sie sich Dinge gewünscht, von denen sie später merkte, dass sie sie gar nicht wollte: Süßigkeiten, Kleider, Schmuck. Wenn sie einkaufte, handelte sie aus einer Laune heraus. Dabei war es vollkommen gleichgültig, um was es sich handelte; das, was sie anregte, war der Kauf an sich. Allerdings war die Freude über den Kauf, wenn sie zu Hause ankam, bereits verflogen, woraufhin der Grund, warum sie das betreffende Objekt erworben hatte, seinen Reiz verlor. Dies verursachte eine seltsame Leere in ihr, eine Leere, die schon bald von einem Wunsch nach etwas Neuem gefüllt wurde, was ihr vorher nicht in den Sinn gekommen war und nun genauso dringlich erschien wie das Vorangegangene.

Erst vor kurzem hatte sie sich eine Mahagonikommode mit Intarsien aus Perlmutt gekauft, die sie viele Monate über in einem Antiquitätengeschäft immer wieder betrachtet hatte und die das perfekte Möbelstück für den kleinen Salon zu sein schien. Zunächst hatte sie dem Drang widerstanden, da es sich um einen Luxus handelte, den sie sich möglicherweise nicht leisten konnte. Doch der Wunsch wurde immer dringlicher. Es war eine Dummheit, eine Schwäche ... Aber der Drang ließ nicht nach, wurde immer schlimmer, hämmerte in ihren Ohren, und schließlich trat sie, nachdem sie immer wieder am Schaufenster vorbeigegangen war, in den Laden und kaufte es.

Am frühen Abend, während sie die Kommode auspackte, war ihr Enthusiasmus bereits deutlich gedämpft, und zehn Minuten später spürte sie bereits den ersten Anflug von Enttäuschung. Nach ein paar Stunden war sie schließlich davon überzeugt, dass es ein Fehler gewesen war, das Möbelstück zu kaufen.

Und mit der Geburt des Kindes war es ähnlich. Plötzlich war ihre Umgebung in Unordnung geraten; die Farben waren anders, genau wie die Gerüche und die tieferen Gefühle.

Es war nicht nur der Unterschied zwischen rot und schwarz oder zwischen dem Duft einer Rose und dem der Zigarre, die Don Benigno nach dem Essen rauchte. Sondern es ging mehr um den Unterschied in der Art, zu lieben und sich zu fürchten, glücklich und auf dieser Welt zu sein. Sie fühlte sich schuldig, und alles brachte sie zum Weinen: wenn sie morgens ihre Strümpfe nicht fand oder die Farbe des Himmels kurz bevor die ersten Regentropfen fielen, eine einsame Schnecke am Terrassengeländer, die Nachrichten im Radio, ein herrenloser Hund, der durch die Straßen hinkte.

Sie fiel in eine düstere Melancholie, und für eine Weile war sie nicht in der Lage, das Bett zu verlassen. Manchmal merkte sie, dass völlig unerwartet die Tränen strömten, ohne dass sie wusste, warum, während ihre Schwägerin, ihr Schwager und die Schwiegermutter in der Tür standen und Vermutungen über ihren Zustand anstellten, ohne es zu wagen, das Zimmer zu betreten.

»Sie ist traurig«, sagte Doña Pelagia.

Woraufhin der kleine Cristino die Nase hochzog und meinte: »Ich trinke ein Gläschen eisenhaltiges Wasser, wenn ich traurig bin, und dann geht es mir wieder gut.«

»Sei still!«, befahl Conchita. »Das bringt doch nichts.«

»Sei du still!«, entgegnete Cristino. »Ich weiß genau, was ich tue.«

»Aber sie tut nicht, was du tust.«

Dann wieder stellte Pelagia ein paar Tage später fest:

»Sie ist immer noch traurig.«

Eines Nachmittags, nachdem Olvido lange darüber nachgedacht hatte, beschloss sie, dass sie aufstehen und die Mahagonikommode mit den Intarsien aus dem kleinen Salon entfernen würde, da ihr Unmut wegen des Möbelstücks immer größer wurde und sie dies mit der Ablehnung in Verbindung zu bringen begann, die sie ihrer Tochter gegenüber empfand. Das Haus war riesig, und sie konnte die Kommode in einen der leeren Räume stellen, bis sie sich endgültig entschieden hatte, was sie mit ihr machen wollte. Und schon allein die Tatsache, diesen Entschluss gefasst zu haben, erleichterte sie ungemein.

Also ging sie ins Obergeschoss hinauf und trat in eines der unbewohnten Zimmer, in das sie an ihrem ersten Tag, als sie sich das ganze Haus angesehen hatte, bereits einen flüchtigen Blick geworfen hatte.

Kaum hatte sie das Zimmer betreten, schlug ihr ein intensiver Geruch entgegen, ein Geruch nach Erde und Pflanzen. Hinten im Raum standen ein Schrank und ein kleiner Sessel. Der Schrank hatte große Risse, aus denen Gras und Büsche mit riesigen weißen und rosafarbenen Blüten wuchsen, deren Zweige sich bis zu den Betten hinunterwanden. Eine Eidechse huschte über das geborstene Holz. Doch mehr noch als dieses wild wachsende Buschwerk beeindruckte sie der Anblick der drei kleinen rostigen Eisenbetten, die in einer Reihe nebeneinanderstanden und auf deren Kissen jeweils eine frische weiße Rose lag.

Dann fiel ihr eine Holztruhe auf, die in der Ecke stand. Als sie sie öffnete, schlug ihr Doña Pelagias fauliger Geruch entgegen. Der gleiche süßliche Geruch, der sie jahrelang verfolgt hatte, nachdem sie ihre Tanten nackt in der Küche gesehen hatte. Es war, als hätte sie den Sarg ihrer Schwiegermutter geöffnet: Vor ihr lagen vergilbte Partituren, staubige Bücher, kleine Kisten und Schachteln mit Ringen und goldenen Manschettenknöpfen, Fotos in Sepia, ein Rosenkranz und Heiligenbilder. Und unter all dem waren drei Geigen verborgen, zwei davon mit gerissenen Saiten. Sie entdeckte auch eine Tasse aus weißem Porzellan, die sie aus der Truhe nahm, um sie näher zu betrachten, dann jedoch beklommen zurücklegte, weil sie mit verkrustetem Blut befleckt war.

Während sie jetzt die Landstraße entlangfuhren, stellte Doña Olvido mit einem Blick in den Rückspiegel fest, dass die Decke, die das Bündel auf dem Rücksitz umhüllte, ein Stück verrutscht war: Da war es, das Gesicht und dieses Lächeln. Es war ein ausdrucksloses, eingefrorenes Lächeln, das ihr stets Angst gemacht hatte.

»Wieso hat dieser komische Mann sich wohl für meine Gesundheit interessiert?«, meinte Bruna plötzlich. Sie öffnete ihre Tasche und nahm ein paar Dinge heraus: einen mit Schokolade beschmierten Perlmuttkamm, Nähgarn, Pfefferminzbonbons, eine Lesebrille, einen kleinen Holzhammer und eine Plastiktüte mit einer blonden Haarsträhne darin. Als Doña Olvido die Haarsträhne bemerkte, befahl sie Bruna, alles sofort wieder einzupacken.

Schließlich fand Bruna, was sie suchte, einen Gebäckkringel. Nachdenklich betrachtete sie die Tüte mit der Haarsträhne, gab einen Kuss darauf, schob sie in ihren Ausschnitt und drückte sie an ihr Herz. Dann steckte sie alles andere wieder in die Tasche und leckte genüsslich an dem Gebäckkringel. Ihre Augen glänzten gierig.

»Ich meine, warum hat der Typ wohl nach meiner Gesundheit gefragt?«, fragte sie wieder.

»Der vom Fernsehen? Na, weil du alles andere als gut aussiehst«, entgegnete Doña Olvido und sah auf die Landstraße.

»Nein. Das wohl nicht. Sind wir bald da?«

»Hör auf, mir dauernd diese Frage zu stellen. Du benimmst dich wie ein vierjähriges Kind. Wir sollten dem Herrn danken für alles, was wir haben, einschließlich dieser Reise.« Doña Olvido warf ihrem Dienstmädchen einen schrägen Blick zu. »Schau dich an. Mal abgesehen davon, dass du nicht mehr viel siehst, kaum noch hörst und diesen ganzen Zucker im Blut hast, bist du doch fit wie eine Fünfzehnjährige.«

Bruna gab einen zufriedenen Laut von sich.

Als Doña Olvido jetzt wieder zu ihr hinüberblickte, bemerkte sie, dass ihr Dienstmädchen sich einen Gebäckkringel in den Mund geschoben hatte.

»Wirf das weg, du verrücktes Huhn!«, schrie sie. »Weißt du, wie viel Zucker da drin ist? Und dann auch noch mit Schokolade überzogen! Weißt du nicht, dass du blind davon werden kannst?«

Bruna hielt mit schokoladeverschmiertem Mund beim Kauen inne und starrte auf den Gebäckkringel. Dann fragte sie:

»Blind?«

Und Doña Olvido antwortete:

»Vollkommen blind. Oder sie amputieren dir einen Fuß. Ich habe mal von einem Mann gehört, dem der Fuß amputiert werden musste.«

Woraufhin Bruna sagte:

»Ach was! Mir tut es immer gut, etwas Süßes zu essen. Der Zucker steigt mir in den Kopf und hilft mir zu vergessen.«

»Klar steigt er dir in den Kopf und hilft dir zu vergessen. Weil du das Bewusstsein verlierst!«

»Sie sollten lieber auch so einen Gebäckkringel essen. Stattdessen schlucken Sie eine Pille nach der anderen. Und warum? Haben die Ihnen den Schmerz genommen, unter dem wir all die Jahre über gelitten haben. Haben Sie deshalb auch nur eine Nacht ruhig und ohne Albträume geschlafen, seit es passiert ist?«

Doña Olvido stoppte den Wagen am Straßenrand und zog die Handbremse an.

»Halt den Mund!«, befahl sie.

Für einen Moment war es unangenehm still. Bruna zog die Nase hoch. Dann sagte sie:

»Die Pillen nehmen Ihnen nicht den Schmerz, Señora. Der Gebäckkringel auch nicht, aber er enthält wenigstens diesen guten Zucker, der einem in den Kopf steigt und einen vergessen lässt. So!«

Doña Olvido startete den Wagen wieder. Nachdem sie eine ganze Weile geschwiegen hatten – Farnkraut, Kuhweiden und ein Haus mit Balkon in der Ferne –, war es Bruna, die die Stille durchbrach:

»Warum haben Sie dem Mann vom Fernsehen gesagt, dass wir um drei im Kloster sind?«

Doña Olvido sah sie leicht verwundert an.

»Um mit ihm zu kokettieren … Was denkst du denn?«, entgegnete sie.

Darauf meinte Bruna beharrlich:

»Dann sollten wir zurückfahren …«

»Schon immer wollte ich mal fürs Fernsehen interviewt werden … Damit, wenn es gesendet wird, die Leute, die mich kennen, in ihren Häusern sagen, dass sie Doña Olvido Fandiño gesehen haben. Ich habe so viel erlebt! Und … man weiß nie, das Leben ist voller Überraschungen …«

»Man weiß nie *was*?«, fragte Bruna.

Doch Doña Olvido antwortete nicht. Sie saß ein wenig schläfrig am Steuer. In ihrem Gesicht stand ein Ausdruck von Trauer und Hoffnungslosigkeit, während sie in Gedanken, aufgrund welch seltsamer Assoziationen auch immer, in andere Gefilde abschweifte. Sie erinnerte sich plötzlich an einen Tag, an dem sie das Nähzimmer ihrer Schwiegermutter betreten hatte. Doña Pelagia saß gerade an der Nähmaschine, an einem Kleid für irgendeine Puppe. Sie hatte den Blick gehoben und mit starrem Blick gesagt:

»Gestern habe ich deine Tochter husten hören.«

Denn so nannte sie ihre Enkelin Candela immer: »deine Tochter«.

»Sie ist ein wenig erkältet …«

Doña Pelagia hatte die Nähmaschine angehalten und den Fuß vom Pedal genommen. In ihren Augen stand Furcht. Sie hatte Angst. Immer hatte sie Angst. Wenn Olvido Candela badete, achtete ihre Schwiegermutter stets darauf, dass sie sich nicht erkältete. Wenn die Kleine eine auffällig warme Stirn hatte, rief sie sofort den Arzt. Wenn sie sie nachts weinen hörte, ging sie eilig hinaus auf den Flur.

»Hoffentlich hustet sie nicht noch mal, deine Tochter«, sagte sie mit gerunzelter Stirn. »Das gefällt mir gar nicht … dieser Husten. Nimmt sie zu, deine Tochter? Isst sie gut?«

Olvido war zusammengeschreckt. Mit einem Mal hatte sie das beklemmende Gefühl, dass diese Worte nicht der Sorge ihrer Schwiegermutter entsprangen, sondern direkt aus dem tiefsten Inneren des Hauses kamen.

»Ja, natürlich«, antwortete sie. »Wir haben sie gestern erst gewogen und, na ja, viel hat sie nicht zugenommen, aber das ist am Anfang ganz normal.«

Die Zeit verging, und Don Benigno, der die häusliche Routine ein wenig aus den Augen verloren hatte, da er, leicht beunruhigt von den Spannungen zwischen den politischen Parteien im Rathaus, nicht oft zu Hause gewesen war, stellte fest, dass seine Tochter Candela nicht nur nicht zunahm, sondern sogar an Gewicht verlor. Die Kleine hörte nicht auf, zu weinen. Olvido legte sie an die Brust, das Kind nahm für ein paar Sekunden die Brustwarze zwischen die Lippen, verzog dann das Gesicht und wandte sich ab.

Olvido versuchte alles: Salben, Samen, Nonnenfürzchen, Schneckenschleim. Sie suchte Hebammen auf, schmierte sich die Brustwarzen mit Honig und Sirup ein sowie mit einem Sud aus im Vollmondlicht geerntetem Fenchel und Anissamen, sie aß keinen Spargel, keinen Lauch und keinen Knoblauch mehr, die, wie sie gehört hatte, die Milch trübten und ihr einen schlechten Geschmack gaben, und wandte jede Art von Heilmittel an, die die Dienstmädchen ihr brachten.

Doch je mehr sich die Mutter bemühte, desto lauter brüllte das Kind.

Olvidos Brüste, die zunächst so prall gefüllt waren, dass es schmerzte, schwollen ab und wurden schlaff, und ein paar Wochen später war kein Tropfen Milch mehr darin.

Um es noch schlimmer zu machen, hörte Doña Pelagia nicht auf zu sticheln: »Tsss … Also ich habe sechs Kinder geboren und hatte Milch für alle!«

Auch der kleine Cristino und Conchita, die vollauf mit ihren Aktivitäten im Nähzimmer beschäftig waren, waren nicht gerade eine große Hilfe. In diesem Frühjahr war Cristino mehrfach nach Paris gereist. Von jeder Reise hatte er eine Puppe der Marke »Jumeau« mitgebracht, und Olvido stellte fest, dass Conchita der Rückkehr ihres Bruders immer erwartungsvoller entgegensah. Den Tag, für den seine Ankunft vorhergesagt war, verbrachte sie wartend an der Tür. Und da der Zeitpunkt der Rückkehr nie genau feststand, waren es manchmal viele Stunden, die sie, mit dem Blick auf die Straße und die Hände ringend, dort ausharrte. Sobald sie ihren Bruder erspähte, lief sie ihm entgegen, riss ihm den Koffer aus der Hand und eilte ins Nähzimmer hinauf, wobei sie unterwegs nach ihrer Mutter rief. Die drei schlossen sich ein, und nach einer Weile verließ Conchita den Raum, um für den Rest des Tages zu verschwinden.

Erneut mussten sie sich an Don Ángelo wenden, damit er das Problem löse, wie sie das Kind ernähren konnten. Der Arzt war den ganzen Tag in den Klöstern der Stadt beschäftigt. Da viele davon Klausurklöster waren, war er über Jahre der einzige Mann, den die Nonnen zu Gesicht bekamen. Es war keine leichte Arbeit, vor allem, weil es den Nonnen – von denen viele halbe Analphabetinnen waren und die die Mentalität von achtjährigen Kindern hatten – nicht erlaubt war zu reden und die Gespräche über die Mutter Oberin geführt werden mussten. Doch Don Ángelo ärgerte sich vor allem über die Verachtung, die die Republik der Religion überall im Land entgegenbrachte, sowie über die Vernachlässigung und die Armut einiger Klöster, in denen die Nonnen auf einfachen Matten schlafen und sich von kaum mehr als einem Stück Brot und einem Glas Wein am Tag ernähren mussten. Deswegen half er ihnen.

Nachdem Don Ángelo einen Blick auf das Kind geworfen hatte (er hob die Beinchen und die Ärmchen an und ließ sie fallen), sagte er, dass er die Mutter untersuchen wolle. »Und zwar allein«, fügte er mit einem Blick über seine Brille hinzu. Er forderte alle Anwesenden auf, den Raum zu verlassen, und schloss die Tür.

»Oft …«, begann er und half Olvido, sich im Bett aufzusetzen, als handelte es sich um eine routinierte Handlung, die er jeden Tag ausführte, »… liegt es an Unsicherheit, Trägheit oder einfach Angst.«

Er begann, ihr Hemd aufzuknöpfen, öffnete geschickt ihren Büstenhalter, zog leicht daran und ließ ihn zu Boden fallen. Olvido unterdrückte einen Aufschrei.

Nun hatte der Arzt, der äußerst gelassen blieb, einen direkten Blick auf Olvidos zitternden Busen. »Angst ist häufig ein lähmendes Element des Organismus«, fuhr er fort. Er betrachtete sie eingehend, als musterte er mit professionellem Auge ein Pferd oder eine Kuh. Und sie ließ zu, dass er sie derart unkeusch in Augenschein nahm.

Schließlich ging Don Ángelo auf die Knie, beugte sich ein wenig nach vorn, nahm eine der rosigen Brustwarzen zwischen die Finger und drückte sie leicht zusammen, als wollte er eine Laus zwischen den Blütenblättern einer Rose zerquetschen, bis ein paar beinahe durchsichtige Tropfen Milch herauskamen. Olvido zuckte zusammen und beugte instinktiv den Kopf. Daraufhin näherte er sich ihr, stieß ihre Schultern mit dem Finger zurück, senkte seine Lippen auf ihre Brust und begann zu saugen, zuerst ganz leicht, dann stärker und schließlich mit einer Gier, als hätte er seit Jahren Hunger gelitten. Nach einer Weile löste er die Lippen für einen Moment und blickte zu Olvido auf, die ihn völlig verblüfft und äußerst verwirrt anblickte, um dann zu erklären: »Muskeln, Fleisch, Flüssigkeit, all das wird von der Angst gelähmt.« Er schnalzte mit der Zunge, als wolle er etwas schmecken, was er in seinem Mund nicht fand, umfasste Olvido mit beiden Armen an der Taille und zog sie zu sich heran. Mit einer Hand schob er ihr Hemd zur Seite, beugte sich erneut vor und saugte an der anderen Brust, noch stärker diesmal. »Ruhig, entspannen Sie sich, denken Sie an etwas Schönes.« Sie schloss die Augen, legte die Arme auf seine Schultern, sog seinen nach Zigarre und Medizin riechenden Atem ein und versuchte, an etwas Schönes zu denken.

Allerdings wollte ihr nichts Schönes einfallen, da sie völlig verstört war.

Schließlich ließ Don Ángelo die Brustwarze wieder los. Er zog ein Taschentuch heraus und tupfte sich ein paar durchsichtige Tropfen von den Mundwinkeln.

»Nichts«, lautete sein Urteil.

Sie öffnete die Augen und sah ihn an.

»Wie bitte?«

Mit der gleichen Selbstverständlichkeit, mit der er Olvido ausgezogen hatte, knöpfte er ihr Hemd nun wieder zu, hob den Büstenhalter vom Boden auf und steckte ihn sich in die Tasche. Dann fügte er noch hinzu:

»Sie müssen viel trinken.«

»Ja, ja«, stotterte Olvido, »das sagen alle, wegen der Milch.«

Der Arzt schüttelte den Kopf.

»Nein. Wegen der Angst. Sie müssen die Angst abstoßen. Die Angst sitzt in den Nieren.«

Er nahm sie bei der Hand und zog sie auf die Füße, tätschelte ihre Wange und wandte sich zur Tür.

Dahinter warteten schon Doña Pelagia und ihre drei Kinder und drängten sich ums Schlüsselloch, um hindurchzusehen, sodass, als der Arzt die Tür öffnete, einer über den anderen fiel.

»Die Milch ist zu dünn«, verkündete er.

Don Benigno kam als Erster wieder auf die Beine.

»Die Milch ist zu dünn?«, wiederholte er, wobei er sich den Staub von der Hose klopfte.

»Es gibt zwei Möglichkeiten oder besser drei«, erklärte Don Ángelo, während er sich die Krawatte richtete und einen Blick auf das Gewirr an Körpern, Armen und Beinen auf dem Boden warf. »Wir können eine der Ammen kommen lassen, die die Findelkinder stillen, die im Waisenhaus zurückgelassen werden, oder einige Dosen Milchpulver besorgen, die in der Apotheke erhältlich sind und die extra in Madrid bestellt werden müssen, nachdem sie aus Deutschland oder der fernen Schweiz eingeführt wurden – was natürlich sehr teuer ist.«

Noch immer auf dem Boden hockend blickten Doña Pelagia und ihre Kinder auf Olvido, die bereits wieder vollkommen angekleidet war und offenbar nicht wusste, wie sie reagieren sollte.

»Eine Amme?«, fragte sie und legte sich, noch immer verwirrt und atemlos unter dem Eindruck des soeben Erlebten stehend, die Hände an die Wangen.

»Nutten mit Haaren auf den Brüsten«, meinte Cristino, der sich bemühte aufzustehen, jedoch von seiner Schwester Conchita am Hemd wieder nach unten gezogen wurde.

Olvido sah die beiden entsetzt an.

»Nur über meine Leiche«, entschied sie.

Don Ángelo schloss seinen Koffer, und alle starrten ihn schweigend an.

»Und die dritte Möglichkeit?«, fragte Benigno leise.

Erneute Stille, bis der Arzt sich räusperte.

»Die dritte Möglichkeit besteht darin, die trägen Drüsen zu stimulieren. Sie sind … Sie sind durch die Angst aufgedunsen.«

Alle starrten ihn verblüfft an.

»Drüsen?«, meinte Benigno mit krächzender Stimme.

»Die Brustdrüsen«, erklärte Don Ángelo. »Wenn das Baby an der Brustwarze saugt, wird ein Signal an die Hypophyse der Mutter gesandt, die daraufhin verschiedene Hormone produziert, die für die Milchproduktion und den Milchfluss sorgen. Wenn das Baby jedoch mit dem Saugen aufhört oder wenn das Saugen nichts bewirkt, wie es hier der Fall ist, stellen die Brüste die Milchproduktion ein.«

Benigno wusste nicht, was er dazu sagen sollte.

»Lass uns Folgendes tun«, meinte der Arzt. »Im Moment ist es nicht möglich, das Kind mit der dünnen Milch, die deine Frau in der Brust hat, zu ernähren. Das heißt nicht, dass sich das nicht ändern kann, aber im Moment muss die Produktion angeregt werden. Während du dich um das Milchpulver kümmerst und nach einer Amme suchst, kümmere ich mich um die trägen Drüsen, einverstanden?«

Benigno suchte den Blick seiner Mutter, die ihm vom Boden aus zunickte. Don Ángelo schlug seinem Freund aufmunternd auf den Rücken.

»Dann ist die Sache entschieden«, meinte er. »Ich sage immer, dass es für alles eine Lösung gibt, und wenn es keine Lösung gibt, dann gibt's kein Problem.« Er blickte auf seinen Arztkoffer. Dann ging er, gefolgt von Benigno und Olvido, mit schweren Schritten zur Tür. Die anderen verschwanden.

Im Flur blieb Don Ángelo noch einmal stehen und fragte seinen Freund, ob es stimme, dass der neue Bürgermeister von Santiago sein Amt niedergelegt habe. Don Benigno, der in Gedanken noch immer bei dem war, was der Arzt soeben entschieden hatte, antwortete nicht gleich. Schließlich sagte er, dass die politische Lage sehr unruhig sei und dass das Gerücht stimme, was den Bürgermeister jedoch nicht davon abgehalten habe, vorher nach Madrid zu reisen und das neue Statut dem Abgeordnetenhaus zu übergeben. Don Ángelo stellte den Koffer auf dem Boden ab und warf einen Blick auf das Titelbild der Zeitung, die auf einem Tisch in der Eingangshalle lag.

»Weißt du, mein lieber Freund, womit sich die Nonnen von Santa Clara den Hintern abwischen?«, fragte er plötzlich grinsend.

Don Benigno entgegnete:

»Mit Kohlblättern aus dem Gemüsegarten ... Vielleicht sogar mit den Händen ... Bei den Nonnen ist alles möglich.« Aus der Tiefe seiner Kehle entstieg ein heiseres Lachen, das ihm stoßweise über die Lippen kam.

Der Arzt nahm die Zeitung und betrachtete das Foto auf der Titelseite.

»Eben nicht. Sie nehmen Zeitungsseiten, *El Liberal*, auf dessen Titelseite in der Regel das beste und größte Foto des Präsidenten der Republik abgebildet ist. Und ich sage dir noch was: Schon sehr bald werden es alle so machen.«

»Wir werden schon noch sehen, wer sich womit den Hintern abwischt«, entgegnete Benigno.

Der Arzt sah ihn überrascht an.

»Weißt du, Benigno«, sagte er dann. »Eines will mir nicht in den Kopf. Unser Land, unsere Abstammung und die Geschichte Galiciens interessieren dich kein bisschen. Du sprichst kein Wort Galicisch, hast nie an unser Volk geglaubt. Was hast du also in einer nationalistisch galicischen politischen Gruppierung verloren? Galicien ist eine rückständige Provinz. Die Unabhängigkeit würde uns noch tiefer ins Elend stürzen, das müsste doch auch dir klar sein, oder? Warum hast du dich in dieses politische Chaos mit hineinziehen lassen?«

Benigno wiegte den Kopf. Dann sagte er:

»Das Problem ist nicht die Rückständigkeit, mein lieber Freund. Das Problem sind die nicht vorhandenen politischen Fähigkeiten des Volkes. Würden wir uns von unseren Fesseln lösen, könnte Galicien sogar von seiner Rückständigkeit profitieren, wenn es das bisher ungenutzte natürliche Potential ausschöpfen würde ...« Er schwieg eine Weile. »Übrigens ... die Nonnen, die sich den Hintern abwischen, die Mönche und das übrige religiöse Gesindel, die sind wirklich rückständig ... Denen sollte man mal einen richtigen Schrecken einjagen.«

Don Ángelos Gesichtsausdruck veränderte sich, er hob eine Hand, um Benigno zum Schweigen zu bringen, und ging weiter in Richtung Haustür. Die Tür zum Nähzimmer stand halb offen, sodass Doña Pelagia und ihre beiden Kinder zu erkennen waren, die vor einer riesigen Puppe knieten und ihr zusammengeheftete Stoffreste anpassten. Vor Eifer erhitzt, hantierte eine der Frauen mit gezierten Gesten an den Stoffstreifen herum, während immer wieder das metallische Geräusch der Schere in Cristinos Hand zu hören war und die andere auf einem kleinen Marmortisch mit einem knallroten Bügeleisen den Stoff glättete.

»Wie es scheint, sind sie mit der Puppe gut beschäftigt ...«, sagte der Arzt zu Don Benigno. »Was genau machen sie da eigentlich?«

Die Nähmaschine begann wieder zu rattern, während Doña Pelagias Lackschuhe auf- und abwippten. Um sie herum lagen Stoffreste wie ein mit bunten Blättern bedeckter Waldboden.

»Kleider und Frisuren ...«, antwortete Benigno.

Der Arzt sah weiter zu. Inzwischen hatte der kleine Cristino eine der Puppen auf den Knien, wiegte sie und sang dazu, als handelte es sich um ein echtes Kind. In diesem Moment hob Conchita den Kopf und sah Don Ángelo herausfordernd an. Dann ging sie zur Tür und knallte sie dem Arzt vor der Nase zu.

»Gut, also morgen fangen wir mit unserer Sache an«, sagte er, an Olvido gerichtet. »Mach dir keine Sorgen, Benigno, deine Frau ist in guten Händen. Morgen um vier bin ich hier. Aber kümmere dich trotzdem um das Milchpulver und die Amme ... Die Anfänge sind immer schwierig.«

Olvido sagte kein Wort. Ihr war kalt, und trotzdem hatte sie das Gefühl, als liefe ihr heißes Wasser die Wirbelsäule hinunter. Was war vor fünf oder zehn Minuten dort in ihrem Zimmer hinter verschlossener Tür geschehen? War das wirklich passiert? Nun, da sie es tatsächlich realisierte, zweifelte sie plötzlich daran.

Am selben Nachmittag noch hörte sich Don Benigno auf dem Platz, wo sich die Dienstmädchen zum Schwatz trafen, nach einer Amme um, und jemand erwähnte eine gewisse Bruna aus Santa Eugenia de Ribeira, die möglichst bald ihr Elternhaus verlassen wolle.

Am nächsten Tag pünktlich um vier klingelte Don Ángelo an der Haustür. Eines der Dienstmädchen öffnete ihm und führte ihn mit saurer Miene in den kleinen Salon, wo Olvido ihn, mit äußerst geradem Rücken und Furcht in den glänzenden Augen, auf einem Stuhl sitzend, erwartete. Ihre Brust hob und senkte sich.

Am Vorabend hatte der Arzt angerufen, um ihr Anweisungen zu erteilen, was sie essen solle (Hackfleischsuppe, Kaninchen in Knoblauch und Spargel) und welche Kleidung für die Behandlung die beste war: locker sitzende, offene Nachtkleidung.

Nachdem Olvido diese Instruktionen erhalten hatte, hatte sie mit Benigno gesprochen. Sie hatte den ganzen Nachmittag über nachgedacht und war sich absolut nicht mehr sicher, was am Morgen geschehen war, da es ihr wie die Erinnerung an einen Traum erschien, trotzdem war sie der Ansicht, dass es nicht angemessen war, wenn Don Ángelo sich um die Sache kümmerte. Ob er, Benigno, mal darüber nachgedacht habe, was *genau* es bedeutete, die Drüsen zu stimulieren? Nein. Benigno hatte nicht darüber nachgedacht, es reichte ihm vollauf, an seine Arbeit zu denken. Und er riet ihr, nicht so argwöhnisch zu sein und den Rat des erfahrenen Arztes anzunehmen. Genau das solle sie tun. »Argwöhnisch?«, schrie Olvido daraufhin.

Dann teilte sie ihrem Mann den Wunsch mit, dass er bei der Behandlung zugegen sein möge, woraufhin er antwortete, dass er dies, wenn es das sei, was sie wolle, einrichten könne.

»Sie müssen sich die Brustdrüsen wie den Fruchtstand einer Weinbeere vorstellen«, sagte Don Ángelo, als er zu Olvido in den kleinen Salon trat, um sie zu beruhigen, während er sich die Jacke aus- und den Arztkittel anzog. »Die Brustdrüsen sind wie eine Weintraube, wobei sich an der Stelle der Trauben kleine Beutel befinden, in denen, abhängig von den vom Blut transportierten Nährstoffen, die Milch produziert wird. Jede einzelne Weinbeere stellt die …«

»Ihre Erklärungen interessieren mich nicht«, unterbrach Olvido ihn brüsk und wandte den Blick zur Tür, die leicht offen stand. »Mein Mann ist noch nicht da.«

»Benigno?«

»Benigno ist noch nicht da, aber er wird jeden Moment kommen. Dann können Sie ihm all das erklären.«

Doch Benigno kam nicht. Nach einer halben Stunde verließ Olvido den Raum, um nach ihm zu fragen. Kurz darauf kehrte sie zurück und setzte sich wieder. Wie es aussah, hatte ihr Mann die Nachricht hinterlassen, dass er erst am Abend zurück sei.

»Fangen wir an«, sagte sie und warf dem Arzt einen nervösen Blick zu.

Mit entschiedener Geste schob Don Ángelo ihr den Schal von den Schultern, der zu Boden fiel, und anschließend das Nachthemd zur Seite. Als Olvido sah, wie er sich nach vorn beugte, mit halb offenem Mund den Hals reckte und seine gierigen grauen Augen den weißen Glanz ihres Körpers aufnahmen, begann sie, um sich zu schlagen.

»Weg mit Ihnen!«, schrie sie. »Was, um Gottes Willen, tun Sie da? Wie ich es mir gedacht habe! Ich werde die Polizei rufen!«

Don Ángelo richtete sich auf, sah sie überrascht an und wartete, bis sie ihre Arme wieder ruhig hielt. Er musterte sie gelassen, ohne den Anflug eines Zweifels erkennen zu lassen.

»Was ist los?«

»Sie handeln in unlauterer Absicht, das ist los!«

Don Ángelo nahm die Patientin bei der Hand und forderte sie auf, sich hinzusetzen. Eine unendlich scheinende Minute lang sah er sie eindringlich an. Dann beugte er sich, ohne ein Wort zu sagen, vor, legte ein Ohr an ihre Brust und horchte auf ihr rasendes Herz. Er wartete ab, bis ihr Herzschlag sich wieder beruhigte, und ergriff dann mit seinen erfahrenen Fingern eine ihrer Brustwarzen, führte sie an seinen Mund und begann zu saugen. Diesmal war Olvido zu keiner Reaktion imstande.

Nach einer Weile richtete der Arzt sich wieder auf. Ein weißes, beinahe durchsichtiges Rinnsal lief ihm am Mundwinkel herab, und sein Gesicht war gerötet. Mit geschlossenen Augen schmeckte er das, was er im Mund hatte, als handelte es sich um einen guten Wein. Dann öffnete er die Augen und sah sie an.

»Ich habe doch deutliche Anweisungen hinterlassen, was Sie essen sollen, Olvido.«

Olvido antwortete nicht. Diesen Kommentar hatte sie nicht erwartet, und sie war verwirrt.

»Sie haben nicht auf mich gehört. Aber so kommen wir nicht weiter, meine Liebe.«

Er straffte sich, zog sich den Arztkittel aus und ging zur Tür.

»Morgen komme ich wieder, aber wenn Sie Ihre Mithilfe verweigern, kann ich nichts machen.«

An diesem Abend speisten sie wie üblich alle gemeinsam. Äußerst aufgedreht und mit arroganter Miene wartete Benigno darauf, dass die Vorspeise serviert wurde, und sprach dabei von etwas, was Olvido nicht verstand (er drückte sich immer mit vielen Metaphern und Verkünstelungen aus), denn er erklärte, dass er ein Nest ausgehoben habe. Ein Nest ausgehoben? Seit wann interessierte er sich für Vögel? Seine Mutter und seine Geschwister hörten aufmerksam zu, ohne ein Wort zu sagen, während er erklärte, wie die dummen Vögel mit Waffengewalt abgeführt worden waren und sich im Hof zum Beten zusammengeschart hatten, als ob dies ihnen irgendwie hätte nutzen können. Wie sie diesen Tag genossen hatten! Dann hielt er inne und sah seine Frau an.

»Darüber nicht ein Wort zu Don Ángelo, ja? Denn diese Nonnen sind so etwas wie seine Bräute …«

Gerade als Olvido fragen wollte, was Don Ángelos Nonnen mit dem ausgehobenen Vogelnest zu tun hatten, kam das Dienstmädchen mit einer reichhaltig mit Speisen gefüllten Platte. Die üppige Vorspeise wurde leicht befremdet, aber dennoch freudig begrüßt. Doch als die Hauptspeise serviert wurde, erkundigte sich Conchita, welchem Anlass sie dieses opulente Mahl zu verdanken hätten. Daraufhin trat zunächst Stille ein, bis Olvido nach einer Weile ihren Mann ansah und erklärte, dass dies einer Anweisung des Arztes entspreche.

Conchita legte das Besteck auf den Tisch.

»Eine Anweisung des Arztes? Kaninchen in Knoblauch zum Abendessen?«, fragte sie und sah ihren Bruder an. »Stimmt das, Benigno?«

Von all dem unbeeindruckt, hieb der kleine Cristino seine Zähne in das Fleisch einer Keule. Als ihm bewusst wurde, dass alle am Tisch schwiegen, legte er die Keule auf den Teller zurück und schaute die anderen an. Olvido und Conchita sahen, auf eine Antwort wartend, zu Benigno. Der blickte zu seiner Mutter, die daraufhin nickte.

»So ist es«, sagte Benigno.

Angesichts dieser Antwort (die in Wirklichkeit die Antwort ihrer Schwiegermutter war) spürte Olvido ein Brennen in ihrem Inneren: War es der Magen, die Lunge, vielleicht die Gallenblase oder die Leber? Möglicherweise war es ja auch nur ein armer kleiner Vogel.

Der kleine Cristino griff wieder nach der Kaninchenkeule und biss hinein.

»Schön aufessen!«, befahl Doña Pelagia. »Da ist noch viel Fleisch dran.«

Am nächsten Tag um Punkt vier Uhr trat Don Ángelo da Pena erneut durch die Tür. Olvido erwartete ihn im kleinen Salon, diesmal ohne den Schal um die Schultern. Sie hatte die ganze Nacht nicht geschlafen, und ihr Gesicht war so grau und traurig wie eine öde, felsige Landschaft. Aus dem offenen Leinenkleid sah, bloß und pochend, eine ihrer Brüste hervor.

»Haben Sie Wasser getrunken?«, fragte der Arzt.

»Einen ganzen See«, entgegnete sie.

»Und haben Sie gestern Abend laut meiner Anweisung gegessen?«

Sie antwortete nicht, sah ihn nur mit weit geöffneten Augen an, die leuchteten wie ein Stück Kohle im lodernden Feuer.

»Gut«, meinte er.

Dann setzte er sich neben sie und beugte sich nach vorn. Sie lehnte sich ein Stück zurück und blickte suchend zur Tür.

»Mein Mann«, sagte sie.

»Ja?«, fragte der Arzt.

»Er muss jeden Moment hier sein.«

»Gut«, entgegnete Don Ángelo. »Dann warten wir.«

Sie warteten fünfzehn oder zwanzig Minuten, doch Benigno tauchte wieder nicht auf. Daraufhin bat der Arzt mit dem Blick um Erlaubnis, beugte sich erneut vor, nahm eine der Brustwarzen zwischen die Finger und drückte leicht. Ein winziges Milchrinnsal lief Olvido über den Bauch. Er sah sie an. »Beginnen wir?«

Für einen Auenblick wollte sie seinen Kopf zurückschieben und aufstehen, wie sie es sich vorgenommen hatte. Doch stattdessen legte sie ihm die Arme um den Hals und forderte ihn auf zu beginnen. Sie fühlte sich schmutzig und erniedrigt, hoffnungslos in diese absurde Geschichte von den zu stimulierenden Brustwarzen verstrickt. Doch tief in ihr drin, weit unterhalb dieses Gefühls, wurde sie von noch einer anderen, sich windenden Welle durchströmt: einer wie ein Magnet wirkenden heftigen Erregung.

Andererseits wirkte die Wärme des männlichen Körpers, sein Geruch nach Zigarre und Medizin, seltsam tröstend auf sie. Ob es das war, was auch die Nonnen empfanden, wenn er sich Tag für Tag im Kloster um sie kümmerte? Den Blick starr auf die kaum noch behaarte Krone seines Kopfes gerichtet, dachte sie an all das. Schließlich hob er den Blick.

»Viel besser«, sagte er mit geröteten Wangen.

Sie griff ihm ins Haar und drückte sein Gesicht an ihre Brust.

»Jetzt die andere, und das war's für heute«, sagte sie.

Eine Woche lang erschien Don Ángelo jeden Nachmittag im Haus. Olvido erwartete ihn im kleinen Salon (inzwischen rechnete sie nicht mehr damit, dass ihr Mann noch käme), sie schlossen die Tür, und mit Heißhunger machte der Arzt sich ans Werk. Jeden Tag sah Olvido ein wenig besser aus, sie war nicht mehr so dünn, wurde rundlicher, und tatsächlich nahmen auch ihre Brüste an Umfang zu. Nach jedem seiner Besuche war sie von einer physischen und mentalen Energie erfasst, wie sie sie noch nie zuvor gespürt hatte. Ihr Körper war frei von jeglichem Schmerz und Ermüdungserscheinungen; sie fühlte sich gleichzeitig freudig erregt und beschmutzt, und da war noch etwas, was sie sich nicht zu erklären vermochte, das jedoch mit dem undefinierbaren Magma ihrer Kindheit zu tun hatte. Nie zuvor war sie derart intensiv mit ihren Sinnen, ihrer Haut, ihrem Körper verbunden gewesen.

Eines Morgens fragte ihr Mann beim Frühstück, wie die Behandlung voranschritt.

»Gut«, sagte sie, den Blick auf den Teller gerichtet.

»Und hast du schon Milch?«

»Viel.«

»Du siehst auch viel besser aus«, stellte er fest und tunkte ein Stück geröstetes Brot in den Kaffee. »Manchmal muss man sich einfach nur in die Hände eines guten Fachmanns begeben.«

»Ja«, sagte sie, »zweifellos. Ein guter Fachmann hat mir gefehlt.«

Benigno bestrich eine weitere Scheibe Brot mit Butter.

»Wenn es dir recht ist, betrachten wir das Ganze nun als abgeschlossen«, meinte er, während er von dem Brot abbiss und kaute. »Ich habe Don Ángelo gesagt, dass er nicht mehr zu kommen braucht.«

Sie hob den Blick und sah ihn eindringlich an.

»Don Ángelo kommt nicht mehr?«

»Nein.«

Olvidos Herz begann zu rasen.

»Und er … Was hat er gesagt?«

»Was hat er wozu gesagt?«

»Dazu … ob die Behandlung abgeschlossen ist.«

»Er hat Ja gesagt, dass sie vorbei ist. Und übrigens habe ich auch eine Amme gefunden. Du musst sie in ihrem Dorf abholen. Sie hat es noch nie verlassen, und ich glaube, dass sie nicht mal weiß, wie man einen Bus benutzt. Angeblich soll sie ein liebes Mädchen sein. Nicht besonders helle, aber ein liebes Mädchen.«

Bruna nahm erneut die Tasche auf den Schoß. Sie öffnete sie und holte den Perlmuttkamm und die Lesebrille heraus. Dann setzte sie sich die Brille auf, die ebenfalls mit Schokolade beschmiert war, um sie gleich darauf wieder in die Tasche zu stecken. Anschließend zog sie die kleine Plastiktüte mit der blonden Haarsträhne aus ihrem Ausschnitt, hielt sie ins Licht, um sie eine Weile zu betrachten, und schob sie dann wieder unter ihr Kleid. Den Blick starr geradeaus gerichtet, sagte sie plötzlich:

»Ich meine, damit wir pünktlich zur Suppe zurück sind … Gestern habe ich Schweinerippchen gekauft. Und die Rübchen sind in dieser Jahreszeit schön zart.«

»Suppe?«, schnaubte Doña Olvido. »Ich habe nicht vor zurückzufahren! Ich hab dir doch gesagt, dass ich mit kalten, nassen Füßen aufgewacht bin, Bruna. Jeden Tag der gleiche Traum. Und außerdem: Was soll das jetzt noch mit der Suppe, den Rippchen und den Steckrüben? Wir haben eine Entscheidung getroffen, und davon werden wir uns nicht abbringen lassen!«

»Rübchen«, erklärte Bruna unbeirrt. »Steckrüben gibt es im November nicht. Gab es noch nie.«

»Wer soll denn heute Suppe essen, hm?«

Bruna zuckte mit den Schultern. Sie überquerten gerade eine kleine Anhöhe. Links von der Straße waren zwischen den Bäumen Flecken blauen Himmels zu sehen, doch wenige Minuten später waren sie von einer Nebelbank eingeschlossen. Plötzlich fing Bruna wieder an:

»Nach der Kälte von vor ein paar Tagen sind die Rübchen sicher sehr zart …« Sie ließ mit der Zunge wieder das Gebiss im Mund tanzen.

»Kannst du jetzt bitte mal damit auf–«, sagte Doña Olvido, wobei ihr nicht die Zeit blieb, den Satz zu vollenden. Instinktiv – denn sehen konnte sie nichts – trat sie abrupt auf die Bremse. Das Auto geriet ins Schleudern und drehte sich zu einer Seite.

Der Motor hörte sich seltsam an. Draußen stieg vom Boden her ein blauer Nebel auf, der eine ergreifende Stille mit sich brachte und sie nach kurzer Zeit vollkommen eingehüllt hatte. Die Landschaft, die sich an beiden Seiten oberhalb des Straßengrabens erstreckte, Gestrüpp, Stechginster und *namoradeiras* – Grasnelken –, verschwand nach und nach im milchigen Dunst.

Dann war deutlich der leise Klang einer Glocke zu hören. Direkt vor den beiden alten Frauen, die unbeweglich am Rand einer Böschung an der N-634 in ihrem Auto saßen, neben sich einen mit Weinreben, Mais und Kohl bewachsenen Abhang, stand mit typisch leerem Blick eine Kuh mitten auf der Straße und glotzte sie an.

Die beiden Frauen sahen sich an. Ein warmer Dunst wehte aus den Nüstern des Tieres zu ihnen herüber.

Die Kuh kaute unbeeindruckt, schlug mit dem Schwanz, um eine Fliege zu vertreiben, und betrachtete das Auto, ohne sich einen Zentimeter von der Stelle zu bewegen. Sie starrte mit dem gleichmütigen, etwas dümmlichen Blick der Kühe vor sich hin. Mit den gleichen runden, feuchten Glupschaugen wie Bruna, als sie vor vielen Jahren fragte, ob es in dem Haus, in dem sie arbeiten würde, einen Abtritt gab.

Eine Kuh. Ohne zu wissen, warum, sah Doña Olvido mit einem Mal sich selbst in den Tagen, die den Sitzungen mit Don Ángelo folgten. Der Arzt war einfach auf mysteriöse Art verschwunden, hatte sich nicht einmal verabschiedet, und sie hatte erneut die Leere der Stunden wie einen Dolch in der Brust gespürt. Innerhalb von zwei Tagen war sie vom Zustand der Euphorie in eine tiefe Depression gefallen. An mehreren Nachmittagen hatte sie Don Ángelo wie eine Schlafwandlerin in den Klöstern gesucht, in denen er sich um die Nonnen kümmerte, und war sogar bei ihm zu Hause gewesen; allerdings hatte sie sich gleich schuldig gefühlt und war eiligen Schrittes zurückgekehrt.

»Und was machen wir jetzt?«, fragte Doña Olvido, die Hände ans Lenkrad geklammert. Auf einmal war sie wieder auf der Landstraße, und vor ihnen stand die Kuh und bewegte sich keinen Zentimeter zur Seite.

Nach einer Weile war hinter ihnen ein Motorengeräusch zu hören, und kurz darauf hielt ein Auto hinter ihrem VW. Doña Olvido sah in den Rückspiegel und erkannte den Seat Malaga des Mannes vom galicischen Fernsehen wieder. Leicht aufgeregt sagte sie:

»Sieh mal, Bruna, wer wieder da ist!«

Bruna drehte sich um. »Ach was!«, sagte sie dann, rückte ihr Brautkleid zurecht und steckte sich eine Haarnadel fest, die aus ihrem Dutt hervorsah. Mit großer Willenskraft versuchte sie, das Kitzeln zu unterdrücken, das sie in der Kehle spürte.

Schweigend blieben sie sitzen, bis der Mann, der aus dem Auto ausgestiegen war, an die Scheibe klopfte. Die Möwe, die wieder auf dem Autodach saß, flatterte auf und ließ sich nun auf dem Rücken der Kuh nieder.

Doña Olvido öffnete das Fenster und schenkte dem Mann ihr schönstes Lächeln. Dann sagte sie:

»Sieh an, ist das nicht der Herr Journalist? Haben Sie es sich überlegt und wollen mich jetzt doch interviewen?«

Der Mann antwortete nicht. Er blickte auf die Kuh, die mit der Möwe auf dem Rücken mitten auf der Straße stand, und ging langsam auf sie zu. Dann schnalzte er mit der Zunge und schlug ihr kräftig auf das knochige Hinterteil.

Nachdem die Kuh mehrere Schläge eingesteckt hatte, zitterten ihre rosigen Nüstern ein wenig, und sie stieß ein tiefes Schnauben aus, woraufhin die Möwe mit den Flügeln schlug, die Kuh sich jedoch keinen Zentimeter bewegte.

»Hören Sie, mein Freund!«, rief Doña Olvido aus dem Auto. »Haben Sie Ihren Kollegen inzwischen gesagt, dass ich als erste Frau in Santiago den Führerschein hatte? Ich weiß nicht, ob ich das schon erwähnt hatte, aber es wäre ein wichtiger Punkt für das Interview.«

Der Mann versuchte erneut, die Kuh wegzuschieben, er zog sie am Schwanz und seufzte. Dann ging er zum VW zurück und beugte sich ins Fenster.

»Hört mal, ihr beiden Omas«, sagte er leicht genervt, »ihr habt doch bestimmt Ahnung von Kühen. Könnt ihr dieser hier nicht eine Tritt in den Arsch verpassen, damit sie endlich verschwindet?«

»Hast du das gehört? Er hat ›Omas‹ gesagt!«, zischte die Señora ihrem Dienstmädchen empört zu.

»Ja, ich hab so was gehört …«, murmelte Bruna, und an ihrer Schläfe begann eine Ader zu pochen.

»Wenn es uns gelingt, dieses Vieh von der Straße zu schaffen, schicke ich Ihnen jemand mit einer Fernsehkamera vorbei, Señora, wenn's sein muss, bis ans Ende der Welt«, fuhr der Mann fort, dann warf er Bruna einen amüsierten Blick zu. »Und Sie führe ich zum Altar.« Er brach in Gelächter aus, doch als er sah, wie ernst die beiden alten Frauen waren, schwieg er abrupt. »Ich mag Sie beide, wirklich, und Sie tun mir irgendwie leid, so nett und unerschrocken … Wissen Sie, ich habe heute Morgen noch zwei Journalisten von Ihnen erzählt und wie gut Sie sich mit all den Geschichten von Santiago auskennen und dass Sie sogar mit dem Schriftsteller Cunqueiro persönlich bekannt sind. Und als ich ihnen dann noch gesagt habe, dass eine Neunzigjährige in einem Brautkleid dabei ist, wären sie beinahe sofort ins Auto gestiegen, um eine Reportage über Sie beide zu machen …« Erneut lachte er schallend. »Doch jetzt müssen wir erst mal diese Kuh dazu bringen, sich hier wegzubewegen. Das ist jetzt das Dringendste, meine lieben Omas. Ich wette, ihr kennt euch mit den Viechern aus. Gibt es eigentlich Kühe im Altersheim?«

»Wir sind äußerst sanfte Wesen«, rief Doña Olvido ihm vom Auto aus zu. »Wenn es darum geht, irgendeine Art von Gewalt auszuüben, können Sie nicht auf uns zählen. Wir können nämlich kein Blut sehen.«

Plötzlich schnellte Bruna aus ihrem Sitz, stieß die Autotür auf und setzte einen ihrer in Hausschuhen steckenden Füße auf die asphaltierte Fahrbahn. Nebelschwaden hüllten sie ein, fielen in weißlich-grauen Schwaden über ihren Kopf wie ein aufgewühltes Bettlaken. Man hörte, wie sie ein paar unverständliche Worte vor sich hin murmelte.

»Du machst gar nichts …«, sagte Doña Olvido aus dem Auto heraus. Doch Bruna beachtete sie gar nicht. Sie sprach weiter mit sich selbst, wie sie es auch in der Küche immer tat, und zerrte unwirsch an ihrem Brautkleid, als wäre ihr ein Insekt in die Unterwäsche gekrochen. Langsam tastete sie sich bis zum Straßenrand vor, während ihre Schleppe über den Boden schleifte und am Boden liegende Zweige und Papierfetzen mit sich zog, dann öffnete sie ihre Tasche und kramte darin herum. Schließlich fand sie, was sie gesucht hatte, nahm den Holzhammer heraus, trat zu der Kuh und verpasste ihr einen heftigen Schlag in die Seite. Das Tier stieß ein hohes Pfeifen aus und setzte sich dann langsam und sanft schaukelnd in Richtung Straßenrand in Bewegung.

»Alle Achtung«, sagte der Mann und kratzte sich beeindruckt am Hinterkopf. »Alle Achtung für eine Neunzigjährige … Gut, dass ihr so sanfte Wesen seid.«

Es war kalt, ein Wind fegte über die Straße und schon trommelten erste Regentropfen auf das Dach des VW Käfers. Die Möwe ließ sich wieder darauf nieder, und Bruna ging zum Wagen zurück, an ihrer Seite der Mann vom Fernsehen. Aufsässig musterte sie ihn von oben bis unten und ließ ihn nicht aus den Augen.

Der Mann, der inzwischen genug hatte von den beiden seltsamen Alten, wollte gerade zu seinem Auto weitergehen, als das große Bündel auf dem Rücksitz des VWs erneut seine Aufmerksamkeit erregte.

»Und was dieses Ding angeht, was ihr dahinten drin habt …«, meinte er gleichzeitig beeindruckt und entsetzt. »Ich weiß schon, was das ist. Als ich so was das letzte Mal gesehen habe, hab ich noch bei meiner Oma gewohnt. Früher hatte jeder so was im Keller versteckt.«

Misstrauisch beäugte er das Bündel auf dem Rücksitz.

»Als ich es vorhin gesehen habe, meine lieben Omas, wisst ihr, was mir da durch den Kopf gegangen ist?«

Keine der beiden sagte einen Ton.

»Also mir ging durch den Kopf, dass ihr vielleicht eine Leiche hinten im Wagen habt. Zwei alte Frauen und eine Leiche … Habt ihr den Film gesehen … Wie heißt der noch, der, in dem Cary Grant den Neffen von zwei alten Damen spielt, die aussehen, als ob sie kein Wässerchen trüben könnten, dabei bringen sie Männer um und verstecken sie im Keller?«

Erneut gab er ein meckerndes Lachen von sich, doch als sein Blick sich mit dem von Doña Olvido kreuzte, schloss er ruckartig den Mund. Er drückte seine Nase gegen die Scheibe, um durch das Fenster in den Wagen zu sehen, zuckte jedoch gleich wieder zurück. Sein selbstgefälliger Gesichtsausdruck wurde mit einem Mal ängstlich.

»Gütiger Gott! Aber, das …«

Er drehte sich auf dem Absatz um, um die Flucht zu ergreifen, stolperte jedoch gegen die in ihr Brautkleid mit der stolzen Spitzenschleppe gequetschte Bruna. Auf Taillenhöhe war das Kleid gerissen, sodass ihre speckigen Bauchfalten zu sehen waren. Als er den Blick hob, sah er sich ihrem Gesicht gegenüber. Von ihren Augen ging ein durchdringendes Funkeln aus, und auf der Stirn waren die Adern geschwollen.

»Ihr Schuhriemen ist auf«, sagte sie mit fester Stimme. »Sie sollten ihn zubinden!«

Ohne zu wissen, warum er dem Befehl dieser lächerlichen Alten im Brautkleid gehorchte, beugte der Mann sich nach vorn.

Im kühlen Schatten eines Eukalyptusbaumes, der von leise summenden Insekten umschwirrt wurde, im kaum wahrnehmbaren Rascheln der frisch gefallenen Blätter und dem entfernten Motorengeräusch der Autos band er die Schleife. Dann blickte er verunsichert auf. Dort stand die Alte noch immer, zitternd und mit erhobenem Arm. Er sah noch, wie der Hammer, den sie in der Hand hielt, einen Kreis in der Luft beschrieb, und kurz darauf spürte er den Schlag, gefolgt von einem heftigen Schmerz. Es war ein gezielter Schlag gewesen, mit einer derartigen Wucht ausgeführt, dass Bruna ins Stolpern geriet und vor Anstrengung keuchte. Der Kehle des Mannes entrang sich ein heiserer, tiefer Schrei, während er auf dem Asphalt zusammensank.

Doña Olvido kletterte eilig aus dem Wagen.

»Aber was, um Himmels willen, hast du getan, Bruna! Du bist wirklich brutal«, sagte sie und warf einen Blick auf den Mann, der immer noch am Boden lag. Er hatte die Augen seltsam verdreht, und aus seinem Mund, der in ewigem Erstaunen offen stand, hing seine dicke rosafarbene Zunge. Das eng sitzende Hemd war nach oben gerutscht, sodass der Bauchnabel zu sehen war. Seine Finger zuckten suchend auf dem Asphalt, und aus seinem Mund kamen ein paar unverständliche Worte. Bruna starrte ihre Herrin entgeistert an, offenbar erinnerte sie sich an gar nichts.

»Ihr alten Mörderinnen«, keuchte der Mann. »Ich weiß, dass ihr Mörderinnen seid!«

In diesem Moment entriss Doña Olvido Bruna den Hammer. Sie warf einen angeekelten Blick auf den stammelnden Mann und verzog das Gesicht zu einer wütenden Grimasse.

Dann schlug sie ihm erneut auf den Kopf. Ein trockenes Knacken war zu hören.

Die beiden Alten standen ungerührt und blickten auf den Mann hinunter, dessen Augen nun weit aufgerissen waren. Zähflüssiges, dunkles Blut quoll auf einer Seite aus seinem Kopf.

Sich gegenseitig stützend, schlurften sie schwerfällig zum Auto zurück und stiegen ein. Dort verharrten sie eine Weile schweigend und außer Atem und blickten durch die Windschutzscheibe. Dann sagte Bruna:

»Wir können ihn nicht einfach hier liegen lassen.«

Und Doña Olvido:

»Nein.«

Ächzend stiegen sie wieder aus dem Wagen und gingen zurück zu der Stelle, an der der Mann lag.

»Nimm du den Kopf, ich nehme die Füße«, befahl Doña Olvido.

Bruna warf einen Blick auf die Schuhe des Mannes.

»Einen Augenblick noch«, sagte sie, beugte sich zu dem Toten hinunter, zog ihm erst einen Schuh aus, dann den anderen (er hatte ein Loch in der Socke, aus dem der dicke Zeh herausschaute). Dann zog sie sich selbst die staubigen, blutbespritzten Pantoffeln von den Füßen, warf sie über die Schulter hinter sich und schlüpfte in die Turnschuhe des Mannes, die ihr viel zu groß waren. »So«, meinte sie zufrieden, während Doña Olvido ihr zusah, ohne ein Wort zu sagen.

Mühevoll hoben sie den Mann hoch, schleppten ihn zum Auto und quetschten ihn vorn in den Kofferraum. Dann startete Doña Olvido ihren flaschengrünen VW Käfer, und sie fuhren los. Eine ganze Weile sagte keine von beiden ein Wort. Der Himmel war von dem gleichen gelblichen Grau wie ihre Gesichter, und die regennasse Landstraße, die voller Schlaglöcher war, erstreckte sich vor ihnen wie der Körper einer alten Eidechse. Irgendwann drehte Doña Olvido den Kopf und sah zu ihrem Dienstmädchen hinüber: Brunas Hochzeitskleid war mit Blut befleckt, doch ihr Gesichtsausdruck war heiter.

Je weiter sie fuhren, desto dichter wurde die Vegetation, desto schlechter der Weg. Das Auto ließ Wolken von Wasser und Schlamm aufspritzen. Doña Olvido schickte sich an, einen Lastwagen zu überholen, doch genau in diesem Moment kam ihnen von vorn ein Auto entgegen, sodass sie das Steuer herumreißen musste, um sich wieder auf ihrer Spur einzuordnen.

Für eine Weile wechselten sie kein Wort. Nur das Geräusch des Motors und der draußen heulende Wind waren zu hören. So legten sie Kilometer um Kilometer zurück. Schließlich war Doña Olvido diejenige, die das Schweigen brach.

»Wenn du glaubst, dass du auf dieser Reise in deine alten Gewohnheiten verfallen kannst, irrst du dich«, meinte sie.

Bruna antwortete nicht.

Stumm fuhren sie weiter. Der alte VW knatterte in Richtung Curtis über die Landstraße. Vom gegenüberliegenden Ufer eines Bachs wehte das Läuten von Kuhglocken herüber.

»Du bist wirklich zu dämlich. Echt dämlich …«, meinte Doña Olvido schließlich.

»Aber er hat gesagt, dass wir alte Mörderinnen sind, die ihre Leichen im Keller verstecken. Irgend so etwas hat er doch gesagt. Und außerdem hab ich nicht fest zugeschlagen«, verteidigte sich Bruna. »Sie waren diejenige, die …«

»Das hab ich getan, um ihn zum Schweigen zu bringen, dumme Gans.«

»Meine Güte, der war echt schwer wie ein Felsbrocken …«

»Hast du jemals erfahren, was der armen Conchita damals mit ihrem Verlobten passiert ist?«

»Mann, war der schwer, so was von schwer …«, murmelte Bruna, als hätte sie Doña Olvidos Worte nicht gehört.

»Also dann werde ich es dir jetzt erzählen! Ich werde es dir erzählen, auch wenn du dich nicht die Bohne dafür interessierst, weil es mit dieser Sache zu tun hat! Weißt du, warum sie ledig geblieben ist? Ich habe es von Don Ángelo erfahren. Er hat mir alles erzählt. Und sie gar nichts. Wir können nicht zulassen, dass solche Mistkerle weiterhin auf dieser Erde leben!«

»Haben Sie seine speckige Brust gesehen? Noch ein bisschen mehr, und er hätte einen Büstenhalter tragen müssen.« Sie kicherte versonnen.

»Ruhe jetzt!«

Doña Olvido wurde allmählich nervös und überholte ein Auto nach dem anderen, wenn sich die Gelegenheit bot, wobei sie fast immer über die durchgezogene Linie fuhr. Der Regen hatte aufgehört. Sie ratterten an einer Frau vorbei, die vor ihrem Haus gerade die Wäsche zum Trocknen aufhängte. Doña Olvido streckte den Arm aus dem Fenster und winkte ihr zu, grüßte so herzlich, als wären sie alte Bekannte. Bruna versuchte es erneut:

»Der hatte echt einen Busen wie eine Frau.«

»Ruuuhe.«

Auf der einen Seite der Landstraße erstreckten sich abgeerntete Maisfelder. Die Luft war kalt und trocken. Der Kopf des Bündels auf dem Rücksitz schlug heftig gegen die Fensterscheibe. Doña Olvido warf einen Blick in den Rückspiegel und dachte an Conchita, daran, wie ihre Einstellung sich ihr gegenüber verändert hatte, nachdem Don Ángelo ihr das mit ihrem Verlobten erzählt hatte.

»Ihr Verlobter ... Wie es aussieht, hatte Conchita tatsächlich einen richtigen Verlobten, einen jungen Mann, der der ganzen Familie gut gefiel, sogar Doña Pelagia, was einiges heißen will. Ein eleganter junger Mann, lebhaft und ordentlich, mit in der Mitte gescheiteltem Haar, kantigem Gesicht und großen Pferdezähnen, der jeden Tag zu einem Imbiss ins Haus kam und dabei ein blaues Jackett mit dem Emblem der faschistischen Partei JONS trug. Conchita empfing ihn stets mit heißer Schokolade und geröstetem Brot, was er sehr zu schätzen wusste. Er trat ein, setzte sich, legte die beiden Pistolen, die er immer dabeihatte, auf den Tisch, band sich die Serviette um und war zum Essen bereit. Dann, während er das Brot in die Schokolade tunkte, bat er Conchita, ans Fenster zu treten.

›Wenn du ein hübsches Mädchen vorbeikommen siehst‹, sagte er zu ihr, ›dann gib mir Bescheid.‹

Und Conchita gehorchte. Immerhin waren sie ein Paar. Er aß, und sie hielt am Fenster Ausschau. Die Hände und die Nase an die Scheibe gedrückt, betrachtete sie die Leute, die vorübergingen, und wenn ein hübsches Mädchen vorbeikam, machte sie ihm ein Zeichen. Daraufhin lächelte er und verzog dabei die Lippen, sodass seine Pferdezähne zu sehen waren. Dann stand er eilig auf, die Serviette noch in der Hand, öffnete das Fenster und rief ein schlüpfriges Kompliment nach draußen (manchmal schoss er dazu sogar in die Luft), um anschließend das Fenster wieder zu schließen.

›Die war nun wirklich nicht so hübsch‹, sagte er und band sich die Serviette wieder um, um sich erneut dem Essen zuzuwenden. ›Das nächste Mal sieh gefälligst genauer hin. Nicht mal dazu bist du in der Lage.‹

Und so vergingen Monate. Bis Conchita ihrem Verlobten bei einer dieser Gelegenheiten, als sie wachend am Fenster stand, ankündigte, dass sich gerade eine wirklich beeindruckend schöne Frau näherte, die beeindruckendste Frau, die sie jemals gesehen habe … Wohlgeformte Kurven, perfekt gerundeter Busen … ›Komm schnell, bevor sie vorbeigegangen ist, beeil dich, dann siehst du sie direkt vor dem Haus.‹

Der Verlobte sprang auf, wobei sein kantiges Gesicht vor Schweiß glänzte. Er eilte zum Fenster, riss es auf und rief, ohne richtig hinzusehen, sein Kompliment nach draußen: ›Schöne Frau! Du Vollweib! Geh lieber im Schatten, denn so was Süßes bringt die Sonne zum Schmelzen!‹ Oder so ähnlich …«

Doña Olvido machte eine Pause, bevor sie weiterredete.

»Dummerweise war diese beeindruckende Frau die Ehefrau eines der Parteiführer der JONS, der der direkte Vorgesetzte von Conchitas Verlobtem war. Und außerdem war sie hässlich und klein und hatte Haare wie ein Affe! Stell dir mal vor, was da los war!«

Doña Olvido sah Bruna an, die mit geschlossenen Augen auf dem Beifahrersitz saß und gerade einnickte. Die nächsten Kilometer legten sie schweigend zurück. Bis Doña Olvido plötzlich sagte:

»All diese komischen Leute dort im Haus mit ihren Geschichten und Geheimnissen … Einer verrückter als der andere.« Sie seufzte tief. »Ohne dich hätte ich das nie ausgehalten, Bruna. Wie oft habe ich gedacht, wie anders mein Leben verlaufen wäre, wenn ich dich nicht kennengelernt hätte. Ich kann mich noch gut an den Tag erinnern, an dem ich in dein Dorf gefahren bin, um dich abzuholen … Ach, was wäre ohne dich aus mir geworden!«

Der flaschengrüne VW Käfer fuhr weiter auf seinem Weg. Mit Doña Olvido am Steuer und Bruna, die inzwischen tief und fest schlief.

Als Doña Olvido das Dienstmädchen zum ersten Mal sah, war das Erste, was sie dachte, dass ihr Mann sich mit dem Vorschlag, diese junge Frau ins Haus zu holen, einen Scherz erlaubt hatte. Nachdem Don Ángelo, ohne sich auch nur zu verabschieden, verschwunden war, hatte Olvido gleich versucht, das Kind zu stillen. Ihre Brüste hatten zweifellos an Umfang gewonnen, und die Qualität der Milch war hervorragend. Am Anfang hatte Olvido den Schmerz sogar genossen, denn dieser Überfluss an Muttermilch ließ sie sich mehr als Frau fühlen. Doch als sie die Kleine an ihre Brust legte, war dies leider wieder erfolglos. Das Einzige, was sie erreichte, war Abwehr und Weinen. Nun, nachdem ihre Tochter sich an das Fläschchen gewöhnt hatte, war es sogar noch schlimmer als vorher. Also wurde ihre Milch wieder nicht gebraucht, und ihre Brüste wurden wieder kleiner. Daher gab es nur eine Lösung, nämlich, dass das Kindermädchen sich darum kümmerte, das Kind mit dem Fläschchen zu füttern.

Olvido war bis nach Ribeira gefahren, um die junge Frau abzuholen, da diese zu verstehen gegeben hatte, dass sie es nicht allein bis nach Santiago schaffen würde, weil sie noch nie mit einem Linienbus gefahren sei, was sie außerdem nicht bezahlen könne. Da Olvido nur selten die Gelegenheit hatte, längere Strecken zu fahren, jedoch gern am Steuer saß, freute sie sich darauf, die sechzig Kilometer zurückzulegen, um das Dienstmädchen abzuholen.

Dieses wohnte direkt an der Straße in einem ärmlichen Fischerhaus in der Nähe des Hafens, von dem aus ihr Vater und ihre Brüder jeden Tag zum Fischen ausfuhren.

Je näher sich der Buick, den Olvido damals fuhr, dem Haus näherte, desto deutlicher war die dunkle Silhouette zu sehen, die sich im Gegenlicht im Türrahmen abzeichnete.

»Bist du Bruna?«, rief Olvido aus dem Wagen.

Die dunkle Silhouette trat auf die Straße und sah sich um, als suche sie nach einer »anderen Bruna« (Dies sollte Bruna übrigens ihr ganzes Leben lang machen: nach der anderen Bruna suchen.), dann trippelte sie, in einer Hand unruhig ihren Pappkoffer haltend, mit zögernden Schritten auf den Buick zu.

Sie hatte kastanienbraunes Haar, einen beträchtlichen Bauchumfang und kräftige Arme, während ihre Beine dünn unter dem Mantel hervorragten. Ihr Gesicht wirkte aufgedunsen und war stark gerötet. Ihre Zähne waren gelblich, und der unangemessen beharrliche Blick verlieh ihren dunklen Augen etwas Groteskes.

»Hast du dich schon von deiner Familie verabschiedet?«, fragte Olvido, als sie sah, dass das Mädchen sich anschickte, einzusteigen.

Anstatt zu antworten, wandte Bruna sich ein letztes Mal um und winkte zum Haus hinüber. Anschließend raffte sie ihre Röcke hoch und setzte sich entschlossen ins Auto, den Koffer auf dem Schoß.

Sofort roch es im ganzen Wagen nach Fisch. Olvido rümpfte die Nase. Diese Bruna war nicht besonders ansehnlich, doch Olvido tröstete sich mit dem Gedanken, dass die Dienstmädchenuniform mit der weißen Schürze sich sicherlich vorteilhaft auswirken würde. Außerdem machte das Mädchen den Eindruck, als ob es über die Fähigkeit der Dorfbewohner verfügte, die Dinge schweigend hinzunehmen und sich jedem Umstand anzupassen, so unangenehm er auch sein mochte. Also startete Olvido den Wagen und fragte ihr neues Dienstmädchen, ob sie wirklich zum ersten Mal nach Santiago fahre.

Es war in der Tat das erste Mal. Bruna war noch nie in Santiago de Compostela gewesen und schon gar nicht mit dem Auto. Tatsächlich hatte sie, abgesehen davon, dass sie sich noch nie mehr als fünf Kilometer von ihrem Heimatort entfernt hatte, auch noch nie in einem Restaurant gegessen, sie hatte – von Straßenschildern und den Schlagzeilen der Zeitungen, die sie im Müll gefunden hatte und mühsam entzifferte, mal abgesehen – auch noch nie etwas gelesen, hatte noch nie Hautcremes, Shampoo oder andere Kosmetikartikel benutzt und natürlich auch noch nie einen Film gesehen. Doch all das sollte Olvido erst viel später erfahren.

Den ganzen Weg über krallte sich Bruna mit der einen Hand am Sitz fest, während sie mit der anderen den Koffer auf ihrem Schoß festhielt. Dabei saß sie sehr aufrecht, den verlorenen Blick auf die Landschaft gerichtet, und bedauerte, dass ihnen niemand entgegenkam, der sie kannte und sie in dem Auto der eleganten Señora sitzen sah. Zunächst gelang es Doña Olvido kaum, ein paar Worte aus Bruna herauszubringen. Sie betrachtete die junge Frau von der Seite und stellte dabei fest, dass sich ihr Gesichtsausdruck ständig veränderte. Ganz plötzlich wurde ihr Blick lebendig, rollte sie mit den Augen, als ob sie irgendeinen unterbrochenen Traum wieder aufnähme, bevor sie wieder in sich zusammensackte und ausdruckslos vor sich hin starrte.

Was mochten diese Augen gesehen haben? Was mochten diese Hände berührt haben? Was fühlte diese Frau?

Zu Hause angekommen, bat die Señora Bruna, im kleinen Salon Platz zu nehmen, um sie formell zu befragen. Das Mädchen hörte unbeweglich zu und betrachtete fasziniert die Möbel, die Silbertabletts, die silbernen Kerzenständer, einen Spiegel, der so groß war, dass man sich komplett darin sehen konnte, und die Samtvorhänge, die sie umgaben.

»Ich habe gehört, dass du dich in einem Haus in Ribeira um die Kinder gekümmert hast«, begann Doña Olvido.

Doch Bruna antwortete nicht. Mit gleichzeitig erfreutem und dümmlichem Blick bestaunte sie weiterhin alles um sich herum, wie ein kleines Mädchen, das von der Annehmlichkeit und der Blödsinnigkeit der Welt völlig überrumpelt worden ist. Plötzlich schien sie zu fürchten, dass ihr Schweigen einen negativen Eindruck machen könnte, denn mit einem Mal suchte sie mit Blicken fieberhaft nach irgendeinem Gegenstand, zu dem sie etwas sagen konnte, bis sie schließlich eine Lampe entdeckte. Daraufhin sagte sie:

»Ich finde Glühbirnen toll, und Sie?«

Olvido zögerte ein paar Sekunden.

»Also, du musst morgens um halb sechs aufstehen«, fuhr sie dann, die Frage ignorierend, fort, »machst Feuer in der Küche, bereitest für alle das Frühstück zu und bringst es in die Zimmer. Wir leben zu fünft hier im Haus, das Kind nicht mitgezählt. Danach kümmerst du dich um Candela. Du gibst ihr das Fläschchen, und wenn sie eingeschlafen ist, nimmst du dir Staubwedel und Besen und … Meine Schwiegermutter legt größten Wert auf Sauberkeit, ich sage es dir lieber gleich, sie möchte, dass alles blitzblank ist … mehr noch als blitzblank, verstehst du?«

Olvido sah die junge Frau an und entdeckte in ihrem Gesicht nichts, was darauf schließen ließ, dass diese auch nur einen Satz verstanden hatte. Bruna war nicht bei der Sache, und ihre Augen flackerten unruhig, während sie weiterhin das Zimmer inspizierte.

»Hören Sie!«, sagte sie plötzlich.

»Ja?«, entgegnete die Señora freundlich.

»Gibt es hier ein Badezimmer?«

Olvido drückte sich zwei Finger an die Schläfe.

»Ja. Ich habe dich gerade gefragt, ob du dich schon mal um Kinder gekümmert hast?«

»Die sind groß und stark geworden!«, sagte Bruna.

»Und hat dir diese Arbeit gefallen? Es ist nicht leicht, den ganzen Tag mit Kindern …«

»Nein.«

»Was ›Nein‹ …? Hat dir die Arbeit nicht gefallen?«

Plötzlich begann Bruna mit den Augen zu rollen. Schließlich rief sie aus:

»Ich bin sehr sauber! Ich ziehe mir jeden Tag frische Sachen an!«

Olvido wurde allmählich ungehalten. Daran zweifle sie nicht, erklärte sie, und damit ließ sie es gut sein. Diese Frau raubte ihr den letzten Nerv. Schließlich fragte sie direkt, in wie vielen Haushalten Bruna bisher gearbeitet habe, worauf die Antwort lautete: »In so vielen, wie ich es Ihnen gestern gesagt habe.«

»Gestern? Aber wir haben uns doch gerade erst kennengelernt!«

Als Olvido bereits entschieden hatte, diese Frau nicht einzustellen, sondern zurück in ihr Dorf zu fahren (Das fehlt mir gerade noch: eine weitere Verrückte in diesem Haus!), begann das kleine dunkle Bündel, das Candela war, sich in dem Korb, der in einer Ecke stand, zu winden wie eine Schlange. Kurz darauf drang aus dem Bettchen ein helles Weinen.

Bruna richtete den Blick in die Ecke, aus der das Weinen kam, und stand sofort auf.

»Ich nehme sie«, sagte sie.

Sie ging zu dem Korb hinüber, beugte sich vor, blickte hinein und lächelte.

»Da ist ja meine Kleine«, sagte sie flüsternd, als spräche sie mit sich selbst, während sie das Kind auf den Arm nahm.

Und auf einmal begann Bruna, während sie Candela an die Brust drückte und beherzt wiegte, wie ein Wasserfall zu reden, nachdem während der Fahrt und der gerade absolvierten Befragung kaum ein Wort aus ihr herauszubekommen gewesen war.

Sie erzählte, dass sie, die jüngste Tochter einer Familie in Ribeira – arme Leute, die Mutter Wäscherin, der Vater Küstenfischer –, beinahe alle ihre Geschwister verloren habe: Einige waren im Meer ertrunken, andere an den Windpocken gestorben. Dann sprach sie von ihren früheren Arbeitgebern, davon, dass sie mit neun Jahren angefangen habe, als Dienstmädchen zu arbeiten, und sich für drei Duros im Monat um alles gekümmert habe: Sie hatte am Brunnen die Wäsche gewaschen, hatte Kartoffeln geschält, die Bettwäsche gelüftet, Kohlblätter für die Kaninchen gesammelt, auf den Knien den Boden geputzt und gekocht. Sie erzählte auch von ihrer Mutter, die keine Kinder und keine Zähne mehr hatte, und vom

Nebel. Über den Hunger, das Rascheln des Kohls am Morgen. Von ihren Lippen, die noch nie geküsst worden waren und selbst nicht gelernt hatten zu küssen, und von dem Geräusch, das die Glühwürmchen machten, wenn sie gegen die Fensterscheibe flogen. Es war, als hätte der Kontakt mit dem Kind ihre Zunge gelöst.

»Sie haben mich eben gefragt, ob ich ein Laster habe?«, meinte sie plötzlich.

Dann erzählte sie, dass sie mit elf Jahren das Rauchen angefangen habe, was ihre Mutter ihr, als sie sie zwei Jahre später dabei erwischte, sofort wieder ausgetrieben habe. »Wissen Sie, was sie mit mir gemacht hat? Sie hat zu mir gesagt: ›Bruna, du kannst wählen: Entweder du isst die restlichen Zigaretten auf, die noch in der Schachtel sind, oder die Katzenkacke. Entscheide dich!‹«

Bruna stellte sich beim Wiegen des Kindes (das inzwischen wieder tief und fest schlief) so geschickt an, dass Doña Olvido am Ende beschloss, sie für einen Monat auf Probe einzustellen.

Das Erste, was sie ihr auftrug, war, ihre Kleidung auszuziehen und die Dienstmädchenuniform mit der Haube anzulegen, die sie für sie gekauft hatte. Das neue Mädchen nahm die Uniform entgegen und beschnupperte die Ärmel unter den Achseln. Ein paar Stunden später trug sie die neue Kleidung, wenn auch nicht richtig: Die Bluse war falsch zugeknöpft, und die Haube hatte sie ganz tief über die Augen gezogen. Der kleine Cristino war im Salon gerade mit seiner Putzarbeit beschäftigt, seine Mutter im Nacken, die ihm die entsprechenden Befehle erteilte.

»Na, so was … Wer bist denn du?«, fragte er mit dem Desinfektionsmittel in der Hand, als er Bruna zum ersten Mal sah.

»Niemand«, murmelte sie und wich ein Stück zurück.

»Komm, Mädchen, komm näher …«, sagte er, wobei er sie mit dem Zeigefinger heranlockte, während er sie von oben bis unten betrachtete. »Du brauchst keine Angst vor mir zu haben. Ich bin ein guter Mensch.«

Bruna rannte durch den Flur davon.

Früh am nächsten Morgen nahm das neue Dienstmädchen das Kind aus dem Bettchen, um ihm wie vereinbart das Fläschchen zu geben. Bruna war angezogen, trug jedoch nicht die Uniform und die Haube, sondern ihre üblichen Röcke, was Olvido gar nicht recht war.

»Was ist los?«, fragte sie und wies auf Brunas Kleidung.

»Was weiß ich, was los ist?«, entgegnete Bruna.

»Und was weißt du? Warum trägst du nicht deine Uniform?«

»Mhm.«

»Dann zieh sie jetzt an!«

»Kommt drauf an.«

»Kommt auf was an?«

»Na, darauf …«

Bruna wollte gerade mit dem Kind den Raum verlassen, als Olvido sie noch einmal zurückrief.

»Übrigens, diese … diese Unterwäsche, die im Hof liegt, ist das deine?«

Bruna wischte sich die Hände an der Schürze ab. Dann zeigte sich, zum ersten Mal, seit sie das Haus betreten hatte, ein Lächeln auf ihrem Gesicht. Auf ihren Lippen, nicht jedoch in ihren Augen.

»Ja«, sagte sie.

»Und darf man fragen, was die da soll?«

Daraufhin trat dem Dienstmädchen jener feuchte, einfältige Blick in die Augen, der Olvido jedes Mal zur Verzweiflung brachte. Und die Erklärung lautete:

»Ich ziehe mich jeden Tag um. Ich hab doch gesagt, dass ich eine reinliche Frau bin.«

Das neue Dienstmädchen im Haus zu haben erleichterte Olvido das Leben insofern, als dass es nun jemanden gab, der in der Lage war, das Kind zu beruhigen. Allerdings empfand sie der jungen Frau gegenüber vom ersten Moment an ein zwiespältiges

Gefühl. Ihre Anwesenheit beruhigte sie und versetzte sie zugleich in Panik. Bruna ernährte Candela, aber nicht nur, indem sie ihr das Fläschchen gab, sondern auch mit der Wärme ihres Körpers, ihres Atems und vor allem mit ihren Gesten und Worten, die wie eine Zauberformel klangen und das Kind beruhigten und zum Einschlafen brachten. Vom ersten Tag an erzählte sie der Kleinen Dinge aus ihrer Welt: vom Dorschfang im Morgengrauen, von den großen kastanienbraunen Augen ihrer Mutter, wenn sie etwas Schreckliches erfuhr, davon, wie ihre ertrunkenen Brüder nach ihr riefen, und vom Glanz jenes Meeres, dessen Wasser in ihren Träumen brodelnd anstieg.

Immer wenn Bruna das Kind in die Arme nahm, um ihm die Windeln zu wechseln oder um ihm sein Fläschchen zu geben, spürte Olvido etwas in sich, was sie nie zuvor empfunden hatte: ein seltsames Rumpeln, als ob jemand in ihrem Inneren Betten, Kommoden oder andere Möbelstücke verschöbe.

Da Don Ángelos Besuche nun ausblieben und das Dienstmädchen sich um die Kleine kümmerte, wurde Olvidos Alltag unangenehm leer. Sie begann wieder auszugehen, um Dinge zu kaufen, die sie nicht brauchte. Ihre Unzufriedenheit verursachte ihr einen stechenden Schmerz, der sie unablässig quälte. Ihre Nerven waren ständig angespannt, und sie litt unter einer heftigen Angst, während sie sich gleichzeitig intensiv danach sehnte, allein zu sein. Sie entdeckte, dass das Einkaufen sie langweilte und die Leere, die sie in sich spürte, nicht mehr zu füllen vermochte. Bis sie einen neuen Anreiz entdeckte, der viel aufregender war, als Sachen zu kaufen. Sie befand sich in einem Schuhgeschäft, wo sie gerade ein paar Schuhe mit hohen Absätzen anprobiert hatte, die sie kaufen wollte, doch als sie feststellte, dass niemand auf sie achtete, ging sie einfach zur Tür und verließ den Laden mit den neuen Schuhen an den Füßen.

Von da an begann sie zu stehlen.

Zunächst nur kleine Dinge, eine Handcreme in der Parfümerie, eine Schleife oder ein paar Strümpfe in der Kurzwarenhandlung oder Weintrauben im Kolonialwarenladen. Mit schwitzenden Händen und klopfendem Herzen eilte sie aus den Geschäften, glücklich, nicht entdeckt worden zu sein, was in ihr einen Adrenalinstoß auslöste, der sie für drei Tage wach hielt.

Allerdings ließ auch die Aufregung des Stehlens Olvido die simple Wahrheit nicht vergessen, dass das Leben, das sie führte, sie völlig kaltließ.

Draußen in den Straßen war die angespannte Lage zu spüren, und immer häufiger kam es zu Auseinandersetzungen zwischen Falangisten und Republikanern. Es hieß, dass ein Militärputsch bevorstehe, was jedoch niemand so recht glauben wollte. Eines Tages wurde Olvido in der Rúa da Congo von einem Aufruhr überrascht. Eigentlich hatte sie mit dem Auftrag das Haus verlassen, in der Apotheke das Milchpulver für ihre Tochter abzuholen, doch auf halbem Weg war sie vor dem Schaufenster eines Juweliergeschäfts stehen geblieben. Mit gierigem Blick trat sie einen Schritt zurück. Ihr Herz schlug unruhig, und sie konnte dem drängenden Wunsch hineinzugehen nicht widerstehen. Schließlich betrat sie den Laden und sagte dem Juwelier, dass sie ein Paar Ohrringe anprobieren wolle.

Als sie kurz darauf mit dem Gagatschmuck an den Ohren den Laden verließ, geriet sie in einen Schusswechsel. Schützend legte sie die Hände über die Ohren, flüchtete sich unter die Arkaden der Rúa do Vilar und irrte dann durch die Straßen, bis sie schließlich zurück nach Hause fand. Auf der Treppe zum Haus fiel ihr auf, dass sie einen der Ohrringe verloren hatte, und sie machte sich erneut auf den Weg. Draußen hatte sich die Lage wieder beruhigt, doch in ihrem Wahn verlor Olvido jegliches Zeitgefühl und irrte länger als vier Stunden durch die Stadt. Dabei wusste sie, dass sie dringend das Milchpulver zu Hause abliefern musste, da ihr Kind am frühen Morgen den letzten Rest der Milchvorräte getrunken hatte. Während sie, den Blick zu Boden gerichtet, ein ums andere Mal den Weg abging, dachte sie an all das, was zu Hause geschehen konnte: an das Kind, das die ganze Zeit über untröstlich weinte; daran, dass Bruna die Kleine in ihrer Verzweiflung Doña Pelagia übergeben könnte, die sie womöglich fallen ließ; oder dass der kleine Cristino, der das Weinen nicht länger ertragen konnte, ihr Candela entriss und sie aus dem Fenster warf. Genauso konnte es passieren, dass Bruna dem Kind ahnungslos Kuhmilch ins Fläschchen füllte, die es nicht vertrug: Candela würde sich übergeben, möglicherweise dehydrieren, sie sah schon ihr aschfahles Gesicht vor sich – und so lief sie, den Blick auf die Pflastersteine gerichtet, wie von Sinnen durch die Straßen, auf der Suche nach einem Ohrring, der ihr in Wahrheit nicht einmal gefiel und den sie eigentlich gar nicht haben wollte.

Am späten Abend kehrte sie völlig erschöpft und aufs Schlimmste gefasst nach Hause zurück.

Doch zu ihrer Überraschung war alles ruhig. Der kleine Cristino putzte gerade den Salon; mit einem Lappen in der Hand rutschte er über den Boden und stieß dabei leise Geräusche aus, die wie das Knacken von Knochen klangen. Ein paar Schritte hinter ihm folgte seine Mutter und gab Befehle. Hin und wieder hielten beide inne, betrachteten das glänzende Holz und stießen Freudenschreie aus.

Die kleine Candela lag friedlich in ihrer Wiege. Olvido wollte zu ihr ins Zimmer gehen, wurde an der Tür jedoch von Bruna zurückgehalten, die sich ihr in den Weg stellte. Das Kind schlafe jetzt, sagte sie.

Am nächsten Tag bestätigte sich das, was Olvido bereits vermutet hatte: Auch im Haus war die erste Schlacht eines bevorstehenden Krieges geschlagen worden, und Bruna hatte nicht nur die

Kontrolle über Candela übernommen, sondern auch über die anderen Dienstmädchen und die Familienangehörigen.

In jedem Fall verlieh ihr die Tatsache, dass sie sich um Candela kümmerte, eine privilegierte Stellung. Sobald die Dosen mit der Trockenmilch eintrafen, zog sie sich mit der Kleinen in ihr Zimmer zurück, das, wie Bruna sagte, der ruhigste Ort im Haus sei, und niemand durfte sie stören.

Das Baby wurde laut weinend in das Zimmer gebracht und verließ es schlafend und mit rosigen Wangen, was für Bruna jedes Mal ein Sieg war. »Als hätte das Kind eine Glücksdroge erhalten«, sagte Don Benigno, wenn er mal da war, während er sich eine Zigarre ansteckte, ohne zu ahnen, dass diese Worte seine Frau mehr verletzten als das schärfste aller Messer.

Dazu hatte Bruna noch ein weiteres Talent, das ihr selbst gar nicht bewusst war, weshalb sie es bei ihrem Einstellungsgespräch auch nicht erwähnt hatte: Sie war eine hervorragende Köchin. Sie bereitete die leckersten Muschel-Empanadas von ganz Santiago zu, die sämigsten Suppen, den köstlichsten Tintenfisch und den besten Schmorbraten. Ganz zu schweigen von ihren Süßspeisen: *natillas* – Puddingteilchen, Milchreis, *tarta de Santiago* – Mandelkuchen und *filloas de sangre* – süße Pfannkuchen mit Schweineblut – zum Niederknien.

»Wie gut, dass wir sie ins Haus geholt haben!«, meinte Don Benigno zufrieden und stieß dabei eine dichte Rauchwolke aus.

Irgendetwas würde passieren. Das ahnte seit einer Weile jeder in der Stadt.

Das tägliche Leben hatte sich zusehends verändert. Früh am Morgen eilten die Paprikahändlerinnen mit den Körben auf den Köpfen, eine Spur der roten und grünen Schoten hinterlassend, vorbei, um gleich darauf mit erschreckten Gesichtern wieder zu verschwinden. Wohin? Das wussten sie selbst nicht. Den Stand mit den heißen Kastanien gab es bereits nicht mehr. Die Cafés und das Casino hatten ihre Türen geschlossen.

Auch im Haus war eine besondere Unruhe zu spüren. Die Dienstmädchen gingen mit verwirrten Gesichtern und sich gegenseitig anrempelnd in der Küche ein und aus. Conchita war besonders nervös und stritt sich andauernd im Nähzimmer mit Cristino, um anschließend, in einen Umhang gehüllt, das Haus zu verlassen und erst im Morgengrauen von ihren mysteriösen Ausflügen zurückzukehren.

Eines Tages, als sie eigentlich Milch holen sollte, klingelte sie zur Unzeit und ohne Milch, aber mit wirrem Haar und verzerrtem Gesicht an der Tür.

»Habt ihr es schon gehört?«, sagte sie zu den Dienstmädchen. »In A Coruña haben die Militärs den Kriegszustand ausgerufen. Verlasst auf keinen Fall das Haus«, fügte sie hinzu und starrte aus dem Fenster. »Es zieht ein Gewitter auf.«

Bruna saß gerade in der Küche und wusch in einem Kessel mit kochendem Wasser einen Berg weißer Wäsche. Unbeeindruckt rührte sie mit einem großen Holzlöffel in der Lauge herum. Schließlich stand sie auf, trocknete sich die Hände an der Schürze ab, beugte sich träge zum Fenster hinaus, warf einen Blick in den Himmel und meinte:

»In meinem Dorf haben die von Westen kommenden Gewitter immer den Kohl zerstört. Deswegen haben wir ihn vorzeitig geerntet.«

Am frühen Abend erhielten sie die Nachricht, dass sich die Militärs in Santiago des Rathauses, der Post, der Telefonzentrale und des Radiosenders bemächtigt hatten. Viele Menschen, darunter Olvido und Benigno, versammelten sich auf der Praza do Obradoiro, um zuzusehen, wie sich die Sache entwickelte. In jener Nacht nutzte Bruna das allgemeine Chaos, um Candelas Wiege in ihr Zimmer zu schieben, was bei Olvido, als sie später nach Hause kam, einen Wutanfall auslöste. Was dachte sich dieses arme und ungebildete Mädchen eigentlich dabei, ihr einfach so ihre Tochter, ihr einziges Kind, wegzunehmen! Sie würde sich ab jetzt selbst darum kümmern, ihr nachts das Fläschchen zu geben!

Doch es sollte sich herausstellen, dass das unmöglich war. Zwar hatte Olvido die Wiege wieder in ihr Schlafzimmer zurückgeschoben, doch die kleine Candela ließ sich von niemand anderem in den Arm nehmen, so sehr war sie gewöhnt an Brunas Geruch, ihre murmelnden Worte und ihre Wärme. Und genauso vergeblich wie sie versucht hatte, ihrer Tochter die Brust zu geben, hielt Olvido ihr nun das Fläschchen an die Lippen, was nur zur Folge hatte, dass die Kleine ihr Gesichtchen abwandte und mit hochrotem Kopf in wütendes Geschrei ausbrach.

Nach ein paar Tagen nahm Don Benigno, der die Nase voll hatte von schlaflosen Nächten, die Wiege und stellte sie in Brunas Zimmer. Diese erwartete ihn bereits mit triumphierendem Blick, mit offenem Haar im Nachthemd vor dem Bett stehend. Er brauchte kein Wort zu sagen. Sie nahm das Kind und machte die Tür zu.

So alt sie auch würde, würde Doña Olvido das Geräusch der sich schließenden Tür und die neugierigen Blicke ihrer Verwandten auf dem Flur niemals vergessen.

Fünf Minuten später war es still im Haus.

In jener Nacht machten Benigno und Olvido kein Auge zu. Sie horchten auf jedes Geräusch. Er auf das, was draußen auf der Straße geschah, und sie auf die Ruhe im Haus.

Ein paar Tage später erfuhren sie, dass die linken Kräfte nicht in der Lage gewesen waren, wirksame Gegenwehr zu leisten, sodass die Stadt von nun an zur nationalen Zone gehörte. Benigno blieb äußerlich ruhig, verließ jedoch immer seltener das Haus, sodass Olvido annahm, dass er sich versteckte. Sie wusste, dass im Pazo de Raxoi ein Gefängnis eingerichtet worden war, in das diejenigen, die auf der Seite der Volksfront standen, gewaltsam gebracht wurden. Und da Benigno nie über dieses Thema sprach, entschied sie, ihn selbst danach zu fragen:

»Was wirst du nun tun?«, erkundigte sie sich irgendwann nach dem Essen.

Benigno, der gerade seine Zigarre rauchte, tat so, als verstünde er nicht.

»Tun?«, entgegnete er. Er hatte die Katze auf dem Schoß und strich ihr über den Kopf.

»Bei ... bei all dem, was gerade geschieht«, meinte Olvido. »Wäre ... wäre es nicht angebracht, sämtliche kompromittierenden Dinge zu verbrennen, Zeitungen, Papiere, Bücher ... Ich habe gehört, dass der Bürgermeister sich in Arzúa versteckt und sogar einige Mitglieder des Stadtrates überlegen, das Land zu verlassen. Eine andere Möglichkeit wäre, mit Don Ángelo zu reden, der gute Kontakte zur Kirche hat.«

Don Benigno zog an der Zigarre und stieß langsam den Rauch aus. Olvido sah ihn nachdenklich an. Was wusste sie eigentlich über ihren Mann? In Wahrheit nur sehr wenig. Sie hatte keine Ahnung, welche Rolle genau er in der Politik spielte oder worüber er mit seinen Freunden sprach. Sie wusste nicht einmal, was er über sie dachte.

»Es stimmt, dass die Lage schwierig ist, aber mach dir keine Sorgen um mich, ich muss nirgendwohin gehen«, erklärte er ruhig, ohne die Hand vom Kopf der Katze zu nehmen. »Ich habe mich ja nicht wirklich politisch beteiligt, sondern war nur als Berater bei der Erstellung des Statuts zugegen, sonst nichts.« Er spielte am Ohr der Katze. »Ich habe nichts zu befürchten.«

»Du hast dich nicht politisch beteiligt?«, fragte Olvido verwundert. »Aber du bist doch seit vielen Monaten mit diesem Statut beschäftigt.«

Benigno verdrehte das Ohr der Katze, die daraufhin ein Fauchen ausstieß, von seinem Schoß sprang und davonrannte.

»Nicht … im praktischen Sinne.«

Es folgten ein paar Tage voller Unruhe, in denen niemand zu fragen wagte, was eigentlich vor sich ging. Bruna, die sich außer für ihre Arbeit für nichts anderes interessierte, war die Erste, die morgens aufstand.

Um sechs Uhr früh eilte sie bereits in ihrem Watschelgang mit schief sitzender Bluse durch den Flur, die Haare noch halb zu Zöpfen geflochten, und dabei, sie mit Nadeln und Kämmen hochzustecken.

Sie lüftete den Salon und bereitete für alle das Frühstück zu, um es dann nach oben in die Zimmer zu bringen. Sie heizte die Öfen, nahm das Kind aus der Wiege und gab ihm das Fläschchen, unterhielt es eine Weile, und da die Kleine nicht wieder einschlief, nahm sie sie einfach mit sich. Dann lugte Candelas zerknauschtes rotes Gesichtchen ungehalten aus dem alten schwarzen Tuch hervor, das Bruna sich um die Brust geschlungen hatte. Wie eine verwirrte Fliege schwirrte sie mit dem Kind durchs Haus und war sich ihrer Überlegenheit bei jedem Schritt bewusst.

In der Küche hielt sie schließlich inne und ließ den Blick über die Kessel mit dem Fett, den schmutzigen Tisch und die Stellen, an denen sich die Katze erleichtert hatte, schweifen, wobei sie ihre ewige Litanei vor sich hin brummte. Dann legte sie das Kind in seinen Korb und schickte sich an, den *sofrito* – die würzige Sauce fürs Essen – zuzubereiten. Bis sie gegen ein Uhr begann, riesige Mengen an Speisen zu kochen.

Wenn sie den Teig für die Empanadas auf die Arbeitsfläche schlug, erzitterte das ganze Haus.

»Heute hätten wir gern Kroketten«, hatte die Señora am frühen Morgen zu ihr gesagt. »Kroketten und Hühnerbrühe.«

Bruna hatte genickt, war in die Küche zurückgekehrt und machte das, wozu sie Lust hatte: Filet mit einem Berg Kartoffeln. Fleischbällchen mit Reis. Rinderzunge in Sauce. Empanadas mit Fleischfüllung auf galicische Art. Was auch immer, nur nicht das, worum sie gebeten worden war.

Wenn die Señora daraufhin mit ihr schimpfte, weil sie nicht getan hatte, was sie sollte, stieß sie Protestlaute aus, die wie das Gurren einer Taube klangen. Ein anderes Mal wandte sie sich ab und imitierte die Gesten und Worte der Señora in scherzhaftem Ton, was die übrigen Bediensteten in lautes Gelächter ausbrechen ließ.

Am späten Vormittag bat Olvido sie, dem Señor, der noch in seinem Zimmer weilte, einen Milchkaffee hinaufzubringen. Wenn der Kaffee dann bereits kalt geworden war, fragte sie ironisch nach, ob Bruna die Absicht habe, ihren Auftrag irgendwann auszuführen. Daraufhin antwortete das Dienstmädchen:

»Ob ich das tue oder nicht, entscheide ich, Señora, denn alles braucht seine Zeit und will gut überlegt sein. Und außerdem wird der Señor mir eh nicht die Tür öffnen, und wenn er das nicht tut, wie soll ich dann mit dem Kaffee hineinkommen?«

Genauso wenig machte sie die Besorgungen oder verrichtete die Arbeiten, die ihr für den jeweiligen Tag aufgetragen worden waren.

Sie erinnerte sich an nichts und ließ die Dinge einfach liegen.

Was sie allerdings mit Freuden tat, war, die Schweine zu schlachten. Außerdem zerteilte sie die Hühner, schlug den Tintenfisch und machte köstliche *filloas de sangre*. Sie kochte die Milch, die jeden Morgen aus den nahe gelegenen Kuhställen gebracht wurde, schöpfte den dicken sahnigen Rahm ab und machte daraus

Butter und Kekse. Nach und nach hatte sie sich aus ihrer niedrigen Position heraus einen Platz zwischen der Herrschaft und den anderen Dienstboten geschaffen. Hin und wieder schlich der kleine Cristino in die Küche, um sich heimlich etwas Süßes aus dem Speiseschrank herauszunehmen. Bis Bruna sich umwandte und ihn erwischte.

»Mal sehen«, sagte er dann, »ob du dich davon überzeugen lässt, mir eine der Süßigkeiten zu geben, die du für das dumme Kind versteckst.«

Wie in Vorbereitung auf die bevorstehende Auseinandersetzung legte Bruna die Kartoffel, die sie gerade schälte, und das Messer zur Seite und säuberte sich, ohne den Gegner aus den Augen zu lassen, die Hände an der Schürze.

»Hör mal, Cristino, musst du dauernd hier herumschnüffeln? Spiel doch lieber mit deinen Puppen!«

Und dann fingen sie an zu zanken. Sie stritten und beschimpften sich den ganzen Nachmittag über.

Eines Morgens, Candela schlief noch und Bruna war gerade dabei, das Frühstück in die Zimmer der Herrschaft hinaufzubringen, hörte sie mit dem Tablett in der Hand das Lachen eines Mannes. Sie spitzte die Ohren, denn es stammte weder von Don Benigno noch von Cristino und schien aus Conchitas Zimmer zu kommen. Zögernd trat sie näher. Und dann sah sie sich plötzlich Doña Olvido gegenüber.

Der Boden war uneben und wurde von Bäumen und Pilzen gesäumt. Klappernd und knatternd fuhr der flaschengrüne VW Käfer weiter über die nahezu ausgestorbene Landstraße; die Möwe saß noch immer auf dem Autodach. Zu beiden Seiten erstreckte sich eine Reihe von Feldern, die sich in der Ferne verloren. Auf einigen davon machte Doña Olvido ein paar Flecken aus, die sie für Kühe hielt, und auf der rechten Seite, beinahe vom Horizont verschluckt, meinte sie die Spitze eines romanischen Kirchturms zu sehen. Sie stellte das Radio lauter, weil sie glaubte, einen bekannten Namen gehört zu haben:

… ist in den frühen Morgenstunden im Alter von siebzig Jahren in Vigo verstorben. Die Beerdigung findet noch heute in Mondoñedo statt. Im Laufe seiner glanzvollen Karriere erhielt der Journalist und Schriftsteller im Jahr 1968 den Premio Nadal *für seinen Roman* Un hombre que se parecía a Orestes …

Doña Olvido sah ihr Dienstmädchen an und rief aus:

»Die reden über Cunqueiro! Er ist gestorben, Bruna! Cunqueiro ist gestorben! Was für ein Zufall, wo wir eben erst noch von ihm gesprochen haben!«

Sie erhielt keine Antwort.

»Schläfst du, Bruna? Cunqueiro ist tot!«

Doña Olvido warf ihrem Dienstmädchen einen strengen Blick zu.

»Meine Güte, du hast nicht den geringsten Respekt vor der Kultur. Der Mann war ein großartiger Schriftsteller … Und ich sage dir, er ist an der gleichen Krankheit gestorben, die auch du hast. Also … pass auf mit dem Zucker, du dummes Ding!«

Der Radiosprecher redete weiter über Cunqueiros Tod, bis es Doña Olvido irgendwann zu viel wurde und sie den Apparat ausschaltete.

»Wirklich niederschmetternd, Bruna, wir sind von Toten umgeben!«

Nach ein paar Kilometern, die sie schweigend zurücklegten, senkte Doña Olvido den Blick und sah auf ihre Hände, die das Steuer umfasst hielten. Nachdenklich bewegte sie die Finger, die mit Altersflecken übersät waren, und während Bruna vor sich hin schlummerte, kamen ihr, ohne zu wissen, warum, die Bilder jener ersten Tage mit ihrer Tochter in den Sinn, jenes ambivalente Gefühl von Liebe und Hass, der Mandelduft des Babys, gemischt mit Angst.

Sie hob den Blick und sagte:

»Hör mal, Bruniña. Ich habe die ganze Nacht über an früher gedacht, und jetzt, da wir hier so allein … na ja … fast allein … sind, muss ich dir etwas gestehen.«

Brunas Schnarchen erfüllte den Wagen. Jeder Atemzug begann mit einem lauten Knattern und endete in einem kurzen Pfeifen. Plötzlich, wohl von ihrem eigenen Schnarchen geweckt, öffnete sie ein Auge und sah ihre Herrin blinzelnd an.

»Du warst mir immer eine gute Gesellschaft.«

Bruna hob die Augenbrauen, und Doña Olvido verspürte plötzlich den Wunsch, sie zu umarmen. Doch irgendwie strahlte ihr Dienstmädchen etwas Düsteres aus, das sie an das dunkle moosartige Geheimnis der Erde denken ließ.

»Weißt du«, fuhr sie fort, »manchmal, wenn du so stur bist mit deinen Rübchen und der Suppe und wann wir endlich da sind und all diesen Dinge, raubst du mir den letzten Nerv und ich könnte dich die ganze Zeit anschreien, aber du warst mir immer eine gute Gesellschaft. Ich weiß nicht, was ich ohne dich gemacht hätte. Das sage ich aus tiefstem Herzen.«

Bruna wandte den Kopf und ihr Blick verlor sich in den Weiden, die sich zu beiden Seiten der Straße erstreckten. Dann wischte sie sich mit dem Ärmel ihres Kleides über den Mund und meinte:

»Wo sind denn die Kühe?«

»Die werden schon irgendwo sein.«

»Ich sehe aber keine. Hier waren immer Kühe.«

»Bruna«, sagte Doña Olvido.

»Was?«

Schweigen. Doña Olvido dachte mit einem Mal, was wohl der Grund dafür war, dass sie im Laufe ihres Lebens niemals dem Glück vertraut hatte. Vielleicht war der frühe Tod ihrer Mutter daran schuld.

»Du sollst nicht gehen. Nicht jetzt, wo wir beide hier zusammen sind und …«

Oder vielleicht, überlegte sie weiter, weil ihr das Glück immer nur für so kurze Zeit vergönnt gewesen war. Allerdings war sie nie in der Lage gewesen, einmal wirkliche Ruhe einkehren zu lassen. Und nun hatte sie genug davon, so zu leben: angezogen oder abgestoßen, immer hinter irgendetwas herrennend oder – im Gegenteil – so weit wie möglich davor weglaufend.

»Wohin sollte ich denn gehen?«, schnaubte Bruna.

»Wenn der Moment gekommen ist, meine ich … Du sollst nicht wieder einfach so verschwinden … Du hast viele gute Eigenschaften, meine Liebe. Aber diese Unart zu verschwinden, wenn man dich am meisten braucht …«

»Ach was!«

Doña Olvido warf ihr einen schnellen Blick zu. Das Blut auf dem Kleid, das bis zum Spitzenbesatz am Ausschnitt gespritzt war, begann zu trocknen und verfärbte sich bräunlich.

»Möchtest du wissen, welche guten Eigenschaften du hast, Bruna?«

Bruna sagte, dass sie nichts davon hören wolle.

»Also ich zähle mal auf: Du warst immer diskret, jawohl. Da gab es manche Dinge im Haus … Denkst du, ich hätte nicht gewusst, dass du gemerkt hast, dass … Ich meine, die Sache mit Conchita und diesem Mann? Du hast nie ein Wort darüber verloren, weil du immer sehr verschwiegen warst und ein Geheimnis bewahren konntest … Wenn meine Schwiegermutter das erfahren hätte!«

Die Sonne ging auf, und durch das Dachfenster strömte ein Schwall orangefarbenen Lichts herein. Am Vortag hatte die ganze Familie beschlossen, sich eine Vorstellung im Teatro Rosalía de Castro in A Coruña anzusehen. Alle kamen mit – bis auf Conchita, die sich weigerte mitzukommen und allein in Santiago zurückblieb. Geplant war, dass sie im Haus von Bekannten übernachten würden, doch am frühen Abend hatte Candela eine Kolik bekommen, sodass Olvido und Bruna beschlossen, den Bus zu nehmen und nach Hause zurückzufahren.

Trotz der frühen Stunde war es schon sehr warm draußen, doch in den Schlafzimmern war es schön kühl, und es roch nach Kaffee und gekochter Milch. Der Topf auf dem Herd in der Küche zischte noch leise, ansonsten war es still im Haus. In diesem Moment hörte Olvido, die sich auf ihrem Bett ausgestreckt hatte, das Lachen eines Mannes und schlug die Augen auf. Sie erhob sich und trat verwundert auf den Flur. Waren ihr Mann und die anderen bereits aus A Coruña zurück? Wollten sie nicht erst zum Mittagessen wieder da sein? Während sie, beunruhigt von der Vorstellung, dass sie etwas Beängstigendes entdecken könnte, die Treppe hinaufstieg, hörte sie das Lachen erneut. Ja, nun war sie sich sicher: Es kam aus Conchitas Zimmer.

Langsam ging sie auf die Tür zu, um mit ihren eigenen Augen zu sehen, was ihr Bauchgefühl ihr sagte. Bereits am Vorabend, als sie sich voneinander verabschiedet hatten, hatten ihre Eingeweide ihr bereits zu verstehen gegeben, dass Conchita, so seltsam und einfältig sie auch war, sich nicht so aufwändig gekleidet und geschminkt hatte, um in ihrem Zimmer allein auf dem Grammophon ihre Wagner-Opern zu hören. Leise öffnete Olvido die Tür und blieb wie erstarrt stehen.

Conchita war dort, gleich neben dem Fenster: selbstbewusst und schlank, das Haar zu einem Knoten aufgesteckt, mit vor Glück geröteten prallen Wangen.

Doch die Frau, die sie dort am Fenster sah, war ganz anders als die dumme Conchita de Gondollín, die sie so wenig kannte: Sie stand dort und suchte etwas neben der Kommode, während eine männliche Stimme vom Bett aus mit ihr sprach, und sie hatte etwas an sich, was sie irgendwie majestätisch erscheinen ließ. Dabei trug sie nichts außer einem blassrosafarbenen Spitzenunterrock.

Olvido betrachtete sie eine Weile. Ihre üppigen weißen Brüste schimmerten im Halbdunkel, und unter dem zarten Stoff des Negligés zeichnete sich das zerzauste Nest ihrer Scham ab. Die abweisenden Züge waren aus ihrem sonst so blassen Gesicht verschwunden – zumindest erschien es Olvido so –, ebenso wie die müden, traurigen Falten. Diese unscheinbare Frau, die sich dem Willen ihres älteren Bruder stets beugte, Gymnastik in Pantoffeln machte und den ganzen Tag Opern auf dem Grammophon hörte, war mit einem Mal voller Leben.

Wie eine Rose, die über Nacht erblüht war.

Olvido schluckte und konnte den Blick kaum von ihr abwenden.

Die neue Conchita schlürfte nicht mit gesenktem Kopf ihre Suppe, stritt nicht mit dem kleinen Cristino, lachte nicht über sie und war auch nicht verlegen wie immer, wenn ihre Mutter ihren Verlobten erwähnte, der sie so schmählich verlassen hatte. Sie sprach. Nur das: Sie sprach mit einem Mann, einem *anderen Mann*, der dort im Bett lag, rauchte und ihr zuhörte. Während sie, die Arme vor der Brust verschränkt, aufreizend vor dem Kommodenspiegel stand und mit hoher Stimme sagte: »Ihr seid eine Bande von Verrückten, und ihr seid alle gegen mich, nur weil ich normal bin, deshalb akzeptiert ihr mich nicht! Weil ich anders bin! Weil ich nicht verrückt bin!« Und gleich darauf brach sie in Gelächter aus und stimmte mit wippenden Brüsten in das tiefe Lachen des fremden Mannes ein. Sie sprach und lachte, sie gestikulierte vor der Kommode und lief halb nackt durchs Zimmer, ohne mit dem Reden aufzuhören.

»Ich bin normal, und ihr, degeneriert wie ihr seid, habt doch niemals dieses Haus verlassen.«

Stumm und zu keiner Reaktion in der Lage, schlich Olvido sich zu ihrem Zimmer zurück. Sie fühlte sich beschmutzt, und gleichzeitig ahnte sie, dass diese Frau, die sie so offensichtlich nachäffte, in ihrer schlanken, durchscheinenden Nacktheit von einem Geheimnis umgeben war: dem Unterschied von wissen und nicht wissen. Etwas, was sie selbst niemals ergründen würde.

Das war der Moment, als sich die Blicke der Señora und ihres Dienstmädchens kreuzten. An die Wand im Flur gelehnt, das Tablett in den Händen, stand Bruna unbeweglich und geräuschlos da. Olvido starrte sie eine Weile stumm an, und dann nahm sie ihr das Tablett aus den Händen, woraufhin das Dienstmädchen wie ein Schatten verschwand.

Als Olvido gerade in ihr Zimmer treten wollte, hörte sie hinter sich ein Räuspern. Sie wandte sich um und sah den Mann, der kurz zuvor noch in Conchitas Zimmer gewesen war. Es war ein pockennarbiger Kerl mit Dreitagebart, aber schönen blauen Augen, die in seinem gebräunten Gesicht leuchteten. Für einen Moment schauten sie sich schweigend an.

»Sie ist hässlich wie die Nacht«, sagte er und wies auf Conchitas Zimmer, das er gerade verlassen hatte, »aber sauber. Und du ahnst ja nicht, wie gut sie vögeln kann.«

Olvido spürte Übelkeit in sich aufsteigen, sagte jedoch kein Wort. Daraufhin nahm der Mann sich eine Scheibe geröstetes Brot von dem Tablett und führte es zum Mund. Dann erklärte er kauend: »Sie glaubt, dass du es ihrem Bruder und ihrer Mutter sagen wirst und dass es einen Höllenärger geben wird.«

Olvido schwieg noch immer. Der Mann nahm die Kaffeetasse vom Tablett, trank geräuschvoll einen Schluck und stellte sie wieder ab. Er tunkte eine der gerösteten Brotscheiben in den Kaffee und biss erneut ein Stück ab.

»Aber ich glaube, dass du es nicht wagen wirst«, fügte er, mit offenem Mund kauend, hinzu.

Dann hinkte er, ein Bein hinter sich herziehend, schwankend durch den Flur davon.

»Adiós«, sagte er und ging geräuschvoll die Treppe hinunter, viel lauter, als es nötig gewesen wäre, dachte Olvido.

Den Tuscheleien der anderen Dienstmädchen – einschließlich der Milchmädchen, die nur einmal am Tag vorbeikamen, um die Milch abzuliefern – entnahm Bruna schon bald, dass es ihre größte Sorge war, zu wissen, wann der kleine Cristino zurückkehren würde.

Als sie die anderen eines Tages fragte, was er denn eigentlich in Paris mache, brachen diese in Gelächter aus.

»Wahrscheinlich schaut er sich den Eiffelturm an!«, rief eine von ihnen und schlug sich auf die Schenkel.

»Oder er sucht nach Porzellanpuppen!«, rief eine andere.

Sie lachten dermaßen, dass ihnen die Tränen kamen.

»Weißt du wirklich nicht, was er dort macht?«, fragten sie nach einer Weile, als sie sich wieder ein wenig beruhigt hatten.

Bruna zuckte mit den Schultern. Eines der Dienstmädchen sah sie eindringlich an und sagte:

»Keine Sorge, wenn er sich dir bis jetzt nicht genähert hat, dann wird er dich auch weiterhin in Ruhe lassen.«

»Womit in Ruhe lassen?«, wollte Bruna wissen.

Die anderen Dienstmädchen, die im Kreis auf ihren Stühlen saßen, rückten näher zusammen, um miteinander zu tuscheln.

»Es heißt, dass man in Paris einfach in so ein Haus gehen kann und gleich eine Prostituierte mit Federschmuck zu einem kommt …«, erklärte ein Dienstmädchen.

»Das sind keine Häuser«, korrigierte eine andere und warf einen Blick auf die offene Tür. »Das sind Bordelle. Mein Onkel war einmal dort, und er sagt, dass sich halb nackte Frauen in den Straßen anbieten.«

In diesem Moment kam die Señora in den Raum. Schlagartig wurde es still, und die Dienstmädchen nahmen ihre Arbeit wieder auf.

»Was ist hier los?«, fragte Doña Olvido.

Niemand ließ sich dazu herab, ihr zu antworten.

Eines Morgens nicht lange danach trat eines der Milchmädchen mit sehr ernstem Gesicht in die Küche. Die junge Frau stellte den Eimer auf den Boden, nahm sich das Polster zum Tragen vom Kopf und wischte sich den Schweiß von der Stirn. Bruna ging zu ihr, um die Milch zu begutachten, wie sie es immer tat, wenn eines der Milchmädchen kam. In diesem Moment sagte die Frau, die Bruna, wie es schien, gar nicht wahrgenommen hatte, dass sie am Morgen um halb sechs, nachdem sie mit den Eimern in Cacheira aufgebrochen sei, im Graben einen Toten vorgefunden habe. Alle sahen sie verblüfft an.

»Das zieht die Fliegen an«, meinte Bruna, die immer noch die Milch begutachtete.

»Man sagt, dass er zum Stadtrat gehört …«, flüsterte das Milchmädchen. »Er lag bäuchlings im Klee, mit dem Gesicht in einer Lache von Blut und Erbrochenem.«

»Das zieht die Fliegen an, und die Milch ist wässrig«, insistierte Bruna unbeteiligt.

Daraufhin berichtete das Milchmädchen, dass die Falangisten schon seit ein paar Tagen am frühen Morgen Leute erschossen und dass dieser Mann nicht der Erste war, der tot im Graben gelandet war.

»Ich sag dir jetzt mal was, mir gehen da gerade einige Bilder aus jener Zeit durch den Kopf«, meinte Doña Olvido plötzlich verärgert. Sie löste eine Hand vom Lenkrad, als wäre sie von einer Mücke gestochen worden, und wedelte unwirsch durch die Luft. »Und es war wirklich eine Gemeinheit, was du mir damals mit der Milch für die Kleine angetan hast. Das kann ich dir nicht ersparen. Das Gute und das Schlechte, Bruna. Gute und schlechte Eigenschaften.«

Bruna rutschte auf ihrem Sitz hin und her, entgegnete jedoch nichts. Wieder starrte sie wie eine Kuh mit feuchten Augen ins Leere.

Doña Olvido beugte sich leicht nach vorn, um durch die Windschutzscheibe in den Himmel zu schauen. Würde sich an diesem Tag, der für sie beide so besonders war, denn gar nicht die Sonne zeigen? Bruna saß noch immer angespannt auf ihrem Sitz und hielt ihre Lacktasche mit beiden Händen umklammert. Gleichgültig, beinahe verächtlich, blickte sie nach draußen, als ob sie jeden Tag diese Strecke fahren und den Weg in- und auswendig kennen würde.

Schließlich zog sie eine Schnute und sagte:

»Die Bohnen, die ich mache, sind nie weich genug, und heute sollen sie, zum Teufel noch mal, endlich mal nicht zu hart und nicht zu weich sein!«

Sie strich sich das Kleid glatt. Dann öffnete sie ihre Tasche und schloss sie wieder. Sie nahm sich das Gebiss aus dem Mund und betrachtete es ein wenig verwundert. Schließlich meinte sie in ihrem üblichen argwöhnischen Ton:

»Was wollte der eigentlich?« Sie setzte sich das Gebiss wieder ein.

»Wer?«

»Na, dieser Typ.«

»Der Tote?«

»Genau. Als er gefragt hat, ob es mir gut geht …«

»Noch mal: Er wollte wissen, wohin wir unterwegs sind, und hat nur nebenbei gefragt, ob es dir gut geht. Vergiss ihn einfach!«

»Ich wollte ja auch nur fragen …«

»Ich habe ihm gesagt, dass es dir gut geht. Er hat sich über dein Kleid gewundert … das Brautkleid. Aber was soll das jetzt noch? Jetzt wird er keine Fragen mehr stellen.«

Doña Olvido wandte sich zur Seite und sah, dass Bruna sie anstarrte; bleich, mit verfilztem Haar und mit ihren hinter der Brille versteckten Augen, schien sie ihre Gedanken zu lesen oder ihr zumindest etwas sagen zu wollen. Sie verdrehte den Stoff ihres Brautkleides und glättete ihn wieder, indem sie sich heftig auf die Knie schlug.

Doña Olvido bremste und hielt am Straßenrand an. Die Möwe, die noch immer auf dem Dach saß, begann wie ein Wache haltender Soldat hin- und herzulaufen und stieß ein aufgeregtes Krächzen aus *(das Kind ist da, da, da, da …)*, das die Luft erzittern ließ. Der Ford Fiesta hinter ihnen, der beinahe auf sie draufgefahren wäre, ließ ein lang anhaltendes Hupen ertönen.

»Meine Güte, was ist denn auf einmal los mit dir?«, fragte Doña Olvido ungehalten.

»Ach, nichts. Fliegenkacke!«, sagte Bruna und zog die Nase hoch.

»Jetzt bist du diejenige, die Angst hat … Ist es wegen dem, was ich eben gesagt habe? Weil ich dich an die Sache mit der Milch für die Kleine erinnert habe? Hör mal, was dir wirklich Angst machen sollte, ist die Aussicht, dass eine von uns das Zeitliche segnet und die andere dann ins Altersheim gesteckt wird. Weißt du, wie die alten Leute im Altersheim pinkeln müssen?« Doña Olvido zog mit einem Ruck die Handbremse an, und der Wagen rührte sich nicht mehr.

Ein Lastwagen rumpelte an dem Käfer vorbei und hupte.

»Ich habe gerade überlegt …« Bruna benutzte den Saum ihres Kleides, um sich die Nase zu putzen. »Ich habe gerade überlegt, dass ich die Bohnen eingeweicht habe und nicht mal Zeit hatte, den Eintopf zu kochen.«

Doña Olvido sah sie wütend an. Mittlerweile war sie ja daran gewöhnt, dass sie Bruna nicht wirklich verstand und dies wohl auch nie der Fall sein würde. Doch dass sie nun dauernd die Bohnen und die Suppe erwähnte, ging ihr auf die Nerven.

»Jetzt hör endlich auf, von den Bohnen zu reden! Ist dir noch immer nicht klar, dass wir nie wieder Suppe essen werden? Wir werden weder Suppe noch Zungenbraten in Sauce, noch Kroketten und nicht einmal deine leckeren Thunfisch-Empanadillas essen. Nie wieder! Kapierst du nicht, dass du nur von den Bohnen sprichst, um nicht das zu sagen, was du sagen solltest? Du warst noch nie in der Lage, etwas Sinnvolles von dir zu geben! Ich habe wirklich keine Ahnung, wie ich dich all die Jahre über ertragen konnte! Das ist, als säße ein Huhn im Brautkleid neben mir im Auto! Ein Huhn im Brautkleid – nach allem, was geschehen ist! Nach allem, was wir zusammen durchgemacht haben!«

»Ich habe Angst. Ich will da nicht hin.«

»Oh doch!«

Es begann zu regnen. Der Wind ließ den Regen schräg gegen die Windschutzscheibe prasseln. Die beiden Frauen saßen schweigend und nachdenklich im Auto.

»Manchmal denke ich, dass ich dich einfach nicht hätte beachten sollen …«, meinte Doña Olvido schließlich erschöpft. »Dann hätte ich nicht mein ganzes Leben zusammen mit dir verbracht. Dann wäre alles ganz anders gewesen! Du hättest dir ein anderes Haus gesucht, hättest vielleicht geheiratet und …«

»Ach was!«, unterbrach Bruna sie.

Die Tropfen prallten vom Asphalt zurück, als würde es von unten nach oben regnen. Bevor Doña Olvido den Wagen wieder startete, prüfte sie, ob die Scheibenwischer funktionierten.

»Entschuldige, Bruniña«, sagte sie, während sie das Lenkrad drehte, um den Wagen zurück auf die Straße zu steuern. »Das mit der Milch für die Kleine hast du ja nicht böse gemeint … Du hattest … du hattest deine Gründe … Und *jetzt* kann ich dich verstehen.«

Darauf erhielt Doña Olvido keine Antwort, nicht mal ein »Ach was!« oder ein Brummen. Stattdessen quietschten die Scheibenwischer über das Glas, ohne den Regen wirklich zu vertreiben, und Olvido dachte für einen Augenblick, dass dieses Geräusch klang wie aufsteigende Luftblasen in einem See. Wie Luftblasen und im Wasser rudernde Arme.

»Und ich nehme an … Ich nehme an, dass wir keine andere Wahl haben … Es ist geschehen, Gott wollte es so, und daher …«

Doña Olvido warf Bruna, die gerade die Hand in ihre Tasche steckte, einen Seitenblick zu.

»Es gibt Dinge, die einfach unvorhersehbar sind«, fuhr sie fort und schloss die Augen. Plötzlich sah sie das zarte Gesicht des Kindes vor sich. Sie schlug die Augen wieder auf, um das Bild zu vertreiben.

»Ich habe auch Zigaretten dabei, Marlboro …«, meinte Bruna plötzlich.

Doch Doña Olvido schien sie nicht zu hören. Mit verstörter Miene fuhr sie auf der Landstraße weiter und redete mit sich selbst über Gott, das Schicksal und unvorhersehbare Dinge. Sie hatte das Gefühl, von einer undurchdringlichen Dunkelheit übermannt zu werden. Als sie nach einer Weile zur Seite blickte, sah sie Bruna, die sich eine Zigarette zwischen die Lippen gesteckt hatte.

»Eine Zigarette!«, rief sie aus. »Das hat gerade noch gefehlt! Aber du rauchst doch nicht mehr, seit deine Mutter dich mit dreizehn Jahren dabei erwischt hat. Wo hast du die her?«

Bruna nahm ein Feuerzeug heraus und zündete sich die Zigarette an. Der Rauch verursachte bei ihr ein raues Husten.

»Du bist so verantwortungslos«, schimpfte Doña Olvido und wedelte den Rauch mit der Hand fort, als wollte sie Wespen verscheuchen. »Und soll ich dir noch was sagen? Du hättest niemals aufhören dürfen, dir diese Spritzen zu geben. Du hast das gleiche ausgezehrte Gesicht wie damals, als du mit dem Scherenschleifer auf und davon bist. Nur habe ich dir damals nichts gesagt. Da warst du ja auch noch jung, aber wahrscheinlich hat es da mit der Krankheit angefangen.«

Bruna nahm noch einen Zug und atmete aus. Ihr verkrampftes Gesicht entspannte sich nach und nach. Im Rauch schien sich etwas zu bewegen, was langsam durch den Wagen schwebte.

»Du warst schon immer so verantwortungslos und hast so gelebt, als wärst du noch ein junges Mädchen. Selig die Ahnungslosen! Du hast ja auch nie mitbekommen, was im Haus passierte – weder vor dem Krieg noch danach. Du hast einfach so gelebt, als ob du mit all dem nichts zu tun hättest … Erinnerst du dich noch an die Liste mit den Waffen, die du eines Tages in der Küche gefunden und vorgelesen hast wie einen Einkaufszettel?«

Bruna zuckte mit den Schultern. Sie stieß einen Schwall Rauch aus und betrachtete anschließend mit ihren halb blinden Augen die Zigarette.

»Welche Liste?«

»Erinnerst du dich nicht? Sicher erinnerst du dich! Irgendwann bin ich mal in die Küche gekommen, um Kaffee zu machen, als ich gehört habe, wie du die Worte auf einem Stück Papier mühsam entziffert hast: ›Sechs Pan-zer-Renault-FT-17, eintausend-achthundert Pa-tro-nen‹, so was in der Art. ›Was liest du da?‹, habe ich dich gefragt. ›Einen Zettel, den ich irgendwo gefunden habe‹, hast du geantwortet. ›Einen Zettel, den du gefunden hast? Wo hast du diesen Zettel gefunden?‹, habe ich weitergefragt. Und dann, gerade als du mir erzählt hast, dass die Katze damit in der Küche gespielt hat, kam Conchita hereingestürzt. Erinnerst du dich nicht?«

»Nein.«

»Nein. Du erinnerst dich an nichts. Ich schon … natürlich erinnere ich mich. Damals wusste ich nicht, worum es sich handelte, aber heute schon. Conchita hat dir den Zettel aus der Hand gerissen und ist damit weggerannt. Aber ich merke schon, dir ist damals überhaupt nichts aufgefallen, weil du dich nur mit … mit meiner Tochter beschäftigt hast. Verräterin! Kinderdiebin!«

Doña Olvido wedelte erneut mit der Hand in der Luft herum, um den Qualm zu vertreiben. Für eine Weile schwiegen sie wieder. Gewissensbisse quälten ihre Seelen. Wie zwei anklagende schwarze Finger gingen die Scheibenwischer vor ihren Augen hin und her: *du, du, du,* unermüdlich in ihrem rhythmischen Vorwurf.

Draußen war das Krächzen der Möwe zu hören.

Das Kind ist daaaaaa!

Bruna saß ganz starr auf dem Beifahrersitz.

Genauso starr wie in jener Nacht, in der Olvido in ihr Zimmer gekommen war und ihr Geheimnis entdeckt hatte. Ein paar Tage zuvor, als Bruna sich vorgebeugt hatte, um ihr eine Tasse Kaffee auf den Nachttisch zu stellen, hatte Olvido den Eindruck gehabt, dass ihre Achselhöhlen den gleichen Geruch ausdünsteten wie Candelas Haut. Denn auch, wenn sie es ungern zugab, roch ihre Tochter nicht nach Kleinkind, sondern nach Fisch. Sie roch nach den Lampreten, die ihre Schwiegermutter in der Rúa do Vilar kaufte und anschließend mit viel Sauce kochte, um den wahren Geschmack zu überdecken. Sie roch nach Seehecht oder nach den jungen Hechten, die die Frauen von der Küste in ihren Körben trugen, um sie zu verkaufen. Sie roch nach Tümpeln und nach Meer – und nach saurer Milch.

Außerdem hörte Olvido seit einiger Zeit gewisse Geräusche, nicht das übliche Flüstern und Weinen, die Unruhe, die die Familie ihres Mannes in den frühen Morgenstunden verbreitete, sondern andere Geräusche, die leiser und angenehmer waren: zufriedenes Babygebrabbel, Hicksen, ein gutturales Glucksen, als ob jemand Luftblasen schluckte.

Also war sie in jener Nacht barfuß und vorsichtig auf den Flur geschlichen. Sogleich hatte sie ein Wiegenlied gehört, die zarte Stimme einer jungen Frau. »Du Hure!«, dachte sie und sprach es aus, wenn auch so leise, dass die anderen es nicht hören konnten, denn man wusste ja nie, wo diese Gestörten herumliefen. Die kommt einfach daher und glaubt, sie ist die Herrin im Haus! »Hure!«, sagte sie erneut, diesmal jedoch deutlich lauter, selbst überrascht, dass sie dieses Wort benutzte. Die Tür war nur angelehnt, und im Zimmer brannte Licht. Das Geräusch kam von irgendwo dort, gemächlich glitt es heran wie die Wellen auf den Strand. Aber nein. Es war nicht wirklich ein Geräusch, sondern eine Stimme wie aus Seifenblasen, ein monotones Murmeln, trunken vom Lebenssaft der Erde, ein Geräusch, das die Haut ignoriert, das weder die Augenlider noch andere Trennwände kennt, weil es kein Geräusch ist, sondern ein Geruch: der Geruch nach saurer Milch. Nun war sie sich nicht mehr sicher, ob das Geräusch aus Brunas Zimmer oder aus dem Flur kam oder in ihren Ohren pochte. Vielleicht war sie selbst es, die es verursachte.

Olvido beschloss, nicht einfach einzutreten, sondern streckte nur den Kopf hinein und blieb im Türrahmen stehen. Ein Luftzug drang durch die Tür und bewegte die Vorhänge. Und nach und nach nahm jenes flüchtige Bild vor ihren Augen Gestalt an, das sie in ihrem ganzen Leben nicht vergessen würde, das nun, im Alter, in einer verschwommenen, schwankenden Sequenz wie in einem Film zurückkehrte, immer und immer wieder: Auf dem Bett sitzend, sodass ihr die Haarsträhnen über die Schultern fielen, hielt Bruna ihre Tochter im Arm.

Vorsichtig stieß sie die Tür auf und trat in der Absicht, besser sehen zu können, näher. Sofort nahm sie den Geruch wahr, den die Haut des Babys ausstrahlte. Olvido hörte die Kleine schlucken und erwartete, das Fläschchen zu sehen, doch da war kein Fläschchen. Aus dem geöffneten Nachthemd schauten Brunas Brüste hervor, prall und von Adern durchzogen, und Candela saugte an einer der violetten, fast schwarzen Brustwarzen. Das kleine Mädchen hatte gerötete Wangen und zufrieden gerundete Augenlider. Der Milchstrahl war so üppig, dass sich in ihren Mundwinkeln der sahnige Schaum sammelte.

Olvido bewegte sich nicht. Leise trat sie zurück. »Ich will, dass du gehst. Ich will, dass du sofort dieses Haus verlässt, und nichts anderes. Alles, was ich will, ist, dass du gehst.« Ihre stummen Sätze wurden zu einer Beschwörungsformel, deren Rhythmus immer schneller wurde, sich schließlich wie Schläge anfühlte und zu körperlichem Schmerz wurde. Das Blut rauschte in ihren Ohren, bis es in einer Welle über ihr zusammenschlug. Sie stürzte hinaus, um sich in ihr Zimmer zu flüchten.

Doch damit war die Nacht noch nicht zu Ende.

Auf dem Flur stieß sie auf Conchita, die an einem Bein die komplett entkleidete Schaufensterpuppe hinter sich her schleifte, die sie für die Anproben benutzte. Als sie Olvido sah, blieb sie stehen und klammerte sich an ihren Arm. Sie war leichenblass und starrte Olvido mit irrem Blick an.

»Ich …«, sagte sie und ließ die Puppe los, die krachend zu Boden fiel. »Ich brauche deine Hilfe, ich muss dir etwas erzählen … Sie haben ihn erwischt, sie haben ihn ins Gef–«

»Lass mich, du siehst aus wie eine Leiche!«, schrie Olvido ihre Schwägerin an und stieß sie von sich, um weiterzugehen, während Conchita kraftlos zur Seite taumelte. »Meine Hilfe? Wozu? Um diesen Mann wieder in dein Zimmer zu lassen, ohne dass dein Bruder es merkt? Wer ist er, noch ein Verlobter von der JONS? Ist das alles, was dir wichtig ist?«

Conchita senkte den Kopf.

»Du kriegst überhaupt nichts mit, Conchita! Weißt du, dass dein Bruder überwacht wird? Schon bald wird es Krieg geben, und wenn wir nicht vorsichtig sind, kommen wir alle ins Gefängnis! Oder, schlimmer noch, wir landen alle im Straßengraben!«

Olvido schloss sich in ihr Zimmer ein und legte sich ins Bett.

Sie machte die Nachttischlampe aus.

Erst als die Dunkelheit sie umhüllte, dachte sie daran, wie hart sie mit ihrer Schwägerin gesprochen hatte. Aber was hatte Conchita auch mit der Puppe um diese Zeit auf dem Flur zu suchen? Wobei brauchte sie ihre Hilfe?

Plötzlich sah sie es wieder vor sich, wie das Abbild einer Bestrafung, den geköpften Kapaun, das Blut, die geschickten Hände, die Stimme des Mannes (»Sie ist hässlich wie die Nacht, aber sauber.«), und dachte, dass sie ihre Schwägerin nicht etwa aus Wut, Eifersucht oder Verbitterung über das, was sie gerade in Brunas Zimmer gesehen hatte, zurückgewiesen hatte, sondern einem schicksalhaften Zeichen folgend, einem lästigen, widerwärtigen Signal, das aus den Tiefen ihrer Eingeweide kam.

Es würde noch eine Weile dauern, bis Olvido den Mut aufbringen sollte, von Bruna eine Erklärung zu verlangen, wieso und seit wann ihre Brüste Milch produzierten.

Das war das, was ihr zu diesem Zeitpunkt am wichtigsten war.

Plötzlich trat Leben in Brunas Gesicht, und sie sagte:

»Haben Sie eben Thunfisch-Empanadillas gesagt? Jetzt, da Sie es erwähnen, fällt mir auf, wie lange es her ist, dass … Wie war noch mal … Die angebratenen Zwiebeln lassen sich sehr gut unter den Thunfisch mischen, drei Esslöffel dickflüssige Tomatensauce, in Milch eingeweichte Brotstückchen und eine Sardelle. Nur eine …«

Brunas monotones Gemurmel, während sie im Geiste Empanadillas zubereitete; die Erinnerung an die jungen, üppigen, von Adern durchzogenen Brüste; die Milch, die bis zu den Augen des Kindes spritzte; das Geräusch der großen Puppe, als sie auf den Boden fiel … Der VW fuhr nun durch die leicht ansteigende Landschaft mit Getreidespeichern, großen Häusern und Kreuzungen mit Granitbelag. Sie kamen langsam voran, der Wagen stieß eine dichte Rauchwolke aus, und hinter den mit Moos bewachsenen Steinmauern waren Gutshäuser mit Gärten voller üppig blühender Kamelien zu erahnen, die einen betörenden Duft aussandten. Wenn es windig ist, dachte Doña Olvido, riechen die Kamelien süßlich, fast wie das Geschlecht einer Frau. »Ja, und wenn die Masse mit der Gabel schön durchgeknetet ist, werden die Empanadillas damit gefüllt. Man darf kein Salz dazugeben. Ich sollte noch mal welche machen, denn es ist wirklich lange her, dass ich welche gemacht habe …«

Bruna schwieg. Plötzlich sagte Doña Olvido:

»Und die Schlüssel … Weiß du, warum die Falangisten die Autoschlüssel von mir haben wollten?«

»Ja, das weiß ich!«, rief Bruna aufgeregt und auf einmal äußerst scharfsinnig aus. »Sie wollten nach Calo oder Cacheiras … Sie hatten Lust, ein wenig durch die Gegend zu fahren. Im Wagen war es schön warm. Einer von den Blauhemden, die kamen, um das Auto zu holen, hat es mir gesagt. Ich habe gefragt: ›Warum nehmen Sie das Auto mit?‹ Und er antwortete: ›Um ein wenig durch die Gegend zu fahren, Mädchen, da drin ist es schön warm.‹« Sie sah ihre

Herrin aufgeregt an. »Aber ich fürchte, dass es auch um Frauengeschichten und so was ging, bei diesen Schweinen!«

Seit einiger Zeit hatten die Falangisten es sich zur Gewohnheit gemacht, bei ihnen zu klingeln und die Schlüssel von Doña Olvidos Bonilla zu verlangen (der für ein paar Stunden zum Wohle des Vaterlandes eingezogen wurde, wie die einzige Erklärung lautete, die sie erhielten). In Santiago verfügten nur wenige Familien über ein Auto, die im täglichen Wechsel, eine nach der anderen, an der Reihe waren. Sie holten den Wagen immer am frühen Abend, und am nächsten Tag nach dem Frühstück wurde er zurückgebracht.

Wenn Benigno, der mit der Katze auf dem Schoß am Fenster saß, hörte, dass sie kamen, um das Auto zu holen, schloss er normalerweise die Vorhänge, nahm das Tier und zog sich irgendwo hinten ins Haus zurück. Doch eines Tages kamen die Falangisten schon früh am Morgen und überraschten ihn. Bruna öffnete die Tür und ließ die Männer eintreten.

Die ganze Gruppe kam ins Haus und marschierte zum Salon, wo sie auf Olvido und Benigno traf.

»Arriba España!«, sagte Benigno, als er die Männer sah.

»Ah, also die Maus verlässt tatsächlich ab und zu ihr Loch«, entgegnete einer der Männer. Während er redete, trat er dicht an Benigno heran und überragte ihn um einiges. Seine Augen glitzerten. »Wir haben das eben nicht richtig gehört. Was hast du gleich noch gesagt?«

»Arriba España! Arriba España!«, wiederholte Benigno daraufhin.

Die Männer sahen sich an und brachen in Gelächter aus.

»Wie es scheint, ist die Maus aus ihrem Loch gekrochen, um mit der Katze zu spielen …«, sagte ein anderer.

Don Benigno machte einen Schritt zurück. In letzter Zeit hatte er Probleme mit dem Magen. Er hatte kaum etwas essen können, und sein Gesicht wirkte grau und abgezehrt. Seine Halsmuskeln waren extrem angespannt.

»Ich verstecke mich nicht«, sagte er leise und drückte instinktiv die Katze an seine Brust. »Ich habe keinen Grund, weil …«

Er räusperte sich und fügte hinzu:

»Ich bin einer von euch.«

Olvido starrte ihn an. Sie hoffte, in den Augen ihres Mannes einen Anflug von Spott oder Ironie zu erkennen, etwas, was sie zu Komplizen machte, doch da war nichts.

Einer der Männer ging auf ihn zu und nahm ihm die Katze aus den Armen. Larpeira fauchte.

»Wir haben schon gehört, dass du das rumerzählst, du widerliche Ratte«, sagte er, packte die Katze beim Schwanz und ließ sie in der Luft baumeln. Das Tier begann ängstlich zu miauen. »Was hast du denn letztens im Teatro Rosalía de Castro in A Coruña gemacht, hm? Und was habt ihr, du und deine Freunde, vor Kurzem erst den armen Nonnen angetan?«

»Tu … tu ihr nicht weh«, stotterte Benigno und streckte zitternd seine Hand nach der Katze aus.

Die Falangisten lachten erneut. Der, der die Katze in der Hand hielt, schüttelte sie auf und nieder, was Larpeira nutzte, um ihm die Wange zu zerkratzen. Rasend vor Wut, fasste der Mann sie am Genick und drückte sie mit einer Hand auf den Tisch. Mit der anderen zog er die Pistole und steckte sie der Katze ins Maul.

»Aha: Mit den Nonnen hast du kein Mitleid, aber mit Katzen schon!«, sagte er. Das Tier kratzte ihn, und er verpasste ihm einen kräftigen Schlag. In diesem Moment kam Olvido mit den Autoschlüsseln und forderte die Männer auf zu gehen. Der Mann ließ die Katze los, die, gefolgt von Benigno, taumelnd davonrannte.

Zwei Tage später traf Olvido ihren Mann im Gespräch mit zwei Männern im Anzug an. Sie standen im Salon, rauchten und unterhielten sich leise. Hin und wieder lachten sie laut auf.

Olvido sah ihnen einen Moment lang zu und ging dann in die Küche, um mit Bruna zu reden. Nach einer Weile hörte sie, wie ihr Mann die beiden Männer an der Haustür verabschiedete. »Bis dann«, sagte er.

Am Abend verließ er das Haus und bat Olvido um die Autoschlüssel. Er wolle mit Don Ángelo ein Stück über Land fahren, erklärte er.

»Mit Don Ángelo? Wo ist er? Hat er nicht das Land verlassen?«

»Das Land verlassen? Nein.«

Olvido hielt die Spazierfahrt für eine gute Idee. Ihr Mann war unruhig und besorgt; die Sache mit der Katze hatte ihn aus dem Gleichgewicht gebracht. Dieser Ausflug würde ihn auf andere Gedanken bringen und ihm guttun. Gegen zwei Uhr morgens kehrte Benigno zurück und stolperte schwankend durch den Flur. Olvido schlief nicht, seit einer Weile blieb sie lange wach und lauschte auf ihre Tochter, wenn Bruna ihr die Brust gab. Dann setzte sie sich im Bett auf, und im ganzen Haus war dieses leise *Mjam Mjam* zu hören – ein Geräusch, bei dem sich ihre leeren Brüste schmerzlich zusammenzogen.

Als sie ihren Mann hörte, dachte sie, dass dies ein guter Zeitpunkt sei, um ihm davon zu erzählen. Wenn er zu so später Stunde eh noch wach war, konnte er gleich mal einen Blick in das Zimmer des Dienstmädchens werfen und sich mit eigenen Augen davon überzeugen, dass dieses einfältige Miststück seine eigene Tochter mit ihrer dornenreichen Milch vergiftete. Dass Bruna sie vom ersten Tag an hintergangen hatte. Dass dieses Brustmonster mit seinen animalischen Instinkten all ihre Träume zerstörte. Denn diese Frau war wie ein Tier: Sie konnte weder lesen noch schreiben, nicht einmal die Uhr lesen. Also trat Olvido auf den Flur und wartete auf ihren Mann. Ihr fiel gleich auf, dass er nach Alkohol stank und kaum das Gleichgewicht halten konnte.

»Benigno«, sagte sie. »Was ist los?«

»Nichts«, entgegnete er.

»Ich möchte, dass du eines weißt: Unsere Tochter …«

Mit gerötetem Gesicht und wirrem Haar wartete Benigno ab, was seine Frau zu sagen hatte. Olvido stotterte:

»Unsere Tochter trinkt gar nicht aus dem Fläschchen, sondern an der Brust von …«

Benigno sah sie an, sagte jedoch nichts. Plötzlich beugte er sich vor, nahm sie in die Arme und fing an zu lachen. Er lachte wie vom Teufel besessen, während seine Augen fröhlich blitzten und er, schniefend und sabbernd, von diesem verrückten Lachen geschüttelt wurde. Sie stützte ihn, doch schließlich fiel er um.

Immer noch lachend, wälzte ihr Mann sich auf dem Boden.

Olvido ging in ihr Zimmer. Sie hoffte, dass er ihr folgen würde, was er jedoch nicht tat. Anstatt ins eigene Bett zu gehen, robbte er zur Zimmertür seiner Mutter. In der Stille des Hauses erhob er die Stimme. Zuerst war es nur ein Flüstern, dann rief er nach ihr, zuerst leise und zärtlich: »Mach auf, Mamita, ich habe Angst.« Das Flehen steigerte sich zu einem verstörten Rufen, und schließlich schrie er mit dämonischer Kraft, die ihn hässliche Flüche ausstoßen ließ: »Mach auf, du dumme Kuh! Du alte Hure! Ich hab dir gesagt, du sollst aufmachen! Du hast noch mehr Kinder als diese verdammten Violinisten!« Er fluchte immer lauter, bis die Tür plötzlich geöffnet wurde.

Sie öffnete sich und wurde mit einem Knall wieder zugeschlagen.

Am nächsten Morgen stand Olvido sehr früh auf, da sie sich vorgenommen hatte, Don Ángelo zu suchen, um mit ihm zu reden. Sie wusste, dass er jeden Mittwoch bei den Nonnen im Kloster Santa Clara war, und auch wenn sie dort schon mehrfach vergeblich nach ihm gefragt hatte, wollte sie es noch einmal versuchen.

Während sie in der Küche frühstückte, lief die Katze an ihr vorbei, und ohne zu wissen, warum, verpasste sie ihr einen heftigen

Fußtritt, der sie durch die Luft fliegen ließ. Mit einem lauten Miauen floh das Tier eilig aus dem Raum.

Ohne eine der Nonnen zu fragen, wartete Olvido im Kreuzgang des Klosters. Nach einer Weile trat der Arzt mit aufgeknöpftem Kittel heraus.

»Olvido …«, sagte er, überrascht, sie dort zu sehen. »Wie geht es? Und dem Kind? Entschuldigen Sie, dass ich die Behandlung beendet habe, ohne mich zu verabschieden, aber es ist so, dass …«

»Gut«, schnitt Olvido ihm das Wort ab. »Candela geht es gut. Allerdings bin ich nicht gekommen, um darüber zu reden, sondern über meinen Mann. Ich weiß, dass er gestern mit Ihnen unterwegs war. Es ist so, dass ich mir Sorgen mache …«

Ángelo da Pena stellte den Arztkoffer auf dem Boden ab und nahm auf einer Steinbank im Kreuzgang Platz. Mit einem Wink forderte er Olvido auf, sich ebenfalls zu setzen. Er war müde. Hatte genug von all der Arbeit. Von der Einsamkeit seines Berufs. Die Liebe war schon seit Jahren aus seinem Leben verschwunden, und manchmal, wenn er die katarrhalische Brust einer der Nonnen abhörte, fragte er sich verwirrt, ob er jemals ein Leben gehabt hatte.

Es war ein kalter, aber sonniger Morgen.

»Was haben Sie auf dem Herzen?«

»Ich … Ich habe den Eindruck, dass es ihm schlecht geht, wissen Sie? Er schläft nicht. Er isst nicht. Den ganzen Tag lang schaut er vorsichtig durch die Vorhänge. Er hat Angst. Und gestern kam er … betrunken nach Hause.«

»Das ist eine Folge der Umstände, Olvido. Die politische Lage wird immer schwieriger für ihn … Aber das wird schon wieder. Es wird sich alles wieder zum Guten wenden. Und wenn nicht, wenn die Sache hässlich wird, bin ich da, um ihm zu helfen.«

Don Ángelo nahm ein Tabakpäckchen heraus und das Zigarettenpapier, um sich eine Zigarette zu drehen.

»All die Klöster … Ich habe durchaus Einfluss, also machen Sie sich keine Sorgen.«

Beide schwiegen und genossen die wärmenden Sonnenstrahlen. Zum ersten Mal kam Doña Olvido in den Sinn, dass Don Ángelo schöne Augen hatte. Kastanienbraun mit grünen Einsprengseln.

»Ich glaube, dass Conchita ihn verraten wird …«, sagte sie plötzlich.

Der Arzt zündete sich die Zigarette an.

»Conchita?«

»Den ganzen Tag über hört sie sich die Reden der Deutschen im Radio an und … Ich traue mich nicht, Benigno etwas zu sagen, aber … sie … sie schmuggelt Nachrichten, ich glaube, dass … Ja, ich glaube für die Falangisten. Da gibt es einen Mann …«

Don Ángelo sah sie an.

»Was für Nachrichten?«

»Ich … ich weiß nicht. Jedes Mal, wenn Cristino aus Paris zurückkehrt, sorgt das für große Unruhe. Dann schließen sie sich mit den Puppen im Nähzimmer ein, und danach verlässt sie das Haus. Mitten in der Nacht, damit Benigno nichts hört. Aber ich höre sie. Ich glaube, sie überbringt den Falangisten Nachrichten. Sie … ist eine Spionin.«

»Nachrichten? Von wem?«

»Ich weiß nicht …«

Don Ángelo seufzte tief, und sie schwiegen wieder.

»Glauben Sie …?«, begann Olvido auf einmal und unterbrach sich. »Glauben Sie …? Ich weiß, dass das, was ich Ihnen gesagt habe, in Ihren Ohren wie das dumme Geschwätz eines armen, ungebildeten Mädchens klingt, aber … Glauben Sie, dass die Muttermilch für ein Kind lebenswichtig ist?«

Don Ángelo nahm einen Zug von seiner Zigarette und blies anschließend den Rauch aus.

»Wenn Sie das im metaphorischen Sinne meinen, dann lautet die Antwort Ja. Und wenn Sie es nicht im metaphorischen Sinne meinen, lautet die Antwort auch Ja.«

»Ich … ich meine das nicht im metaphorischen Sinne … Was ich meine, ist, ob Sie denken, dass das Blut … Ich meine, ob die Muttermilch einen Menschen verändern kann …«

Doña Olvido merkte, dass sie errötete und dass der Arzt sie lächelnd ansah. Er drückte mit der Schuhsohle die Zigarette aus.

»Eine Frau wie Sie braucht jemanden, der sie wirklich liebt«, sagte er plötzlich.

»Warum sagen Sie das?«, stotterte sie.

»Weil Sie Angst davor haben, etwas zu fühlen. Sie haben Angst vor Ihrem eigenen Herzen. Deshalb haben Sie nicht einen einzigen Tropfen Milch. Sie sollten einen Mann an Ihrer Seite haben, der bis zu Ihrem Herzen vordringt, der dessen Schönheit zu schätzen weiß.«

Olvido wandte rasch das Gesicht ab und blickte zu Boden.

»Aber kommen wir zur Sache«, fuhr er fort. »Warum sind Sie gekommen? Ich muss noch zu einem anderen Kloster weiter. Die Nonnen sind einfältig und sehr dumm, und sie nehmen es nicht ernst genug, wenn sie völlig verschleimt sind. Jetzt, mitten im Winter, sind sie bis auf wenige alle katarrhalisch.«

Olvido holte tief Luft.

»Also … Bitte lachen Sie nicht über mich … Aber ich glaube, dass meine Tochter Candela sich nicht so entwickelt, wie sie sollte. Sie hat einen großen Kopf und einen kleinen, schmalen Körper, und ihre Ellbogen und die Knie sehen aus wie Astknoten. Manchmal denke ich, dass ein kleiner Windstoß sie aus dem Fenster wehen könnte. Sie ist schwach und zerbrechlich wie … Wie soll ich sagen?« Olvido hob leicht den Kopf. »Wie ein Insekt. Sehen Sie, all das liegt nicht an mir und auch nicht an meinem Mann. Es ist wegen ihr, wegen … wegen des Dienstmädchens. Wissen Sie?

Die Kleine hat immer meine Brust verweigert, und jetzt stillt das Dienstmädchen sie. Und dieses Blut, was meinen Sie, diese Milch jeden Tag …?«

Der Arzt stand auf und sagte:

»Die Fantasie hat keine Knochen, die ihr Einhalt gebieten, Olvido; so wie man selbst sich verdreht, verdreht sich auch sie. Ich empfehle Ihnen, einfach nicht mehr darüber nachzudenken, sowohl was das angeht als auch diese Geschichte mit Conchitas Nachrichten. Das Kind ist zufrieden und isst, oder? Alles gut also. Es ist nicht das erste Kind, das von einer Amme gestillt wird.«

Don Ángelo warf den erloschenen Zigarettenstummel auf den Boden und blickte Olvido streng in die Augen.

»Hören Sie auf zu wollen …«, sagte er plötzlich. »Ich rate Ihnen zu reden.«

Olvido errötete erneut.

»Worüber?«

»Über Ihr Geheimnis.«

»Mein Geheimnis?«

»Wir alle hüten unsere Geheimnisse«, erklärte der Arzt. »Die Wahrheit mit den Menschen zu teilen, die wir lieben, bewahrt uns vor der Verdummung, verbindet uns mit dem, was wir wirklich sind … Bemühen Sie sich, vertrauen Sie sich jemandem an, reden Sie mit einer Freundin oder sogar mit jemandem, den Sie gar nicht kennen. Befreien Sie Ihre Seele von dem, was Sie bedrückt.«

Olvido lächelte schüchtern und sagte:

»Ja, vielleicht haben Sie recht …« Und um das Thema zu wechseln, fügte sie noch hinzu: »Wie war der Ausflug?«

»Welcher Ausflug?«, fragte der Arzt, doch als er die Mischung aus Besorgnis und Erwartung in Olvidos Blick sah, meinte er: »Ach, der Ausflug mit Benigno. Also … gut. Schön. Ermüdend.«

»Aber Sie waren doch im Auto …«

»Im Auto? Oh, ja … auch Autofahren kann ermüdend sein.«

Ein paar Tage später erfuhr Olvido von den Dienstmädchen, dass der Bürgermeister von Santiago festgenommen und getötet worden war. Seine Leiche war in der Nähe von Arzúa gefunden worden. Sie ging zu ihrem Mann, um ihm die Neuigkeit zu erzählen, denn dieser hatte seit Tagen sein Arbeitszimmer nicht mehr verlassen, hatte im Dunkeln gesessen, ohne etwas zu essen, und nichts getan, außer unauffällig durch die Vorhänge zu schauen. Als Olvido den Raum betrat, spürte sie seinen Blick auf ihrer Haut. Sie hob den Kopf und sah im Halbdunkeln das Gesicht eines erschreckten Mannes mit einem Dreitagebart. Sie konnte auch den Glanz in seinen abwesend wirkenden, verängstigten, bekümmerten Augen sehen. In seinem Blick lag etwas Undurchsichtiges: Überdruss, Kummer. »Geh wieder …«, hörte sie. »Aber ich …« »Verlass sofort diesen Raum!« »Benigno, ich will nicht …« »Raus hier, verdammt!«

Sie gehorchte und ging mit steifen Knien über den Flur. Doch ihre zitternden Beine konnten ihren Körper nicht tragen.

Sie musste stehen bleiben.

An die Wand gelehnt rutschte sie nach unten, bis sie in der Hocke saß. Etwas Dunkles wuchs in ihrem Inneren. Den ganzen Tag über konnte sie die langsamen, glitschigen, krötenartigen Bewegungen wahrnehmen, auch wenn sie nicht daran denken wollte. Sie wollte an nichts mehr denken.

Doña Olvido setzte den Blinker und drehte am Lenkrad, um eine Kurve zu nehmen, die zu einer kleinen Brücke führte. Auch in diesem Moment war ihr nicht klar, was ihr eigentlich durch den Kopf ging. Tatsächlich schien sie sich an vieles nicht mehr zu erinnern. Die quälende Eifersucht und die Machtlosigkeit, die sie empfand, wenn sie daran dachte, wie Benigno, zusammengekauert wie ein Kind, vor dem Bett seiner Mutter gehockt und sie um Verzeihung angefleht hatte. Das Gefühl, im Schlamm zu ersticken. Ihr dringlicher Wunsch, dass ihr Mann ihr vertrauen, mit ihr über seine Angst sprechen würde. Dass ihr Leben zumindest dafür gut war, sich das Elend eines Feiglings anzuhören, der die Seiten gewechselt hatte.

Während sie über den Fluss Tambre fuhren, sagte sie:

»An dem Schlamm, der an den Reifen des Bonilla haftete, je nachdem, ob er krümelig, trocken, hell, mit Stroh vermischt oder dunkel und beinahe gallertartig war, konnte ich immer erkennen, wo sie gewesen waren, in Cacheiras oder in Calo. Ist dir eigentlich klar, Bruna, wie ich mich jedes Mal gefühlt habe, wenn sie den Wagen zurückbrachten?«

Bruna zuckte mit den Schultern.

»Eine Ausfahrt nach Calo ist eine schöne Sache, dort gibt es viele Kühe …«, sagte sie.

»Jetzt hör schon mit den Kühen auf! Sie haben diese Fahrten mit unserem Auto gemacht, um die gegnerischen Militärs und die republikanischen Amtsträger aufzuspüren!«, rief Olvido aus. Und fügte hinzu: »Unser Auto hat Geschichte geschrieben.«

Bruna dachte eine Weile nach. Sie nahm die Geschichte ihres Landes gleichmütig hin, da sie hoffte, sie nicht noch einmal zu erleben. In ihrem Gehirn war das Wort »Geschichte« mit Hunger und Entbehrung verknüpft. Die Leute fragten sie immer, ob sie sich an dieses oder jenes erinnere, doch sie erinnerte sich an beinahe nichts. Und es war ihr egal, weil sie zu diesem Leben niemals mehr zurückkehren würde, in diese Welt, deren Existenz sich dem Ende zu neigte.

»Ah …«, sagte sie.

Beide schwiegen eine Weile. Olvido öffnete ein wenig das Fenster, damit frische Luft hereinkam. Von draußen war das Kreischen der Möwe zu hören. Bruna stellte ihre Tasche auf das andere Bein.

»Und wie müssen die Leute im Altersheim pinkeln?«, fragte sie plötzlich.

Doña Olvido wandte den Kopf, um sie anzusehen.

»Und wie kommst du jetzt darauf? Du bist wirklich eine Spezialistin darin, das Thema zu wechseln.«

»Weil es mich interessiert«, entgegnete Bruna.

»Willst du das jetzt wirklich wissen? Ja. Es wäre gut für dich, es zu wissen! Damit du endlich mal etwas lernst! Also: an Kränen!«

»Ach was!«

»Sie hängen an Kränen, Bruna! Das hat mir meine Freundin Pura erzählt. Würde dir das gefallen?«

»Aaaaach!«

»Kräne, die die alten Leute in die Dusche und auf die Toilette runterlassen und wieder hochholen! Das habe ich nicht erfunden, Bruniña. Man verliert jegliche Scham, und in diesem Moment merkt man, dass man wirklich alt geworden ist. Wenn es einem völlig egal ist, wenn die anderen einen nackt sehen. Eines Tages stehst du auf, gehst Käse oder vielleicht Brot kaufen, nimmst dein Portemonnaie heraus, um zu bezahlen, wühlst in den Münzen und stellst fest, dass du nicht mehr zählen kannst. Hundertfünfzig Pesetas und der Verkäufer sieht dich hinterhältig an. Du weißt nicht mehr, wie zählen geht. Du weißt nicht mehr, wie man sich anzieht. Du weißt nicht, welcher Tag heute ist oder wie dein Kind heißt. Du hältst deinen Sohn für deinen Vater. Ins Altersheim! ›Komm her, meine Liebe, das ist dein Zimmer, du wirst dich wie zu Hause fühlen.‹ Und wenn du dann, schweigend und wie Gott dich schuf, mit dem Kran rauf- und runtergefahren wirst, ist alles vorbei. Dann bist du wieder wie ein kleines Kind. An dem Kran zu hängen, Laken und Nachtwäsche, die nach Waschmittel und Krankenhaus riechen, all das scheint dir völlig normal. Die Welt schrumpft zusammen. Da hat man im Krieg die schlimmsten Grausamkeiten erlebt, hat ein Kind und vielleicht den Ehemann verloren, hat Hundefleisch gegessen, und auf einmal existiert nur noch zweierlei: die gute und die böse Krankenschwester. Die, die mit dir schimpft, und die, die dir nette Dinge sagt. Der Himmel und die Hölle. Man muss sich damit abfinden! Und eines Tages hörst du plötzlich deine Herztöne nicht mehr, deine Atmung wird zu einem Rasseln, dann zu einem Röcheln. Und, zack, bist du tot! Ja, du beißt ins Gras! Der Krieg, der Hunger und all das Leid, wozu? Für nichts! In die Kiste! Zu den Würmern! Alles, der Kran, der Käse, die Eingeweide, das Herz, das Röcheln, wird von den Würmern gefressen!« Doña Olvido fuhr zu einem Rastplatz an der Straße und hielt den Wagen an. Sie hatte alles gesagt. Bis sie plötzlich meinte: »Gib mir eine von deinen Zigaretten!«

Bruna steckte eilig die Hand in die Tasche, holte das Kästchen heraus, öffnete es und nahm für ihre Herrin eine Zigarette heraus. Dann gab sie ihr Feuer. Genau wie ihr Dienstmädchen musste Doña Olvido zwei, drei Mal husten.

»Schmeckt nach …«

»Nach Freiheit«, fiel Bruna ihr sofort ins Wort. »Solche Dinge schmecken nach Freiheit, vor allem die verbotenen.«

Beide hüllten sich in Schweigen und betrachteten die Landschaft. Auf der einen Seite befand sich ein kleiner Pinienwald, auf der anderen Seite ein Maisfeld. Autos rasten vorbei, wobei der VW jedes Mal ein wenig dröhnte und wackelte. Nach einer Weile, die länger oder kürzer gewesen sein mochte, sagte Doña Olvido:

»Mein Ehemann wollte dich mehrmals rauswerfen, weißt du? Er hat es mir gesagt, als du nicht dabei warst, weil er es dir nicht ins

Gesicht sagen wollte … Aber ich habe es nicht zugelassen … Ich habe ihn regelrecht angefleht, dass er es nicht tut.«

Den Blick nach vorn gerichtet, machte Bruna seltsame Geräusche mit ihrem Mund. Doña Olvido sah in den Rückspiegel und stieß Zigarettenrauch aus. Tatsächlich schien das Bündel sie anzusehen, ihr sogar ein wenig zuzulächeln.

Eines Tages während des Frühstücks ruhte Benignos Blick auf der abgemagerten Katze, und er beklagte sich (beinahe schluchzend), dass niemand im Haus sie mochte. Er sagte, dass sie das Tier quälten und dass es so dürr sei, weil niemand im Haus sich die Mühe mache, es zu füttern, wenn er nicht da war. Außerdem behauptete er, dass der Katze kalt sei. Sehr kalt und dass sie von den Flöhen lebendig gefressen würde. Er jammerte weiter über das Leid seiner Katze, als ob sich die ganze Welt – die Sonne, die Sterne – nur um sie drehten. »Das arme Tier!«, rief er aus. »Nach all dem, was sie uns bedeutet hat! Nach all dem, was sie uns gekostet hat! Und wie gut wir uns um sie gekümmert haben!« Olvido richtete ihren Blick nachdenklich zuerst auf ihren Mann und dann auf die Katze. Seit einiger Zeit fühlte sie, dass sie immer mehr von einem Gefühl der Verwirrung, der Verzweiflung, das an Wut grenzte, umfangen wurde. Das Blut wollte fließen. Das Herz schlagen. Die Lungen wollten sich ausdehnen. Schließlich sagte sie:

»Du hast recht, mein lieber Mann. Ich werde heute für sie kochen, Nierchen in Sherry. Und keine Sorge, Larpeira wird nie wieder frieren.«

Benigno schloss sich in sein Zimmer ein, und Olvido machte Feuer. Sie setzte Larpeira in den Korb, in den sie kam, wenn sie mit ihr unterwegs waren, und stellte diesen auf den Herd. »Nur für ein Weilchen, meine Süße, so lange, bis ich wieder da bin. Hier hast du es schön warm, und keiner kann mehr sagen, dass du frieren musst …«, flüsterte sie der Katze ins Ohr, als diese sich miauend beschwerte. Unterdessen sah Olvido, wie Conchita, die von all dem nichts mitbekam, eine Tortilla und ein paar Empanadillas, die Bruna zubereitet hatte, in einen Korb packte und, in einen Umhang gewickelt, das Haus verließ.

Olvido fuhr von A Conga nach Platerías, doch als sie nach Fonseca hinunterkam, hielt sie fasziniert vor dem Schaufenster des Juweliergeschäftes an, in dem sie vor Kurzem die Ohrringe gestohlen hatte. Ein silberner Ring mit einer riesigen Perle erregte ihre Aufmerksamkeit. Sie ging in den Laden, bat, den Ring anprobieren zu dürfen, und in einem Moment der Unachtsamkeit des Personals verließ sie das Geschäft mit dem Ring am Finger. Sie war bereits auf dem Marktplatz, als zwei Polizisten und der Juwelier sie aufhielten:

»Die ist es, meine Herren. Vor einiger Zeit ein Paar Ohrringe und heute ein Ring.«

Olvido erklärte äußerst würdevoll, dass dies ein Irrtum sei, dass sie die Absicht habe, den Schmuck zu kaufen, dass ihr niemals in den Sinn käme, so etwas zu tun. Doch jede Erklärung war zwecklos. Sie wurde zum Pazo de Raxoi gebracht, wo derzeit provisorisch das Kommissariat untergebracht war.

Olvido gab nicht den Namen ihres Mannes an, damit er sie abhole, sondern den von Don Ángelo da Pena. Während sie auf einer Bank im Eingangsbereich des Kommissariats wartete, sah sie die Frauen vorbeigehen, die den Inhaftierten etwas zu essen brachten. Sie schämte sich, weil ihr kurz der Gedanke kam, dass auch ihr Mann in diesem Gefängnis sitzen und sie eine dieser Frauen sein könnte, die mit Körben voll Käse, Tortilla und Brot hierherkamen ... Plötzlich erregte eine der Frauen ihre Aufmerksamkeit: Es war Conchita. Aber was machte ihre Schwägerin an diesem Ort?

Geduldig wartete sie, bis sie an der Reihe war und die Gefängnisaufseher ihren Korb durchsuchten. Schließlich wurde sie eingelassen. Eine halbe Stunde später kam Don Ángelo da Pena, der noch den Arztkittel trug. Er hatte bereits erfahren, was geschehen war, und gleich nach seiner Ankunft bat er, den Verantwortlichen sprechen zu dürfen. Kurz darauf war Olvido frei. Der Arzt wollte gar nichts weiter wissen und verlangte auch keine Erklärung von ihr. Er bat sie lediglich, nach Hause zurückzukehren, bevor man ihre Freilassung bereue.

Das Erste, was Olvido auffiel, als sie ins Haus kam, war der Geruch nach verbrannten Haaren, und in diesem Moment fiel ihr ein, dass sie die Katze vergessen hatte. Vor Schreck begann sie zu schwitzen. Sie ließ die Einkaufstaschen fallen und rannte zum Herd, wo das Tier, in eine Ecke des Korbs zurückgezogen und mit angesengtem Schwanz, heiser miaute. Schnell öffnete sie den Korb, nahm die Katze heraus und trug sie zur Spüle hinüber.

Dort war Bruna gerade mit dem Abwasch beschäftigt, und als sie sah, was ihre Herrin im Arm hielt, schlug sie sich erschrocken die Hände vor den Mund.

»Dreh den Wasserhahn auf und kein Wort!«, befahl Olvido.

Bruna gehorchte, und Olvido setzte die Katze unter den laufenden Wasserhahn. Von ihrem Schwanz stieg dichter grauer Rauch auf, der die Frauen husten ließ. Beide blickten schweigend auf das Tier, das erschrocken einen leisen Ton von sich gab, der an den Flügelschlag eines Vogels erinnerte. Daraufhin brachen sie fast gleichzeitig in Gelächter aus. Sie lachten, wie sie es noch nie zusammen getan hatten, bis ihnen die Tränen kamen. Am heftigsten lachte Olvido, denn mit diesem Lachen stieß sie gleichzeitig die Scham, die Schande und alle anderen Unannehmlichkeiten aus, die der Aufenthalt im Gefängnis ihr eingebracht hatte. Und auch ihre Wut. Plötzlich wurde sie wieder ernst.

»Worüber lachst du, du dummes Ding? Etwa über die Katze deines Herrn?«

Ein paar Stunden später verließ Benigno sein Arbeitszimmer. Wie erwartet, war das Erste, was er tat, sich nach seiner Katze umzusehen. Mehrmals rief er nach ihr – »Komm, meine Süße, komm!« –, doch die Katze ließ sich nicht blicken. Daraufhin brachte Olvido ihm das Tier und setzte es neben ihm ab.

Bruna legte seine Füße auf einen Schemel und servierte ihm eine Tasse Kaffee. Benigno, der so viel Aufmerksamkeit nicht gewohnt war, sah von einer zur anderen. Olvido erklärte ihm, dass die Katze den Schwanz in die Steckdose gesteckt hätte und dass sie, wenn sie und das Dienstmädchen nicht gewesen wären, nun nicht mehr leben würde.

»Der Stromschlag hätte sie getötet«, sagte Bruna und reichte ihrem Herrn mit hinterhältigem Lächeln die Kaffeetasse.

»Aber nun hat sie schon ihre Sherry-Nierchen gegessen und ist wieder glücklich und zufrieden«, setzte Olvido hinzu.

Benigno zog sich verstört bis zum Morgen in sein Schlafzimmer zurück, bis er, kurz nach dem Aufstehen, zur Frühstückszeit, im Esszimmer erschien und allen verkündete, dass sie, Bruna eingeschlossen – unter Verzicht auf alle anderen Bediensteten –, in das Sommerhaus einer reichen Tante fahren würden, den Gutshof Casa das Galinas in der Nähe des Sees beim Kloster Sobrado. Wenn auch ein wenig verwundert, denn Benigno war absolut kein abenteuerlustiger Mensch, der gern Ferien machte, nahmen alle im Haus – außer Conchita, die beunruhigt wirkte und wissen wollte, wann sie zurückkehren würden – die Nachricht freudig auf. Dies würde eine Gelegenheit sein, der seltsamen Stimmung in Santiago für eine Weile zu entgehen.

Da es Olvido unangenehm war, den Wagen zu fahren, in dem mehrere Republikaner »spazieren gefahren« worden waren, mietete Benigno einen Kleinbus für seine Mutter, seine Geschwister, seine Frau und seine Tochter, das Dienstmädchen und die Katze sowie für all das, was sie in der Zeit außer Haus brauchten: Geschirr und Besteck, Käfige mit schlafenden Hühnern, Matratzen, Truhen, Töpfe mit Butter, Orangen, die Nähmaschine und Decken. Als der Bus sich in Bewegung setzte, ragten an den Seiten die Beine eines kaputten Stuhls und die Arme der Schaufensterpuppe heraus, die Doña Pelagia und ihre Kinder für die Anproben benutzten.

Es war bereits tiefe Nacht, als sie über einen steilen Hang auf einem beinah unbefahrbaren, von einem Zaun flankierten Weg den

Gutshof Casa das Galinas erreichten. In dem weitläufigen Gebäude war nirgendwo Licht zu sehen, und die große Eingangstür war fest verschlossen. Am Ende gelang es Benigno, sie zu entriegeln, doch im Inneren des Hauses war es noch dunkler und feuchter als im Garten. Als sie mit Hilfe von ein paar Karbidlampen das Gebäude durchsuchten, entdeckten sie mehrere Betten, davon einige mit Matratzen, andere mit zerbrochenen Füßen oder Maissäcken, in denen Mäuse nisteten. Das Haus verfügte außerdem über ein Esszimmer, ein Arbeitszimmer mit Bibliothek und einen breiten Flur, von dem aus eine Treppe ins Obergeschoss führte, wo sich die vollkommen leeren Schlafzimmer befanden, einige mit festgetretenem Lehmboden und Fledermäusen an den kalten Wänden.

Die ebenfalls im Obergeschoss gelegene Toilette bestand aus einem Brett mit zwei Löchern. Bruna lief, von einer kindlichen Aufregung erfasst, überall herum, nahm eine der Lampen und steckte den Kopf in eines der Löcher. Darunter waren zwischen dicken Stechginsterzweigen zwei Ochsen, drei Kühe und ein paar Hühner zu sehen. »Ach was! Ich hab's ja gewusst!«, rief sie aus.

Wesentlich besser gefiel ihr dagegen die Küche mit dem typischen Feuerherd. In dem breiten Schrank, der im Raum stand, begann sie sofort, nach Kochgeschirr zu suchen. Sie fand mehrere verbeulte Töpfe und eine Pfanne, worüber sie sich derart freute, dass sie sie mit ins Bett nahm, wo auch schon Candela lag.

Jeder suchte sich einen Ort, wo er sich zur Ruhe betten konnte. Cristino rollte sich neben dem Bett seiner Mutter auf dem Boden zusammen; Conchita schloss sich in eines der Zimmer ein, und Benigno und Olvido legten sich auf einen der Maissäcke. Sie waren sehr müde und schliefen sofort ein.

Im Morgengrauen wurde Olvido durch das ins Haus dringende Licht, das Gebrüll der Tiere und Brunas beharrliches Schnarchen im Nebenzimmer geweckt. Sie legte sich einen Schal um die Schultern und ging ins Untergeschoss.

Es roch nach Klee und Minze, und im Tageslicht sah plötzlich alles anders aus. Nachdem sie sich die Küche angesehen hatte, trat sie nach draußen. Über eine Steintreppe vor dem Haus gelangte man auf eine grüne abschüssige Weide, die von mehreren Wasserläufen durchzogen war.

Zu dem Haus gehörten ein Brunnen, ein Waschplatz und gute Ackerflächen. Und in einiger Entfernung leuchteten der reife Mais, zahlreiche Weinstöcke und ein Kastanienwald.

Am Ende des Wegs öffnete sich, gegenüber dem Haus und von einer efeubewachsenen Mauer umgeben, ein Hof mit zwei Eukalyptusbäumen und einem alten, einfachen Brunnen. Und im Garten hinter dem Haus wühlten zwischen Birnbäumen, Apfelbäumen und einer riesigen Kamelie mit weißen Blüten ein paar Schweine einer überaus kräftigen Rasse, die so groß wie kleine Kälber waren, im Boden. Das teilweise durch Regen und Wind zerstörte Gutshaus war ein beeindruckendes Steingebäude mit einem viereckigen Schornstein, einem undichten Dach, unzähligen Wänden, Löchern, Balkonen und Fenstern, die zum Teil zerbrochen oder von den Ästen der Obstbäume zerkratzt worden waren.

An jenem Morgen war die Luft voller Schmetterlinge, und an der Tür pickten Hühner auf der Suche nach den dicksten Würmern in der von Maulwürfen aufgewühlten Erde. Olvido setzte sich auf die Bank am Eingang, um die Sonne zu genießen. Während sie die schweren Düfte einatmete, dachte sie, dass sie an diesem Ort gut aufgehoben waren. Viel besser als in Santiago.

Nach einer Weile machte das Knistern des Laubs auf dem Boden sie auf eine Gestalt aufmerksam, die den Hang heraufkam: zwei dürre Storchenbeine, die wie Stöcke aus einem Paar Holzschuhe ragten. Erschrocken sprang sie auf, als sie Conchita erkannte. Ihr Haar war zerzaust, ihr Blick müde und ihr Kleid voller Dornen und Disteln. Sie hatte drei gackernde Hühner an den Füßen gefasst und zog sie bäuchlings über den Boden hinter sich her.

»Wo warst du denn schon um diese Zeit? Und was bringst du da mit?«, fragte Olvido sie. »Ich dachte, dass ihr alle noch drinnen seid und schlaft.«

Conchita übergab die Hühner ihrer Schwägerin. Bevor sie ins Haus ging, sagte sie, ohne den Blick zu heben, als spräche sie mit sich selbst:

»Aus dem Dorf, aber da gehe ich nicht mehr hin. Alles voller Maulwürfe.«

Und damit verschwand sie.

Nicht viel später tauchte Bruna aus ihrem Zimmer auf und begann, mit dem Kind auf der Hüfte und ein Lied vor sich hin summend, in der Küche herumzuhantieren. Oben in den kalten Schlafzimmern mühten sich die anderen Hausbewohner damit ab, in den dunklen Schubladen und Schränken nach Strümpfen und anderen Kleidungsstücken zu suchen. Im ganzen Haus hallten Brunas Schritte und Beschwerden wider, die das Frühstück zubereiten wollte und nichts fand, was sie dafür verwenden konnte.

Der kleine Cristino war der Erste, der herunterkam. Als er Bruna nicht sah, durchsuchte er die Küche in der Hoffnung, etwas von den Leckereien zu finden, die diese für Candela versteckt hatte. Er zog sich einen Stuhl heran, um die Tür des oberen Küchenschranks zu öffnen. Plötzlich zerriss ein Schrei von der anderen Seite der Küche her die morgendliche Stille. »Was machst du da, du Mistkerl! Raus hier! Der Teufel soll dich holen! Verdammt!« Der kleine Cristino zitterte auf seinem Stuhl und fiel zu Boden.

Gleich darauf erschien Olvido und wenig später Conchita, um sich zum Frühstück an den Tisch zu setzen. Für eine Weile sagte niemand etwas. Der kleine Cristino verrührte heftig den Zucker in seinem Milchkaffee, wobei er einen Heidenlärm mit seinem Löffel machte, während er seine Schwester anstarrte.

»Hast du Schmerzen im Gesicht?«, fragte er sie plötzlich.

Conchita schüttelte den Kopf.

»Ich dachte, weil es schon wehtut, dich anzusehen«, sagte er daraufhin.

Conchita stand auf, um ihm eine Ohrfeige zu verpassen, doch in diesem Moment waren Benigno und Doña Pelagia auf der Treppe zu hören. Letztere wandte sich gleich, nachdem sie den Raum betreten hatte, an ihren jüngsten Sohn.

»Du hast mir mein Medaillon mit der Jungfrau weggenommen! Wo ist es?«

Cristino zuckte zusammen. Er machte ein Gesicht wie ein Huhn, das gerade ein Ei legt. Anschließend hüstelte er nervös.

»Wage es nicht zu husten!«, kreischte Doña Pelagia und hielt sich die Ohren zu.

»Du miese Ratte!«, schrie Conchita ihren kleinen Bruder an.

»Ist es schon wieder so weit«, meinte Benigno. »Können wir nicht einmal am ersten Tag in Ruhe frühstücken?«

Er faltete seine Serviette zusammen, stand auf und verließ, gefolgt von Larpeira, den Raum, ohne einen Bissen gegessen zu haben.

An der Spüle stehend, tunkte Bruna ein Stück Brot in ihren Milchkaffee und lachte still in sich hinein.

So verbrachten sie den August mit den üblichen Streitereien, fuhren mit dem Boot über den See, nähten Kleidungsstücke für die Puppen, töteten Maulwürfe, gingen um sieben zum Gottesdienst und aßen den Salat und die Tomaten aus dem Gemüsegarten. An den Abenden tauchten, woher auch immer, alle möglichen Leute auf: eine zahnlose Alte, der Schirmhändler aus Meis und der Verschneider, die sich, vom Duft nach Chorizo und dem Rauch des im Ofen verbrennenden Stechginsters angelockt, zum Plaudern in die Küche setzten. Während die Milchkühe ihre Köpfe hereinsteckten und ihren warmen Atem ausstießen, erzählte jeder seine Neuigkeiten, die es, ob gut, schlecht oder nicht der Rede wert, immer gab.

Zum Beispiel hatte sich Señora Olinda, eine hässliche Portugiesin, die sehr schlank war und eine so weiße Haut hatte wie die Señoritas in der Stadt, eine Kuh gekauft; Áurea hatte so dünne Beine, dass sie nicht mal zum Tanz auf dem Dorffest taugten, und der Ministrant notierte auf einer Liste, wer am Sonntag beichtete und wer nicht. Sie sprachen von dem verstorbenen Sohn Evangelinas und davon, dass Lois, der aus Abajo (Wer, bitte, war Lois?), bevor der Krieg begann, ein »Einladungsschreiben« aus Amerika erhalten hatte. Und warum war er nicht gegangen? Anschließend erzählte jemand die Geschichte von dem, der sich so mit der Politik beschäftigt hatte und es jedem recht machen wollte (den Linken und den Rechten), dass er verrückt geworden war. Eines Tages hatte er behauptet, dass er den Kopf so weit nach links und nach rechts drehen könne, dass seine Augen sich plötzlich oberhalb des Rückens befanden. Aus Furcht, dass sein Kopf sich komplett herumdrehen könnte, hatte er schließlich einen Schreiner beauftragt, für ihn einen Helm aus Birkenholz anzufertigen.

Für die Männer und Frauen vom Land waren diese Schwatzereien am Feuer eine gute Gelegenheit, ihren ganzen Ballast loszuwerden: Leid, Ängste, Sehnsüchte. Sie brachten ihren kaum verhohlenen Neid mit, ihren Überlebensinstinkt und vor allem ihre

Angst vor dem, was in letzter Zeit geschah: Die Jungen im Dorf hatten in einem angestauten Flussbereich einen toten Soldaten gefunden, der in den Wasserpflanzen hängen geblieben war; er war bereits halb verwest gewesen, und niemand konnte sagen, ob es ein Roter oder ein Nationalist gewesen war; einige meinten, es handele sich um einen Russen.

Mit dem Schälen von Mais, dem Ausschoten von Erbsen oder dem Kartenspiel beschäftigt, war Doña Pelagia bei diesen Zusammentreffen immer mit dabei, allerdings wurde sie in der Wärme des Feuers schnell müde und nickte ein. »Erwischt, du schläfst!«, rief Conchita ihr zu, wenn sie vorbeikam, denn sie wusste, dass ihre Mutter nichts mehr ärgerte, als beim Schlafen ertappt zu werden. »Ich habe nur ein wenig die Augen geschlossen!«, rief Doña Pelagia zurück. »Und das nicht, weil ich müde bin, sondern weil mir danach ist.«

Neben Bruna hockte mit vom Schein des Feuers gerötetem Gesicht stets Candela, die sich weigerte, ohne das Dienstmädchen zu Bett zu gehen. Wenn Olvido ihre Tochter am späten Abend noch wach oder auf Brunas Schoß schlafend unter diesem schwatzhaften Gesindel sitzen sah, wurde sie ausgesprochen wütend.

Doch sie sagte nichts, bis sie Candela eines Tages mit diesen Leuten lachen hörte und sie am Handgelenk fasste.

»Habe ich dir nicht verboten, hier zu sein?«, sagte sie und versuchte, ihre Tochter mit sich zu ziehen. »Es ist Zeit, zu Bett zu gehen.«

Die Kleine klammerte sich an Bruna.

»Warum willst du sie mir unbedingt entfremden?«, fragte Olvido.

Bruna strich Candela über den Kopf und entgegnete:

»Das Kind hängt an den Menschen, mit denen es zusammen ist und die sich um es kümmern. Das ist alles.«

Olvido zog am Arm ihrer Tochter.

Candela fing an zu weinen und versuchte, sich loszureißen. In diesem Moment begannen die anderen Anwesenden zu schreien, dass sie das Kind loslassen solle, dass doch nichts dabei sei, wenn die Kleine hier, in der Wärme des Feuers, bei ihnen sei. Bruna lachte in sich hinein, und alle zogen irgendwo an dem Kind (an den Armen, den Beinen, dem Haar – es schien, als wollten sie ihm die Glieder ausreißen), und schließlich entschied jemand, den Vater zu rufen, um den Streit zu beenden.

Nach einer ganzen Weile erschien dann Don Benigno mit jenem verlegenen, leeren Blick in den Augen, wie Olvido ihn von der Nacht in Santiago, in der er betrunken nach Hause gekommen war, in Erinnerung hatte. Doch diesmal war er nicht betrunken.

Er brachte alle zum Schweigen und sagte dann etwas, was Olvido niemals vergessen würde. Er sagte, dass das Leben jeder Frau, sosehr sie es auch zu verbergen versuche, von dem Bedürfnis bestimmt sei, Mutter zu werden. Und Mutter zu sein sei das Schönste, was durch die Liebe alles Schlechte – Eitelkeit, Egoismus, Koketterie – im Keim ersticke. Durch eine *Liebe* – und an dieser Stelle hielt er inne, um den Blick über die Anwesenden schweifen und vor allem auf seiner Frau ruhen zu lassen –, die durch die mächtigste Substanz der Frau entstand, blieb und weitergegeben wurde: die Milch.

Als Olvido dieses Wort hörte, *Milch,* erstarrte sie. Für eine Weile rührte sie sich nicht und murmelte vor sich hin, als spräche sie eine Art Beschwörungsformel auf der Suche nach der nie gegebenen Antwort, um alles Geschehene zu verändern. Ihr Gesicht war um die Mundpartie herum fahl geworden. Dann löste sie nach und nach den Druck ihrer Hand und ließ das Kind los, das sich eilig zurück auf den Schoß des Dienstmädchens flüchtete.

Langsam ging Olvido in ihr Zimmer hinauf. Als sie die Tür hinter sich geschlossen hatte, kniete sie sich auf die hölzernen Bodenbretter. Mit gesenktem Kopf und gefalteten Händen begann sie mit leiser Stimme zu beten. »Du weißt, Herr, dass ich immer im Gottesdienst war, stets zur Kommunion gegangen bin, dass ich meinem Mann gehorche, ihn bewundere und meine ehelichen

Pflichten erfülle. Du weißt, Herr, dass ich dich über alles liebe; und deshalb bitte ich dich nur um eines …

Eine einzige Bitte, Herr …«

Olvido hob den Kopf und sah aus dem Fenster ihres Zimmers. Es war dunkle Nacht, und sie richtete den Blick auf einen einsamen Stern am Himmel. Sie spürte, wie ihre Wangen brannten. Und plötzlich fühlte sie sich von heftiger Freude erfasst.

»Lass dieses Dienstmädchen sterben«, fuhr sie fort, »plötzlicher Badetod, ein Sturz auf unwegsamem Gelände.« Sie stand ruckartig auf. »Oder besser noch, wenn es möglich ist, mach, dass sie sich umbringt, dass sie sich an einem Balken erhängt … Entferne diese Frau aus meinem Leben. Lass mich meine Tochter lieben, ohne von anderen gestört zu werden!«

Sie fiel erschöpft zu Boden und blieb weinend liegen, bis sie hörte, dass jemand an die Tür klopfte. Daraufhin richtete sie sich auf und dachte, dass es vielleicht Benigno wäre, der kam, um sie zu trösten oder um Verzeihung zu bitten. Sie wartete eine Weile, bis die Tür quietschend geöffnet wurde. Es war Bruna, die ihr Candela und einen Teller mit Essen brachte. Sie gab der Kleinen den Teller und schubste sie leicht nach vorn. Als sie sah, dass Candela bei ihrer Mutter war, verschwand sie wie ein Schatten.

Die eisige Nacht verging und wurde von der Morgendämmerung abgelöst. Am frühen Morgen, nachdem Olvido ihre Tochter wieder dem Dienstmädchen überlassen hatte und während sie ihren Mann im Nebenzimmer schnarchen hörte, nahm sie ein weißes Kleid aus dem Schrank und zog es an. Dann betrachtete sie sich im Spiegel und zog es wieder aus. Sie wählte einen Rock und eine Bluse, die sie bis zum Hals zuknöpfte. Doch auch das legte sie sofort wieder ab. Schließlich verließ sie in einem Kostüm, das aus Rock und Strickjacke bestand, das Haus. Nach einer halben Stunde erreichte sie das Dorf. An der Ecke, wo sich das Kolonialwarengeschäft befand, nahm sie den Bus und fuhr nach Santiago.

Es regnete, und auf den ersten Blick schien in der Stadt alles ruhig zu sein. Die Leute kamen aus ihren Häusern, den Lokalen und den Geschäften, und es beruhigte sie, im Parque da Alameda auf die gewohnte Gruppe Betrunkener zu stoßen. Da war sie wieder, die ewige Symphonie des Regens, der durch die Dachrinnen, über die gepflasterten Straßen und in die düsteren Arkaden der Rúa do Vilar floss. Eine Frau schüttelte in der Tür ihres Hauses ihren Besen aus, wobei sich der aufsteigende Staub mit dem Regen mischte, und der Milchmann zog an seinem Wagen und rief: »Frische Milch!« Regen, Straßen, Staub, *Milch*: ein einziger Frieden, der in seinem brausenden Schoß den Schrecken des Nichts verbarg.

Denn schon eine Sekunde nachdem der Milchmann ihr Guten Tag gewünscht hatte, hatte er sie schon für immer vergessen. Niemals in seinem ganzen Leben würde er sich daran erinnern, dass Doña Olvido Fandiño, völlig verwirrt und von dem Wunsch beseelt, dass das Dienstmädchen sterben müsse, damit sie ungestört ihre Tochter lieben konnte, die Straße entlangging.

Sie kaufte ein paar Dinge, stahl andere, und als sie das Geschäft verließ, betrachtete sie ihr Spiegelbild im Schaufenster und blickte auf die Uhr. Es war Dienstag, und plötzlich fiel ihr ein, dass Don Ángelo sich nun auf den Weg ins Kloster Santa Clara machen würde, woraufhin auch sie sich dorthin auf den Weg machte. Als sie ankam, meldete sie sich an der Drehtür, die zur Klausur führte, und die versteinerte Stimme einer Nonne bestätigte ihr, dass der Arzt im Haus sei. Während sie, in der feuchten Empfangshalle sitzend, wartete (»Kommen Sie rein und warten Sie hier, er ist gerade beschäftigt, er kommt, sobald er kann.«), überfiel sie der Gedanke, dass sie in Wirklichkeit gar nicht zum Einkaufen nach Santiago gekommen war.

Und als ob in ihrem Inneren etwas aufgebrochen wäre, nässte ein plötzlicher Jubel ihre Augen. Sie musste nicht lange in ihren Gedanken kramen, um den wahren Grund zu erkennen: Sie sehnte sich nach Don Ángelo da Pena.

Für einige Sekunden hasste sie sich dafür, dies zu empfinden; sie dachte, dass die Leute sie für grausam und herzlos halten würden. Aber was sollte es, niemand würde davon erfahren. Sie fragte sich, ob alle Frauen in ihrem Bekanntenkreis in ihren Herzen ein schändliches Geheimnis wie dieses verbargen, ob sie wussten, dass *Mutter sein* und *Milch* nicht alles war, ob sie ahnten, dass es hinter den dummen alltäglichen Dingen ein Leben in all seinen Facetten zu entdecken gab. Aber nein, nicht einmal Don Ángelo durfte es wissen. Oder doch, denn hatte nicht er ihr gesagt, dass man seine Geheimnisse erzählen sollte?

In diesem Moment trat der Arzt mit zerzaustem Haar, offenem Kittel und verwirrtem Blick zu ihr.

»Olvido …«

»Don Ángelo …«

Olvido erklärte, dass sie nach Santiago gekommen sei, um ein paar Einkäufe zu machen, und dass sie sich zufällig daran erinnert habe, dass er dienstags bei den Nonnen im Kloster Santa Clara sei und deswegen … Sie habe so lange nichts mehr von ihm gehört und war ein wenig besorgt und … Sie sah sich um. »Können wir nicht irgendwo hingehen?«

»Irgendwo hingehen?«, fragte Don Ángelo zweifelnd.

»Drinnen«, entgegnete Olvido, den Blick ins Innere des Klosters gerichtet.

»Ich … ich bin beschäftigt«, entschuldigte er sich.

»Nur für eine Minute.«

Don Ángelo pochte mit der Faust an der Drehtür zur Klausur, damit sie eingelassen wurden. Eine andere, sehr alte Nonne kam heraus, die sie, nachdem sie Olvido von oben bis unten betrachtet hatte, schweigend in eine kleine Zelle führte, die für Besucher zur Verfügung stand, wieder ging und die Tür angelehnt ließ. Es war ein bescheidener Raum mit Lehmfliesen, einem kleinen Tisch und ein paar Stühlen. An der hinteren Wand lehnte ein mit grünem Moos überzogener Tonkrug. Es roch nach Suppe und Einsamkeit. Es war kalt.

»Also was kann ich für Sie tun ...?«, fragte er, ohne die angelehnte Tür aus den Augen zu lassen.

Olvido wirkte nachdenklich, als wäge sie ihre Worte sorgfältig ab. Sie meinte, jemanden (eine Nonne?) irgendwo im Kreuzgang keuchen zu hören.

»Erinnern Sie sich, dass Sie mir gegenüber mal von der Angst gesprochen haben?«, sagte sie plötzlich. »Ich würde gern ... Ich würde das Gespräch gern fortführen.«

Don Ángelo antwortete nicht sofort. Er wirkte abwesend, als werde er von irgendetwas abgelenkt. Hin und wieder horchte er zur Tür hinüber. Er hüllte sich in Schweigen, und sein Blick schien von einer geheimen Sorge getrübt. Erst als er das Flüstern von Nonnen hörte, seufzte er erleichtert. Dann sagte er:

»Angst?«

Olvido nickte.

»Sie haben mit mir über die Angst gesprochen und mir gesagt, dass der ganze Organismus, das Blut, die Muskeln, die Körpersäfte von der Angst gelähmt werden. Erinnern Sie sich noch an ... diesen Moment?«

Don Ángelo schwieg wieder hartnäckig, bis im Gang Schritte zu hören waren, erneutes Flüstern der Nonnen und sich im Halbdunkeln bewegende Körper. Er wandte den Blick nicht von der Tür.

»Körpersäfte? Ach so, ja. Sicher, sicher. Wie ist es auf dem Gutshof?«, meinte er nur.

Olvido schwieg, woraufhin er aufstand, zur Tür ging, sie weit öffnete und eine Weile dem Treiben auf dem Gang zusah. Dann kam er zurück und sah sie an.

»Olvido, warum sind Sie gekommen?«

Sie errötete. Nachdem sie noch eine Weile mit rasendem Herzen geschwiegen hatte, trat sie zur Tür und schloss diese, bevor sie seine Hand nahm.

»Wissen Sie?«, begann sie, »als ich hier ankam, habe ich nachgedacht. Ich habe überlegt, warum ich, ohne meinem Mann etwas zu sagen, nach Santiago gefahren bin. Ich bin nicht zum Einkaufen hier. Das war nur ein Vorwand.« Sie schwieg erneut und sah ihm in die Augen. »Ich habe mich in letzter Zeit sehr verändert. So dumm bin ich nicht.«

Der Arzt hob die Augenbrauen und blickte wieder unruhig zur geschlossenen Tür.

»Ich weiß, dass ich Ihnen gefalle, Ángelo«, erklärte Olvido plötzlich und trat zu ihm, um ihn zu küssen.

Don Ángelo blieb kühl und ließ sich küssen, um sie dann sanft von sich zu schieben. Daraufhin sagte er wohlerzogen:

»Olvido, Sie sind eine verheiratete Frau. Bitte, die Nonnen warten auf mich. Ich habe viel zu tun. Und Sie sollten zu Ihrem Mann und Ihrer Tochter zurückkehren.«

Für einen Moment rührte sie sich nicht, atmete nicht einmal. Ein unerklärlicher Schmerz befiel ihre Knie, als hätte sie sich gestoßen. Sie fürchtete, dass der Arzt ihr in die Augen sehen könnte, doch er war bereits an der Tür, ohne ihr einen letzten Blick zuzuwerfen.

Kaum hatte er die Tür geöffnet, kam die Nonne herein, die sie zu dem Raum geführt hatte. Sie trat zu Don Ángelo und flüsterte ihm etwas ins Ohr. Sofort veränderte sich sein Gesichtsausdruck.

»Ich bitte Sie, jetzt zu gehen, Olvido. Ich habe noch viel zu tun.«

Als Olvido wieder auf der Straße stand, hörte das Brummen in ihren Ohren auf. Ihrem strengen Pflichtbewusstsein gehorchend, ging sie zur Haltestelle des Busses, den sie für den Rückweg zum Gutshof nehmen musste.

Zwei Stunden später war sie wieder zu Hause.

Jeden Montagnachmittag kam auf dem Gutshof eine Näherin namens Serafina vorbei, eine wohlbeleibte, kräftige Frau mittleren Alters, die nach gekochtem Blumenkohl roch. Sie hatte ein schwarzes Tuch um den Kopf gebunden, aus dem ein dicker blonder Zopf hervorragte, und trug die Nähmaschine auf dem Kopf. So ging sie von Haus zu Haus und bot ihre Dienste an. Für ein paar Münzen oder für die Reste, die ansonsten die Schweine bekamen, besserte sie zerrissene Kleidung aus und fertigte neue an. Und zusammen mit ihrer Nähmaschine und den Stoffen brachte sie jede Woche den neuesten Klatsch aus der Stadt mit.

Serafina war geschwätzig und lebhaft und verfügte über die seltene Fähigkeit, mit einem verräterischen Glanz im Blick gleichzeitig lachen, singen und weinen zu können. Ihre Hände waren ständig in Bewegung, und so viele Stecknadeln sie auch im Mund hatte, klang ihre Stimme stets deutlich und kristallklar.

Dank ihr wusste Olvido, dass nichts mehr so sein würde wie vorher. Seit der Krieg ausgebrochen war, war kein Stein mehr auf dem anderen geblieben, und jeder Republikaner musste um seinen Kopf fürchten. Genau das waren ihre Worte: *musste um seinen Kopf fürchten*.

Serafinas aufgeregte Stimme schallte vom Nähzimmer durch den Salon und das Speisezimmer und bis in die Räume im oberen Stock hinauf, wo Candela allein in ihrem Zimmer spielte, die daraufhin aufstand und, wie von einer Melodie hypnotisiert, nach unten kam, um zuzuhören.

Jeder misstraute seinem Nachbarn, und sogar in den Häusern auf dem Dorf ging die Angst um. Am Vortag war ein erschossener Mann am Fluss gefunden worden, und sie hatte mit eigenen Augen gesehen, wie die Falangisten eine nackte, geschorene Frau auf einem Wagen durch die Gegend fuhren – »Ihr hättet mal ihren Kopf sehen sollen …« An dieser Stelle griff Olvido ein: »Serafina, mir wäre lieber, wenn das Kind das nicht hören würde.«

Aber genau das – die Geschichte von der nackten, geschorenen Frau, die, umgeben von Falangisten, auf einem Wagen durch die Gegend gefahren wurde –, war das, was Candela hören wollte, wenn sie auch noch nicht den Sinn der Worte verstand. »Ich möchte nicht, dass die Kleine unnötig leidet«, fuhr Olvido fort, worauf sie zu hören bekam: »Nein, aber warten Sie, warten Sie, Señora, das Beste kommt noch: Die Frau ist vom Wagen gesprungen, einfach so, die Arme vor den nackten Brüsten verschränkt, und wissen Sie, was sie gemacht hat? Na ja, sie hat gespuckt, und zwar …« »Ich glaube, jetzt reicht es, Serafina!«, beendete Olvido das Gespräch.

Eines Tages, während Serafina in einem der Räume unter dem Dach an der Nähmaschine saß, betrat Conchita mit einem Brief das Zimmer. Sie wollte die Näherin, die oft in Santiago war, darum bitten, diesen im Pazo da Raxoi abzugeben und der Person, deren Name auf dem Umschlag stand, zukommen zu lassen. Serafina stoppte die Nähmaschine und sah Conchita über ihre Brille hinweg an.

»Es geht doch nicht etwa um einen republikanischen Gefangenen, oder? Ich will nicht in Schwierigkeiten geraten …«

»Um einen Republikaner?«, meinte Conchita lachend. »Oh, nein … es … Man hat mir gesagt, ich soll ihn dort abgeben lassen. Mehr nicht.«

Serafina nahm den Umschlag entgegen und warf einen misstrauischen Blick auf den Namen. Dann schob sie sich den Brief in den Ausschnitt, warf Conchita einen abschätzigen Blick zu und sagte schließlich:

»Und was gibst du mir dafür, Mädchen?«

Conchita zuckte mit den Schultern.

Später am Nachmittag hörte Olvido, als sie an einem der Schlafzimmer vorbeiging, dass Conchita mit ihrer Mutter sprach.

»Was bedeute ich dir eigentlich, hm?«, meinte sie zu hören, woraufhin sie horchend das Ohr an die Tür legte.

»Ich kann befreundet sein, mit wem ich will, und tun und lassen, wonach mir der Sinn steht. Und wenn ich mich in Gefahr bringe, ist das auch meine Sache, denn was bedeute ich dir schon!«, fuhr Conchita nun mit weinerlicher Stimme fort. »Ich werde jeden Tag älter und durfte immer noch niemand sein ... Denn immer stehen *sie* neben mir. Sie, die für dich niemals altern, die noch immer deine talentierten Kinder sind, die kleinen Mozarts!«

Olvido hörte, wie ein Stuhl quietschend über den Boden scharrte, und stellte sich vor, wie ihre Schwägerin aufsprang.

»Wenn du sie nur sehen könntest, nicht wahr? Aber du siehst sie nicht! Du bist eine verbitterte alte Frau! Und du wirst sie nie mehr wiedersehen!«, kreischte Conchita.

Nun hörte Olvido, wie auch Doña Pelagia aufstand, und sie konnte es sich nicht verkneifen, durchs Schlüsselloch zu spähen. Sie sah, wie ihre Schwiegermutter auf Conchita zutrat, ausholte und ihrer Tochter eine kräftige Ohrfeige verpasste.

Olvido tauchte aus ihren Erinnerungen auf und nahm einen tiefen Zug aus der Zigarette, die Bruna ihr gegeben hatte. »Schmeckt irgendwie lasterhaft«, sagte sie, »aber ... jetzt ... was soll's ... Du weißt ja wohl, dass Rauchen Krebs auslöst.« Olvido schwieg wieder und blickte sinnend auf die Zigarette. »Erinnerst du dich noch daran, wie viel der kleine Cristino geraucht hat? Du mit deinem guten Gedächtnis erinnerst dich doch bestimmt noch daran, wie dieser Sohn einer schlechten Mutter geraucht hat ...«

»Ich erinnere mich sehr gut.«

Es hatte aufgehört zu regnen. Der grüne VW Käfer mit der Möwe auf dem Dach, die mit ausgebreiteten Flügeln ihre Gleichgewichtsübungen machte, fuhr weiter klappernd über die Landstraße.

»Seine Finger und die Nägel waren vom Nikotin gelb verfärbt«, fuhr Doña Olvido fort, während sie den Rauch ausstieß. »Er wäre sicher an Lungenkrebs gestorben, wenn er nicht ...«

Bruna unterbrach sie.

»Es heißt, dass es in Paris kein Bordell gibt, in dem Cristino nicht gewesen ist.«

Doch Doña Olvido ließ sich nicht beirren.

»Er hätte an Lungenkrebs sterben können, an einem Herzinfarkt, einem Schlaganfall oder einem Aneurysma, wenn er nicht …«

Das Dienstmädchen drehte sich um und sah nach hinten.

»Aber manche behaupten auch, dass seine Augen glänzten, wenn er den Männern auf dem Platz zugesehen hat, die sich mit nacktem Oberkörper am Brunnen wuschen.«

Doña Olvido reagierte nicht.

Bruna wägte ihre Worte gut ab, bevor sie weitersprach.

»Jeder muss an irgendetwas sterben«, meinte sie dann. »Das hab ich schon immer gesagt.«

»Ja, die meisten Menschen sterben, das ist völlig normal.«

Bruna zuckte mit den Schultern und versank in einer zähen Stille düsterer Vorahnungen. Sie rang die Hände und betrachtete ihr blutbeflecktes Kleid.

»Jeder Mensch muss sterben, und wenn Sie zum Beispiel an Conchita denken, na ja, sie hatte ihre Gründe«, erklärte sie plötzlich und hob herausfordernd den Blick.

Doña Olvido kräuselte die Lippen und stieß erneut den Rauch aus, der spiralförmig vor ihrem Mund aufstieg. Ein riesiger Lastwagen donnerte vorbei und ließ den VW erzittern.

»Mag sein … Warum sagst du das jetzt? An Conchita habe ich gar nicht gedacht. Ich habe von Cristino gesprochen.«

Bruna überlegte. »Ich erinnere mich an bestimmte Dinge nicht, und Sie haben eben andere vergessen«, meinte sie schließlich.

»Was willst du damit sagen, du freches Biest?«

»Angeblich stand Conchita ja unter dem diabolischen Einfluss der Näherin, so hieß es zumindest im Dorf. Aber ich weiß, dass es nicht ganz so war …«

Doña Olvido schaltete einen Gang zurück und starrte ihr Dienstmädchen verblüfft an.

»Es war nämlich so«, fuhr Bruna fort. »Eines Morgens, die Sonne ging gerade auf, musste ich pinkeln. Also habe ich meine Candeliña gut zugedeckt und bin in den Stall hinuntergegangen. Es war kalt, in der Ferne haben die Hunde gebellt, und über dem Garten hing ein dichter milchiger Nebel. Sie wissen ja, wie das war, am frühen Morgen in den letzten Sommertagen auf dem Gut, mit dem malvenfarbenen Himmel und den knorrigen Ästen, auf denen die Raben saßen und krächzten …«

Bruna hielt inne.

»Red weiter!«, befahl Doña Olvido.

»Also, wie gesagt, bin ich in den Stall, um zu pinkeln, und kaum war ich da, hab ich Geräusche gehört. Ich kenne die Geräusche, die die Tiere machen, ganz genau, Señora, und von denen kamen die nicht! Also bin ich ein paar Schritte weitergegangen. Dichter warmer Dampf stieg auf, ein strenger Geruch nach Mist und altem Heu, aber auch ein weiblicher Geruch. Denn das, was ich gehört hatte, war das Wimmern einer Frau! Und bevor ich michs versah, entdeckte ich sie; da waren sie, in einer Ecke des Stalls bei den Hühnern …«

»Sie?«

»Conchita und die Näherin, eine rittlings auf der anderen, Señora, wie wenn der Stier das Rind besteigt.«

Doña Olvido bekreuzigte sich rasch.

»Jesus, Maria und Josef!«, rief sie aus. »Conchita und die Näherin? Das ist gelogen! Das hast du erfunden! Wo, sagst du, hast du sie gesehen?«

»Wie ich schon sagte, in einer Ecke im Stall. Selbst die Hühner stoben erschrocken davon … Und das war nicht das einzige Mal.«

Nicht lange darauf betrat Serafina eines Tages die Küche und setzte sich zum Frühstück, während sie auf Conchita wartete, um für ein Kleid Maß zu nehmen. Die Katze Larpeira, die in einer Ecke vor sich hin döste, sträubte ihr Fell, als sie die Näherin sah, sie fauchte und floh mit erhobenem Schwanz durch die Tür nach draußen. Serafina brach in Gelächter aus und begann, während sie wartete, ihre Röcke zu lüften, woraufhin sich im Raum ein intensiver Geruch nach eingelegten Sardinen verbreitete.

Nach einer Weile kam Conchita. Sie blickte sich nach allen Seiten um, um auszuschließen, dass jemand zuhörte, und fragte dann flüsternd, ob Serafina den Brief übergeben habe, was diese mit »Ja« beantwortete. Conchita sah sie inständig an.

»Und …?«

Serafina nahm ein halb gefertigtes Kleid und ihr Nadelkissen aus der Tasche. Conchita zog das Kleid über das, welches sie an diesem Morgen trug, und breitete die Arme aus. Daraufhin steckte die Näherin das Kleid langsam und genüsslich ab.

»Was haben sie dir gesagt? Haben sie dir einen Brief für mich mitgegeben?«, hakte Conchita nach.

»Pass auf, Liebes: Ich habe den Brief abgegeben. Und dann, ein paar Tage später, kamen sie zu mir, weil der Kerl, wie es scheint, aus dem Gefängnis ausgebrochen ist. Sie sind zu mir gekommen, weil sie dachten, dass ich wüsste, wohin er geflohen ist. Falls ich ihm eine Adresse gegeben haben sollte.«

Conchita schluckte. Sie war nicht in der Lage weiterzusprechen. Serafina packte sie fest am Arm und sah ihr in die Augen.

»Nur weil du mir *sehr gut* gefällst, Süße. Ansonsten hätte ich dir bereits die Polizei auf den Hals gehetzt.«

Conchita riss sich los und wandte sich um. Sie war sehr blass und musste sich hinsetzen.

»Vergiss deinen Republikaner«, sagte Serafina. »Ich weiß von anderen, die aus dem Gefängnis in die Berge geflohen sind, und ich versichere dir, dass nicht einer davon noch am Leben ist. Und jetzt komm her, damit du die Nadeln wieder loswirst …«

In jener Nacht gingen Conchita so viele Gedanken durch den Kopf, dass sie nicht schlafen konnte. Sie sah ihren Geliebten bereits erschossen im Graben vor sich. Vielleicht hatte er es aus der Stadt herausgeschafft, um dann durch die angrenzenden Berge zu streifen … Aber wenn es keinen Ort gab, an dem er sich verstecken konnte, und da er nach dem langen Weg von all den Strapazen sicher sehr erschöpft war (zumal er ja auch noch sein schlimmes Bein hinter sich her zog), hatte er sich möglicherweise in seinem eigenen Haus versteckt. Sie wusste, dass für viele Flüchtige das verdächtigste Versteck das beste war, nämlich das eigene Heim. Wo eine Mutter, eine Ehefrau oder eine andere Verwandte sie erwartete und im Holzschuppen, in einer Zisterne, im Stall, in einem Schrank oder auf dem Speicher verbarg; dort würde er zumindest etwas zu essen bekommen, und niemand würde ihn verraten.

Schließlich schlief sie mit dem Gedanken ein, dass sie am nächsten Tag das Dorf ihres Geliebten aufsuchen würde.

Doch das war nicht nötig. Denn nur wenige Stunden später waren heftige Schläge an der Tür zu hören, die Bruna aus dem Schlaf rissen, woraufhin sie nach unten ging. Ansonsten hatte niemand etwas gehört.

Als sie die Tür öffnete, sah sie sich dem Hinkenden gegenüber.

Bruna erkannte ihn sofort; es war der Mann, den sie aus Conchitas Zimmer hatte kommen sehen, als die anderen in A Coruña gewesen waren. Er war schmutzig, hatte einen Dreitagebart und hinkte so stark wie nie zuvor. Vor allem war er absolut nicht mehr so selbstsicher wie in jener Nacht. Als Bruna ihn sah, schlug sie ihm die Tür vor der Nase zu. »Ist das die Casa das Galinas? Ich möchte zu Conchita Gondollín«, hörte sie von draußen. »Bitte öffnen Sie, um Himmels willen, ich bin drei Tage lang zu Fuß hierher unterwegs gewesen.« Er begann heftig zu husten. Bruna öffnete die Tür erneut, vorsichtig, damit das Quietschen der Angeln niemanden weckte. Der Wind riss die letzten Herbstblätter von den Bäumen, und ein paar davon wehten herein. In der Ferne erklangen von der Kirchturmuhr her vier langsame Glockenschläge. Sie begutachtete den zerlumpten Mann vom Gürtel an abwärts, der die zu weite Hose hielt und in dem ein Maschinengewehr und eine grüne Tasche steckten, bis hin zu den Stiefeln. Dann schüttelte sie den Kopf, als ob ihrer Meinung nach das, was sie sah, keinen Pfifferling wert sei, und ging hinauf, um Conchita zu holen.

»Unten ist ein Kerl, der nach Ihnen fragt«, sagte sie von der Tür des Zimmers aus, ohne sich hineinzuwagen.

Conchita, die unter einem Berg von Decken lag, bewegte sich schläfrig, stieß einen Fluch aus, der dem Dienstmädchen galt, und drehte sich wieder auf die Seite.

»Es ist der Hinkende«, sagte Bruna.

Als Conchita das hörte, richtete sie sich auf, sprang blitzartig aus dem Bett und stürzte keuchend die Treppe hinunter, ohne sich den Morgenmantel überzuziehen oder sich das in alle Richtungen stehende Haar zu glätten.

Als sie unten ankam, blieb sie, die Hand ans Treppengeländer geklammert, stehen. Für ein paar Sekunden blickte sie dem Hinkenden in die schönen blauen Augen, in denen das trostlose Grün der ungastlichen Berge zu sehen war, das bleierne Grau des Morgens, die eisigen Nächte, der Hunger und die Feuchtigkeit, das Fieber; Augen, in denen der bläuliche Nebel tanzte, der von den Gipfeln herabschlich, sich, wenn es dunkel wurde, wie ein Schal um seine Schultern legte und den Mann in eine Decke aus Angst und Einsamkeit hüllte.

Heiß stieg Conchita das Blut von den nackten Fußsohlen bis in die Wangen. Sie lief auf ihn zu und fiel ihm in die Arme. Während sie den schmutzigen Hals ihres Geliebten mit feuchten Küssen bedeckte, winkte sie mit einer Hand nach hinten, um Bruna zu verscheuchen (»Nun geh schon, du dummes Ding!«, sagte sie zwischen zwei Küssen.), die vor Erstaunen wie angewurzelt stehen geblieben war. Zögernd ging sie in die Küche und tat so, als wollte sie Zwiebeln anbraten, ohne die Wiedersehensszene aus den Augen zu lassen.

Eine ganze Weile lang berieten sich Conchita und ihr Geliebter dort im Eingangsbereich flüsternd darüber, was sie nun machen sollten.

In die Berge zurückzukehren war ein Risiko, denn von dort war er gerade geflohen, weil eine bewaffnete Truppe aus Polizisten und Falangisten ihr Versteck entdeckt und einen seiner Kameraden getötet hatten. Die anderen waren in alle Richtungen geflohen.

Kurz darauf kam Conchita in die Küche und musterte Bruna unwillig (»Was, du bist immer noch hier? Habe ich dir nicht gesagt, dass du wieder zu Bett gehen sollst?«), bevor sie sich ein Stück Käse und etwas Chorizo nahm und es zusammen mit einem Kanten Brot und einem Glas Wein auf einem Tablett anrichtete. Sie sah sich um, stampfte auf der Suche nach einer losen Fliese auf den Küchenboden und riss die Schränke auf. Daraufhin wies Bruna auf den alten Ofen und sagte:

»Dort, Señorita Conchita, dort drin ist Platz. Man muss nur ein paar Steine entfernen, aber das Loch ist breit genug.«

Conchita öffnete die Metalltür und warf einen Blick hinein. In der Küche gab es noch einen weiteren Ofen, der zum Braten und Backen benutzt wurde, während dieser hier früher als Brotofen gedient hatte und nun nicht mehr in Gebrauch war, außer um diverse Küchengeräte darin aufzubewahren. Das Mauerwerk dahinter war halb zerstört, und Conchita stellte, nachdem sie einige Steine herausgenommen hatte, fest, dass sich dahinter ein schmaler, etwa zwei Meter langer Gang entlang der Wand befand.

Weitere Worte waren nicht nötig. Conchita nahm dem Hinkenden das Maschinengewehr und die Tasche ab, in der sich eine

Pistole und ein paar andere Dinge befanden. Dann wies sie ihn an, sich zum Essen in die Küche zu setzen. Während Bruna Kuchenformen und Töpfe aus dem alten Ofen nahm, holte Conchita eine Spitzhacke. Innerhalb von wenigen Minuten entfernte sie die Steine, und der Hohlraum lag frei. Während sie die losen Steinblöcke fortschaffte und den Hohlraum von Staub befreite, erschien mit verschlafenem Gesicht der kleine Cristino. Der Lärm, den die Spitzhacke verursacht hatte, hatte seine Mutter geweckt (ihn erst einmal nicht), und diese hatte ihn hinuntergeschickt, um nachzusehen, was los war.

»Mama will wissen, was das für ein Lärm ist«, sagte er, an seine Schwester gewandt, wobei er sich die Augen rieb.

Plötzlich fiel ihm auf, dass nicht nur seine Schwester im Raum war, sondern auch das Dienstmädchen und ein fremder Mann.

»Hui, was für ein Hübscher!«, sagte er und wies auf den Hinkenden.

In diesem Moment erklärte Conchita mit einer Entschiedenheit, die man so gar nicht an ihr kannte, den Anwesenden, dass niemand erfahren dürfe, dass sich dieser Mann im Haus versteckte, nicht einmal die anderen Hausbewohner. Er sollte zweimal am Tag mit Essen versorgt werden – »Am frühen Morgen von dir, Bruna, und am späten Abend, wenn schon alle schlafen, von mir.« Außerdem schärfte sie ihnen ein, dass sie niemandem vertrauen durften, einschließlich der Leute, die am Nachmittag zum Schwatz am Feuer vorbeikamen. Jeder von ihnen, so freundlich und vertrauenswürdig er auch schien, die Näherin, der Bäcker oder der Lehrer, konnten zu Verrätern werden, um sich bei denen, die an der Macht waren, lieb Kind zu machen. Als der schmale Gang hinter der Wand bereit war, umarmte Conchita den Hinkenden. Für ein paar Sekunden atmete sie den nach Angst und nasser Wolle riechenden Geruch seines Körpers ein, spürte die Rippen, die scharf hervorstanden, dann löste er sich langsam von ihr, stieg auf einen Stuhl, kroch hustend in das feuchte Loch und ließ sich jenseits der Wand nieder.

»Vergesst mich nicht«, war das Letzte, was zu hören war.

Die beiden Frauen schlossen die Metalltür.

So, zwischen zwei Wänden eingeklemmt, in liegender Position, ohne sich großartig bewegen zu können, und die knappe Luft atmend, die zwischen den Steinen hereindrang, verbrachte der Hinkende mehrere Wochen. Im Morgengrauen ging Bruna hinunter und gab ihm etwas zu essen, wobei Conchita manchmal bereits dabei war, für ihn etwas zuzubereiten. Und genauso öffnete um Mitternacht eine der beiden die Ofentür, um dem Flüchtigen eine Portion Linsen oder ein paar Bratenreste zu geben, die vom Abendessen übrig geblieben waren. Doch schon bald wurde der Hinkende ernsthaft krank. In seinem feuchten Versteck wurde der beginnende Husten, mit dem er angekommen war, rasch zu einer Bronchitis.

Eines Morgens frühstückte die ganze Familie gemeinsam in der Küche. Draußen war es kalt, doch die Sonne sandte schüchtern ein paar Strahlen durchs Fenster. Es roch nach warmer Milch und Kaffee. Doña Pelagia wollte gerade ein paar Scheiben Brot abschneiden, um sie zu rösten, als sie das Husten hörte. Und das nicht zum ersten Mal. Während der Wochen, in denen der Hinkende in der Wand versteckt war, hatte dieses raue Husten, das aus den Wänden des Hauses zu kommen schien, sie regelrecht verrückt gemacht. Irritiert fuhr sie herum. Ihre Pupillen weiteten sich, und sie runzelte die Augenbrauen.

»Hast du gerade gehustet, Cristino?«

Cristino blickte von seiner Tasse auf und schüttelte den Kopf.

Wieder war das asthmatische Husten zu hören. Doña Pelagia legte sich die Hand auf die Brust. Mit einem Mal glitt ein strahlendes Lächeln über ihr Gesicht.

»Also sind sie es … Manuel, Luciano Lucas und Amador. Sie sind hier, bei uns«, sagte sie.

Alle sahen sie entsetzt an, ohne zu wissen, wie sie reagieren sollten. Auch Olvido meinte, ein Husten gehört zu haben. Bruna, die gerade mit Candela an der Hand hereingekommen war, entspannte die Lage.

»Das war ich«, erklärte sie. »Ich war diejenige, die gehustet hat.«

Nicht lange darauf kam eines Tages die Näherin und verkündete lautstark, dass es einen Bus gebe, der von Dorf zu Dorf fahre, um alle Männer zwischen achtzehn und fünfunddreißig Jahren für den Krieg zu rekrutieren, und dass dieser sich nun auf direktem Weg zur Casa das Galinas befand.

Der kleine Cristino, der gerade im Garten Maulwürfe jagte, hielt inne und blickte in die Ferne. Dann wandte er sich an Serafina.

»Und du meinst ... Du meinst, dass er auf dem Weg hierher ist?«

»Genau«, bestätigte sie. »An deiner Stelle würde ich mich schnellstens verstecken, *neniño.*«

Daraufhin ließ Cristino die Jäthacke fallen, eilte wie ein geölter Blitz in sein Zimmer hinauf und rief: »Beni! Sie kommen, Beni!«

Die Näherin ging in die Küche und begann unter Brunas vorwurfsvollem Blick, ihre Gerätschaften auszupacken. Dabei hörte sie plötzlich von irgendwoher ein Husten, das sie nicht zuordnen konnte, und sah sich erschrocken um. Suchend näherte sie sich der Ofentür, als Conchita in den Raum trat. Ihr Anblick ließ Serafina die Angelegenheit vorerst vergessen.

»Hola, Süße«, begann sie, »wie geht's? Hast du deinen geliebten Republikaner inzwischen vergessen?«

Conchita blieb keine Zeit mehr zu antworten, da draußen vor dem Haus das Motorengeräusch des Busses zu hören war und gleich darauf der Lärm von zuschlagenden Türen und männlichen Stimmen. »Da sind sie«, murmelte die Näherin und griff nach der Schere und gleichzeitig nach Conchita, »die Männer von der Rekrutierstelle, hab ich es euch nicht gesagt?!«

In der Tat waren mehrere Männer ausgestiegen und klopften nun an die Tür. In diesem Moment tauchte wie ein Schatten plötzlich Doña Pelagia von irgendwoher auf.

»Ich öffne ihnen«, sagte sie.

Sie ging zur Tür, richtete sich den Dutt, atmete tief durch und öffnete sie energisch.

»Ich habe drei Söhne, die Musiker sind«, bestürmte sie die Männer, bevor diese auch nur ein Wort sagen konnten, »aber die studieren in Madrid.« Dann fügte sie, mit dem Daumen über die Schulter weisend, hinzu: »Hier sind nur Frauen.«

Die Männer schoben sie zur Seite und traten in die Küche, in der sich neben Conchita und Serafina nur noch Bruna befand. Sie fragten, ob es stimme, dass es im Haus nur Frauen gebe.

Bruna und Serafina nickten bestätigend. Conchita hatte den Blick auf einen unbestimmten Punkt in der Ferne gerichtet. Sie wirkte wie ein Gespenst.

»Sicher?«, erkundigten sich die Männer. »Wir haben gehört, dass es hier …«

»Bald kommen sie mich besuchen. Meine Söhne, die Musiker, sind sehr gut!«, rief Doña Pelagia und klatschte in die Hände. »Einer von ihnen wurde sogar schon mit Mozart verglichen!«

In diesem Moment waren aus dem Hausflur die schweren Schritte von Stiefeln zu hören. Dann erschien Cristino im Türrahmen, das Hemd mit Milchkaffee befleckt, mit herunterhängender Hose und offenem Hosenstall und einem Koffer in der Hand. Er verkündete, dass er volljährig sei und in den Krieg ziehen wolle. Alle starrten ihn an und wussten nicht, was sie sagen sollten.

In diesem Moment trat Conchita, die sich die ganze Zeit über nicht von der Stelle gerührt hatte, einen Schritt vor und blieb zitternd stehen.

»Du gehst nicht!«, befahl sie ihrem Bruder. Sie nahm ihn am Arm und zeigte ihm die Schere, die sie in der anderen Hand hielt.

Der kleine Cristino stieß sie fort und erklärte, dass er sich bereits entschieden habe.

»Und die Puppen?«, fragte seine Schwester schluchzend. »Wer wird uns dann die Puppen aus Paris mitbringen?«

Die Männer brachen in Gelächter aus.

Cristino zog die Nase hoch und entgegnete:

»Es ist vorbei mit den Puppen. Die Grenzen sind geschlossen, das weißt du ganz genau. Für uns gibt es nichts mehr zu tun.«

Plötzlich verdrehte Conchita die Augen und begann zu keuchen. Sie drehte sich um sich selbst und riss wütend alles aus den Regalen, was sich darin fand. Sie warf das Geschirr auf den Boden, stieß Beschimpfungen aus und hob ihre Röcke, sodass ihre Schenkel zu sehen waren.

»Nein ... du darfst nicht auch noch gehen!«, schrie sie. »Du musst ... du musst die Puppen für uns holen. Du musst mir helfen, allein schaffe ich das nicht. Gerade in diesen Zeiten brauchen sie uns ...«

Doch der kleine Cristino ging mit den Männern zur Tür.

Als Serafina ihn fortgehen sah, brach sie in schallendes Gelächter aus. Sie lachte und lachte, bis sie sich umdrehte und sah, wie die Schere auf ihre Brust zusauste und sie am Arm verletzte, den sie schützend hochriss.

»Du rote Schlampe!«, kreischte sie Conchita entgegen, während sie sich die blutende Wunde hielt. »Du rote Hure, dein Geliebter soll im Gefängnis verrotten!«

Conchita taumelte in den Garten hinaus. Und in diesem Moment war erneut das Husten zu hören. Ein heftiger Anfall, der aus einer kranken Brust kam und sich nicht unterdrücken ließ. Bruna ging instinktiv ein paar Schritte und stellte sich mit dem Rücken vor die Ofentür. Doña Pelagia begann zu schreien, dass es ihre Söhne seien, die husteten. Die Näherin stand auf. Sie ging zu Bruna und befahl ihr, zur Seite zu treten.

»Nein«, sagte diese, die Arme vor der Brust gekreuzt.

»Was ist da?«

»Nichts.«

»Du lügst.«

Die Näherin schob Bruna zur Seite. Sie öffnete die Ofentür und steckte eine Hand hinein, die sie sofort wieder herauszog. Dann packte sie die Nähmaschine in die Schutzhülle, griff nach der Schere, dem Nadelkissen und dem Stoff und verschwand eilig durch die Tür.

Die Möwe schwang sich in die Luft und tauchte in den Nebel, der zwischen den Bäumen hing. Als sie wiederkam, haftete ihr die Kälte an den Flügeln. Und mit dieser Kälte überflog sie die Brücke und den Weg, über die der VW Käfer nun fuhr. Sie rief ihr *Krah, Krah*, dann ließ sie sich erneut auf dem Autodach nieder. Doña Olvido warf den Zigarettenstummel aus dem Fenster.

So fuhren sie mehrere Kilometer schweigend weiter, bis Bruna schließlich sagte:

»Und Ihre Freundin Pura … Sie sagen, dass sie gestorben ist? Das wusste ich nicht …«

»Ja, es hat sie erwischt. Sie war im Altersheim, bis der Tod sie geholt hat. Heilige Maria, erinnerst du dich? Das war die, die donnerstags immer zum Kaffee kam und den schimmeligen Kuchen vom letzten Weihnachtsfest mitbrachte, weil sie so gut wie blind war. Und Remedios konnte nachher nicht mehr laufen. Und Cuca, erinnerst du dich an Cuca? Die Arme ist völlig senil. Und Pepita de los Santos wusste nicht mal mehr, wer ich bin, als ich sie letztens mal angerufen habe. ›Olvido? Welche Olvido?‹ Ein Grund mehr, unseren Plan zu verwirklichen, Bruna.«

Bruna nickte. Doña Olvido war für eine Weile sehr in sich gekehrt. Doch dann kam sie noch einmal auf das vorherige Thema zurück.

»Ja, du warst immer sehr diskret, Bruna … Und oft habe ich darüber nachgedacht, wie dankbar wir dir sein konnten, dass du geschwiegen hast, als … Wie einfach es für dich als Dienstmädchen gewesen wäre, es überall herumzuerzählen, bei all den Klatschmäulern, die zu uns ins Haus kamen.«

»Dass ich wann geschwiegen habe, hm?«

»Niemand kann sich vorstellen, dass jemand, den er gut kennt, jemand, der in seinem eigenen Haus lebt, auf diese Weise sterben kann. Durch schlecht gewordene Mayonnaise, ein brennendes Kohlebecken in der Nähe einer staubigen Tagesdecke, die Feuer fängt, durch einen Blumentopf, der aus dem siebten Stock herunterfällt und einen erwischt, ein Aneurysma, eine Lungenembolie, Herzstillstand … Jeder muss irgendwann an irgendetwas sterben, wie du ganz richtig gesagt hast, aber das, was in unserem Haus geschehen ist … Und dann heißt es immer, dass in den galicischen Nächten am Himmel nichts als Sterne sind. Oh, nein: Auch dort entstehen Übel unbekannter Herkunft. *Meigallos,* Bruna, böse Zauber. In der Luft.«

Übel, die in der Einsamkeit reifen, im Federkleid eines schlafenden Huhns oder in der Haut einer Schlange, und sich in den Brunnen und in den Beeten die Zeit vertreiben, über den Hängen schweben oder wie Fliegen in dem dicken Rahm der Milch kochen. Und letztendlich dringen sie in die Häuser ein, bis wir sie irgendwann, an einem sehr klaren Tag, hören, in Form von Hundegebell oder hellen Glockenklängen, die dem Tod vorausgehen. Heute nehmen wir sie noch nicht wahr, morgen auch nicht, aber sie schleichen sich ein.

Plötzlich werden die Tiere krank, die Wände bekommen Risse, die Kinder weinen; die Übel sind stumm und unerbittlich, sie klettern die Wände hoch, drängen sich auf den Tischen; die Schranktüren schließen nicht mehr richtig … Sie gedeihen in den Rissen des Herzens wie böse, träge Galle; vergiften die Seele. Schon sind wir durchdrungen. Sie nisten sich in der Magengrube ein, in dem bitteren Klang der Worte, die sich an den anderen richten, in dem verräterischen Glanz der Augen.

Was passierte, war, dass, seit der kleine Cristino mit dem Bus der Rekrutierungsstelle fortgefahren war und Conchita mit der Verantwortung, einen Flüchtigen im Haus zu verstecken, allein gelassen hatte, ihre familiäre Welt, die bereits sehr gelitten hatte, in tausend Stücke zersprang. Die Zerstörung war ihr anzusehen: die zunehmende Nachlässigkeit, sich zu kleiden (sie, die doch immer so kokett gewesen war); ihre bleichen Wangen und ihre Magerkeit. An einem Tag war es ein Berg an Papieren und Kleidung, Orangenschalen und Essensresten, der sich an ihrer Tür in den Flur schob; am nächsten Tag war es eine Puppe, der ein Auge fehlte und die am Morgen plötzlich den Kopf geschoren hatte. Dieses Herumschleichen in der Küche, um Essen zu stehlen, wenn niemand sie sah; der furchtbare Geruch nach Kloake und Schmutz, der von ihr ausging … Irgendetwas quälte sie innerlich. Auf eine gewisse Weise war sie bereits auf dem Weg in eine andere Welt, die nicht die der anderen Hausbewohner war.

Zu jener Zeit ließ Doña Pelagia die Näherin Serafina nicht mehr aus den Augen.

Sie hatte gehört, dass sie eine Hexe sei und in einer Tasche an der Schutzhülle ihrer Nähmaschine verkohlte Katzenknochen, Kaninchenhaut, Kröteninnereien und ähnlich ekelhafte Dinge aufbewahrte.

Andere hatten gesagt, dass sie heimlich, zwischen zwei Nadelstichen, den bösen Blick aussandte, wenn ihr jemand nicht gefiel. Außerdem war Doña Pelagia aufgefallen, dass Serafina versuchte, die Kontrolle über die Küche zu erlangen, was für ständigen Streit mit Bruna sorgte. So kam es, dass Doña Pelagia eines Tages, als sie die Näherin schreien hörte, wütend ins Zimmer stürzte, ihr das Tuch vom Kopf riss und sie am Zopf zog. Sie schüttelte sie so heftig, dass sie schließlich zu Boden fiel. Serafina wand sich und schrie wie ein Schwein, und Bruna nutzte die Gelegenheit, ihr ein paar Tritte zu verpassen.

»Gib meiner Tochter ihre Gesundheit zurück, du Hexe!«, sagte Doña Pelagia zu ihr.

»Sie ist eine Tochter Satans!«, rief Bruna.

»Ich schwöre bei meiner Mutter, dass ich nichts getan habe!«, verteidigte sich die Näherin.

Pelagia hob die Nähmaschine an.

»Steh auf, *meiga*, du Hexe!«, schrie sie. »Entweder befreist du meine Tochter vom bösen Blick, oder ich lasse die Maschine fallen!«

Serafina stützte sich auf die Sitzbank und stand auf.

»Sie ist eine elende Rote, und deshalb verdient sie, was sie hat«, sagte sie im Brustton der Überzeugung.

In diesem Moment ließ Doña Pelagia, ohne mit der Wimper zu zucken, die Maschine fallen, die auf der Bank an der Feuerstelle krachend zerbrach.

Serafina sammelte die Teile der Maschine auf, steckte die kleinsten Stücke in die Taschen ihres Kittels und hinkte zur Tür.

»Du hast es so gewollt, du bekloppte Alte«, sagte sie nur. Und verschwand.

Ein paar Tage danach war erneut der Motor des Busses zu hören, der vor dem Garten anhielt. »Steig aus, du Schwuchtel!«, rief jemand. Wenige Minuten später öffnete der kleine Cristino die Tür. Seine Kleidung war zerrissen und sein Blick leer. Eine lange Narbe, die noch ganz rot und geschwollen war, verunstaltete seine Wange und verzog seinen Mundwinkel zu einer grotesken Grimasse. Der untere Teil seines linken Ohrs fehlte. Es blieb keine Zeit, irgendwelche Fragen zu stellen, denn sofort erschien Doña Pelagia und tippte ihm mit dem Zeigefinder auf die Brust.

»Der kleine Cristino hat seinen Regenschirm und seine Zahnbürste vergessen. Deshalb ist er zurückgekommen, stimmt's, mein Junge?«

Cristino nickte, und sie nahm ihn am Handgelenk und führte ihn schweigend ins Obergeschoss.

Doch das war nicht das einzige Übel, was Doña Pelagia widerfuhr. Genau wie die Näherin vorausgesagt hatte, blieb es nicht dabei. Am nächsten Tag erschien Serafina mit zwei Polizisten. Bruna, die gerade Gemüse schnitt, öffnete ihnen die Tür, und ohne dass ihr die Zeit blieb, irgendwie zu reagieren, waren sie bereits in der Küche und schnüffelten überall herum. Serafina ging zur Ofentür und sagte:

»Hier ist es.«

Inzwischen waren, von Brunas Schreien alarmiert, sämtliche Hausbewohner heruntergekommen, um nachzusehen, was los war. Einer der Polizisten öffnete die Ofentür und steckte den Kopf hindurch. Er zog ihn sofort wieder zurück und sagte zu seinem Kollegen: »Da ist jemand drin.«

Der andere Polizist richtete sein Gewehr auf die Hausbewohner (die alle wie erstarrt dastanden), während sein Kollege den Hinkenden aufforderte, herauszukommen (»Raus da, du Mistkerl, oder ich jage dir gleich eine Kugel in den Kopf!«), und ihn am Bein zog. Kurz darauf wurden die Füße des Hinkenden sichtbar, dann die Beine, die Taille und zuletzt der Oberkörper und der Kopf. Als er den Boden erreicht hatte, drehte er sich langsam um. Er war von einer grauen Staubschicht bedeckt und hatte einen dichten Bart. Vom Licht geblendet, konnte er kaum die Augen offen halten. Dabei hustete er ununterbrochen.

Der Polizist stieß ihn mit dem Gewehr an und befahl ihm, zur Tür zu gehen, während er den anderen sagte, dass sie noch sehen würden, was sie mit ihnen machen würden. Die Arme vor der Brust verschränkt, blickte Serafina zufrieden umher, vor allem auf

Conchita, die hinter den Tisch geflohen war, auf dem nur wenige Minuten zuvor Bruna das Gemüse geschnitten hatte. Gerade, als die Polizisten mit dem Hinkenden das Haus verlassen wollten, entrang sich ihrer Kehle ein Schrei.

»Warten Sie!«, sagte sie dann leise. »Ich will mich nur von ihm verabschieden.«

Die Polizisten lachten.

»Dann verabschiede dich, du rote Hure«, sagte einer von ihnen, »aber halt dich zurück, sonst nehmen wir dich auch mit.«

Conchita ging langsam zu dem Hinkenden hinüber. Es schien, als ob sie ihm etwas ins Ohr flüsterte, möglicherweise ein paar Liebesschwüre, dachte Olvido (wobei sie, ohne zu wissen, warum, plötzlich ahnte, dass dem nicht so war), als der Mann plötzlich einen unbändigen Schrei ausstieß, der wie der eines Tieres klang. Ein Schwall zähen Blutes drang aus seiner Brust, er wand sich und fiel schließlich zusammengekrümmt zu Boden. Conchita war wie erstarrt, das Gesicht und die Bluse mit Blut bespritzt und ein blutiges Messer in der zitternden Hand. Ihr Gesichtsausdruck war genauso leer wie an jenem Weihnachtstag, als sie den Kapaun geköpft hatte, den niemand sonst zu töten gewagt hatte.

In diesem Moment und mit jener Genialität, die Menschen von geringem Verstand wie ein Geschenk des Schicksals einmal im Leben überkommt, hatte Bruna einen Geistesblitz. Sie ging zu Conchita und sah die anderen an, während sie ihr das blutige Messer aus der Hand nahm. Dann führte sie sie zum Wasserhahn, um ihr die Hände zu waschen, und sagte, dass diese Frau die einzig Mutige sei, die es gewagt hatte, diesen Verräter zu töten, der in ihr Haus eingedrungen sei und sie gezwungen hatte, ihn zu verstecken. »Denn so war es, meine Herren Polizisten: Das Gewehr auf uns gerichtet, hat dieser Kerl uns gezwungen, ihn im Ofen zu verstecken, und was hätten wir armen zu Tode verängstigten Frauen auch sonst tun sollen?«

Conchita und all die anderen schwiegen, zu keiner Reaktion in der Lage. Bruna hatte sie gerettet, doch zwei Tage später folgte ein weiterer, noch heftigerer Schlag für Doña Pelagia.

Jeden Tag schlossen sie und ihre Tochter sich in einem Zimmer im Obergeschoss ein, das sie auf dem Gut eingerichtet hatten, um auch hier ihre Puppenkleider zu nähen; und so stieg Doña Pelagia auch an jenem Tag die Treppe hinauf, um den Saum an einem der Röcke zu vollenden. Als sie durch den Flur ging, meinte sie, ein Geräusch zu hören, etwa so, als ob ein Stuhl oder ein Tisch umgefallen wäre, gefolgt von einem heiseren Röcheln (das Schnurren der Katze? Hatte sie das Tier doch schon mehr als einmal am Boden zusammengerollt auf den Stoffresten erwischt), das wie ein verlängertes Schnarchen klang. Auf das Schlimmste gefasst (Nein, nein, das durfte nicht sein …) blieb Doña Pelagia mit zusammengebissenen Zähnen stehen, während ihr das Blut in den Ohren rauschte. Dann nahm sie all ihren Mut zusammen und stieß die Tür auf.

Das Erste, was sie sah, waren die sanft in der Luft schaukelnden Lackschuhe. Dann wanderte ihr Blick langsam hinauf zum Gesicht ihrer Tochter, die an einem der Deckenbalken hing. Doña Pelagias Augen wollten dem Blick nicht folgen, um das zu sehen, was sie bereits gewusst hatte, als sie im Flur das Geräusch gehört hatte oder vielleicht sogar schon früher, nämlich seit dem Moment, als der schmutzige Mann wie ein Maulwurf aus seinem Versteck hinter dem Ofen hervorgekrochen war. Das purpurfarbene Gesicht, die seitlich heraushängende scharlachrote Zunge und die hervorquellenden Augen Conchitas ließen sie taumeln.

Doña Pelagia musste sich an der Lehne eines Stuhls festhalten, um nicht umzukippen.

Nach vorn gebeugt stand sie ein paar Sekunden da, keuchend wie eine geprügelte Kuh. Doch dann schien noch etwas anderes ihre Aufmerksamkeit zu erregen. Sie hob langsam den Kopf und sah den nackten Körper Conchitas vor sich. Und dahinter saß an der Nähmaschine, die Arme steif auf dem Tisch nach vorn gestreckt und mit einer Steppnaht beschäftigt, die Schaufensterpuppe, die das Kleid ihrer Tochter trug.

Doña Olvido setzte den Blinker und überholte einen Ochsenkarren. Die Bäuerin, die ihn fuhr, winkte ihnen überschwänglich zu. Beim Gasgeben war das Bündel auf der Rückbank zur Seite gekippt, und die Decke hatte sich bis zur Taille gelöst. Das lange schwarze Haar fiel der Puppe bis auf die Schultern herab.

»Hör mal, Bruna«, sagte die Señora, »dass du noch hier bei mir bist, liegt nur daran, dass ich darauf bestanden habe. Ich habe dich immer mit Zähnen und Klauen verteidigt. Wie ich dir schon gesagt habe, wollte der Señor dich gleich am Anfang wieder rausschmeißen, weil er meinte, du seist für die Stelle nicht geeignet. Viel Blabla vor allen Leuten, und bei mir hat er sich dauernd beschwert, wie unfähig du seist.«

Bruna verzog das Gesicht, sagte jedoch nichts.

»Nicht mal Doña Pelagia hat auch nur einen Pfifferling auf dich gegeben«, fuhr Doña Olvido fort. »Sie hat dich andauernd kritisiert. Wenn es nach Señor Benigno gegangen wäre, wärst du gleich wieder auf der Straße gelandet. Stell dir das mal vor, im Krieg und ohne zu wissen, wohin. Genau das habe ich ihm gesagt. Dass er ein wenig Mitgefühl haben soll und die Leute nicht einfach mit einem Fußtritt nach draußen befördern kann, und letztendlich hast du die Kleine ja sehr gut behandelt … Das alles habe ich ihm gesagt, Bruna. Ich will nur, dass du das weißt.«

Mehrmals hatte Olvido versucht, mit ihrem Mann zu reden, doch entweder hatte er, allem überdrüssig, im Bett gelegen, oder er hörte ihr nicht zu, weil er seinen eigenen Gedanken nachhing. All das, was geschehen war … Dieser Mann in dem Loch zwischen den Wänden in seinem Haus, Conchitas Tod und das ganze Durcheinander und die Geheimnistuerei danach (Wer hatte sie begraben und wo? Er konnte ihr Grab nicht einmal mit Blumen schmücken, weil er nicht wusste, wo es sich befand.), Cristinos Rückkehr in diesem desolaten Zustand. Warum hatten sie ihm das angetan?

Doch Olvido war fest entschlossen, mit ihrem Mann zu reden, nachdem sie, seit er sie vor allen Leuten an der Feuerstelle in der Küche bloßgestellt hatte, kaum noch ein Wort an ihn gerichtet hatte. Doch nach und nach vergaß sie diese Verletzung (oder bemühte sich, sich nicht daran zu erinnern), denn letztendlich war er ihr Ehemann und sie hatten ein gemeinsames Kind, und das war es, was zählte. Also redete sie am Ende doch wieder mit ihm und sprach ihn eines Tages an, um ihn nach Conchita und Cristino zu fragen (sie hatte die Fragen bereits im Kopf), aber plötzlich hörte sie sich selbst etwas anderes sagen, was ihr im Grunde gar nicht mehr so wichtig war: Er könne doch nicht zulassen, dass diese tölpelhafte Frau vom Land ihrer Tochter, *unserer* Tochter, dieses Blut, wie er gesagt hatte, also diese Milch, diese mit Misstrauen und Armut angefüllte Gallapfel-Milch, verabreichte. »Denn du kannst dir nicht vorstellen, wie Candela sie in sich hineinsaugt, mit welcher Gier sie sich an dieses widerliche Fleisch klammert, mit welcher Beharrlichkeit sie an der Brust des Dienstmädchens hängt. Außerdem ist das Kind schon viel zu groß, um noch gestillt zu werden! Und ich sage dir, ich bin davon überzeugt, dass sie sich deswegen nicht gut entwickeln wird, dass sie irgendeinen Schaden davontragen wird, dass sie nicht richtig sprechen lernt und so ungebildet bleibt wie Bruna. Ich sage dir, es war ein Fehler, diese Frau einzustellen, und es ist höchste Zeit, diese Sache in Ordnung zu bringen, bevor es zu spät ist.«

Benigno hörte ihr schweigend zu. Dann umarmte er sie und versprach, eine Lösung zu finden. Er verstehe sie sehr gut, nur konnten sie dem Kind doch nicht von einem Tag auf den anderen das Dienstmädchen nehmen, das sich Tag und Nacht um es kümmerte, und allein aus Mitgefühl konnten sie die Frau nicht einfach so auf die Straße setzen. »Lass mich ein wenig darüber nachdenken, nach einer Lösung suchen … Wir werden schon eine Lösung finden.«

Einige Tage später war Olvido gerade in ihrem Zimmer mit einer Näharbeit beschäftigt, als sie die Schritte ihres Mannes hörte. Er blieb im Türrahmen stehen und sagte:

»Ich habe allmählich genug von diesen verdammten Maulwürfen im Garten. Ist dir aufgefallen, dass sie jetzt auch noch das Tomatenbeet zerstört haben?«

»Die Löcher sind überall«, entgegnete Olvido, ohne ihre Näharbeit zu unterbrechen. »Du hast recht, wir sollten etwas dagegen unternehmen. Früher hat Cristino sie getötet, doch nun, seit er zurück ist von …« Sie schwieg. »Was haben sie mit Cristino gemacht, Benigno? Er lacht nicht mehr … Er stellt nicht einmal mehr seine seltsamen Fragen …«

Benigno trat näher zu ihr. Das Fenster war geöffnet, und draußen sangen die Amseln. Er nahm sich eine Birne, und während er sie wie einen Ball in die Luft warf und wieder auffing, sagte er:

»Maulwürfe. Ja … genau deswegen bin ich gekommen. Würde es dir etwas ausmachen, zum Kolonialwarenladen zu gehen und Maulwurfgift zu kaufen? Ich habe gehört, dass man Strychnin benutzen soll. Zumindest machen es die Bauern damit … Die Maulwürfe fallen über alles her.«

Olvido legte die Näharbeit zur Seite und sah ihn an.

»Strychnin.«

»Ja. Es wird im Dorf verkauft.«

»Gift?«

Benigno schloss das Fenster.

»Genau.«

Er biss in die Birne. Dann fügte er kauend hinzu:

»Ich habe mir übrigens überlegt, dass es im Moment besser wäre, das Dienstmädchen nicht zu entlassen.«

»Ach ja?«

Er wirkte nachdenklich, und schließlich sagte er, als dränge es ihn, auszusprechen, was er besser verschwiegen hätte:

»Die Kleine ist bei Bruna besser aufgehoben als bei jedem anderen. Hast du gesehen, wie sie sie mit Kartoffelbrei gefüttert hat? Wir werden auf der ganzen Welt niemanden finden, der sich so gut um unser Kind kümmert wie sie … Candela lacht, ist zufrieden, wächst, was können wir mehr verlangen? Nicht immer ist es die Mutter – und das sage ich nicht wegen dir, Olvido, denn du bist eine außergewöhnliche Mutter –, die am besten darauf vorbereitet ist, ein Kind großzuziehen.«

Angesichts dieser Aussage begann Olvidos Kinn zu zittern. Sie wollte ihrem Mann antworten, brachte jedoch kein Wort heraus.

»Aber du musst dir keine Sorgen machen«, fuhr Benigno fort. »Das Kind ist deine Tochter, und niemand wird sie dir wegnehmen. Und es wird auch niemandem auffallen, wenn es das ist, was dich belastet. Niemand wird es zu denken wagen, dass du auf ein Dienstmädchen eifersüchtig bist. Du bist tausendmal mehr wert als diese einfältige Landpomeranze.«

»Ja«, gelang es Olvido herauszubringen, »daran besteht kein Zweifel.«

»Ich überlege, ob wir nicht hier bleiben sollen … solange der Krieg andauert. Wir leben hier nicht schlecht …«

»Ja, wir leben hier nicht schlecht …«

»Also sind wir einer Meinung.«

»Sind wir.«

»Kauf zwei große Pakete Strychnin. Ich denke nicht, dass eines ausreichen wird. Habe ich dir schon gesagt, dass die Maulwürfe den Tomatengarten zerstört haben? Hier hast du Geld.«

Er reichte ihr einen Hundert-Peseten-Schein, und Olvido steckte ihn in ihre Rocktasche. Als sie das Haus verließ, sah sie die Katze, die mit gesträubtem Schwanz blinzelnd vor der Tür in der Sonne lag. Olvido war bereits weitergegangen, als sie stehen blieb und eine Weile nachdachte. Dann kehrte sie zu der Katze zurück, nahm sie auf den Arm, brachte sie zum Waschplatz und warf sie ins Wasser.

Die Katze miaute kläglich, während Olvido das Gartentor hinter sich zuzog.

Nach einem Kilometer Fußmarsch kam sie ins Dorf, das vollkommen menschenleer zu sein schien. Die Häuser, der Fluss, die Brücken und die Landstraße wirkten wie seit langer Zeit ausgestorben, als hätten sie nie zum Verbleib oder zur Durchreise eingeladen. Als Olvido um die Ecke bog, merkte sie, dass einige Fenster ruckartig geschlossen wurden. Dann begegnete sie drei Männern mit Pistolen im Gürtel, die einen Tross Gefangener abführten. Einem von ihnen verpassten sie gerade einen Schlag mit dem Gewehrkolben.

Olvido betrat den Kolonialwarenladen, und darauf bedacht, dass der Händler sie nicht beim Stehlen sah, nahm sie das Wenige, was vorhanden war, aus den Regalen, ein paar Dosen Oliven, Käse, einen Topfreiniger, ein hübsches Katzen- oder Hundehalsband – was machte es schon –, und versteckte die Sachen zwischen ihren Röcken. Dann ging sie zum Verkaufstresen.

»Ich hätte gern Strychnin«, erklärte sie.

Der Händler wandte sich um und griff nach einem Glas und einem Paket mit mehreren Kuverts, die auf einem Brett standen.

»Das haben wir in zwei Varianten«, sagte er: »im Glas und portionsweise in Kuverts. Ich nehme an, dass es für die Maulwürfe ist, oder? In letzter Zeit möchte jeder die Maulwürfe in seinem Garten töten.«

Olvido sah ihn an, ohne mit der Wimper zu zucken.

»Was ist denn effektiver?«, fragte sie.

»Wenn Sie das Glas nehmen, können Sie damit ein ganzes Regiment umbringen …«

»Dann nehme ich das Glas.«

Für den Rückweg wählte Olvido die längste Strecke. Der Sommer ging dem Ende zu, und es war kälter geworden. Die Wiesen wurden wieder grün, und nach den letzten Regenfällen im September war das Gras stark gewachsen. Sie ging geradeaus am See vorbei ins Umland des Dorfes. Die Sonne wärmte noch ein wenig, und das Wasser glitzerte so stark, dass es blendete. In der Ferne zeichneten sich Kastanien- und Eichenwälder ab.

Olvido setzte sich, mit dem Rücken an einen Baumstamm gelehnt, und überließ sich ihren Gedanken. Sie dachte an den knarrenden Schaukelstuhl, in den sich Bruna setzte, wenn sie Candela an besonders heißen Tagen stillte, und daran, wie ihre Tochter an den Brüsten des Dienstmädchens nuckelte, *mjam, mjam.* Und sie dachte auch daran, *knarr, knarr, mjam, mjam,* dass es ihrem Mann vollkommen egal war. Ihr Mann hatte gesagt, dass die Maulwürfe bis zum Tomatengarten vorgedrungen waren und dass diese Plage viel schlimmer sei, *mjam, mjam,* viel schlimmer noch als die Regenwürmer, und jetzt halte den Mund. Sie dachte, dass die dunkle Beklemmung, die sie in ihrem Herzen fühlte, auch eine Plage war, nein, es war keine Beklemmung, kein Schmerz, sondern nur ein schwarzes Loch, das alles, das ganze helle Licht der Welt, aufsaugte. Schließlich stand sie auf und kehrte nach Hause zurück.

Dort angekommen, begann sie gleich damit, das Strychnin auf der Erde im Garten zu verteilen; in diesem Moment spürte sie so viele und derart verwirrende Gefühle, dass sie nicht wusste, wie sie damit umgehen sollte. Ihre Gefühle vermischten sich mit dem dunklen Erdreich und dem frischen Geruch, der von dort aufstieg. Als etwa die Hälfte des Glases geleert war, ging sie ins Haus. Sie brachte die gestohlene Ware in die Küche, stieg in ihr Zimmer hinauf, verstaute den Rest des Giftes und suchte nach ihrem Mann. Schließlich fand sie ihn mit der Katze auf dem Schoß im Zimmer seiner Mutter.

»Alles erledigt«, sagte sie. »Im Garten gibt es keinen Zentimeter Erde mehr, der nicht mit Gift bestreut ist. Schau mal, was ich für Larpeira mitgebracht habe! Ein Halsband!«

Sie hielt ihm das Halsband hin, woraufhin ihr Mann sie mit untröstlichem Blick ansah.

»Was ist?«, fragte sie ihn. »Gefällt es dir nicht?«

»Jemand hat versucht, meine Katze im Brunnen zu ertränken. Zum Glück habe ich ihr Miauen gehört, bin hinuntergelaufen und habe sie herausgeholt.«

»Jesus!«, sagte Olvido und schlug die Hand vor den Mund. »Wer kann das gewesen sein?«

Don Benigno streichelte die Katze.

»Ich habe schon das Dienstmädchen befragt; sie schwört bei ihrer Mutter, dass sie es nicht gewesen ist.«

Olvido streichelte die Katze und legte ihr das neue Halsband an. Nach einer Weile verabschiedete sie sich und zog sich in ihr Zimmer zurück. Dort legte sie sich aufs Bett, bedeckte den Kopf mit dem Kissen und brach in Tränen aus.

Schließlich beruhigte sie sich wieder. Sie nahm in ihrem Inneren eine außergewöhnliche Veränderung wahr; plötzlich erschienen ihr viele Dinge logisch und erklärbar. Sie verstand Benignos Feigheit, der nicht in der Lage war, über den Selbstmord seiner Schwester zu reden. Sie verstand, dass, versteckt an diesem entlegenen Ort, wo niemand etwas von ihm wusste und wo er die meiste Zeit des Tages, hin und wieder weinend, im Bett verbrachte, ein Teil von ihm zufrieden war, dem Gefängnis und dem Tod entronnen zu sein. Dass dies jedoch ein bitterer Trost war, denn es änderte nichts an der Tatsache, dass es sein Ziel gewesen war, eine der derzeit stärksten politischen Parteien anzuführen. Stattdessen saß er nun in diesem Haus auf dem Lande fest, wo er seine verrückte Mutter und seine frustrierte, exzentrische Schwester ertragen musste. Er hatte eine Frau geheiratet und würde mit ihr viele weitere Jahre verheiratet sein. Und sie verstand, dass ihr ganzes Leben eine einzige nie endende Flucht vor der Angst war, die sie empfunden hatte, als sie mit acht Jahren an jenem heißen Nachmittag ihre Tanten, nackt und sich gegenseitig mit Butter bewerfend, in der Küche gesehen hatte.

An jenem Tag, an dem sie zum ersten Mal den Prankenhieb der Einsamkeit gespürt hatte.

Die Schatten wurden wieder länger. Die Tage entflohen eilig und brachten die langen Wintermonate mit. Die Elstern und die Fledermäuse erfroren in der Luft: Manchmal fielen sie mit einem dumpfen Geräusch zu Boden, *plock*. Die Zeit verging, ohne dass etwas anderes geschah, als dass es regnete, dass der Fuchs die Hühner angriff und die Schlange in den Stall eindrang, um an den Eutern der Kuh zu saugen. Bis langsam der Frühling kam – quakende Frösche und laue Tage –, der Sommer; und wieder der Winter.

Die Maulwürfe waren immer noch da. Dunkel, unnachgiebig und tatkräftig.

Und Candela wuchs heran.

Allerdings wuchs sie nicht an die Röcke ihrer Mutter geklammert heran, nicht einmal an die des Dienstmädchens. Bleich und schlaksig, wurde sie immer unabhängiger, und Bruna war nun nicht mehr ständig damit beschäftigt, sich um sie zu kümmern. Candela fand ihre eigene Art, sich zu beschäftigen: Sie stopfte sich mit Brombeeren voll, rannte durch die Wälder, spielte im Innenhof der Kirche allein für sich Himmel und Hölle, tötete Vögel, blies im Garten Frösche auf, riss den Heuschrecken die Beine aus und kochte sich fantasievolle Mahlzeiten aus dem Staub von den Flügeln zertretener Schmetterlinge. Niemals spielte sie mit anderen Kindern, und das nicht, weil es ihr an Gelegenheit fehlte.

Seit der kleine Cristino aus dem Krieg zurückgekommen war und nicht mehr auf Reisen ging, hatte er die seltsame Gewohnheit angenommen, die Kinder aus den Dörfern dafür zu bezahlen, dass sie ihm ihre kaputten Puppen brachten. Oft standen arme Kinder, meist ohne Schuhe und in schäbiger Kleidung, mit ihren alten Schätzen beladen vor der Tür und fragten nach ihm. Olvido gab ihnen Milch oder Brote und bemühte sich darum, dass sie mit ihrer Tochter spielten. Manchmal versammelten sich vor dem Haus so viele Kinder, dass sie an der Tür Schlange standen.

Doch Candela beobachtete sie nur; niemals spielte sie mit ihnen oder mischte sich unter sie.

Inzwischen waren mehr als drei Jahre vergangen, seit sie sich auf dem Gutshof eingerichtet hatten, der nun, trotz der anfänglichen Unbequemlichkeiten und der alltäglichen Vorfälle, vor allem für Bruna zu einem gemütlicheren Heim als das Haus in Santiago geworden war. An diesem Ort hatten sie, beinahe ohne es zu merken und mit nur wenig Kontakt in die Stadt, die Zeit des – stummen, feuchten, von Schreien verschonten – Kriegs verbracht. Nur manchmal erhielten sie durch den Holzschuhmacher, den Matratzenverkäufer, die Milchfrauen oder andere Leute, die vorbeikamen, Nachrichten von einem neuen Leben in der Stadt, das nicht zur Rückkehr einlud.

Und genau das war die Zeit, in der der Scherenschleifer zum ersten Mal auf dem Gutshof auftauchte.

Doña Olvido suchte erneut mit unruhigem Blick beide Seiten der Landstraße ab. Auf der einen Seite befand sich eine Weide mit Kühen, am grauen Himmel flogen ein paar Drosseln umher. Die wenigen Bauernhöfe, die in der Landschaft verteilt waren, reflektierten wie Spiegel das Licht. Im Hintergrund verschwand die Silhouette der sanften Berge im Nebel. Sie waren nur noch wenige Kilometer von Arzúa entfernt, und jedes Mal, wenn der Wagen bremste oder um eine Kurve fuhr, stieß das Bündel auf der Rückbank gegen das Fenster. Bruna wandte sich schlecht gelaunt um und befahl ihm, still zu sein (»Ruhe, du blödes Ding!«, sagte sie in mürrischem Ton). Sie sagte auch, dass sie, wenn es nicht endlich leise sei, seinen Kopf mit dem Holzhammer einschlagen würde.

»Das Einzige, was etwas bringt, ist, es richtig hinzusetzen, Worte versteht es nicht«, meinte Doña Olvido gleichmütig, den Blick fest auf die Straße gerichtet, während sie das Radio wieder anstellte.

»Oder es tut nur so, als ob es uns nicht hört …«, entgegnete das Dienstmädchen aufsässig.

Nach einer Weile, als Bruna wieder auf dem Beifahrersitz saß – sie hatte sich umgedreht, um das Bündel mit vollem Körpereinsatz wieder richtig hinzusetzen, und wäre beinahe gegen die Heckscheibe geschleudert worden –, war im Radio erneut von Cunqueiro die Rede. Bruna meinte, dass sie keine Ahnung habe, wer dieser Cunqueiro sei, und dass es ihr deswegen auch egal sei und er ihr den Buckel runterrutschen könne, worauf Doña Olvido erwiderte, dass Cunqueiro nicht nur Schriftsteller (»Das habe ich dir eben doch schon erklärt, aber du vergisst ja alles, weil es in deinem Kopf kein Vorher und kein Nachher, keine Vergangenheit und keine Zukunft gibt!«), sondern auch ein hervorragender Koch gewesen sei und viele Kochbücher verfasst habe und dass sie ihm allein schon deshalb Respekt entgegenbringen solle. So gebe es von ihm zum Beispiel ein Rezept für Steckrübenstängelsalat mit Spiegelei.

Bruna rückte die Tasche auf ihrem Schoß zurecht und sagte, dass man Steckrübenstängel niemals mit Spiegelei zubereite, sondern mit gekochten Eiern. Anschließend nahm sie ihr Gebiss heraus. Für eine Weile war sie, den Blick auf die Landschaft gerichtet und vor sich hin murmelnd, mit ihren eigenen Gedanken beschäftigt. Dann setzte sie sich das Gebiss wieder ein und wandte sich an Doña Olvido:

»Was haben Sie noch gesagt, war mir anzusehen, als ich zurückgekommen bin?«

Doña Olvido schaltete das Radio aus.

»Wovon, um Gottes willen, sprichst du denn jetzt schon wieder?«, entgegnete sie. »Wirklich, du bringst mich noch um den Verstand.«

»Als ich zurückkam, nachdem ich mit ihm zusammen gewesen war …«, erklärte Bruna mit sonorer Stimme.

»Mit dem Scherenschleifer?«

»Ja.«

»Ah, nach der Sache mit dem Scherenschleifer … Uff, der Scherenschleifer! Was du mir damit angetan hast!«

In all dieser Zeit konnte man Bruna keine schlechten Eigenschaften nachsagen. Genauso wenig wie Koketterie mit Männern, Liebeleien oder fleischliche Schwäche.

Allerdings war sie einmal verheiratet, zumindest schwor sie es, wenn auch nur ganz kurz.

Der Scherenschleifer kam nicht aus der Gegend. Zumindest dachten das alle, weil er eines Tages zum ersten Mal zum Gutshof kam und sich mit einem fröhlichen Pfeifentrillern ankündigte: »Der Scherenschleifer ist da, Señora. Ich schleife Messer und Scheren jeder Art. Der Scherenschleifer ist da; direkt vor Ihrem Haus.«

So lautete der immer gleiche Spruch, mit dem er seine Dienste anbot.

Gerade, als Bruna sich anschickte, die Bettlaken über den Rosmarinbüschen auszubreiten, sah sie ihn über den engen Weg herunterkommen und an der Gabelung haltmachen. Daraufhin ging sie ins Haus und kam mit mehreren Messern und einer Schere wieder. Während der Scherenschleifer das Schleifrad mit Hilfe eines Pedals, das die Räder drehte, in Gang setzte und die Metallstücke an den Stein hielt, erzählte er ihr lächelnd, dass er aus Nogueira de Ramuín komme und in Richtung Portugal unterwegs sei; und das war das Einzige, was sie von ihm erfuhr.

Das und dass er, außer Scheren zu schleifen, Töpfe, Pfannen, Messer und sogar Regenschirme reparierte; dass er einen zerknitterten, mit Öl befleckten schwarzen Anzug trug und dunkle Augen hatte, mit deren unruhigem, geheimnisvollem Blick er jeden bannte, der ihm begegnete.

Wenige Tage später packte Bruna ihren Koffer, wickelte ein Stück gesalzenen Speck und Maisbrot in Papier ein und ging mit ihm.

Das Dienstmädchen war weg, und die kleine Candela, die zu der Zeit etwa drei oder vier Jahre alt war, weigerte sich nicht nur, zu essen und zu spielen, sondern weinte unablässig und musste sich immer wieder übergeben.

Nach wenigen Tagen war das Kind in einen Teufelskreis aus Apathie und Abwehr geraten, hatte einen starren Blick, war abgemagert, als ob es sich innerlich verzehre, und sagte kaum noch ein Wort. Doña Olvido und ihr Mann befanden sich plötzlich in der gleichen Lage wie in der Zeit kurz nach der Geburt ihrer Tochter, an die sie sich kaum noch erinnern konnten.

Benigno ließ Don Ángelo da Pena kommen, der nur äußerst unwillig den Gutshof aufsuchte, da, wie er erklärte, die Falangisten Don Benigno noch immer im Fadenkreuz hätten.

»Ich will aufrichtig zu dir sein«, sagte der Arzt zu Benigno, kurz nachdem er eingetroffen war. »Ich bin wegen der Kleinen gekommen, bringe damit aber mein eigenes Leben in Gefahr. Sie wissen genau, wer du bist und was du getan hast, als du Mitglied des Verteidigungskomitees der Republik warst. Denen ist vollkommen egal, dass du die Seiten gewechselt hast, Benigno, und dass dein Name auf der Liste der ›großzügigen Spenden fürs Vaterland‹ steht, die hin und wieder veröffentlicht wird. Was denkst du dir denn? Dass das alles Idioten sind? Sie haben dich im Auge, und an deiner Stelle wäre ich sehr vorsichtig. Außerdem …«, er räusperte sich, »Außerdem wird viel über die Sache mit deiner Schwester und diesem Flüchtigen geredet. Mein aufrichtiges Beileid übrigens … Ich habe dir bisher noch nichts gesagt, weil … Wie auch immer, jedenfalls hast du die Tatsache, dass sie bis jetzt noch nicht hier gewesen sind, mir zu verdanken, damit das klar ist. Ich kümmere mich immer noch um die Nonnen in den Klöstern, ich kenne den Bischof, und sie wollen mich nicht verlieren.«

Für Candela konnte Don Ángelo allerdings nicht viel tun. Sie hatte stark abgenommen und kaum genug Kraft, um aus dem Bett aufzustehen, weshalb es jeden verwunderte, dass sie es schaffte, sich gegen die Untersuchung durch den Arzt vehement zur Wehr zu setzen. Kaum dass er Candelas weit aufgerissene Augen sah und ihre kalte Schlangenhaut berührte, erinnerte sich Don Ángelo an das Gespräch, das er mit Olvido geführt hatte, als sie ihn zum ersten Mal im Kloster Santa Clara aufgesucht und ihn gefragt hatte, ob das Blut oder, besser gesagt, die Muttermilch lebenswichtig sei.

Wie bei Don Ángelo üblich, begann er gleich, eine Reihe Fragen zu stellen, um mögliche Krankheiten auszuschließen. Neben den Eltern waren auch die Großmutter und der Onkel anwesend, die ihm alle Rede und Antwort standen. Nein, die Kleine hatte kein Fieber. Und keine Schmerzen. »Und auch keinen Husten!«, fügte Doña Pelagia hinzu, nein, Husten habe sie ganz bestimmt nicht!

»Haben Sie ihr in den Hals geschaut?« Nein, niemand hatte ihr in den Hals geschaut, aber sie hatte auch nicht über Halsschmerzen geklagt.

Don Ángelo nahm seine Brille aus der Tasche und setzte sie auf, dann suchte er in seinem Arztkoffer nach einem Zungenspatel, zwinkerte Candela zu und bat sie, den Mund zu öffnen.

Der Gesichtsausdruck des Kindes änderte sich nicht. Die Kleine ließ den Arzt nicht aus den Augen und hielt den Mund fest geschlossen.

»Er wird dir nicht wehtun«, sagte Doña Pelagia, »mach den Mund auf.«

Die Kleine schüttelte den Kopf.

»Los, er wird dir nicht wehtun«, sagte der kleine Cristino und öffnete selbst den Mund, wobei eine unergründliche Höhle mit vier schiefen gelben Zähnen sichtbar wurde sowie ein heftig gerötetes Gaumenzäpfchen.

Candela rührte sich nicht. Sie veränderte nicht einmal ihren Gesichtsausdruck. Allerdings ging ihr Atem schneller.

»Er wird dir nicht wehtun«, wiederholte Doña Pelagia.

»Mach endlich den Mund auf!«, schrie der kleine Cristino.

Candela riss die Augen auf, und ihre fest zusammengepressten Lippen kräuselten sich. Ihr Brustkorb hob und senkte sich. Don Ángelo, dem es zu viel wurde, die ganze Familie um sich zu haben, schickte den Onkel und die Großmutter nach draußen.

Die gehorchten unwillig, und an der Tür wandte Doña Pelagia sich noch mal um. Sie rang die Hände.

»Don Ángelo, um Gottes willen«, sagte sie, »verschweigen Sie mir nichts … Ich weiß, dass der Bazillus überall sein kann. Schicken Sie mich nicht hinaus, um mir die grausame Wahrheit zu ersparen, dass … Ich wage es kaum auszusprechen …, dass das Kind Blut spuckt.«

»Genau!«, bekräftigte Cristino. »Verschweigen Sie meiner Mutter nichts über das Blut!«

Der Arzt versicherte der Großmutter, dass das Kind kein Blut spucke und dass, wenn es irgendwann dazu kommen würde, sie die Erste sei, die davon erfahre. Daraufhin ging Doña Pelagia. Sie verschwand wie ein Schatten, ohne dass jemand mitbekam, wohin.

»Candela«, sagte der Arzt, als sie endlich allein waren. »Schau mal …«, fügte er hinzu und zeigte ihr den Zungenspatel. »Es geht nur darum, damit kann ich dir nicht wehtun. Mach bitte kurz den Mund auf und lass mich hineinschauen, danach lasse ich dich in Ruhe.«

Die Kleine bewegte die Augen, blickte zu einer Seite und dann zu der anderen, machte jedoch keine Anstalten, den Mund zu öffnen.

Dann geschah etwas, was niemand erwartete. Don Ángelo beugte sich nach vorn, um einen ihrer Arme zu fassen, als Candelas Hände nach vorn schossen und nach seinen Augen griffen, wobei die Brille durch die Luft flog und in einiger Entfernung auf dem Boden landete.

Schließlich gelang es den Eltern und dem Arzt, Candela niederzuringen und sich ihres Halses und ihrer Kiefer zu bemächtigen. Der Zungenspatel kämpfte sich bis zur Kehle vor. Von der Anstrengung heftig atmend, sah Don Ángelo kurz in den Hals und ließ das Kind gleich darauf los, das sofort wieder den Mund schloss.

Für eine Weile schwieg der Arzt verwirrt und nachdenklich, wobei er sich die Brille wieder aufsetzte, die er vom Boden aufgehoben hatte. Schließlich sagte er mehr zu sich selbst: »In meinem ganzen Leben habe ich so etwas noch nicht gesehen …«

»Nein«, verkündete er dann, an die Eltern gerichtet und noch immer verblüfft von dem, was er gesehen hatte. »Das scheint keine Krankheit zu sein, die sich mit medizinischen Mitteln bekämpfen lässt.«

Er verließ das Zimmer und musste sich im Eingangsbereich für einen Moment hinsetzen.

Olvido sah ihn erwartungsvoll an.

»Also, was wir hier haben …«, sagte er. »Wir haben hier ein Organ, das sich auflehnt, dass die vitale Synergie durchbricht und sich auflehnt. Es könnte besser sein, im Wasser zu schwimmen und zu atmen. Doch wenn die Mandeln eines Kindes sich in Bronchien verwandeln wollen, wird dieses Kind leiden.«

Olvido rührte sich nicht. Sie hatte kein Wort dieser Erklärung verstanden, dachte jedoch, dass alles vielleicht ihre Schuld war. Der Arzt legte ihr eine Hand auf die Schulter, und sie erschauderte. Dann raunte er ihr zu: »Sorgen Sie dafür, dass das Dienstmädchen zurückkommt. Das ist die beste Medizin.«

Olvido nickte. Dann entschuldigte sich Don Ángelo bei ihr, dass er sie im Kloster so unfreundlich empfangen habe. Er erklärte, dass viele der Nonnen krank gewesen seien, was ihn sehr erschöpft habe.

»Keine Sorge, Ángelo, ich verstehe das«, entgegnete Olvido knapp. Dann fügte sie hinzu: »Warum kommen Sie nicht an den Sonntagen zum Essen? Wäre es, um jeglichen Verdacht zu zerstreuen, nicht das Beste, wenn wir Sie öfter hier bei uns begrüßen dürften? Was machen Sie sonntags? Besuchen Sie dann auch die Klöster?«

Don Ángelo reagierte zurückhaltend auf den Vorschlag, versprach jedoch schließlich, wiederzukommen. Er wurde älter und immer schwerfälliger, sodass ein wenig Gesellschaft ihm guttun würde. Er meinte, nichts anderes mehr zu tun, als Sterbende abzuhorchen, Nachttöpfe zu inspizieren und befleckte Bettwäsche in den Händen zu halten. Und er fühlte sich einsam.

Die Tage vergingen, und Olvido ging in Candelas Zimmer ein und aus. Das Wetter machte es auch nicht besser: Ein heftiger Regen, der unverändert wie ein graues Tuch niederging, trübte Tage und Nächte.

Olvido dachte unaufhörlich an Bruna.

Was nicht nur an der Kleinen und diesem Zimmer lag, in dem es nach Apotheke und verschwitzten Haaren roch; das ganze Haus schien einer sträflichen Vernachlässigung anheimgefallen: Die Schlafräume waren staubig und stickig, die Betten mit ihren schmutzigen Laken und Decken wurden den ganzen Tag nicht gemacht; die Möbel waren mit Spinnweben bedeckt, die Böden schmutzig und glanzlos; der Herd blieb schmierig und von fest gewordenen Essensresten bedeckt, sooft man ihn auch schrubbte. Töpfe und Pfannen wurden kaum noch aus dem Schrank genommen, sodass sich Insekten darin eingenistet hatten. Die Wände waren von Schimmelspuren überzogen, und auf dem Speiseschrank standen Pakete mit Mehl und Zucker, die von Motten befallen waren. Alles ging den Bach runter. Unter den Hausbewohnern gab es niemanden, der gelernt hatte, allein zurechtzukommen, sie waren faul und nicht in der Lage, sich zu bemühen: Es wurde zu Unzeiten gegessen, und alles versank im Chaos.

Die Sachen des Dienstmädchens befanden sich fast alle noch an ihrem Platz, kaum etwas war fortgenommen worden. Eines Tages bemerkte Olvido, dass Cristino Brunas staubige, schmutzige Hausschuhe trug, die immer an der Haustür gestanden hatten. Dies zu sehen, machte sie ausgesprochen wütend: Was wollte er damit? Sie ging zu ihrem Schwager und verpasste ihm eine Ohrfeige. »Zieh sofort die Schuhe aus!«, befahl sie ihm. »Die gehören Bruna, und sie wird zurückkommen.« Der kleine Cristino gehorchte, ohne sich zu wehren.

Sie würde Bruna suchen, aber wo war sie? Wer war dieser Scherenschleifer, mit dem sie auf und davon gegangen war?

Keiner im Dorf hatte je von ihm gehört. Er war wie ein Geist.

Im Haus sprach niemand über Candelas Zustand, düstere Vorahnungen trübten die Stimmung, und der Pfarrer von Sobrado war bereits mehrfach da gewesen, um dem kranken Mädchen die Letzte Ölung zu erteilen. Olvido verbrachte den ganzen Tag im

Zimmer ihrer Tochter. Am Fuß ihres Bettes sitzend, versuchte sie, jedes Wort, jedes Geräusch, jedes Schweigen zu deuten. Und Doña Pelagia lauschte, nervös an ihrer Rockspitze nestelnd, an der Tür und fragte jeden, der vorbeikam, ob das Kind hustete oder Rückenschmerzen habe.

Eines Tages, als Olvido einmal kurz das Zimmer verließ, hielt Doña Pelagia sie auf.

»Ihr habt mich belogen«, sagte sie. »Sie hustet Blut, stimmt's? Sag mir die Wahrheit!«

Olvido sah sie befremdet an und schob sie zur Seite.

»Aber nein, meine Liebe, nein. Warum sollte sie Blut husten?«

»Schwörst du es mir?«, entgegnete ihre Schwiegermutter.

»Ich schwöre es. Geh rein und überzeug dich selbst.«

Doña Pelagia seufzte erleichtert. Dann betrat sie zum ersten Mal, nachdem der Arzt sie des Raums verwiesen hatte, das Schlafzimmer des Kindes. Am Fuß des Bettes stehend, wandte sie sich an ihre Enkelin.

»Candeliña«, sprach sie sie mit Grabesstimme an, während sie die Hände, die sie um die Stäbe des Bettgitters geschlungen hatte, auf und ab bewegte. »Ich werde dafür sorgen, dass es dir wieder gut geht, du wirst sehen. Und wenn du wieder gesund bist, verspreche ich dir, dass ich dir ein Fahrrad kaufe, wie es die Milchfrau aus Bríos hat, was meinst du, Candeliña?«

Endlich rührte sich die Kleine; zum ersten Mal seit langer Zeit lächelte sie.

Ein paar Tage später war im Garten eine Art Keuchen zu hören. Es hörte sich an wie ein weinender Säugling, eine quietschende Tür oder als ob jemand eine Gummipuppe zusammendrückte. Olvido ging nach draußen, um nachzusehen, was los war, und nachdem sie lange gesucht hatte, bot sich ihr ein erschütterndes Bild. Hinten im Garten, im Schatten des Magnolienbaums, hatte jemand die Katze vergraben, sodass nur ihr Kopf herausschaute. Während sie kläglich miaute, flogen ihr Blätter und Staub ins Maul, die der Wind über den Boden wehte.

Olvido kniete sich auf den Boden und machte sich eilig daran, die Katze auszugraben, wobei das völlig verschreckte Tier sie wild anfauchte. Als schließlich die gesamte Erde, die die Katze bedeckte, entfernt war, schnellte das Tier wie ein Springteufel aus seinem Grab, stürzte sich auf Olvido und zerkratzte ihr die Wange.

Nachdem Olvido eine ganze Weile heftig atmend neben der feuchten, aufgewühlten Erde gesessen hatte, ging sie mit der festen Absicht ins Haus, herauszufinden, wer der Katze dies angetan hatte.

Sie befragte jeden, bis der kleine Cristino schließlich ängstlich gestand: Es sei seine Mutter gewesen, die auf den Rat der Hexe Serafina hin die Katze begraben habe, um Candela vom *aragaño* zu heilen.

»Vom was?«, fragte Olvido.

»Von der Katzenkrankheit …«, erwiderte Doña Pelagia, an ihren Röcken nestelnd. »Serafina, die Näherin, hat gesagt, dass Candela erst wieder gesund wird, wenn wir die Katze verhungern lassen … und dass sie lebendig begraben werden muss, nur der Kopf dürfe hervorsehen.«

Es stimmte, dass Serafina am Morgen ohne ersichtlichen Grund, also ohne einen Auftrag erhalten zu haben, im Haus gewesen war, schoss es Olvido durch den Kopf. Sie war da gewesen, hatte mit Doña Pelagia geflüstert und war wieder gegangen.

Doña Pelagia nestelte noch immer an ihren Röcken.

»Es war zum Wohle des Kindes, Olvido. Du siehst doch, wie dünn Candela ist und dass sie keinen Appetit hat, oder?«

»Zum Wohle des Kindes? Zum Wohle des Kindes habt ihr die Katze lebendig begraben? Glaubst du etwa auch an diese *meigadas*, diese Hexenbräuche? Das werde ich sofort deinem Sohn Benigno erzählen! Du wirst schon sehen!«

Daraufhin fiel Doña Pelagia auf die Knie und flehte sie an, dass sie dies nicht tun solle, dass sie ihm nichts davon erzählen solle, da er sie gewiss umbringen werde. Doña Pelagia flehte ihre Schwiegertochter so inständig an, dass sie Olvido leidtat. Vorerst würde sie ihm nichts erzählen … doch wenn so etwas noch einmal vorkommen sollte, bliebe ihr keine andere Wahl.

Olvido hatte noch nie so viel Zeit mit ihrer Tochter verbracht. Nur am späten Abend erlaubte sie sich, ein wenig in den Garten hinauszugehen, um etwas von dem Strychnin auf dem Boden zu verteilen. Die Maulwürfe tauchten im Morgengrauen auf, und wenn sie am späten Abend das Gift verstreut hatte, konnte sie am Morgen die Kadaver einsammeln.

Eines Nachts, als sie im Mondlicht das tödliche Gift verteilte, hielt sie inne und betrachtete die Erde, die, während sie aufgewühlt wurde, leicht dampfte und den ockerfarbenen Geruch nach feuchten Blättern ausdünstete. In der Nähe des Hauses flogen die Fledermäuse fast auf Bodenhöhe umher, stießen ihre Schreie aus und prallten gegen die Wände. Olvidos Herz wollte ihr irgendetwas sagen, was sie nicht verstand, denn sie spürte, dass es so heftig schlug wie nie zuvor. Sie dachte daran, was für ein vergeudetes Leben sie führte, in dem ein Tag war wie der andere: Am Abend verteilte sie das Gift, um am Morgen die toten Maulwürfe zu finden, sammelte sie in einem Korb und begann wieder von vorn. Hier versteckt, weit weg von allem und allen … Was ließ sie so weitermachen? Der Wunsch, den Krieg zu überstehen? Das Haus? Ihr Mann? Sie hob den Blick in Richtung des Zimmers, in dem ihre kranke Tochter ruhte. Dort. Nein. Dort. Da war es. Es bewegte sich. Ihre Tochter? Nein. Da war etwas. Sie konnte es sehen. Nein. Das war nicht ihre Tochter. Sie würde lieber noch etwas warten. Dort. Ja. Dort war es, und plötzlich durchzuckte es sie wie ein Blitz: Es war die Angst.

Die Angst, Candela zu verlieren.

Die Angst, ihre Tochter zu verlieren, die universelle Angst aller Mütter, die am meisten verbreitete und furchtbarste Angst überhaupt.

Die Angst, die mitten in der Nacht wahrzunehmen war wie das Lachen eines Raubtiers. Eine Angst, die blieb, für immer, lauernd, still, ungezähmt, die sich ins Gewissen bohrte, wie diese Maulwürfe sich in die Erde gruben, und sich vom Mark des Lebens nährte wie die Maulwürfe von dem Gift.

Den Blick auf das Zimmerfenster ihrer Tochter gerichtet, unter dem von Sternen übersäten Himmel, dachte Olvido an all das, und auf einmal erkannte sie zum ersten Mal in ihrem Leben, was Liebe war.

Sie spürte es an irgendeinem verborgenen Ort ihres Körpers, an einer Stelle, die dem Denken vorgelagert war, wobei sie es nicht mit dem Kopf, sondern mit dem Bauch fühlte. Sie bemerkte einen Stich im Magen, fühlte es bis zum Hals, der ihr ganz eng wurde.

Die Liebe zu ihrer Tochter war dort, in ihrem Bauch, dicht neben der Angst. Vielleicht konnte dieses Haus und das, was mit seinen Bewohnern geschah, nun berichtigt werden, wenn man dem eine Gelegenheit gab. Sie war die Mutter, die Frau, die das korrigieren musste, was dort geschah. Diese Angst konnte einen Sinn haben, sie spürte es in sich. Ahnte sie es in diesem Moment bereits?

Nicht viel später, an einem windigen Morgen tauchte plötzlich Bruna wieder auf. Mit ihrem braunen Koffer und mehreren Plastiktüten beladen. Mit wirrem Haar.

Niemand sollte je erfahren, was in der Zeit, da sie weg gewesen war, geschehen war. Als ihre Herrin ihr die Tür öffnete, sagte sie nur: »Ich bin's, Señora, ich bin wieder da.« Daraufhin ging sie in ihr Schlafzimmer und schloss die Tür ab.

Man hörte sie in den Tüten wühlen, die sie mitgebracht hatte. Dann öffnete sie abrupt die Tür, verließ den Raum, band sich die Schürze um und begann, in der Küche zu hantieren.

Niemand hatte ihr gesagt, dass das Kind krank war und zu sterben drohte, doch kaum hatte Bruna sich die Schürze umgebunden, ging sie zu der Kleinen ins Zimmer, als hätte sie es bereits gespürt. Als Candela ihre Stimme hörte, richtete sie sich auf und streckte die Arme aus. Ihre Augen glänzten, und so blass und in die Decke gewickelt sah sie aus wie ein Gespenst. Bruna nahm sie auf den Schoß, hauchte sie mit ihrem Knoblauchatem an und drückte sie an die Brust, wie sie es immer getan hatte. Alle anderen schickte sie aus dem Zimmer.

Das Kind schlief vierzehn Stunden am Stück, und am nächsten Morgen gab Bruna der Kleinen mit der Gabel zerdrückte Kichererbsen, die sie mit Genuss aß. »Bald wirst du wieder hübsch, gesund und kräftig sein«, flüsterte Bruna ihr zu.

Candela war noch zu schwach, um zu sprechen, doch sie begann zu essen.

Nach wenigen Wochen hatte sie sich zur Freude aller wieder erholt. Und das Erste, was sie tat, war Doña Pelagia nach dem Fahrrad zu fragen, das sie ihr versprochen hatte.

Ihre Großmutter war im Nähzimmer und zog die Schaufensterpuppe um.

»Ein Fahrrad?«, fragte Pelagia und ließ die Puppe einen Moment los. Dann hob sie sie an und trug sie zum Fenster.

»Du hast mir genauso eins versprochen, wie die Milchfrau aus Bríos hat, wenn ich wieder gesund werde«, entgegnete die Kleine.

Doña Pelagia setzte die Schaufensterpuppe auf einen Stuhl. Anschließend griff sie sich in den Dutt, wodurch sie die Haarsprayschicht zerstörte, die ihn zusammenhielt.

»Sieh mal, wie hübsch deine Tante heute ist«, sagte sie nur.

Das Kind dachte eine Weile nach.

»Ich will das Fahrrad haben! Du hast es mir versprochen!«, wiederholte Candela dann, ohne den Kommentar ihrer Großmutter zu beachten.

Doña Pelagia strich der Schaufensterpuppe zärtlich über die Wange und wandte sich wieder an ihre Enkelin.

»Ui, also ich erinnere mich nicht, *neniña*. Das Wichtigste ist doch, dass es dir wieder gut geht. Und vor allem: dass du nicht hustest …«

Der Volkswagen eierte um eine Kurve und ließ die Straße nach Curtis hinter sich. Bruna rutschte auf ihrem Sitz hin und her. Dann sagte sie:

»Ich musste bei ihm bleiben … Er konnte Pfannen reparieren. Einmal hab ich gesehen, wie er mit einem automatischen Hammer einen Kessel ausgebeult hat, den jemand weggeworfen hatte – stellen Sie sich vor, in den Müll! – und der nachher wieder aussah wie neu. Und das Haus, das er hatte … Das Haus war spektakulär!«

»Niemand hat es dir verboten. Wir haben nicht einmal nach dir gesucht«, entgegnete Doña Olvido. »Du bist gegangen, weil du es wolltest. Aber so toll kann es nicht gewesen sein, da du nach zwei Wochen ja wieder da warst. Hat er dich jemals angefasst?«

»Das Badezimmer war gefliest …«, fuhr Bruna mit verträumter Stimme fort, ohne auf die Frage zu achten, »und die Küche auch. Sogar der Boden im Innenhof war gefliest. Das Waschbecken war gefliest. Die Toilette war gefliest. Die Fliesen waren überall gleich. Nirgendwo anders gab es so perfekte Fliesen …«

»Das hast du mir schon tausendmal erzählt!«, fiel die Señora ihr ins Wort. »Und jetzt hält dich auch keiner zurück. Zu ihm kannst du jetzt wohl nicht mehr gehen, aber zu Carmucha und deiner funkelnagelneuen Ausstattung, falls du krank werden solltest, schon, dann halte ich an, und du steigst aus. Wobei ich dir sage, dass die dich nur aufnimmt, weil sie an deine Ersparnisse denkt. Das hat mit wahrer Zuneigung nichts zu tun.«

»Wahre Zuneigung ist Mist«, verkündete Bruna.

Stechginster, ein Brunnen, rote Hühner und ein Haus mit einem halb kahlen Feigenbaum. Die *chorima*, der blühende Stechginster, weckte ihre Lebensgeister. Olvido nahm eine andere Abzweigung, und sie fuhren schweigend weiter. Kein anderes Auto war in Sicht, und durch die schlecht geschlossenen Fenster pfiff der Wind.

»Hör mal, Bruna«, sagte Doña Olvido schließlich. »Ich will dir eines sagen, denn Gleichgültigkeit ist genauso übel wie sentimentale Tränen. Falls du es nach allem, was ich zu dir gesagt habe, noch immer nicht kapiert hast …« Sie streckte den Arm aus und berührte die Wange ihres Dienstmädchens. »Ich habe dich gern. Uff, jetzt ist es gesagt. Endlich! Ich hätte es dir schon früher sagen sollen, viel früher. Aber ich hatte Angst. Angst davor, dich gern zu haben. Angst davor, dass du gehst, dass du mich wie alle anderen verrätst. Außerdem habe ich nicht gewusst, dass die Liebe ein gieriges Tier ist, das jeden Tag gefüttert werden muss.«

Bruna schob entschieden die Hand von ihrer Wange. Beleidigt wandte Doña Olvido das Gesicht nach vorn.

»Nicht einmal deine Mutter, die dich zwischen einer Schachtel Zigaretten und dem Katzenkot wählen ließ, nachdem sie dich beim Rauchen erwischt hat, hat dich so geliebt, wie ich es tue.«

Eine unbequeme Stille setzte ein. Doña Olvido sah aus dem Augenwinkel auf Bruna und stellte fest, dass sie feuchte Augen hatte, wobei sie nicht wusste, ob das an ihrer Liebeserklärung lag oder an der Erinnerung an ihre Mutter. Als sie so das Gesicht ihres Dienstmädchens betrachtete, fiel ihr auf, dass Bruna noch hässlicher und älter aussah als zuvor. Es war tatsächlich noch schlimmer geworden.

»Du hast noch nie so jung und so hübsch ausgesehen«, sagte sie.

Brunas Mundwinkel begannen zu zittern.

»Übrigens …«, fügte Olvido hinzu, um zu vermeiden, dass sie in Tränen ausbrach, »wofür hast du dich entschieden, den Katzenkot oder die Zigaretten?«

Bruna wischte sich mit dem Kleid über die Nase und die Augen.

»Den Katzenkot«, sagte sie dann.

»Gut gemacht. Ich habe dir gesagt, dass wir uns ständig streiten, aber keine von uns könnte ohne die andere leben, wir wären niemand ohne … Den Kot? Du hast tatsächlich Katzenkot gegessen?«

»War ein Witz. Ich habe die Zigaretten gewählt.«

Das Dienstmädchen begann zu lachen, wobei ihre Schultern bebten und sich ihre Augen mit Tränen füllten. Lachte oder weinte sie?

»Jedes Leben hat einen Sinn, und der unsere ist, für immer zusammen zu bleiben«, sagte die Señora plötzlich.

Brunas Lächeln gefror. Sie wandte den Kopf und blickte auf das Bündel auf der Rückbank. Leicht panisch sagte sie:

»Es ist noch drin, oder? Sonst bin ich nicht länger dabei.«

»Ganz ruhig, meine Liebe«, entgegnete Doña Olvido mit einem zufriedenen Blick in den Rückspiegel. »In über vierzig Jahren hat niemand Hand an dieses Ding gelegt. Alles ist noch genauso wie damals, als wir es versteckt haben. Das Innere auch.«

»Ich habe Angst, Señora«, sagte Bruna.

»Ich weiß.«

Bruna schloss die Augen und verharrte unbeweglich. Wasser. Da war es wieder, das leichte Zittern, die Metallkiste, Löffel und Gabeln, die nach oben hin ins Licht wirbelten … Das ganze Wasser des Sees in ihren Ohren, sodass sich alles drehte, und die toten Vögel im tosenden Inneren ihres Kopfes. Und jemand unter ihren Lidern.

Mit einem leichten Zittern entfloh sie dem Spuk.

»Es wird uns gut gehen, stimmt's, Señora?«

»Wird es.«

»Und wir werden nicht leiden.«

»So ist es.«

»Weil wir ›das dahinten‹ dabeihaben.«

»Ja … weil wir ›das dahinten‹ dabeihaben.«

Bruna seufzte und richtete sich ein wenig auf. Dann sagte sie, die Nase rümpfend:

»Señora, finden Sie nicht, dass es irgendwie verbrannt riecht?«

Candela wurde älter, und mit der Zeit entstand eine Verbindung aus stiller Zärtlichkeit zwischen ihr und Bruna, die hauptsächlich den Träumen des Dienstmädchens entsprang.

Das Kind wich nicht von ihrer Seite. Bruna erzählte der Kleinen Geschichten und unterhielt sie mit unendlichen Monologen, die sie mit Liebkosungen anreicherte. Wenn sich die Gelegenheit bot, zum Beispiel, wenn die Kleine fröhlich durch den Garten lief oder in einem Glas Insekten sammelte, ging Bruna in ihre Dachkammer hinauf, schloss die Tür, kniete sich vor einen kleinen Altar, den sie selbst dort errichtet hatte, und sandte ein Flehen in den Himmel. Sie sehnte sich danach, in diesem Kind die Wiedergeburt dessen zu finden, was einmal ein Teil ihrer selbst gewesen war, ihres eigenen Fleisches und Blutes, und erträumte sich für Candela hehre Ziele, sah sie bereits erwachsen vor sich, hübsch, intelligent, als Rechtsanwältin oder sogar – warum nicht? – als Ärztin oder Ingenieurin.

Ihre Fürsorge bestand im Grunde darin, aus dem Kind eine beispielhafte Frau zu machen (»Du musst essen, lernen, eine Frau werden«, sagte sie jedes Mal, wenn Candela ihr über den Weg lief), und wenn aus der Kleinen eine wohlbeleibte Frau würde, der man ansah, dass sie niemals Hunger gelitten hatte, umso besser. Als Candela noch sehr klein war, hatte sie ihr drei Paar Strumpfhosen übereinander angezogen, um allen zu zeigen, wie gut sie aß und welch stramme Beinchen sie hatte, oder sie hatte ihr immer wieder in die Wangen gekniffen, um deutlich zu machen, dass sie tatsächlich ein »hübsches, molliges, prächtiges Kind« war. Und als Candela etwas älter war und sich gegen die Strumpfhosen und die Kniffe wehrte, verfolgte sie sie durchs ganze Haus mit ihren gezuckerten oder mit Schokolade belegten Butterbroten – Schokolade, die sie neben Kuchen, Empanadas und Puddingteilchen ganz hinten im Speiseschrank versteckte, damit die anderen Hausbewohner sie nicht fanden, sodass sie irgendwann schlecht wurden, oder sie legte ihr Magdalenas zurück und zum zweiten Frühstück ein anständiges Stück Fleisch.

Das Kind gab ihr diese Zuneigung zurück, und als es noch klein war, bestand eine seiner Lieblingsbeschäftigungen darin, sich in ihrem Zimmer Fotos anzusehen oder mit den Porzellanfiguren, den Medikamenten oder den Stofftieren auf Brunas Nachttisch zu spielen.

Die Kammer war in Wirklichkeit der Dachboden des Gutshofes. Auf der einen Seite stand ein Schlafsofa mit einem mit Maisblättern gefüllten Sack als Matratze. Jeden Morgen verwandelte Bruna das Bett wieder zum Sofa, indem sie es zusammenklappte, die Bettwäsche in einer Schublade versteckte, die Matratze herumdrehte, alles zumachte und zurechtrückte und es mit einer Tagesdecke und ein paar Kissen bedeckte, sodass keine Spur von der vergangenen Nacht zu erkennen war. Auf der anderen Seite des Raumes wurden Gerümpel und die Vorräte des Hauses gelagert: eingemachte Kirschen, Bettwäsche, Kartoffeln mit dicken violetten Keimen, das Brautkleid der Gutsbesitzerin, alte Kleidung mit Mottenkugeln und Körbe mit duftenden Äpfeln.

Im schwachen Licht einer kleinen Glühbirne zeigte Bruna Candela den heiligen Rochus von Montpellier mit dem Hund, der seine Wunde leckte, den Nähkasten und die Heiligenfiguren aus Gips, und sie nahm die zwei oder drei Fotos heraus, die sie von ihren Brüdern hatte. Das Foto, für das sich Candela am meisten interessierte, war ein sehr abgegriffenes des Scherenschleifers, der darauf lächelnd mit seinem Riemen, den Messern und den Scheren posierte. Bruna zeigte der Kleinen auch das Foto, auf dem, wie sie erklärte, »ihr Haus« zu sehen war, und erzählte ihr immer wieder, wie es innen aussah, mit den Fliesen und allem anderen im Badezimmer.

Ihr Haus.

Ihr Haus, in dem Bruna nur zwei Wochen ihres Lebens verbracht hatte.

»Warum bist du weggegangen?« Auf einmal war das Mädchen beim Betrachten der beiden Fotos sehr ernst geworden. Auch wenn Candela noch sehr klein gewesen war, als Bruna verschwand, hatte sie doch in irgendeinem Winkel ihres Seins ein gewisses Unbehagen, wenn nicht die Erinnerung an das schmerzhafte Gefühl des Verlassenseins bewahrt.

Doch Bruna sprach niemals über dieses Thema, sie zuckte lediglich mit den Schultern. Candela wandte sich wieder dem Foto des Scherenschleifers zu.

»Was ist das?«, fragte sie und wies auf zwei Werkzeuge neben dem Riemen.

»Der Hammer und die Messlatte, und das hier ist eine Zange«, antwortete Bruna stolz, »und das ist ein Amboss aus Eisen, um die Scheren und Messer zu reparieren, wenn sie verbogen sind. Und das ist ein Blecheimer, um Wasser hineinzufüllen.«

Die Kleine sah sich das Bild ein paar Sekunden lang schweigend an. Unter ihrer kleinen weißen Bluse schlug ein wehes Herz.

»Er ist sehr hässlich«, sagte sie schließlich und gab Bruna das Foto zurück.

Beide legten sich ins Bett. Und in der feuchten Dunkelheit erzählte Bruna Gutenachtgeschichten, damit das Kind einschlief. In Brunas Geschichten – in Wahrheit handelte es sich immer um die gleiche Geschichte in unterschiedlichen Varianten – ging es um die berühmte Frau, die »die Alte mit dem Sack« genannt wurde, da sie einen Sack von beachtlichem Umfang auf dem Rücken trug, den niemand anzurühren wagte, da er sehr heiß war. Keiner hatte je gesehen, dass sie etwas hineintat oder herausnahm, doch alle wussten, dass sich darin die Hölle befand. Die Alte sprach nie mit Erwachsenen, sie mochte nur die Kinder, und sie sagte ihnen: »Wartet ab und ihr werdet schon sehen, wohin ihr kommt, wenn ihr nicht brav seid …«

Da die Familie zu der Zeit nicht die Absicht hatte, nach Santiago de Compostela zurückzukehren, erkundigten sich Candelas Eltern nach der Schule im Dorf. Diese befand sich auf dem großen Dachboden eines Hauses, dessen Bewohner nach Venezuela ausgewandert waren. Unten gab es einen Hof, in dem nun keine Tiere mehr lebten und wo die Kinder ihr »kleines Geschäft« verrichten konnten (für größere Geschäfte musste man um die Erlaubnis bitten, »aufs Feld« gehen zu dürfen). An der Wand hingen ein Kruzifix und eine Karte von Spanien. Der Lehrer war ein armer Mann, dem ein halbes Ohr und fast alle Zähne fehlten.

Bruna begleitete das Kind morgens zu Fuß dorthin und holte es am Nachmittag wieder ab. Da Candela niemals Hunger oder Durst hatte, bereitete Bruna ihr seit ihrem fünften Lebensjahr ein Frühstück zu, das aus Milchkaffee und einer großen gerösteten, mit Öl bestrichenen Scheibe Brot bestand, die sie auf dem Weg zur Schule verspeiste. Zum Abschied steckte das Dienstmädchen Candela eine weitere Scheibe Brot in die Tasche und sagte: »Du musst essen, lernen und eine vorbildliche Frau werden.« Wenn sie die Kleine am Nachmittag abholte, brachte sie ihr jedes Mal einen Imbiss mit und ging mit ihr zum Spielen an den See.

Obwohl Bruna selbst nur über ein spärliches Grundwissen verfügte, war sie diejenige, die Candela bei den Hausaufgaben betreute und ihre Fortschritte verfolgte. Dem Mädchen fiel das Lernen nicht leicht, sodass Bruna mit Don Pedro Nogueira, dem Pfarrer im Dorf, sprach und ihn bat, Candela zu Hause zu unterrichten. Wenn der Privatunterricht zu Ende war, kam Bruna mit einer Dose Linsen, Suppe oder Braten, die sie dem Pfarrer übergab (»Bitte nehmen Sie das, Padre, man kann ja nicht immer arbeiten.«), während er ihr erklärte, welche Fortschritte das Kind mache, was sie sich nickend anhörte, ohne ein Wort von dem, was er sagte, zu verstehen.

Es war bereits eine ganze Weile her, dass Candela so krank gewesen war, aber noch immer forderte sie jedes Mal, wenn sie ihre Großmutter sah, das versprochene Fahrrad. Doch Doña Pelagia hielt sie hin – »Wann soll das gewesen sein? Mhm?« –, woraufhin Bruna die alte Frau hasserfüllt ansah.

Um ein wenig Geld zu sparen, begannen das Kind und das Dienstmädchen, getrocknete Aprikosen, Früchtebrot, *filloas* – dünne Eierkuchen – und Biskuitrollen zuzubereiten, um sie im Dorf an den Haustüren zu verkaufen.

Dafür begaben sie sich an den Tagen, an denen kein Unterricht stattfand, am frühen Morgen in die Küche und verließen sie erst, wenn es dunkel wurde. Candela schlug die Eier auf, rührte den Teig und wog die Zutaten ab. Bruna ging im Raum auf und ab und schimpfte und klagte vor sich hin, wobei sie nebenbei den Teig knetete und die richtige Menge Zucker hinzufügte. Am späten Nachmittag war das ganze Haus mit köstlichen süßen Düften erfüllt. Davon angezogen, erschien der kleine Cristino in der Küche. Zum Schein tat er so, als nähme er sich ein Glas, oder er tastete, angeblich auf der Suche nach seinem Tabak, über die Regale. Wenn Bruna die Küche einmal kurz verließ, schoss seine Hand vor, und er griff nach einer getrockneten Aprikose, die er bei ihrer Rückkehr bereits im Mund hatte.

»Du hast ja nichts weggenommen, Cristino, oder?«

Und er mit vollen Wangen, als wäre er ein Eichhörnchen:

»Aber nein!«

Bruna und Candela luden die Köstlichkeiten auf einen Handwagen und gingen los, um sie von Tür zu Tür zu verkaufen. Am Abend stieg Candela zum Dachboden hinauf, in dem Bruna schlief, und ging mit ihr gemeinsam zu Bett. Dort lagen sie dann, rieben die Zehen ihrer nackten Füße aneinander und zählten auswendig auf, was sie am folgenden Tag einkaufen mussten: eingelegte Kirschen und Vanille, Rosinen und Nüsse, Mehl und Zucker. Das Geld, das sie sparten, versteckten sie zusammen mit anderen Schätzen – besonders schönen Steinen oder Zwillingseicheln – in einem Glas unter einem losen Bodenbrett.

Eines Abends trat Olvido ins Zimmer. Candela und Bruna hatten gerade den Inhalt des Glases aufs Bett geschüttet und zählten das Geld: alte, zusammengerollte Scheine, Münzen im Wert von fünf Patacones und vor allem Céntimos, viele Céntimos.

»Was macht ihr denn da?«, fragte Olvido und warf einen Blick auf die beiden. Olvidos Zimmer hatte ihre Tochter noch nie von sich aus betreten, außer um ihr etwas mitzuteilen und gleich wieder zu gehen. Als sie die beiden nun so sah, wie sie glücklich und vereint vor dem Glas saßen, spürte sie erneut jenes schmerzhafte Rumpeln, als ob jemand in ihrem Inneren Tische, Stühle oder andere Möbelstücke verschöbe.

Candela steckte eilig das Geld wieder in das Glas und verschloss es.

»Nichts«, antwortete sie. »Ich wollte gerade gehen …«

In Olvidos Augen war dieses Von-Haus-zu-Haus-Ziehen, um irgendwelche Dinge zu verkaufen, schlimmer als betteln, und sie versuchte, es zu unterbinden. Eines Tages erklärte sie ihrer Tochter, dass sie nicht den ganzen Tag zusammen mit dem Dienstmädchen verbringen könne und schon gar nicht, um diesem bei der Arbeit zu helfen.

»Warum?«, wollte Candela wissen.

»Weil eine Señorita sich nicht in Gesellschaft der Dienerschaft zeigen sollte«, sagte Olvido.

Candela sah aus, als hätte sie kein Wort verstanden.

»Was ist die ›Dienerschaft‹«, erkundigte sie sich.

Worauf ihre Mutter keine Antwort gab, nicht weil sie nicht wollte, sondern weil sie nicht wusste, was sie sagen sollte.

Die Zeit verging, und der Krieg war schon eine ganze Weile vorbei. Eines Morgens rief Doña Pelagia alle zusammen, um ihnen zu erklären, dass nun, da es Passierscheine für Reisen gebe, ihr Sohn Cristino wieder nach Paris fahren würde. Nach Paris? Ja. Nach Paris.

An jenem Nachmittag, kurz bevor Cristino aufbrach, trat Candela in sein Zimmer. Es hatte ihr immer sehr gefallen zuzusehen, wenn er den Kindern aus dem Dorf die kaputten Puppen abkaufte, und nachdem sie vor einer Weile seine ganze Sammlung entdeckt hatte, schlich sie sich manchmal in Cristinos Zimmer, um die Puppen zu betrachten, obwohl sie ihr ein wenig unheimlich waren und sie es nicht wagte, irgendetwas zu berühren.

Als Cristino, der gerade seinen Koffer packte, die Tür quietschen hörte, wandte er sich erstaunt um.

»Du fährst nach Paris?«, fragte das Mädchen von der Tür aus und wiederholte damit, was es gehört hatte.

»Genau, nach Paris«, sagte er. Er hatte eine Reihe Puppen vor sich auf dem Tisch liegen und liebkoste sie, indem er mit seinen dicklichen roten Fingern durch ihr dichtes Haar strich.

»Weil du deine Zahnbürste vergessen hast …«, fügte Candela hinzu.

«Genau«, sagte er und küsste eine der Puppen auf die Stirn.

»Und den Regenschirm …«

»Den Regenschirm auch.«

Candela trat näher und blieb vor ihm stehen. Dann streckte sie die Hand aus und streichelte ihm mit überraschender Zärtlichkeit über die Wange. Eine Weile sahen sie sich schweigend an.

Dann richtete das Mädchen den Blick auf die Puppen. Sie alle waren sehr sauber und schliefen, und es faszinierte das Kind zuzusehen, wie die Finger ihres Onkels vorsichtig ihr Haar entwirrten und dabei elektrische Funken sprühen ließen. In diesem Moment kam Olvido hinzu, um ihre Tochter zu holen, blieb jedoch in der Türöffnung stehen und hörte zu, wobei keiner der beiden sie bemerkt zu haben schien.

»Ich gebe dir meine Zahnbürste …«, sagte Candela mit der Logik eines kleinen Kindes. »Dann musst du nicht weggehen.«

»Doch, muss ich«, entgegnete Cristino. Er ging zur Kommode hinüber, auf der die Nähmaschine stand, öffnete eine der Schubladen und nahm ein Fläschchen Nagellack heraus. »Da ist ja noch der Regenschirm, weißt du? Und es könnte regnen … Es *muss* regnen.«

»Ja …«, sagte die Kleine.

Cristino setzte sich hin, legte eine Hand auf den Tisch und begann, sich die Fingernägel rot zu lackieren. Seine Nichte sah fasziniert zu. Als er fertig war, pustete er sich auf die Hände, damit der Lack trocknete, und stellte das Fläschchen zurück in die Schublade. Dann ging er zum Schrank hinüber und nahm die Schaufensterpuppe heraus, die sie immer für die Anproben benutzt hatten und die sie seit Conchitas Tod nur noch von einer Stelle im Haus an die andere trugen. Die Gelenke der Puppe quietschten leise, als Cristino sie jetzt an seine Brust drückte. Dann schleppte er sie in die Mitte des Raums und bewegte die steifen Arme nach unten. Die Puppe trug eine schwarze Spitzenbluse aus Musselin, die auf dem Rücken mit zwei Heftklammern befestigt war, und hatte Echthaar und Glasaugen wie die anderen Puppen. In den Augen spiegelte sich das traurige, vorzeitig gealterte, welke Gesicht ihres Onkels.

»Es muss *in Strömen* regnen«, wiederholte er plötzlich und strich der Schaufensterpuppe übers Haar.

Beide schwiegen, und in diesem Moment betrat Olvido das Zimmer, immer noch ohne dass die beiden es bemerkten. Candela betrachtete die Schaufensterpuppe misstrauisch. Plötzlich sagte sie, auf den Bauchnabel weisend: »Was ist das, Onkel Cristino?«

Cristino starrte auf den Bauchnabel der Puppe.

»Pass auf«, sagte er dann. »Komm her, ich verrate dir ein Geheimnis.«

Olvido rührte sich nicht, um nicht entdeckt zu werden, und sah zu, wie Candela sich der Schaufensterpuppe näherte, während Cristino den Zeigefinger mit dem rot lackierten Nagel auf den Bauchnabel legte.

»Wenn du hier drückst, geht sie auf«, sagte er. »Versuch es.«

Das Mädchen drückte mit dem Zeigefinger auf den Nabel der Puppe, und plötzlich sprang, wie von einer Feder angetrieben, eine kleine Tür auf.

»Oh!«, entfuhr es ihr überrascht.

»Darin kann man geheime Dinge verstecken.« Cristino wandte sich um und wies auf die anderen Puppen, die auf dem Tisch lagen. »Sie alle haben irgendwann einmal ein Geheimnis in sich getragen. Und nun sind sie leer. Sie sind wie alte Frauen, die innen vertrocknet sind, die nichts mehr in sich bewahren.« Er brach in ein irres Lachen aus.

»Komm, Candela«, sagte Olvido jetzt, als wäre sie gerade erst gekommen. »Es gibt Essen …«

»Gefällt dir die Schaufensterpuppe?«, fragte Cristino, ohne seine Schwägerin zu beachten.

»Sehr«, antwortete Candela.

»Es gibt Essen. Komm jetzt …!«, insistierte Olvido und nahm ihre Tochter an die Hand.

»Wenn ich mal sterbe, wird sie dir gehören.«

Das Mädchen schüttelte den Kopf.

»Nein«, meinte sie, »ich werde mir bald ein Fahrrad kaufen – so eines wie das der Milchfrau aus Bríos.«

Die Mutter zog das Kind am Arm und führte es in die Küche. Sie nahm die Schokolade aus dem Speiseschrank und stellte sie brüsk neben ein Stück Brot auf den Tisch. Dabei kamen ihr die Worte wieder in den Sinn, die sie gerade im Nähzimmer gehört hatte.

»Warum fürchtest du dich vor den Puppen?«, fragte sie. Ihr war aufgefallen, dass ihre Tochter sich niemals mit Puppen beschäftigte, sondern stattdessen mit trockenen Ästen, dunklem glitschigem Gras, Blättern und den Kaulquappen, die sie am Ufer des Teichs fand. Sie verbrachte viel Zeit am See beim Spiel mit Lehm und Steinen und – vor allem – damit, Insekten zu zerlegen. »Puppen sind etwas Schönes, nicht die kaputten, die dein Onkel kauft, sondern neue … Du solltest eine haben.«

»Onkel Cristino ist ein guter Mensch.«

»Du solltest nicht zu viel Zeit mit ihm verbringen.«

Candela griff nach der Schokolade und biss hinein.

»Gehört er auch zur *Dienerschaft*?«

»Nein. Onkel Cristino gehört nicht zur Dienerschaft, sondern zur Familie. Aber er … er ist *anders.*«

»Warum lackiert er sich die Fingernägel? Kein Mann lackiert sich die Fingernägel …«

»Nein.«

»Alle Menschen sind unterschiedlich«, sagte Candela.

»Gut … ja, aber …«

»Ist anders zu sein das Gleiche wie, seltsam zu sein?«, fragte Candela.

Einmal mehr wusste Olvido nicht, wie sie die Frage ihrer Tochter beantworten sollte.

Doña Olvido sah ihr Dienstmädchen an.

»*Verbrannt*, sagst du?«, fragte sie.

Bruna schnüffelte immer noch in die Luft.

»Ich sage Ihnen, es riecht angesengt.«

Doña Olvido rümpfte die Nase.

»Na ja, es kann sein, dass es ein bisschen … Ob das vom Auto kommt, Bruna?«

»Woher soll ich das wissen?«

Sie fuhren noch ein paar Kilometer weiter, bis der Gestank unerträglich wurde. Der VW begann zu schwanken, und aus der Motorhaube hinten stieg dichter Rauch auf.

»Ich habe den Eindruck, dass es jetzt nicht mehr so stark riecht …«, meinte Doña Olvido. In diesem Moment machte der Käfer *bumm*. Doña Olvido drehte noch zwei oder drei Mal am Lenkrad, und es gelang ihr gerade noch, eine Tankstelle anzufahren. Als die beiden Frauen den Wagen verließen, stieg aus der Motorhaube so viel Rauch auf, dass man diese nicht öffnen konnte.

»Ich hab ja gesagt, es kommt vom Auto!«, rief Doña Olvido aus.

Der Tankwart, ein schlaksiger Mann mit Jeansjacke und langem Haar, das ihm bis auf die Schultern reichte, kam zu ihnen.

»Wie es aussieht, haben Sie ein kleines Problem«, sagte er mit einem neugierigen Blick auf das Auto, den Rauch und die beiden alten Frauen. Er betrachtete auch die Möwe auf dem Wagendach. »Ist das Ihr Auto?«

»Natürlich«, sagte Doña Olvido. »Aber es ist nicht zu verkaufen. Meine Schwester María del Mar und ich machen gerade eine kleine Spritztour. Ich war die erste Frau in Santiago, die einen Führerschein hatte, wissen Sie? Deshalb werde ich gleich fürs Fernsehen interviewt … Es gibt nur wenige Frauen, die schon so lange Auto fahren wie ich. Das interessiert die Leute, das und meine große Familie. Ich habe zehn, nein zwölf Kinder, wissen Sie? Die alle jeden Tag zum Essen nach Hause kommen. Ich mache Kroketten für sie.«

»Aha …«, sagte der Mann und ließ seinen Blick irritiert zwischen Olvido und Bruna hin- und herschweifen. Schließlich musterte er Bruna und zeigte auf ihr blutbeflecktes Kleid.

»Geht es Ihnen gut, Señora?«, fragte er. »Sie wirken nicht gerade wie eine Mörderin, aber Sie sehen aus, als hätten Sie eben Ihren Mann geköpft oder so etwas.«

»Sie ist gar nicht verheiratet«, entgegnete Doña Olvido an Brunas Stelle.

Der Mann zog einen Lappen aus der Hosentasche und machte die Motorhaube auf, woraufhin erneut dichter Rauch aufstieg.

»Möchten Sie, dass ich da mal einen Blick draufwerfe? Ich denke, es wird nicht lange dauern. Aber so weit ich das sehe, mal schauen … Ja, ich müsste da ein Teil austauschen …«

»Reparieren Sie es und tauschen Sie aus, was Sie austauschen müssen«, sagte Doña Olvido. »Egal, was es kostet. Wir haben es eilig …«

Die beiden alten Damen ließen den Mann den Motor reparieren und gingen unterdessen in den Tankstellen-Shop. Eine Weile lang erkundeten sie das Angebot, öffneten Chipstüten und bedienten sich daraus, rochen am Brot oder probierten den ein oder anderen Schokoriegel, den sie anschließend wieder ins Regal legten. Dabei trat Bruna in den zu großen Turnschuhen des Toten, der immer noch in ihrem Kofferraum lag, wieder und wieder auf die Schleppe ihres Brautkleides. Schließlich nahm Doña Olvido sich ein Paket Kekse und eine Tüte Chips und steckte beides in ihre Rocktasche. Dann verließen sie das Geschäft und fanden eine Bank, auf die sie sich setzten, solange sie warten mussten. Bruna öffnete ihre Tasche, nahm nacheinander alles heraus, was sich darin befand, und legte es auf die steinerne Bank. Doña Olvido betrachtete die Dinge, während sie das Paket mit den Keksen öffnete. »Und die Brille da?«, fragte sie.

»Vom kleinen Cristino«, antwortete Bruna.

Doña Olvido blickte zum Auto hinüber. Vornübergebeugt, sodass seine Haare bis auf den Motor fielen, arbeitete der Mann von der Tankstelle und reparierte, was zu reparieren war. Die Möwe, die die ganze Zeit unbeweglich auf dem Auto gesessen hatte, flatterte auf und ließ sich auf dem Dach des Tankstellengebäudes nieder.

Cristinos Brille … Während Doña Olvido an der Erdbeercremefüllung eines der Kekse lutschte, versank sie wieder in ihren Gedanken.

Es war Cristinos letzte Reise. Als er Monate später zurückkehrte, waren seine Gesichtszüge verhärtet. Bleich und mit seltsam verrenktem Körper, als würde er vom Gewicht seiner eigenen Seltsamkeit niedergedrückt, irrte er durchs Haus. Er ließ sich den Bart wachsen, kleidete sich in eine weite Cordhose, die in der Taille von einer Schnur zusammengehalten wurde, und trug weiße Schuhe, die immer mit Schlamm bespritzt waren. Er war abgemagert und hatte stets eine Zigarette zwischen den Lippen, die sich beim Sprechen mitbewegte. Eines Tages kaufte er sich die Brille eines kurzsichtigen Toten und setzte sie auf, um sie nie wieder abzusetzen. Die Umrisse der Menschen und der Dinge verschwammen, er sah alles nur noch unscharf, und das gefiel ihm. Wenn er die Welt durch diese Brille betrachtete, wirkte sie viel weicher.

Seit dieser letzten Reise hielt er immer einen Silberlöffel in der Hand und schwang ihn durch die Luft. Es war unmöglich zu sagen, was er empfand. Er war nicht mehr von dieser Welt, vergessen, frei. Seltsam?

Wie Don Ángelo versprochen hatte, kam er beinahe jede Woche einmal vorbei, um mit Don Benigno und Olvido zu essen. Bei einer dieser Gelegenheiten vertraute er Benigno an, dass, was seine Person anging, die Lage immer schwieriger werde. Der intelligentesten Menschen habe man sich entledigt, seine eigene Position sei stark geschwächt, und es gebe mehrere wichtige Befehlshaber in der Falange, die sich ganz genau daran erinnerten, welche Rolle Benigno im Komitee der Volksfront und bei der Kampagne für das Statut gespielt habe, und die ihm zu gern ans Leder wollten. »Denn für das Regime, mein lieber Benigno, gibt es nur schwarz oder weiß.« Aber ihm sei etwas eingefallen, was vielleicht funktionieren würde: Man könnte auf dem Gutshof ein Essen für den Bischof, den Priester von Sobrado und ein paar Falangisten organisieren. Das sei, wie er meinte, die beste Art und Weise, die Dinge nun noch zu regeln. Ein üppiges Mahl mit allem, was dazugehörte: Steckrübenstängeln, Salzkartoffeln und Speck, Chorizo und Rippchen, dann ein paar Steaks oder Spiegeleier mit Schmalz, ein Brot und ein halber Liter Landwein. Und natürlich zum Abschluss einen guten Tropfen, Zigarren und Kaffee. So etwas in der Art …

»Über den Bauch wirst du sie für dich gewinnen, Benigno, und dann brauchst du dich nicht länger zu verstecken.«

Benigno und Olvido hielten dies für eine hervorragende Idee. Don Ángelo würde sich darum kümmern, die hohen Herren einzuladen, und sie beide würden das Mahl organisieren, das für den nächsten Monat festgelegt wurde. Sie wollten gleich mit Bruna reden, damit alles gut klappen würde.

An jenem Tag, Don Ángelo wollte gerade aufbrechen, trat Cristino zu ihm und sprach ihn an. Er fragte ihn, ob er eine Zigarette habe, was der Arzt freundlich bejahte. Doch als er sie Cristino gerade geben wollte, hielt dieser ihm seinen Löffel an die Schläfe und fragte ihn mit einer schaufelnden Geste, ob er ihm das Gerinnsel entfernen solle.

Don Ángelo sah ihn verblüfft an.

»Das Gerinnsel?«, gab er zurück und fragte sich, ob es sich wohl um einen der typischen makabren Scherze des jungen Mannes handelte. »Was ist los? Bist du jetzt Arzt?«

Der kleine Cristino erklärte, dass er Gerinnsel mit fünf Worten entferne, nicht mit vier oder mit drei Worten, sondern mit fünf.

Daraufhin fragte der Arzt Benigno, ob sich der Zustand seines Bruders in letzter Zeit verschlechtert habe. Benigno schüttelte in trauriger Missbilligung den Kopf und erklärte, dass Cristino nun Gott sei Dank die Dienstmädchen in Ruhe lasse, dass er jetzt jedoch regelmäßig heftige Wutanfälle bekomme. Er behaupte, Lichtblitze und grelle Farben im Kopf zu haben, und fange plötzlich an, um sich zu treten, wie ein Besessener zu schreien und sogar Möbel aus dem Fenster zu werfen. In seinen ruhigen Phasen verbringe er viel Zeit mit seiner Mutter im Nähzimmer, wo die beiden mit viel weiblichem Getue den Puppen andere Kleider anzogen und ihnen das Haar bürsteten. Wobei ihn dies sehr zu beruhigen schien. »Doch wenn du schon danach fragst, Ángelo, muss ich zugeben, dass mein Bruder tatsächlich immer verrückter wird und ich nicht weiß, was ich tun soll. Meine Mutter sagt, dass die Näherin, diese Hexe, erneut den bösen Blick ausgesandt hat, aber diesen Blödsinn glaube ich nicht; außerdem war die Frau lange nicht mehr hier.«

Don Ángelo bot an, Cristino zu untersuchen. Das erwies sich jedoch als äußerst schwierig, da die ganze Zeit über der Patient der Arzt sein wollte, der sich bemühte, Don Ángelo ein Gerinnsel hinter der Stirn zu entfernen. Don Ángelo spielte mit.

»Hast du das Gerinnsel erwischt?«, fragte er, während er die Gelegenheit nutzte, um Cristino den Puls zu messen.

Dieser bat den Arzt, sich hinzusetzen, und lauschte mit seinem Ohr an dessen Stirn, da er, wie er sagte, mit dem Gerinnsel reden müsse. Nach einer Weile blickte er auf.

»Das Gerinnsel sagt, dass es bleiben möchte«, erklärte er, »es ist das größte Gerinnsel, das ich je gesehen habe. Und ich habe schon viele gesehen … Gerinnsel mit struppigem Haar, die von April bis zum Herbst zu zweit oder in der Herde frei auf der Wiese herumlaufen und Gras fressen …«

Der Arzt musste lachen.

»Die Gerinnsel bilden Herden?«

Der kleine Cristino zog an seiner Zigarette und stieß langsam den Rauch aus.

»Sie leben vom vielen Getue und umgeben sich mit Lakaien«, fuhr er dann fort, »und sie schämen sich nicht, rittlings die Macht zu ergreifen. Sie machen immer kleine Schritte und haben Angst vor der Freiheit.« Er machte eine Pause. »Haben Sie schon mal einer Nonne unter das Gewand geschaut, Don Ángelo?«, fragte er plötzlich.

Und Don Ángelo, der dachte, dass Cristino ihm nun wieder die üblichen Fragen stellen würde, sagte:

»Keiner.«

»Und einem Priester?«

»Einmal.«

»Sehr gut. Und war es dunkel oder hell darunter?«

»Dunkel.«

»Und in der Nacht, ist da aus der Dunkelheit ein schwarzer Blutstropfen hervorgequollen, glatt und hart wie ein Melonenkern?«

»Genau. Ein schwarzer Tropfen, glatt und hart wie ein Melonenkern.«

»Das ist das Gerinnsel …«

Benigno, Olvido und auch Doña Pelagia warteten vor der Tür. Als Doña Pelagia erfahren hatte, dass der Arzt Cristino untersuchen würde, war sie äußerst nervös und ging die ganze Zeit im Flur auf und ab. Dabei klagte sie die ganze Zeit:

»Oje, nun wird auch er mir genommen, auch er wird mir genommen …« Als der Arzt aus dem Raum trat, eilte sie ihm entgegen.

»Was es auch ist, um Himmels willen, Don Ángelo …« Sie schlug sich die Hände vors Gesicht und begann zu weinen, um gleich darauf wieder aufzuhören. Dann fragte sie: »Hustet er?«

»Ein wenig …«, sagte Don Ángelo.

»Blut?«

»Jetzt reicht es! Wieso sollte er Blut husten, meine Liebe! Ganz ruhig, Pelagia, *das* ist es nicht. So grausam ist Gott nicht.«

»Ja«, entgegnete Doña Pelagia mechanisch. »*So* grausam ist Gott nicht.«

Daraufhin wollte der Arzt wissen, was das für Reisen gewesen seien, die der kleine Cristino in den letzten Jahren gemacht habe.

»In den letzten Jahren? Na ja …«, sagte Benigno, »du weißt ja, dass …«

»Paris!«, rief Doña Pelagia mit neu erwachter Energie. Schweißtropfen liefen ihr übers Gesicht, und die blaue Ader auf ihrer Stirn pulsierte. »Und er musste zurückkehren, weil er seinen Regenschirm und die Zahnbürste vergessen hatte …«

»Es reicht!«, rief Benigno. »Don Ángelo brauchst du nichts vorzumachen; er ist so etwas wie ein Familienmitglied.«

Doña Pelagia zuckte zusammen wie ein krankes Huhn.

Don Ángelo sah sie verblüfft an. Er kannte diese Familie sehr gut, und er wusste, wohin Cristino hin und wieder »verreiste« – er selbst hatte es ihm verordnet. Er hatte die Frage nur gestellt, falls es Einzelheiten geben sollte, die ihm nicht bekannt waren. Olvido war sprachlos; sie verstand nichts von dem, was vorging, und fühlte sich wie so oft ausgeschlossen. Zum ersten Mal schien ihr Mann sich aufrichtig um die Gesundheit seines Bruders zu sorgen.

»In Paris …?« Der Arzt wühlte auf der Suche nach etwas in seinem Koffer. »Wisst ihr, welche Orte er da aufgesucht hat?«

Doña Pelagia trat einen Schritt nach vorn.

»Die Geschäfte, in denen man Puppen kaufen kann, Jumeau und andere dieser Art …«, sagte sie und knetete sich die Hände vor dem Schoß.

»Na ja … du weißt ja, dass er … dass er Frauen mag«, ergriff Benigno nun wieder das Wort, »aber das mit Paris ist schon eine Weile her, seit Beginn des Krieges war er nicht mehr da. Danach war er nur noch ... Du weißt ja, wo er immer mal wieder einige Zeit verbringt ...«

Don Ángelo nahm sein Rezeptbuch heraus und steckte es wieder ein.

»Sicher, das mit dem Sanatorium in Conxo war meine Empfehlung«, meinte er. »Na ja ... viel kann ich ihm nicht verschreiben.«

»Und du wirst ihn nicht noch weiter untersuchen?«, fragte Benigno enttäuscht.

»Nein. Wozu?«, antwortete der Arzt. »Wenn es Penizillin gäbe, würde ich es ihm geben, wobei es Penizillin G sein müsste, was man nur intravenös verabreichen kann, damit das Antibiotikum greift, und dafür müsste er ins Krankenhaus. Aber es gibt kein Penizillin, nirgendwo, nicht mal auf dem Schwarzmarkt, daher brauchen wir gar nicht weiter darüber zu reden, das können wir ausschließen. Ich fürchte, dass die Syphilis bei Cristino schon ziemlich weit fortgeschritten ist, daher können wir nicht mehr viel tun.«

Betretene Stille breitete sich aus; Benigno und seine Mutter sahen Olvido aus dem Augenwinkel an.

»Also wundert euch nicht über seine drastischen Stimmungsschwankungen«, fuhr Don Ángelo fort. »Syphiliskranke im dritten Stadium leiden unter Depressionsattacken, Zornausbrüchen und Paranoia, gefolgt von Momenten großer Euphorie und Erregung. Man könnte sagen, dass ihr Zustand ähnlich dem ist, den die Einnahme halluzinogener Drogen verursacht. Man sieht Lichtblitze und grelle Farben.«

Zu jener Zeit hatte auch Doña Pelagia in ihrer Einsamkeit recht seltsame Gewohnheiten angenommen. Da ihr ohne ihre Tochter Conchita das Nähen sinnlos erschien, irrte sie den ganzen Tag über durch die Wälder und folgte den Kuhtreiberinnen oder den Milchfrauen, die ihre Eimer auf dem Kopf trugen. Wenn sie dann wieder allein war, blieb sie mitten auf dem Weg stehen, richtete den Blick auf das Gebüsch und rief:

»Aus dem Weg, ihr alle, Füchse, Kaninchen, Käfer, Uhus ...!«

Dann schlug sie mit einer Rute auf das Unkraut ein, als wollte sie etwas Verstecktes zutage befördern. Plötzlich tauchte eine schwarze flügelschlagende Gestalt vor ihr auf, vielleicht ein Rabe oder eine Elster.

»Meine Söhne!«, rief sie dann erfreut aus und legte beide Hände an die Wangen. »Was macht ihr denn hier? Habt ihr Lust auf eine kleine Bootsfahrt?«

Mit sich selbst redend, ging sie weiter und wandte den Kopf mal zu der einen, mal zu der anderen Seite, als wäre sie in Begleitung. Am See angekommen, stieg sie ins Boot und ruderte energisch, wobei sie unentwegt weitersprach und alles erklärte, als wäre jemand bei ihr.

Wenn es Abend wurde, kehrte sie angenehm ermüdet zurück, das Gesicht und die Arme zerkratzt, mit Blättern, Blüten und Spinnweben im Haar und leuchtendem, leicht vernebeltem Blick.

Wieder zu Hause, bekämpfte sie ihr ständiges Unwohlsein mit *filloas* und anderen Süßigkeiten. Sie stahl Zucker und die kleinen Köstlichkeiten, die für den Verkauf bestimmt waren, sodass Bruna sich angewöhnte, diese im ganzen Haus zu verstecken.

Die Einsamkeit ließ Doña Pelagia noch seltsamer werden. Verschwiegener, bösartiger. Zwei Dinge jedoch hielten sie aufrecht und halfen ihr, jeden Morgen aufzustehen: die Hoffnung, dass ihre Geige spielenden Söhne irgendwann aus Madrid zurückkehren würden, und die Freude, einen Tag mehr Robert Kochs Bazillus überlebt zu haben. Wenn sie ihrer Enkelin begegnete, lächelte sie sie an, wobei sie Candela jedoch noch nie in die Arme genommen oder ihr einen Gutenachtkuss gegeben hatte. Sie schenkte ihr nicht besonders viel Aufmerksamkeit, bis das Kind eines Morgens mit Husten erwachte.

Candela hatte sich erkältet und hustete leicht. Als ihre Großmutter, die beim Frühstück saß, dies zum ersten Mal hörte, hob sie den Kopf, hielt für eine lange Sekunde den Atem an und tunkte dann wieder ihr Brot in ihren Milchkaffee, als wäre nichts gewesen. Ein paar Minuten später, als das Kind zum zweiten Mal hustete, streckte Pelagia langsam die Arme auf dem Tisch aus. Erneut hob sie den Kopf und suchte den Blick ihrer Enkelin, wobei die dicke, schlangenartige blaue Ader auf ihrer Stirn zu pulsieren begann und den ganzen Tag über nicht mehr damit aufhören sollte. Als Doña Pelagia ihr Frühstück beendet hatte, stand sie wortlos auf und schloss sich in ihr Zimmer ein.

Die Stunden vergingen, und Candela hustete immer stärker. Nach dem Essen waren in Doña Pelagias Zimmer Geräusche zu hören, die nach einem heftigen Tumult klangen, so als ob jemand ausgiebig in Schubladen, Papieren oder Büchern wühlte. Plötzlich wurde die Tür aufgerissen, die alte Frau streckte den Kopf heraus und rief:

»Kodein gegen den Husten.«

Kodein, dachte Olvido im Stockwerk darunter. Na, dann geh doch und kauf welches …! Nein, Doña Pelagia nicht. Kodein gegen den Husten, aber sie würde nichts tun, weil sie nie etwas getan hatte. Nichts, denn die Philosophie der Familie Gondollín basierte auf dem Prinzip der Tatenlosigkeit. War zum Beispiel eine Katze verletzt oder bis zum Hals eingegraben oder drohte eine gebärende Frau zu verbluten, würde schon irgendein Idiot vorbeikommen, der etwas tat, oder aber, wenn der Idiot nicht kam, löste sich das Problem von selbst. Kodein. Es war nicht Faulheit oder Bösartigkeit, was die Familie davon abhielt, der Katze zu helfen oder die Hand der Gebärenden zu nehmen und sie zu beruhigen: »Keine Sorge, der Arzt ist schon unterwegs, du wirst nicht verbluten.« Nein. Wieso fiel es Doña Pelagia dann so schwer, hinauszugehen und kodeinhaltigen Hustensaft zu kaufen? Die Untätigkeit war eine gute Sache, weil sie sich an der Leere orientierte. Abzuwarten war auch mit Angst möglich, und das ganze Leben war für die Gondollíns – wobei Olvido das erst viele Jahre später begreifen würde – nichts anderes als eine lange Wartezeit. Bis der Selbstmord, die Syphilis oder das Alter sie an den einzigen Ort zurückbrachte, an dem sie sich zu Hause fühlten. Das war der Grund, warum sie nicht handelten: weil es ihnen an diesem Ort nicht gegeben war.

Niemand unternahm etwas, und Candela hustete den ganzen Abend über ununterbrochen. Bis auf einmal die alte Pelagia, wutentbrannt, mit aufgeregtem, schweißüberströmtem, glänzendem Gesicht und jener pulsierenden Ader auf der Stirn, die aussah, als würde sie jeden Moment ihre Schläfe sprengen, aus ihrem Zimmer auftauchte. Ohne ein Wort zu sagen, ging sie, ihr halb steifes Bein hinter sich herziehend, die Treppe hinunter und verließ das Haus, ohne sich auch nur den Mantel überzuziehen, um sich auf den Weg ins Dorf zu machen. Nach etwa einer Stunde waren ihre Schritte wieder im Flur zu hören. Völlig erschöpft kehrte sie mit einer Tüte in der Hand zurück. Sie sah Olvido an.

»Hustensaft!«, rief sie jubelnd. »Für die Kleine, gegen den Husten.«

An jenem Abend, als das Kind bereits im Bett lag und dank des Saftes nicht mehr hustete, gönnte sich die alte Frau, nun wieder ruhiger, ein Gläschen Wein.

Zunächst lehnte sie ab und sagte, dass sie niemals Wein trinke, da er sie zum Weinen bringe, doch auf das Drängen ihrer Schwiegertochter hin (»Ich danke dir sehr, dass du den Hustensaft geholt hast, Pelagia.«) gab sie schließlich nach. Nach dem ersten Schluck begann sie, lustige Geschichten zu erzählen, von ihren Geige spielenden Kindern, die in Madrid studierten. Sie wirkte zufrieden und entspannt. Bruna war auch dabei und irgendeine Frau, die in der Nähe wohnte, und alle lachten. Noch nie hatten sie erlebt, dass Doña Pelagia Geschichten erzählte. Sie trank den Wein aus, bat um ein weiteres Glas und leerte es in einem Zug. Ihre Wangen glühten, ihre Augen glänzten, ihre Hände begannen zu gestikulieren und das Leben – ihre ganze Jugend – kehrte zu ihr zurück. Nach und nach verwandelte sie sich vor aller Augen in einen anderen Menschen, in jemanden, der irgendwann, vor vielen Jahren, fröhlich und beschwingt gewesen war, mit einem unglaublichen Sinn für Humor. Sogar ihre Stimme hatte sich verändert und war weniger schroff.

Das Gespräch drehte sich um die Geigenspieler, genauer gesagt um den Tag, an dem sie zum ersten Mal die berühmten *callos* – Kutteln auf Madrider Art – gegessen hatten. »Dabei hatte ich ihnen gesagt, dass sie in Madrid niemals Kutteln essen sollen! Die scharfe Sauce ist ihnen nicht bekommen, und einer von ihnen, Manuel, hatte einen Schluckauf.« Sie lachte, alle in der Küche lachten, und das Lachen hatte etwas Befreiendes. Die Frauen begannen zu trinken, und das Gelächter füllte den Raum. »Es war ein musikalischer Schluckauf.« Doña Pelagia stand auf, hob die Arme und bewegte sie ruckartig: Manuels musikalischer Schluckauf! Die Nachbarinnen lachten, Olvido lachte, und Doña Pelagia kreischte immer lauter. Lachtränen liefen ihr übers Gesicht. Sie lachte und weinte gleichzeitig, bis plötzlich Conchitas Name fiel.

»Und Conchita?«, fragte jemand. »Conchita hat nicht Geige gespielt?«

Mit einem Schlag veränderte sich Doña Pelagias Gesichtsausdruck. Dann erklärte sie, wobei sie so tat, als hätte sich nichts gehört, dass sie ihre Söhne seit langer Zeit nicht mehr gesehen habe.

Alle hörten auf zu lachen.

»Vielleicht«, fuhr sie schluchzend fort, »sind meine Kinder nun in einem Madrider Gefängnis eingesperrt und leiden Not.«

Das Schluchzen wurde zu Weinen.

Sie weinte haltlos, und niemand wusste, was er tun oder sagen sollte.

Doch nach einer Weile versiegten Doña Pelagias Tränen. Sie stand auf, wischte sich mit dem Ärmel über die Augen und schloss sich erneut in ihr Zimmer ein.

Von da an war ihr alles gleichgültig, und auf ihren langen Spaziergängen wirkte sie fröhlich wie ein kleines Mädchen. Sie kam und ging, ohne irgendwen zu stören, und sagte den ganzen Tag über kaum ein Wort.

Das Einzige, was sie nicht losließ, war ihre Besessenheit, was das Husten anging. Seit dem Vorfall mit Candela erlaubte sie nicht mehr, dass irgendjemand in ihrer Gegenwart hustete.

Bis das geschah, was geschehen musste.

Bruna steckte nach und nach alles wieder in ihre Tasche, was sie auf die Steinbank gelegt hatte. In diesem Moment ließ sich die Möwe in ihrer Nähe nieder und schlug leicht mit den Flügeln. Ihr weißes Gefieder war rauchgeschwärzt. Kurz darauf flog sie wieder fort, da eine dicke graue Katze kam und sie zu fangen versuchte. Bruna zog die Turnschuhe des Toten aus und schlug sie aneinander, womit sie die Katze verscheuchte. Dann zog sie die Schuhe wieder an.

»Erinnern Sie sich noch an Larpeira …?«, fragte sie plötzlich.

»An die Katze? Wie könnte ich die vergessen, so wie mein Mann sie vergöttert hat?«, entgegnete Doña Olvido, während sie die Cremefüllung eines weiteren Kekses ableckte.

»Erinnern Sie sich noch, wie es sie erwischt hat?«

Bruna stand auf und klatschte in die Hände, um die Möwe zu verscheuchen. Diese flog auf und ließ sich gleich wieder in ihrer Nähe nieder.

»Die Würmer haben sie nicht umgebracht. Und dass die Näherin, diese Hexe, und Doña Pelagia sie bis zum Hals eingegraben haben, auch nicht. Sie hat etwas verschluckt und ist daran erstickt …«

»Nicht wirklich.«

»Na ja, dann ist sie wohl unter die Räder gekommen.«

»Auch nicht.«

Bruna begann zu lachen, ihre Schultern bebten; dabei hielt sie sich die Tasche vor den Bauch.

»Das ist nicht witzig …«, meinte Doña Olvido streng und warf die leere Kekspackung hinter sich.

Bruna schwieg und richtete den Blick auf den Käfer.

»Der Typ, der das Auto repariert, wird ja wohl die Finger von unserem Gepäck lassen, oder?«, meinte sie dann.

»Du meinst die Leiche?«, fragte Doña Olvido.

»Nein, die Leiche ist mir egal. Was mir Sorgen macht, ist, dass er das Ding auf dem Rücksitz anfasst, Sie wissen schon … und dass er entdeckt, was wir darin versteckt haben.«

Doña Olvido sah nachdenklich auf den Wagen.

Brunas Eingeweide knurrten wie ein Tiger.

»Ohne das, was da drin ist, fahre ich nicht weiter.«

Das, was geschehen musste, ereignete sich genau einen Tag, bevor die hohen Gäste zu dem Bankett auf dem Gutshof erwartet wurden. Don Benigno und Olvido hatten Bruna erklärt, dass dieses Festmahl sehr wichtig sei, da sich, neben drei bedeutenden Befehlshabern der Falange Española, der Pfarrer von Sobrado sowie Seine Exzellenz, der Bischof von Santiago de Compostela, angesagt hätten, was bedeutete, dass das Fleisch von allerbester Qualität sein müsse. Nachdem Bruna eine Weile geschimpft hatte und wie ein kopfloses Huhn in der Küche hin und her gelaufen war, erkundigte sie sich, woher sie dieses Fleisch nehmen solle, da es schon seit Längerem kein Tier mehr im Stall gab und es auf dem Schwarzmarkt schon schwierig war, einfache Dinge wie Zucker, Öl oder Butter zu bekommen. Don Benigno antwortete, dass sie sich beruhigen solle, weil er höchstpersönlich vorhatte, am nächsten Tag zum Markt nach Teixeiro zu fahren, und alles mitbringen würde, was sie brauchte.

Am nächsten Tag brach Don Benigno im Morgengrauen auf. Ein paar Stunden später kam er sehr stolz mit einem einäugigen Huhn, einem lebenden Schwein, zwei dicken Bünden Steckrübenstängeln, Chorizos, Butter, Schinken, in ein Kohlblatt eingewickelten Manchego und mehreren Flaschen Wein zurück. Bruna warf einen Blick auf das Ganze und schlug dann vor, dass sie, wenn die Herrschaften einverstanden seien, das dürre Huhn anstatt als Hauptspeise lieber dafür nutzen würde, Hühnerkroketten zur Vorspeise zu machen, da sie aus sicherer Quelle wusste, dass Mitglieder des Klerus eine Schwäche für Béchamelsauce hatten. Das hielt Don Benigno für eine sehr gute Idee, und kurz darauf schnitt Bruna dem Tier die Kehle durch, rupfte es und steckte es in den Ofen.

Während das Huhn im Ofen briet, war die Katze, von dem köstlichen Duft angelockt, in die Küche gekommen. Sie saß auf den Hinterbeinen und ließ den Ofen nicht aus den Augen. In einem Moment der Großzügigkeit versprach Bruna ihr die Knochen des Huhns.

Seit sie auf dem Gutshof wohnten, führte Larpeira, abgesehen von dem Vorfall mit der »Katzenkrankheit«, ein äußerst glückliches Leben; sie war ziemlich verwildert und den ganzen Tag draußen, ohne von jemandem gestört zu werden; sie lag in der Sonne und jagte Mäuse, und genau wie Doña Pelagia kam sie nur einmal am Tag ins Haus, um zu essen. Als das Huhn gut durchgebraten war, löste Bruna das Fleisch von den Knochen und gab es in die Béchamelsauce. Dann stellte sie die Reste der Katze hin, die sich für eine Weile damit beschäftigte, das herauszusuchen, was essbar war.

Die Katze zernagte einen Knochen, dann noch einen und noch einen, und war dabei so gierig, dass ein Knochen, der sehr spitz war, in ihrem Gaumen stecken blieb. Und daraufhin geschah das, was geschehen musste: Sie begann zu husten.

Sie hustete so sehr, dass es ihren ganzen Körper schüttelte. Es war ein trockener Husten, wie der einer alten Frau.

Wie der einer alten Frau, die nicht mehr lange zu leben hatte.

Unterdessen ließ Doña Pelagia, die, alarmiert von diesem Husten, der eine Mischung aus schwindsüchtigem Keuchen und asthmatischem Pfeifen war, in ihrem knarzenden Schaukelstuhl saß, das Tier nicht aus den Augen. Und je länger sie das Husten hörte, desto heftiger schaukelte sie. Man sah, wie ihre Gesichtszüge sich immer mehr anspannten, während die Katze sich keuchend und würgend wand, und obwohl sie gern eingegriffen hätte, war sie zu keiner Reaktion in der Lage. Schließlich, nachdem die Katze schon eine ganze Weile verzweifelt versucht hatte, den Knochen herauszuwürgen – und während Bruna mit mürrischem Gesicht und hochroten Wangen in der Küche herumsprang, ohne das Geringste mitzubekommen (»Wenn wir wenigstens ein paar Eier hätten, um die Kroketten zu panieren, und Salz! Wie stellt sich der Señor denn vor, dass ich ohne Salz für den Bischof kochen soll?«) –, erhob sich Doña Pelagia aus dem Schaukelstuhl und hob die Katze am Nackenfell hoch. Sie hielt sich das Tier, das nach wie vor keuchte und sich wand, vors Gesicht und betrachtete es eingehend. Nach einer Weile füllten sich ihre Augen – jene seit Jahrzehnten trockenen Augen – mit Tränen. Mit jener gleichzeitig wachsamen und tiefen Traurigkeit, die die Gesichter jener Menschen annehmen, die viel erlitten haben, sagte sie:

»Das lasse ich nicht zu.«

Entschlossen ging sie zum Fenster hinüber, öffnete es und warf die Katze schwungvoll hinaus.

»In diesem Haus hat es schon genug Schwindsüchtige gegeben«, erklärte sie dann.

Draußen prallte die Katze auf den Waschstein und blieb schwer verletzt liegen.

Für eine Weile rührte sie sich nicht und röchelte nur leise, bis sie zitternd eine Pfote ausstreckte.

Bruna hatte sich wieder auf die Bank gesetzt und presste sich noch immer die Tasche vor den Bauch. Sie war bleich geworden. Plötzlich sprang sie auf und sagte beinahe flüsternd, dass sie austreten müsse. Leicht taumelnd und nach allem greifend, woran sie sich festhalten konnte, ging sie zur Toilette hinüber. Nachdem sie eine halbe Stunde später noch nicht zurück war, erhob sich Doña Olvido, um nachzusehen, was los war. Die Toilette war ein stinkendes Loch mit zwei orangefarben gestrichenen Metalltüren. Sie klopfte an die geschlossene Tür, hielt das Ohr daran und fragte, ob alles in Ordnung sei.

Von der anderen Seite der Tür her erklang ein ersticktes Stimmchen.

»Ja.«

Daraufhin fragte Doña Olvido Bruna, warum sie dann nicht herauskomme.

»Ich komme ja …«

Doña Olvido blieb wartend vor der Tür stehen. Von drinnen waren hektische Geräusche zu hören: Dinge, die herunterfielen, eine sich drehende Rolle (Toilettenpapier?), der laufende Wasserhahn und ein unangenehmes Schaben, das klang, als ob jemand mit einem Tuch über eine Oberfläche reibe.

»Bruna, geht es dir gut?«

Dann das Knistern von Kleidung, noch mal der Wasserhahn und noch mehr Wasser.

»Ich bin, ich bin …«

»Was machst du denn da drin?«

»Ich komme schon.«

Erst nach einer ganzen Weile fiel Doña Olvido auf, dass der Riegel nicht vorgeschoben war, und sie beschloss einzutreten. Als Erstes schlug ihr der Geruch entgegen, der sie heftig zurückfahren ließ, und danach ließ der Anblick, der sich ihr auf der anderen Seite der Tür bot, sie erstarren.

Scheiße. Brunas Scheiße an der Wand, in der Toilette, auf dem Boden. Brunas Scheiße auf ihrer Kleidung und auf dem Toilettenpapier, das sie in der Hand hielt, während sie sich auf Knien abmühte, die Toilette sauber zu machen. Sogar das kleine Fenster war mit Scheiße bespritzt – wie mochte sie dahingekommen sein? Doña Olvido hielt sich die Hand vor die Nase und unterdrückte einen Aufschrei. In diesem Moment wandte Bruna sich um und sagte:

»Sie wissen genau, dass ich, wenn ich Angst habe, Durchfall kriege.«

Trotz ihres Ekels half Doña Olvido Bruna dabei, sich zu säubern. Sie rissen die besudelten Schichten des Kleids ab und kehrten unauffällig zu der Bank zurück, auf der sie gesessen hatten. Doña Olvido warf einen Blick zum Auto hinüber. Der Mann hatte gerade die Motorhaube geschlossen und kam, sich die Hände an einem Tuch abwischend, auf sie zu.

Als er vor ihnen stand, erklärte er, dass das Auto schon repariert sei. Es habe am Lüfter gelegen, den er habe austauschen müssen. »Dieses VW-Modell sieht gut aus, ist aber sehr anfällig! Das macht genau tausend Pesetas. Brauchen Sie eine Rechnung? Meine Güte, wieso stinkt es hier so? Der Gestank aus der Toilette wird jeden Tag schlimmer!«

»Rechnung?«, wiederholte Doña Olvido, die noch unter dem Eindruck des eben Erlebten stand. »Ja bitte. Geben Sie uns eine Rechnung. Wenn es um Geld geht, ist es besser, wenn alles seine Ordnung hat.«

Der Mann nickte und ging mit schweren Schritten zum Tankstellengebäude hinüber.

Doña Olvido klopfte sich auf die Taschen.

»Sag mal, Bruna«, fragte sie, während sie mehrere Zettel und anderes unnützes Zeug herausnahm. »Du hast nicht zufällig ein bisschen Bargeld dabei?«

Bruna legte sich eine Hand auf die Brust.

»Ich? Nachdem ich dreißig Jahre lang keinen Lohn mehr bekommen habe …?«

»Na ja, dann ist es wohl das Beste, wenn wir uns ins Auto setzen und abhauen, also lauf!«

Sich gegenseitig stützend und die mit Blut und Kot beschmierte Schleppe des Brautkleides hinter sich herziehend, hasteten sie zum Auto und setzten sich hinein. Während Doña Olvido noch mit dem Schlüssel kämpfte, um den Wagen zu starten, streckte der Mann plötzlich den Kopf durchs Fenster herein und sagte:

»Ist alles in Ordnung, Señoras? Hier, bitte, die Rechnung.«

Doña Olvido riss Bruna die Tasche aus der Hand, öffnete sie und suchte darin nach dem Portemonnaie. Während der Mann wartete, ging er um das Auto herum und sah es sich eingehend an. Ihm schien etwas aufgefallen zu sein.

»Er ahnt was von der Leiche …«, flüsterte Bruna unheilvoll.

»Wenn er jetzt den Kofferraum aufmacht, sind wir verloren«, sagte Doña Olvido. »Dann kommen wir ins Gefängnis und …«

Bruna steckte die Hand in die Tasche und wühlte hektisch darin herum, bis sie den Hammer fand. Dann öffnete sie die Autotür und stieg aus. Leise schlich sie zu dem Mann hinüber, der sich vornübergebeugt hatte und sich nun wieder aufrichtete, ohne den Kofferraum des Autos aus den Augen zu lassen. Bruna rief:

»Ihre Schuhriemen sind offen! Sofort zubinden!«

Als der Mann sich, von dem Schrei alarmiert, umdrehte, sah er sich Bruna gegenüber, die den Hammer erhoben hatte und ihn drohend ansah.

»Ich weiß nicht, ob Ihnen schon aufgefallen ist, dass Sie einen Schmutzfänger verloren haben«, sagte er und fügte hinzu: »Aber was haben Sie denn da in der Hand?«

Als Bruna das Wort »Schmutzfänger« hörte, entspannten sich ihre Gesichtszüge. Langsam senkte sie den Arm.

»Schmutzfänger?«, wiederholte sie.

Nun stieg auch Doña Olvido aus dem Wagen. Sie hatte einen Geldschein gefunden und hielt ihn dem Mann hin.

»Nehmen Sie das Geld und versuchen Sie nicht, uns weitere Reparaturen aufzudrängen. Zuerst der Lüfter, dann der Schmutzfänger, und was wird wohl das Nächste sein, hm? Ihr jungen Leute seid alle gleich. Ihr seht eine alte Frau und denkt sofort daran, wie ihr ihr das Geld aus der Tasche ziehen könnt.«

Während der Mann sich von seiner Verblüffung erholte, stiegen die beiden Frauen ins Auto, starteten den Wagen und verließen schlingernd das Tankstellengelände.

»Beinahe hättest du es vergeigt!«, meinte Doña Olvido, als sie wieder auf der Landstraße waren. »Was hast du dir nur dabei gedacht? Wir sind doch nicht *Starsky & Hutch*!«

Eine Weile fuhren sie schweigend weiter, bis sie an einen Kreisverkehr kamen, an dem der Rückweg nach Santiago de Compostela angezeigt war. Bruna fragte, ob es nicht besser wäre, zurückzukehren, was Doña Olvido rundweg ablehnte. Die Erinnerungen, die dauernd in ihrem Kopf aufblitzten, ließen sie in Gedanken noch einmal in die Vergangenheit zurückkehren.

»Die arme Katze«, sagte sie wie zu sich selbst. »Das war wirklich der Gipfel. Dabei hatte sie Pelagia doch überhaupt nichts getan … Gut, dass du sie gleich weggeschafft und begraben hast. Dem Señor haben wir nichts davon gesagt. Er wäre fähig gewesen, seine eigene Mutter zu töten. Stell dir das mal vor: zuerst das mit der Katzenkrankheit und dann das …«

Bruna griff mit den Fingern in ihren Mund hinein, nahm sich das Gebiss heraus und begutachtete es kritisch. Reste von Schokolade und dem Zuckerkringel hafteten daran.

»Ich habe sie nicht begraben«, sagte sie, während sie mit ihrem Kleid das Gebiss sauber machte und es sich dann wieder in den Mund schob.

»Du hast sie nicht begraben?«

Schweigend fuhren sie weiter. Bis Doña Olvido es nicht mehr aushielt.

»Hör mal, gibt es da etwas, was ich über die Katze nicht weiß?«, fragte sie. »Du erinnerst dich doch sicher, dass ich sie immer gut behandelt habe. Ich war die Einzige im Haus, die sie gut behandelt hat.«

Mit hoher Geschwindigkeit raste ein Auto gefährlich nah an dem VW vorbei, der fast in der Mitte der Fahrbahn fuhr. Aus der Ferne war ärgerliches Hupen zu hören. Bruna blickte geheimnisvoll.

»Erinnern Sie sich noch, dass der Señor für das Festmahl mit dem Bischof außer dem Huhn auch noch ein Schwein mitgebracht hat, um Koteletts daraus zu machen?«

Auf einmal brach sie in gackerndes Gelächter aus. Sie lachte so sehr, dass es aussah, als würde sie jeden Moment platzen.

»Hör auf zu lachen und rede endlich!«, schrie Doña Olvido.

Bruna zog ein Taschentuch aus ihrer Tasche und wischte sich damit über die Augen.

»Als die Kroketten fertig waren«, erklärte sie, »gleich nachdem Doña Pelagia die Katze aus dem Fenster geworfen hatte, bin ich zu dem Schwein gegangen. Ich hatte es im Stall gelassen, aber als ich es holen wollte, war es nicht mehr da. Fast eine Stunde habe ich es im Haus, im Garten, in der ganzen Umgebung gesucht. Aber es war, verdammt noch mal, nicht aufzufinden. Das Schwein war wie vom Erdboden verschluckt, und ich persönlich glaube, es wurde gestohlen. Dabei blieben nur noch wenige Stunden bis zum Essen, und ich musste dieses Festmahl zubereiten. Señora, in meinem ganzen Leben war ich noch nicht so verzweifelt. Und in diesem Moment haben Sie mir gesagt, dass ich die tote Katze begraben soll.«

Doña Olvido dachte nach. Plötzlich erstarrte sie.

»Jesus!«, sagte sie nach einer Weile, wobei sie das Lenkrad losließ und sich vor Schreck die Hände vor den Mund legte. »Willst du damit etwa sagen, dass …?«

Der Erste, der mit Eigelbflecken auf der Soutane und nach nassem Hund und Sakristei riechend auf dem Gutshof eintraf, war der Pfarrer Don Pedro Nogueira, der allen bekannt war, vor allem weil er Candela unterrichtete. Er trat ins Haus und rieb sich aufgeregt die Hände angesichts der Aussicht, mit dem Gesandten woher auch immer, dem Provinzchef von wo auch immer und vor allem mit Seiner Exzellenz, dem Bischof von Santiago zu speisen. Das würde er am nächsten Tag in der Bodega erzählen: dass er mit dem Erzbischof an einem Tisch gesessen hatte.

Als Nächstes fuhren die hohen Herren der Falange vor – zwei Männer mit zurückgekämmtem Haar, blauem Hemd, Patronengurt und Pistole – und gleich danach der Erzbischof, ein cholerischer Mensch mit pockennarbiger Haut, in Soutane und Skapulier sowie mit violetter Kapuze auf dem kahlen Kopf. (Warum wohl alle Bischöfe kahlköpfig waren?, frage sich Olvido, als sie ihn sah.) Zuletzt kam Don Ángelo da Pena, dessen Lächeln genauso angestrengt wirkte wie sein Blick.

Olvido und Benigno waren derart darauf konzentriert, dass das Bankett den hohen Würdenträgern gefiel, dass sie auf nichts anderes mehr achteten, wie zum Beispiel darauf, wo sich der kleine Cristino mit seinen Puppen aufhielt.

Cristino hatte einen Tisch nach draußen gestellt, und hinter dem Gartentor wartete eine Gruppe zerlumpter Rotznasen darauf, eingelassen zu werden. Plötzlich erklang eine Glocke, die Cristino in den Fingern hielt. Das Tor öffnete sich, und jede Menge schmutzige, heruntergekommene, triefäugige Kinder drängten sich schreiend, kreischend und lachend herein. Der kleine Cristino ließ sie sich in einer Reihe aufstellen und empfing anschließend, nachdem er erneut die Glocke geläutet hatte, mit großem Getue ein Kind nach dem anderen und begutachtete die Puppen, die sie mitgebracht hatten: »Dieser fehlt ein Bein, dafür gebe ich dir nicht mehr als drei Pesetas.« »Dieser hast du das Haar und einen Arm ausgerissen, dafür gebe ich dir zwei fünfzig und nicht mehr.« »Diese ist hübsch, aber sie schielt.« »Die sieht aus wie eine Vogelscheuche.« Ja, nein. Nimm, geh!

In diesem Moment stiegen die beiden hohen Herren aus dem Auto. Benigno, dem erst, nachdem er die ausgestreckte Hand des Bischofs geküsst hatte, auffiel, welches Spektakel sich im Garten abspielte, machte seinem Bruder hektische Zeichen. Cristino jedoch wies, anstatt darauf zu reagieren, auf eines der Kinder und meinte, dass der Junge dort mit den Locken sicher sein Kind sei: »Stimmt's, der sieht aus wie ich, Beni!« Bis Benigno ihn am Arm fasste und zur Seite nahm, wobei Cristino, der nicht verstand, was los war, wie am Spieß schrie, während einige der Kinder durch den Garten rannten und die Puppen durch die Luft schleuderten, bis Olvido sie mit einer unwirschen Geste verscheuchte und zum Gartentor zurückjagte.

Der Erzbischof, der sein Habit anhob, um es nicht mit Schlamm zu beschmutzen, und die Falangisten schritten, dem Chaos aus Puppen und armen Kindern ausweichend, wortlos zum Haus. Dabei sah der Bischof eines der Kinder strafend an, und der Junge gab den Blick mit einer derart herausfordernden Grimasse zurück, dass er sich sogleich wieder abwandte und, den dicken Hintern unter der Soutane schwenkend, weiterging.

Drinnen empfing Bruna die Gäste mit zwei großen Platten – einer mit Chorizo und Käsehäppchen, die andere mit Kartoffelscheiben und gebratenem Ei, alles mit scharfem Paprikapulver bestäubt –, was die Würdenträger ablenkte, die sich untereinander zu unterhalten begannen und allmählich Vertrauen fassten. Dazu trug zusätzlich bei, dass Don Ángelo ein paar Flaschen Wein öffnete.

Als sich gerade alle an den Tisch setzen wollten, kam Bruna, nachdem sie für eine Weile in der Küche verschwunden war, äußerst aufgeregt herein und sagte dem Herrn des Hauses etwas ins Ohr. Don Benigno nickte.

Mehr als eine Stunde später, als die Gäste sich allmählich fragten, wo das Essen blieb, trat Bruna mit einer riesigen dampfenden Schüssel Huhn in Eigelbsauce in den Raum.

»Eigentlich wollten wir Sie mit Koteletts verwöhnen, aber es hat sich eine Änderung ergeben«, verkündete Don Benigno, während die vier Herren sich erfreut über das Essen beugten, das das Speisezimmer mit dem köstlichen Duft nach Kartoffeln und Zwiebeln erfüllte. »Unsere Köchin Bruna hat stattdessen dieses Huhn in Eigelbsauce zubereitet.«

Bruna kicherte nervös.

»Ein Hoch auf den König!«, sagte sie, um sich, auf das darauf eintretende Schweigen hin, gleich zu verbessern: »Was sag ich denn! Auf Spanien natürlich!«

Alle brummten zufrieden und banden sich die Servietten um. Der Wein löste allmählich die Zungen, sodass während des Essens viel geredet wurde, vor allem darüber, wie sehr sich das Leben in Santiago zum Positiven hin verändert habe, da es nun, nachdem die *Sección Femenina* – die Frauenorganisation der Falange – erfreulicherweise den Alltag bestimme, viel sittsamer und geordneter zuging. »Habe ich nicht recht, Nogueira?«, fragte einer der Falangisten, während er sich das zurückgekämmte Haar glattstrich, den Priester.

»Vollkommen«, entgegnete der Angesprochene, »allerdings ist mein Name nicht Nogueira sondern Nogal, mein Herr. Man muss das Kind beim Namen nennen, und ›Nogueira‹, stammt aus anderen Zeiten. Das ist so, als würde ich Ihren Namen durch einen anderen, einen französischen, ersetzen. Oder einen portugiesischen, stellen Sie sich das mal vor! Nogal, Nogal ist mein Name auf Spanisch. Überlassen Sie das Galicische doch den Roten.«

»Genau!«, rief Benigno bereits leicht angetrunken aus. »Das Galicische für diese Emporkömmlinge!«

Nur Don Ángelo schwieg. Während des Aperitifs hatte Olvido ununterbrochen seinen auf ihr ruhenden Blick gespürt, der so eindringlich und lüstern gewesen war, dass er sie verwirrt hatte.

Als es bereits auf den Nachtisch zuging, erzählte der Bischof, dass er jeden Sonntagabend am Metropol-Kino in Santiago Wache halte.

»Wache?«, fragte Don Ángelo. Im selben Moment legte er unter dem Tisch eine Hand auf Olvidos Knie, die neben ihm saß. Erschrocken wandte sie sich ihm zu.

»Genau«, fuhr der Bischof fort, wobei er sich das Zingulum über seinem voluminösen Bauch zurechtrückte. »Ich weiß, dass sie dort an den Abenden oft Filme ab achtzehn Jahre zeigen oder Schlimmeres! Also postiere ich mich auf dem Gehsteig gegenüber und notiere die Namen aller Kinobesucher, die mir bekannt sind. Wie ich das genieße! Herr X und Herr Y. Dann machen sie sich beinahe in die Hosen vor Angst, diese Schwächlinge!« Er lachte laut, und Don Ángelo nutzte den Moment, um seine Hand zwischen Olvidos Schenkel zu schieben. Mit geschlossenen Augen ließ sie es geschehen, während sie um sich herum den Klang der männlichen Stimmen hörte, in den sich das Lachen der Falangisten mischte.

»Sie wirken sehr ernst, Doña Olvido«, meinte der Erzbischof schließlich. Seine mächtigen Pranken ruhten auf dem Tischtuch. »Ich hoffe, ich habe Sie nicht in Verlegenheit gebracht.«

Olvido öffnete erschrocken die Augen und stammelte:

»Oh, nein. Na ja … ein wenig. Diese Filme … Wie anstößig!« Sie senkte leicht den Kopf und trank in einem Zug ein halbes Glas Wein. Danach schlug sie den Blick nieder.

Don Ángelo, der sich nicht beirren ließ, widmete sich weiterhin konzentriert seiner Tätigkeit. Schließlich konnte Olvido sich nicht länger beherrschen, verzog das Gesicht und rutschte auf ihrem Stuhl hin und her.

»Und Sie ahnen ja nicht, was ich unter den Kinobesuchern entdeckt habe. Es gibt Frauen, die augenscheinlich sehr keusch sind und sich …«, er senkte die Stimme und klopfte sich auf die Brust, »… sich die Titten abbinden und sich dann genießerisch diese Schweinereien ansehen. Aber ich erwische sie alle. Genau wie ihre Ehemänner, diese roten Republikaner und Freimaurer. Das kann ich Ihnen versichern!« Er blähte seine Nasenflügel. *»Ich rieche sie.«*

In diesem Moment explodierte in Olvidos Kopf eine Fülle an Leuchtraketen.

»Ja!«, rief sie aus und schenkte sich Wein nach. »Das sind die Schlimmsten!«

Erneut brachen alle in Gelächter aus, was Olvido nutzte, um ein leises Stöhnen auszustoßen. Ein Stöhnen genügte. Dann trank sie in einem Zug das ganze Glas Wein aus und wandte sich an den Bischof:

»Sie *riechen* sie, Eure Exzellenz?«

Die Unterlippe des Erzbischofs zuckte.

»Genau. Diese Roten, ich kann sie *riechen*«, sagte er, während er, auf Zustimmung hoffend, in die Runde schaute.

»Dann sind Sie jetzt gerade wohl erkältet«, meinte Olvido daraufhin, »denn hier befindet sich einer.«

Eisiges Schweigen stellte sich ein, und Benigno stieg die Röte ins Gesicht. Er wollte gerade aufstehen und den Raum verlassen, als Olvido, eine Hand auf die Brust gelegt, die andere in der Luft schwebend, unter dem verblüfften Blick aller zu tanzen begann und sich wiegend um den Tisch bewegte. Dabei bewarf sie die Gäste mit Serviettenringen, Brotkrusten und Blumen. Sie tanzte, zog den Ausschnitt ihres Kleides herunter und redete irgendeinen Unsinn vor sich hin. Zunächst verstand niemand, was sie sagte, unzusammenhängende Worte, gemischt mit Liedtexten, wie es schien. Niemand verstand sie oder niemand wollte sie verstehen. Mit einem strengen Blick auf ihren Mann sprach sie einige unverständliche Worte: *Frau Y, Erniedrigung, Schweinerei.*

Ihre Stimme wurde immer lauter und immer angriffslustiger. Benigno wagte nicht, sich zu rühren. Niemand verstand, was vorging. Niemand außer Don Ángelo, der schließlich begann, ein Wort mit dem anderen zu verknüpfen, um den Inhalt der Botschaft ein wenig zu konkretisieren – die in Wahrheit nicht an Benigno gerichtet war, sondern an ihn (oder vielleicht an beide): Er habe mit ihr gespielt. Er habe sie glauben lassen, dass er sie begehre, dass er hoffnungslos in sie verliebt sei, als er wie ein Säugling an ihrer Brust gehangen habe, dabei sei es für ihn nur ein obszönes Spiel gewesen, eine Schweinerei. All das sagte sie, auch wenn niemand außer dem Arzt es verstand.

Schließlich, nachdem ihr Protest den Höhepunkt erreicht hatte, warf sie sich zu Boden. Dann reckte sie, auf allen vieren, das Gesicht wie eine verletzte Wölfin dem Himmel entgegen und begann zu miauen.

Von Don Ángelo herbeigerufen, erschien Bruna, die ihre Herrin zu ihrem Schlafzimmer geleitete. »Oh, ich hoffe, ich habe Sie nicht in Verlegenheit gebracht!«, rief Olvido aus, während sie, heftig lachend, widerstrebend dem Dienstmädchen folgte.

Am Tisch herrschte zunächst Schweigen, und Benigno schenkte Wein nach.

»Die Frauen, wenn sie ein wenig dem Alkohol zusprechen …«, entschuldigte er sich, »ich bitte Sie, ihr das nachzusehen.«

Die anderen lächelten. Als wäre überhaupt nichts geschehen, räusperte sich der Falangist, der zuletzt gesprochen hatte.

»Ich wollte sagen, Benigno, dass es uns sehr entgegenkäme, wenn du uns nun, da du *einer von uns* bist – erlaube mir, dass ich dich duze –, Hinweise darauf geben könntest, was hier im Dorf geschieht … Ich meine, es gibt viele Familien, die überwacht werden, und sicher kommen in diese abgelegene Gegend viele, um etwas zu essen und unterzutauchen. Diese Mistkerle verstecken sich in den Bergen, in den Höhlen zwischen den Felsen, aber einige halten sich auch in den Häusern auf, in Scheunen, Öfen und Schränken verborgen …« Er steckte sich einen Bissen des Hühnchens in den Mund und genoss es laut schmatzend. »Dieses Essen ist köstlich! Hühnerfleisch ist im Allgemeinen ein wenig trockener als Hähnchen und auch etwas zäher. Aber dieses ist einfach hervorragend! Ein Kompliment an deine Köchin, mein Lieber.«

»Du hast uns anstatt des Huhns Katzenbraten serviert? Das heißt, auch ich habe Katzenfleisch gegessen?« Olvido legte sich angewidert eine Hand auf die Brust. »Pfui!«

»Das war nicht das erste Mal, dass ich das getan habe«, rechtfertigte sich Bruna.

»Bei uns?«

»Aber nein! Bei Ihnen war es das erste Mal! Ich habe es mal für den Fleischer in meinem Dorf gemacht. In unserem Dorf liefen viele wilde Katzen herum, und irgendwann hab ich ihm eine gebraten. Ich habe ihm gesagt, dass es Hase wäre. Bis zu seinem Tod hat er die Wahrheit nicht erfahren.«

Am späten Abend beim Aufräumen, als sich alle ein wenig beruhigt hatten, wandte sich Benigno an seine Frau und bat um eine Erklärung. »Eine Erklärung?«, fragte sie. Sie hatte den ganzen Rest des Abends über Wasser getrunken, um wieder einen klaren Kopf zu bekommen. Und nachgedacht.

Sehr ernst ließ sie ihn wissen, dass sie ihm keine Erklärung geben würde, wenn er sich nicht zuerst anhöre, was sie zu sagen habe: Sie könne nicht mehr. Seine Mutter lasse sie weder Tag noch Nacht auch nur eine Sekunde aus den Augen, und sie habe genug von ihrer Kälte, ihrer Gleichgültigkeit und ihrem Egoismus, genau wie von ihren nur halb ausgesprochenen Sätzen oder ihrem Räuspern.

Ob ihm nicht aufgefallen sei, dass sie stets kurz davor sei, in hysterisches Gelächter auszubrechen? Nein, verdammt, es war ihm nicht aufgefallen! Genau wie ihm das seltsame Verhalten des kleinen Cristino nicht aufgefallen war, der einmal mehr besser in Paris geblieben wäre, anstatt hier, in den Schlafzimmern der weiblichen Hausbewohner, deren Unterwäsche anzuprobieren. »Was glaubst du denn? Dass ich es nicht von Anfang an gewusst habe? Jetzt lackiert er sich auch noch die Fingernägel!

Und Conchitas Tod, lass uns doch mal darüber reden! Und über ihren Liebhaber, den sie hier im Haus versteckt hat! Sicher hast *du auch* davon gewusst! Was haben sie mit ihm gemacht?« Warum war seine Schwester nicht angemessen beerdigt worden? Wieso musste sie sofort weggebracht werden, bevor ihre Leiche steif wurde und Fliegen anzog? Wieso hätte der Pfarrer sich weigern sollen, sie zu begraben? Weil sie sich das Leben genommen hatte?

Er wollte wissen, wie sie nun auf einmal auf dieses Thema komme. Ob ihr nicht aufgefallen sei, dass sie sie beide mit ihrem albernen Gerede lächerlich gemacht hatte? Für wen sie ihn halte? Für einen Dummkopf? Für einen schlechten Bruder? In Wahrheit lag das Problem darin, dass sie jemanden brauchte, an dem sie ihren Überdruss auslassen konnte, ihre Unfähigkeit als Ehefrau und als … Mutter.

Angesichts dieses Vorwurfs erstarrte sie. Anschließend brach sie in Gelächter aus. Sie lachte so sehr, dass ihr irgendwann die Tränen kamen. Dann setzte sie sich hin und ergriff – wieder einigermaßen beruhigt – erneut das Wort. Sie rief Benigno ins Gedächtnis, dass er der einzige Unfähige und Nutzlose in diesem Haus sei. »Und die verdammten Geigenspieler in Madrid, wo sind die, wenn sie so vortreffliche Brüder und Kinder sind, hm? Seit ich bei euch lebe, haben sie ihre Mutter nicht ein einziges Mal besucht!«

Ob sie ihm den Gefallen tun könne, einmal für fünf Minuten den Mund zu halten? Sicher, sicher. Wenn er es so wollte, könne sie gern für fünf Minuten ihren Mund halten, aber vorher – und das sei das Letzte, was sie ihm noch zu sagen habe – wolle sie ihm noch mitteilen, dass, sobald sich die Lage beruhigt hatte und er nicht mehr in Gefahr war – »Und sag jetzt nicht, dass du nicht in Gefahr bist! Dass die Falangisten nicht hinter dir her sind!« –, seine Mutter nicht länger bei ihnen im Haus leben würde. »Dann muss sie sich eine andere Bleibe suchen, sie und ihr geliebter Cristino, vielleicht in Madrid bei ihren Geige spielenden Söhnen, um bei ihnen Katzen aus dem Fenster zu werfen!«

Benigno hörte sich reglos an, was sie zu sagen hatte. Anschließend stand er auf und ging zum Fenster hinüber. Den Blick auf einen unbestimmten Punkt im Garten gerichtet, sagte er:

»Meine Mutter hat keine Söhne, die in Madrid leben.« Er schluckte und fügte hinzu: »Sie sind tot. Aber ich habe dir schon zu viel erzählt; und zwing mich niemals, *niemals* im Leben mehr, über dieses Thema zu reden.«

So drang Olvido etwa ein Jahrzehnt nach ihrer Hochzeit zu dem großen Geheimnis vor und erfuhr, wo Benignos »Geige spielende Brüder« wirklich waren. Nun wusste sie, dass Kinder von ihren Eltern oft einen Schmerz erbten, den sie mit sich herumschleppen und verstecken mussten, obwohl er nicht der ihre war. Und warum sich das ganze Leben um diese bittere Wahrheit drehte, als ob es nichts anderes gäbe, und warum in diesem Haus die Dinge so waren und nicht anders. Es waren Doña Pelagias Kinder gewesen, aber sie existierten nicht mehr: Sie waren gestorben und sie mit ihnen.

Es stimmte, dass sie Geige spielten und in Madrid lebten, doch nun waren sie tot.

Ein paar Wochen später fuhr Olvido nach Santiago, um mit Ángelo da Pena zu reden. Seit dem Mahl mit den hohen Herrschaften hatte sie sich bemüht, nicht an ihn zu denken – an das, was geschehen war –, aber ihr war klar, dass er das Geheimnis um die Geigenspieler kannte, und auch wenn es das letzte Mal in ihrem Leben war, musste sie zu ihm gehen.

Als sie bei ihm eintraf, aß er gerade Churros mit heißer Schokolade, und obwohl er durchaus Appetit zu haben schien, hatte sich sein Aussehen seit ihrer letzten Begegnung deutlich verschlechtert. Sein Wohnzimmer war ein kleiner, altmodisch eingerichteter Raum mit nur einem Fenster. Auf einer Kommode standen ein paar Familienfotos. Nachdem sie sich begrüßt und ein paar Höflichkeitsfloskeln ausgetauscht hatten, kam Olvido zum Punkt. Sie fragte, ob die Geigenspieler, wie sie es vermutete, nur in der Fantasie ihrer Schwiegermutter existierten und es sie nie wirklich gegeben habe.

Der Arzt tunkte einen Churro in die Schokolade, hob den Blick und sah sie an. Nie zuvor war er Olvido so alt, so leer erschienen. Sie erinnerte sich noch an den früheren Don Ángelo mit seiner Zungenfertigkeit und der diskreten Eleganz, Schnelligkeit und Ironie seiner Entgegnungen.

»Willst du wirklich, dass ich dir die Geschichte erzähle?«

Olvido nickte.

»Na ja, das Ganze ist nicht wirklich der Fantasie deiner Schwiegermutter entsprungen«, sagte er und fügte hinzu: »Die Geigenspieler hat es tatsächlich gegeben. Und die Jungen hatten großes Talent. Ich habe sie gekannt.«

Don Ángelo schob sich den Churro in den Mund und kaute. Er war schlecht rasiert und ein fettiges Stück Churro blieb in seinem Bart hängen. Dann stand er auf und ging zu einer Konsole hinüber, um einen weiteren Teller zu holen (»Möchtest du auch etwas?«). Anschließend setzte er sich wieder hin, reinigte sich den Bart und nahm Olvidos Hand. Die sie ihm sofort wieder entzog.

»Das, was letztens passiert ist … Das tut mir leid, Olvido. Das war äußerst unschicklich. Es ist so, dass ich … Ich bin nicht … Manchmal denke ich nicht über das nach, was ich tue.«

»Das, was letztens passiert ist?«, fragte Olvido.

Der Arzt sah sie mit einem unsicheren Lächeln an.

»Ja …« Er räusperte sich. »Das, was unter dem Tisch passiert ist.«

Olvido lächelte ebenfalls.

»Das ist doch nichts Ungewöhnliches. Ein Ausrutscher, das passiert jedem mal …«

Don Ángelo da Pena stand auf und ging zum Fenster.

»Ich glaube … Ich glaube, es ist mir genauso wie dir ergangen, als du damals in dem Juwelierladen den Ring gestohlen hast. Ein plötzlicher Impuls. Man ist sich dessen bewusst, kann jedoch nicht anders, stimmt's? Du warst sehr lustig und mutig vor all diesen Leuten …«

Olvido richtete sich auf.

»Ángelo«, sagte sie sehr ernst. »Bitte entschuldige, aber ich habe keine Ahnung, wovon du sprichst. Ich habe in meinem ganzen Leben noch nie irgendetwas gestohlen. Das wäre gegen meine Prinzipien. Ich weiß auch nicht, was unter dem Tisch geschehen ist, und ich will es gar nicht wissen. Wenn es dir nichts ausmacht: Ich bin gekommen, damit du mir etwas über Pelagias Geige spielende Kinder erzählst. Ich muss die Wahrheit erfahren.«

Don Ángelos Kinn begann zu zittern. Er setzte sich wieder hin.

»Gut. Wenn du es unbedingt erfahren möchtest, erzähle ich es dir. Die Geigenspieler gab es, aber sie sind alle tot.«

Olvido sah ihn mit großen Augen an.

»Dann stimmt es also?«

Die drei Söhne Doña Pelagias waren schon eine ganze Weile, bevor Olvido ins Haus kam, gestorben. In den Zwanzigerjahren, alle drei kurz hintereinander. An Tuberkulose.

»An Tuberkulose?«, wiederholte Olvido nachdenklich.

»So ist es …«

»Dann kommt Doña Pelagias Phobie vor dem Husten und den Bazillen daher?«

Der Arzt nickte. Dann räusperte er sich.

»All das ist vor vielen Jahren geschehen. Deine Schwiegermutter hatte bereits die Hälfte ihres Lebens in Santiago verbracht, nachdem sie La Rioja, ihre Heimat und ihre Familie hatte verlassen müssen, was nicht leicht für sie gewesen war. Und auch wenn ihr Mann ein beträchtliches Vermögen verdient hatte, war das Leben nach wie vor hart: Kälte und Feuchtigkeit in einem Haus, das nur mit einem einzigen Brennofen beheizt wurde, Eimer schleppen, da es in der Stadt noch kein fließendes Wasser gab, und die Angst vor Krankheiten. Daher beweinte Pelagia den Tod ihres ersten Kindes sehr, dachte jedoch nicht, dass dies ein größeres Unglück sei als andere. Sie sagte sich: ›Was das Geld angeht, haben wir das Glück auf unserer Seite; was die Gesundheit angeht, nicht.‹ Sie entkleidete den kleinen Leichnam und legte ihn in den Sarg. Dann begrub sie ihn auf dem Friedhof von Boisaca, dicht neben dem Grab ihres Mannes: Unter einem riesigen Eukalyptusbaum mit bläulichen Blättern und einem grauen Stein, auf dem nicht mal der Name des Kindes zu lesen war.«

Don Ángelo schwieg ein paar Sekunden und dachte nach.

»Damals ahnte die arme Frau noch nicht, dass wenige Monate später weitere zwei ihrer Kinder Blut husten würden und dass sie innerhalb von neun Monaten den Verlust von drei Kindern zu beklagen hätte. Nachdem sie alle drei Söhne begraben hatte, begann sie seltsame Dinge zu sagen und zu tun. Sie war davon überzeugt, dass jedes Unglück in der Nacht geschieht, und das ist der wahre Grund dafür, dass sie beschloss, nicht mehr zu schlafen; mit dem Tod ihres Mannes hatte das nichts zu tun.«

Endlich *die Wahrheit* über den Verbleib der Geige spielenden Brüder Benignos zu wissen machte aus Olvido keinen verständnisvolleren Menschen – ganz im Gegenteil nistete sich in ihrer Brust nun ein Gefühl ein, das vorher bereits latent vorhanden gewesen war: ein dumpfer Hass auf ihren Mann, der wie das Summen von wütenden, eingesperrten Wespen war.

Hass, weil er ihr nie etwas gesagt hatte, weil er das Familiengeheimnis nicht mit ihr geteilt hatte, weil er sie immer behandelt hatte, als wäre sie ein kleines Mädchen oder würde nicht zur Familie gehören. Ein Hass, der einfach so entstand wie ein reiner, roher Diamant und der in sehr kurzer Zeit immer größer wurde. Wenn ihr Mann durch eine Tür hereinkam, verließ sie den Raum durch eine andere. Hass, weil du den ganzen Tag im Bett verbringst, um die Probleme zu verschlafen. Hass, weil du den Geruch nach gebrauchten Bettlaken verströmst. Hass, weil … weil du am Morgen Geräusche machst. Weil er sich am Waschbecken ohne Taschentuch die Nase reinigte? Hass und Ekel, Hass und Widerwillen. »Meine Mutter ist, wie sie ist, weil die Umstände sie so haben werden lassen.« Hass, sei still! Und sie schwieg, abgemagert und mit immer spitzerem Gesicht. Hass, weil ich darüber niemals mehr reden werde, Hass wegen des Geruchs am Morgen, ein dumpfer Groll, Worte vor sich hin murmeln, »Entschuldigung für das, was ich unter dem Tisch getan habe«. Bis Olvido plötzlich aufsprang. Schreie, Türenknallen. Adiós, bleibt, wo ihr wollt! Und warum? Na ja, weil der Tisch nicht gedeckt war oder weil jemand vergessen hatte, die Tür zu schließen, und die Kälte hereinzog. Schnell, schließt die Tür, deckt den Tisch, dass auch ja nichts fehlt, und er? Na ja, so sind die Frauen eben. An manchen Tagen … sind sie unerträglich.

Was verbarg sich wirklich hinter diesem Groll? Lag es wirklich an den verstorbenen Kindern? War dies tatsächlich das so lange gehütete Geheimnis? Als ob endlich die Fessel gelöst worden wäre, die sie gefangen hielt, die ihre Gedanken lähmte und es ihr verwehrte, ihre Schlüsse zu ziehen, lastete plötzlich eine tiefe Traurigkeit auf ihr. Nein. Nein, sie hasste ihren Mann nicht wegen des Geheimnisses um seine Brüder. Sie hasste ihn nicht wegen seines Schweigens, dafür, dass er seine Ängste nicht mit ihr geteilt hatte. Nicht einmal wegen seiner Apathie. Nein.

Dafür hasste sie ihn nicht.

Sie hasste ihn für seine Schwäche und sein Versagen. Für das fehlende Pflichtgefühl sich selbst und seinen Parteikameraden gegenüber. Für seine Feigheit. Für die Angst, die ihn dazu gebracht hatte, seinen Idealen abzuschwören (ja, die Ideen ihres Mannes hatten ihr immer gefallen) und zu behaupten, nie etwas mit Politik zu tun gehabt zu haben. Für die Angst, die ihn dazu gebracht hatte, die Kirche und zwei Falangisten an seinen Tisch einzuladen und mit ihnen über ihre Bigotterie zu lachen. Ihr Mann war schlimmer als sie, ja! Denn sie hatten zumindest ihre Ideale …

Doña Pelagia ihrerseits beendete die Farce um ihre angeblich in Madrid lebenden Söhne, als sie erfuhr, dass Olvido die Wahrheit kannte, und begann ein neues Leben, das sich nur noch um ihre verstorbenen Kinder drehte.

»Auf dem Weg durch den Farn, den du entlanggegangen bist, sind mir Amador und Luciano Lucas in der Gestalt von Raben erschienen«, sagte sie zu Olvido, als diese von einem Spaziergang zurückkam, und packte sie fest am Arm.

»Sicher, dass sie es waren?«, fragte Olvido spöttisch.

»Sicher. Ich habe sie an ihrem Husten erkannt«, antwortete Doña Pelagia. »Und weißt du was? Amador hat in einem Geschäft an der Puerta del Sol einen Schal für mich in Auftrag gegeben. Ich habe ihm gesagt, dass das nicht nötig ist, aber er ist so ein guter Mensch!«

Ein anderes Mal ging sie direkt in die Küche, nahm die kleine, mit Blut beschmutzte Tasse aus dem Schrank, die Olvido an jenem Tag in der Truhe entdeckt hatte, stellte sie auf ein Tablett und ging damit, leise vor sich hin murmelnd, die Treppe in eines der Schlafzimmer hinauf. Dort, vor einem der Betten stehend, begann sie zu erzählen: »Heute war ich in der Kirche und habe gebetet. Dann bin ich am See vorbeigegangen. Ich habe ein paar Blumen für euch gepflückt, Kinder. Hier ist eure heiße Milch. Trink sie ganz aus, Manuel, und lass nicht wie sonst die Hälfte drin.«

Die Schaufensterpuppe, die noch immer Conchitas Bluse trug, saß beim gemeinsamen Essen mit am Tisch. »Sei vorsichtig«, sagte Doña Pelagia, an den kleinen Cristino gewandt, »tu ihr nicht weh … denn auch wenn sie nicht spricht, hat sie Gefühle.«

»Wer ist das?«, fragte Cristino mit einem verblüfften Blick auf die Schaufensterpuppe.

»Conchita, wer sonst?«, antwortete seine Mutter. Daraufhin sah der kleine Cristino entsetzt auf die Puppe. Gehorsam und unterwürfig erzählte er ihr dann, was er an diesem Tag tun wolle, und bevor er verschwand, gab er ihr einen Kuss auf die harte Wange aus Biskuitporzellan. Die Puppe blieb dort sitzen – ein Tischgenosse mehr für den Rest der Zeit.

Don Ángelo hielt an der Gewohnheit seiner Besuche fest, kam jedoch nicht mehr, um mit Benigno zu essen oder den kleinen Cristino zu untersuchen. Er behauptete stets, er komme wegen der frischen Landluft, doch in den meisten Fällen hatten seine Besuche einen anderen Grund. Die Zeit nutzend, wenn das Dienstmädchen und das Kind nicht da waren und Doña Pelagia zu einem ihrer Spaziergänge aufbrach, schloss er sich mit Olvido in einem der Schlafzimmer ein.

Die meiste Zeit unterhielten sie sich über das Leben, über das Leben eines jeden von ihnen, und über die Vorstellungen und Gedanken, die in ihren Köpfen umherschwirrten.

Sie waren sehr gute Freunde geworden.

Don Ángelo machte sich Sorgen um die Nonnen – »Schwestern« oder »Töchter«, wie er sie nannte –, jedoch aus einem anderen Grund als zuvor; es war noch etwas hinzugekommen. In einem der Klöster herrschte heftige Unruhe. Sämtliche Nonnen waren älter als achtzig Jahre, und es gab keine neu Berufenen. Eines Tages, während er eine von ihnen behandelte, die unter Krebs im Endstadium litt, kam die Mutter Oberin zu ihm und bat ihn mit gebrochener Stimme, die arme Frau sterben zu lassen. Don Ángelo hatte sie verblüfft angeblickt und genickt. Am nächsten Tag war er mit Morphium wiedergekommen, hatte der Äbtissin die nötigen Anweisungen erteilt und war wieder gegangen. Bei seinem nächsten Besuch, einige Zeit später, war die Nonne nicht mehr da. Die Äbtissin hatte erneut mit ihm geredet und ihn um »mehr davon« gebeten. »Davon?«, hatte er gefragt. »Ja, von dem, was ich der Schwester gegeben habe, damit sie sterben konnte. Wir anderen sind auch schon alt und fast alle an irgendetwas erkrankt …« Don Ángelo hatte aufbegehrt und gesagt, dass er niemals zu einem Nonnenmörder werden würde, das sei gegen Gott und seine Prinzipien. Über den Tod entscheide allein Gott.

Olvido hörte ihm zu. Hin und wieder, wenn sie eine Weile geschwiegen hatten, sagte einer von ihnen ein Wort oder deutete etwas an, ihre Körper näherten sich einander an, eine Hand legte sich auf die Wange des anderen und wurde sofort wieder fortgenommen.

Bei einer dieser Gelegenheiten hatte Don Ángelo ihr etwas Furchtbares anvertraut: Er war erneut in jenem Kloster gewesen, in dem zwei Nonnen im Sterben lagen. Auch ihnen hatte er Morphium gegeben, und dann, kurz nachdem er die Totenscheine ausgestellt hatte, waren weitere Nonnen in die Zelle gekommen. Die gesamte Gemeinschaft hatte um ihn herumgestanden. Und sie hatten ihn erst gehen lassen, als jede von ihnen ein wenig »davon« bekommen hatte, womit sie sich zum Schlafen zurückzogen.

Eines Tages hatte Olvido das Haus verlassen und das Bedürfnis verspürt, zur Kirche zu gehen. Den ganzen Weg über dachte sie darüber nach, wie sie den Priester in der Beichte mit dem Hass und dem Ekel, die sie ihrem Mann und ihrer Schwiegermutter gegenüber empfand, konfrontieren sollte. Was würde er von ihr denken? Er kannte sie, hatte ihre Tochter unterrichtet, hatte in ihrem Haus gegessen, und immer, abgesehen von dem Vorfall während des Mahls, hatte sie sich als unfehlbare, geduldige, gütige, unterwürfige Ehefrau gezeigt – »die Einzige, die das Haus zusammenhält«, hatte sie einmal, als sie die Kirche verließen, jemanden sagen hören.

Abgesehen von dem Priester im Beichtstuhl war die Kirche leer, sodass sie gleich zu ihm ging. Sie würde wieder in Frieden leben, mit Gott und mit den anderen. Mit ihrem Mann, mit Bruna. Warum musste sie so leben?

Auch wenn sie im Grunde wusste, dass die Beichte nichts bringen würde, so versetzte sie der Gedanke, sich all das von der Seele zu reden, in eine Art selbstzerstörerischen, sentimentalen Zustand und half ihr, die für ihren Vortrag nötige Wut anzusammeln.

Im Beichtstuhl roch es muffig und nach Wachs. Sie machte das Kreuzzeichen und hörte daraufhin:

»Gelobt sei Jesus Christus.«

»In Ewigkeit. Amen.«

»Wie viel Zeit ist seit deiner letzten Beichte vergangen?«

»Viel Zeit, Padre, Monate.«

»Dann sprich.«

Olvido begann, ihre Sünden aufzuzählen: die Tage, an denen sie nicht in der Kirche war, Lügen, Faulheit. Stolz.

Noch etwas?

»Eifersucht auf das Dienstmädchen, Ekel, Widerwillen gegenüber meinem Mann«, hörte sie sich plötzlich sagen. Sie war von sich selbst überrascht, genauso wie von der Gleichmütigkeit des Priesters, den sie im Halbdunkel des Beichtstuhls in der Nase bohren sah.

»Noch etwas, Tochter des Herrn?«

Olvido schwieg. Dann sagte sie plötzlich:

»Ja. Da ist noch etwas.«

Auf der anderen Seite des Gitterfensters waren das Rascheln der alten Soutane und ein Räuspern zu hören. Olvidos Worte brachen ungeschönt aus ihr heraus.

»Es geht um meine Schwägerin.«

»Deine Schwägerin?«

»Sie wissen schon. Sie ist gestorben.«

Der Priester hustete, und da erst wurde Olvido bewusst, dass es um Conchita ging. Dass sie in Wahrheit in die Kirche, in den Beichtstuhl gekommen war, um über Conchita zu reden.

»Ich weiß, dass …« Sie brach ab, denn sie sah Conchita vor sich, mit gespreizten Beinen, wie sie den Kapaun köpfte, den niemand sonst anzurühren gewagt hatte, das Blut an ihren Händen; wie sie in jener Nacht die Schaufensterpuppe hinter sich hergezogen und Olvido so dringend etwas hatte sagen wollen; wie sie mit dem Messer in der Hand eigenhändig ihren Geliebten getötet hatte. Ein Abbild von Angst, Reue oder einer Art der Sünde, zu der Olvido, wie sie wusste, niemals fähig gewesen wäre.

»Sprich, meine Tochter. Gott wird dir verzeihen. Woran denkst du?«

Doch Olvido dachte an nichts mehr. Sie wusste nicht, was sie noch sagen sollte. Denn das, was gerade über ihre Lippen gekommen war, hatte nicht sie, sondern ihre Zunge gesagt. Es war ihre Zunge, die so verrückt daherredete: *gewagt.* »Die Fantasie hat keine Knochen«, hatte Don Ángelo einmal zu ihr gesagt, »so wie man selbst sich verdreht, verdreht sich auch sie.«

»Ich weiß, dass ich sie getötet habe«, sagte sie plötzlich.

Stille trat ein. Der Priester hatte sich abrupt bewegt, und sein muffiger Geruch stieg ihr in die Nase.

»Du weißt?«

In der Stimme des Priesters schwang der gleiche erregte Tonfall mit, wie Olvido ihn von dem Abend in ihrem Haus kannte, als er dem Erzbischof gegenübergesessen hatte.

»Ja, ich weiß.«

»Ich verstehe Sie nicht, Olvido.«

Abrupt stand sie auf. Von einer instinktiven Angst erfasst, wie sie sie von anderen Lebewesen (Hunden und anderen Haustieren) kannte. Ohne den Grund zu verstehen, hatte sie weiche Knie. In einer Art Selbsterhaltungstrieb gelang es ihr, wieder einen klaren Gedanken zu fassen.

»Ich verstehe selbst nicht, was ich da rede … Entschuldigen Sie, Padre. Conchita hat sich erhängt. Ich bin nur gekommen, um das andere zu beichten …«

»Gut, aber …«

»Ich bin müde, mir ist schwindelig.«

Der Priester seufzte. Dann sagte er:

»Sind Sie sicher?«

»Ja.«

»Dann beten Sie, meine Tochter, beten Sie; das hilft immer.«

Um ihrer Einsamkeit zu entfliehen, begann Olvido, mehr Zeit mit ihrer Tochter und dem Dienstmädchen zu verbringen. Sie half ihnen bei der Zubereitung der Süßigkeiten und ging mit ihnen zum See hinunter. Nicht weit vom Gutshof entfernt befand sich das Kloster und kurz dahinter die Quelle, von der der kleine Cristino das eisenhaltige Wasser nahm, um seinen Schmerz zu lindern.

Dicht bei der Quelle, umgeben von Wiesen und einem Wald aus Birken, Erlen und Eschen, lag der See.

Die Mönche des Klosters hatten ihn vor vielen Jahren angelegt, indem sie das Wasser mehrerer Bäche gestaut hatten, aus denen der Fluss Tambre entsprang. Der Sinn dieses Stausees lag nicht allein in der Beschaffung von fließendem Wasser für die Klosterküche, sondern er diente auch zur Bewässerung der Felder und dazu, auch in Trockenzeiten die Mühle anzutreiben. Außerdem verfügten die Mönche so über Fische, die sie vor allem in der Fastenzeit fangen konnten. Denn in dieser Phase des Jahres durften sie kein Fleisch essen, was sich durch die Forellen, die sie zogen, wunderbar ersetzen ließ. Es war verboten, im See zu schwimmen, und außerdem war es gefährlich, was den kleinen Cristino nicht davon abhielt, es dennoch zu tun, wenn er Lust dazu hatte. Hin und wieder ging er in seinem locker sitzenden Schwimmanzug, der seine dünnen, behaarten Beine unbedeckt ließ, zum See hinunter, lief, Unkraut und Steinen ausweichend, übers Ufer, unterdrückte einen Schrei, wenn er mit dem kalten Wasser in Berührung kam, tauchte ein und mit geschlossenen Augen, das Haar voller Wasserpflanzen, wieder auf. Zu anderen Gelegenheiten nahm er das Boot, ruderte zur Mitte des Sees und sprang dort ins Wasser.

Die beiden Frauen und das Kind gingen in der Abenddämmerung zum See hinunter, um sich die Irrlichter anzusehen. Dies taten sie beinahe jeden Nachmittag. Bruna holte dann ein paar Scheiben von kaltem Braten, Käse und Brot aus einem Picknickkorb, und sie saßen zusammen auf einer Decke und verspeisten die Sachen am Ufer des Sees. Candela hatte ein Schmetterlingsnetz dabei und sagte gern, dass sie bunte Lichter fange.

Sie konnte Stunden um Stunden mit Spielen verbringen, während ihre Mutter und das Dienstmädchen sie schweigend beobachteten. Auf der Oberfläche des Sees, die glatt wie ein Spiegel war, glänzte die Sonne.

Die Lichter schwebten über den Wegen und ertranken im Teich. Sie tanzten davon und kreuzten sich, und hin und wieder taten sie sich zu dritt oder zu viert zusammen, was in der Dämmerung wie ein kleines Feuer aussah. Manchmal nahm Bruna eine Glasflasche mit Wasser mit, das sie *Cheira-o-Aire* – Duft der Luft –

nannte. Sie fragte Candela, in welcher Farbe sie die Welt sehen wolle, und wenn Candela »orange« antwortete, schüttelte Bruna die Flasche, und für einen Moment nahmen der See, das Haus, die Bewohner und die Wiesen die gewünschte Farbe an.

»Wir brauchen Zaubermäntel«, sagte Candela eines Tages, während sie sich inmitten all dieser farbigen Lichter um sich selbst drehte.

Da erinnerte sich Olvido an Pelagias Truhe, die sie in ihrem Haus in Santiago eines Tages geöffnet und in der sie die drei Geigen mit den zerrissenen Saiten und die kleine Tasse mit dem Blut gefunden hatte. Ihr fiel wieder ein, dass, abgesehen von den Geigen, auch ein paar schwarze Umhänge darin gelegen hatten und dass die Truhe, als sie umgezogen waren, auch auf den Lieferwagen geladen worden war, sodass sie irgendwo auf dem Gutshof zu finden sein musste.

Zuerst suchte sie im Zimmer ihrer Schwiegermutter, doch dort war sie nicht. Auch nicht in Cristinos Zimmer oder in dem, das Conchitas Zimmer gewesen war. In diesem Moment kam ihr in den Sinn, dass sich neben Brunas Dachkammer noch ein leerer Raum befand, den sie sogleich aufsuchte. Die Tür war mit einem Vorhängeschloss versehen, das sich jedoch mühelos entfernen ließ. Wie sie geahnt hatte, stieß sie dort auf die Truhe.

Durch das Dachfenster fiel beinahe senkrecht ein kaltes Licht herein. Olvido holte tief Luft und öffnete die Truhe. Erneut stieg ihr jener modrige Grabgeruch in die Nase. Doch die Geigen, die Tasse und auch die Partituren und die Bücher waren nicht mehr in der Truhe. Sondern was? Sie beugte sich vor, um besser sehen zu können, da sie ihren eigenen Augen nicht traute, und nahm nacheinander ein paar Dinge heraus: eine Maschinenpistole, eine Selbstladepistole, eine Gewehrhülle und das dazugehörige Wehrgehänge und vor allem Kugeln, Pistolenkugeln, Gewehrkugeln und Maschinenpistolenkugeln …

Sie schlug den Deckel wieder zu und rührte sich, nachdenklich vor der Truhe kniend, nicht von der Stelle. Benigno … Nach und nach entspannte sich ihr Gesichtsausdruck, und das angenehme Gefühl der Erleichterung erfüllte ihre Brust. Benigno unterstützte die Republikaner noch immer … Und wie gut er sich verstellt hatte! Sogar sie hatte ihn für einen Verräter gehalten! Ihr schien, als drehte sich die Erde plötzlich langsamer, als wäre auf einmal alles viel schöner und dass ihre düstere Vergangenheit, aus diesem neuen Blickwinkel betrachtet, nicht mehr war als ein vorübergehender Traum. Dieses ganze einsame Schauspiel, nur um sie und den Rest der Familie nicht mit sich zu reißen. Der Arme!

Noch nie in ihrem Leben hatte sie eine derartige Hochstimmung empfunden.

Sie verschloss die Truhe wieder, verließ den Raum und eilte auf der Suche nach ihrem Mann die Treppe hinunter.

Nachdem sie sein Zimmer betreten hatte, tastete sie sich im Halbdunkel voran bis zu seinem Bett, um ihn auf die unrasierten Wangen zu küssen.

»Was ist denn mit dir los?«, fragte er überrascht.

»Nichts«, entgegnete sie. »Nur dass ich jetzt weiß, dass sich alles gelohnt hat.«

Bruna und Candela hofften noch immer, genügend Geld für ein Fahrrad zusammenzubekommen, und Olvido war so glücklich, dass sie ihnen sogar dabei half. Candela nahm einen Korb und ging hinaus, um Äpfel zu pflücken. Bruna wühlte im Speiseschrank, und kurz darauf trafen sie zu dritt in der Küche zusammen, die ihre dunklen und sonnendurchfluteten Ecken hatte. Candela schlug die Eier auf, und Bruna verrührte die Milch und das Mehl.

Eines Tages, während sie darauf warteten, dass die Apfel-Empanadas gar wurden, sahen Olvido und Bruna durchs Fenster, wie Candela durch den Garten lief.

»Sie ist so hübsch«, meinte Olvido.

Und Bruna sagte:

»Und, Gott sei Dank, gesund und kräftig.«

Olvido seufzte tief.

»Das haben wir nicht Gott, sondern dir zu verdanken.«

Bruna platzte beinahe vor Stolz. Dies war das erste Mal in ihrem Leben, dass ihre Herrin ihre Verdienste anerkannte.

»Ja …«, entgegnete sie.

Für eine Weile schwiegen sie. Es roch nach Empanadas und Apfelmus, und die Sonne erhellte die Küche. Dann wagte Olvido zu fragen, was ihr seit Jahren durch den Kopf ging, genauer gesagt, seit sie entdeckt hatte, dass Bruna Candela stillte:

»Du warst auch einmal Mutter, oder? Kurz bevor du in unser Haus gekommen bist … Ansonsten hättest du keine Milch gehabt … Wo ist dieses Kind?«

Bruna blieb stumm. Ihr Gesicht nahm unerwarteterweise einen traurigen Ausdruck an.

»Erzähl es mir«, bat Olvido, »ich werde es niemandem weitersagen. Du wirst dich besser fühlen, meine Liebe.«

»Ich werde mich … ach Scheiße.« Sie schüttelte den Kopf.

»Entschuldige, ich wollte nicht …«

Doch dann begann Bruna, von jener plötzlichen Beredsamkeit befallen, die bei gewissen Gelegenheiten die Menschen überkommt, die sonst lieber schweigen, zu sprechen.

»Eines Abends, in Ribeira, dicht bei unserem Haus, war meine Mutter gerade dabei, die Dorsche zu putzen, die mein Vater mitgebracht hatte, als der Fleischer aus unserem Dorf vorbeikam …«

Und sie erzählte alles.

Oder *fast* alles.

Eines Abends viele Jahre zuvor, in Ribeira, dicht bei ihrem Haus, war Brunas Mutter gerade dabei, die Dorsche zu putzen, die ihr Mann mitgebracht hatte, als der Fleischer aus dem Dorf vorbeikam. Obwohl Brunas Mutter einen Eimer zwischen ihre Beine gestellt hatte, warf sie die Eingeweide, die sie den Fischen herausgerissen hatte, auf den Boden, sodass sich um sie herum ein blutiger Berg an Gedärmen angesammelt hatte.

»Was für ein schöner Tag heute!«, rief der Fleischer aus.

Brunas Mutter erkannte ihn sofort, wenn sie auch überrascht war, ihn zu sehen, da er, soweit sie sich erinnerte, niemals die Metzgerei verließ, in der er auch wohnte.

Sie hielt mit den Händen über dem Eimer inne. Ihre Finger waren mit Blut und Innereien beschmutzt, und die Fischschuppen unter ihren Fingernägeln ließen sich inzwischen nicht mehr entfernen.

»Ja, nicht schlecht ...«, sagte sie und wandte sich wieder ihrer Arbeit zu.

»Wo ist denn der Rest der Familie? Und das Mädchen?«, fragte der Fleischer.

Er war ein sehr beleibter Mann mit dichten, zusammengewachsenen Augenbrauen. An jenem Tag trug er einen Wollanzug, der für die Jahreszeit viel zu warm war, mit Krawatte.

Brunas Mutter sah ihn argwöhnisch an.

»Die Jungen sind auf dem Meer. Bruna wird jeden Moment zurückkommen. Sie hilft einer Frau aus dem Dorf mit den Kindern. Warum? Was wollen Sie von ihr?«

Der Fleischer steckte sich einen Strohhalm in den Mund und ließ ihn zwischen den Zähnen hin und her wandern. Dann warf er einen Blick auf den Weg, der ins Dorf führte; Bruna war noch nicht zu sehen.

»Ich denke, ich werde hier bei Ihnen auf sie warten«, meinte er. »Warum sollte ich mir nicht den Luxus erlauben, ein bisschen zu warten. Schließlich ist die Metzgerei geschlossen. Und im Haus gibt es nicht viel zu tun.«

Brunas Mutter wandte sich wieder den Fischen zu. Sie schob den Fingernagel unter die Kiemen, trennte mit einem Ruck den Kopf ab und warf ihn auf den Boden. Hin und wieder bewegte sie ihr Hinterteil ein wenig hin und her, um es zu lockern, zog unschicklich die Nase hoch, spuckte auf den Berg an Fischabfällen und wischte sich mit dem Ärmel über den Mund. Der Fleischer sah ihr schweigend zu.

»Sind Sie wegen mir hier oder wegen Bruna?«, fragte sie plötzlich.

Anstatt zu antworten, richtete der Fleischer den Blick wieder auf den Weg. Er kaute auf dem Strohhalm herum und starrte auf die Fischeingeweide auf dem Boden.

Vor wenigen Monaten hatte er seine Frau verloren. Am Anfang hatte ihn das so mitgenommen, dass er nicht in der Lage gewesen war, das Geschäft zu öffnen. Doch allmählich ging es ihm wieder etwas besser.

»Sie brauchen nicht im Stehen zu warten. Ich bringe Ihnen einen Schemel, dann können Sie sich zu mir setzen. Bruna wird jeden Moment kommen.«

»Das ist nicht nötig«, sagte er, den Blick unablässig auf den Weg gerichtet.

Etwa fünf bis zehn Minuten über schwiegen sie. Nur das Geräusch der zu Boden fallenden Eingeweide war zu hören. Der feuchte Geruch der Fische vermischte sich mit dem herben, salzigen Aroma des Meeres, das der Wind hin und wieder mit sich brachte.

»Ich denke«, sagte der Fleischer auf einmal, »ich denke, dass es für Ihre Tochter an der Zeit ist zu heiraten. Es ist nicht ratsam, noch lange zu warten. Sie wird schnell hinüber sein, wie der Fisch, wenn er nicht frisch gegessen wird.«

Brunas Mutter richtete sich auf und wischte sich die Hände an der Schürze ab.

»Das Mädchen ist siebzehn Jahre alt«, meinte sie, »wen soll sie denn heiraten?«

Der Fleischer zog ein Taschentuch aus seiner Tasche und wischte sich über den dünnen Bart, wo sich ein paar Schweißtropfen angesammelt hatten. Seine Haut verströmte den gleichen Geruch wie das rote Fleisch, das er verkaufte.

»Es ist schon alles geregelt«, sagte er. »Die Papiere sind so gut wie fertig, und dann ist meine Witwerschaft offiziell. Heute Morgen habe ich in Santiago angerufen, und man hat mir bestätigt, dass es sich nur noch um Tage handelt. Ich kann bereits wieder heiraten.« Sein Blick wurde eindringlich. »Ihre Tochter gefällt mir, wissen Sie? Schon seit einer Weile.«

Brunas Mutter sah ihn an und schaute dann langsam zum Weg hinüber. In der Ferne zeichnete sich die Gestalt ihrer Tochter ab.

»Wenn Sie sie umwerben wollen, habe ich nichts dagegen«, erklärte sie schließlich. »Aber das Mädchen ist ziemlich aufsässig. Damit will ich Sie nicht abschrecken, aber Sie sollten es wissen.«

»Daran bin ich gewöhnt«, sagte der Fleischer. »Sie kannten ja meine Frau, die, wie Sie und alle anderen in diesem Dorf wissen, ein echtes Teufelsweib war. Immer mit dem Messer in der Hand …«

»Ja, immer mit dem Messer in der Hand …«

Bruna kam heran, die Arme vor der Brust verschränkt und einen Topf auf dem Kopf tragend. Sie stellte den Topf auf den Boden und blickte die beiden an.

»Der … Fleischer ist gekommen … Er sagt, dass er heiraten will … dich«, erklärte ihre Mutter.

Bruna musterte den Fleischer von oben bis unten.

»Und wer hat gesagt, dass ich ihn heiraten will?«, fragte sie.

Der Fleischer zog erneut das Taschentuch heraus, um sich den Schweiß abzuwischen.

»Und warum nicht?«, entgegnete er und spuckte den Strohhalm aus. »Die Papiere sind fertig. Ich bin frei.«

»Verrückter Widerling«, sagte Bruna und wandte sich um.

Die Mutter wollte sie nicht aufhalten, und so sahen sie und der Fleischer zu, wie sie mit dem Topf ins Haus trat und im Halbdunkeln verschwand.

»Das kriege ich hin«, erklärte der Fleischer. »Aber dann muss ich sie ein paar Tage vor der Hochzeit im Haus haben.«

»Schauen Sie«, entgegnete die Mutter, »ich kann es versuchen, aber ich kann Ihnen nicht zusichern, dass das bei ihr funktioniert. Ich hab Ihnen ja schon gesagt, das Mädchen ist unbezähmbar.«

Noch am selben Abend wurde Bruna mit ihren wenigen Habseligkeiten ins Haus des Fleischers gezwungen; vier Tage später war sie zurück. Sie sagte, dass der Fleischer sie rausgeschmissen habe.

Im Dorf ging das Gerücht um, dass sie ihm ein Ohr abgebissen habe.

Doña Olvido sah aus dem Autofenster. Der Blick, der sich ihr bot, umfasste einen breiten, mit Heidekraut bewachsenen Hang, auf der anderen Straßenseite einen Eukalyptuswald und in der Ferne einen kleinen Hügel. Eukalyptuswälder machten sie traurig: Wenn sie die bläulichen Blätter betrachtete, war es, als riefe jemand aus dem Jenseits nach ihr.

»Dieser Fleischer muss ja wirklich ein Tier gewesen sein. Aber … abgesehen davon, dass du ihm einmal Katzenbraten vorgesetzt hast, warte ich immer noch auf deine Antwort.«

Bruna blickte sie überrascht an.

»Ich werde …«

»Du hast mir niemals erzählt, was aus deinem Sohn geworden ist …«

Schweigen.

»Tochter«, korrigierte Bruna schließlich, den Blick unbeweglich geradeaus gerichtet.

»Ist sie bei deiner Mutter geblieben?«

Bruna war nicht in der Lage zu antworten; sie blieb stumm, während ihre Augen mit einem Mal feucht wurden.

Doña Olvido dagegen war so intensiv mit dem Gespräch beschäftigt, dass sie auf die Gegenfahrbahn geriet. Auf einmal überkam beide jene plötzliche Einsicht, die sich manchmal mit Verzögerung einstellt, und ihnen wurde bewusst, dass ihnen ein Auto entgegenkam, während sie sich in der Mitte der Straße befanden. Doña Olvido schloss die Augen (»Schließ die Augen!«, befahl sie auch Bruna), doch das Dienstmädchen warf sich zur Fahrerseite hinüber, griff ins Lenkrad und riss es herum. Das Auto geriet ins Schleudern, beschrieb eine Hundertachtzig-Grad-Kurve und landete im Graben. Das Hupen des anderen Fahrzeugs war noch eine ganze Weile zu hören. Die beiden alten Damen warteten darauf, dass es verklang.

»Jesus!«, sagte Doña Olvido und gestikulierte nervös mit den Händen. »Sieh mal, was du angerichtet hast.«

»Der Teufel soll mich holen! So was passiert, wenn man auf einmal sentimental wird«, entgegnete Bruna und strich die Falten ihre Kleides glatt.

»Sentimental?«, fragte ihre Herrin. »Aber du warst doch diejenige, die gerade fast geheult hat.«

»Wenn ich es nicht verhindert hätte, wäre dieses Auto frontal in uns reingefahren«, sagte Bruna.

»Ich habe dir gesagt, dass du die Augen schließen sollst, aber dazu hattest du wohl keine Lust. Du machst einfach, wonach dir der Sinn steht.«

»Dass ich die Augen schließen soll …«

»Ja, außerdem läufst du mit diesem Brautkleid herum, als wärst du zwanzig Jahre alt. Was denkst du denn, wo es hingeht? Zu deiner Hochzeit? Als wenn das mit diesem Fleischer nicht gereicht hätte! Dann noch die Sache mit dem Scherenschleifer! Diesem verdammten Scherenschleifer!«

»Ich denke gar nichts.«

»Nein, natürlich nicht. Und genau das ist dein Problem, du hast das Gehirn eines Huhns.«

Bruna wandte den Kopf ab, sah aus dem Fenster und murmelte:

»Sie haben eben nie erlebt, wie es ist, von einem Mann begehrt zu werden …«

Dann versuchte sie energisch, das Fenster herunterzukurbeln, um etwas Luft einzulassen.

»Was hast du gesagt?«, fragte die Señora.

Doch sie erhielt keine Antwort.

Doña Olvido startete den Wagen, und sie fuhren weiter.

»Ich verstehe nicht, dass du noch Lust hast, ein Brautkleid anzuziehen, nach allem, was dir passiert ist …«

Bruna hatte sich erneut das Gebiss herausgenommen, hielt es in der Hand und spielte damit herum.

»Ich war nie verheiratet …«, sagte sie mit belegter Stimme, »nicht mal mit dem Scherenschleifer.«

Sie hielt den Arm aus dem Fenster, um ihn ein wenig zu strecken, zog ihn aber sofort wieder zurück. Plötzlich glühten ihre Wangen, und sie hatte erschrocken die Augen aufgerissen.

»Ich hab sie verloren!«, kreischte sie. »Halten Sie an! Ich hab sie verloren!«

»Was hast du verloren?«

»Meine Zähne! Sie sind einfach weggeflogen! Halten Sie an, Doña Olvido!«

Doña Olvido zog die Handbremse an. »Das hat uns gerade noch gefehlt«, brummte sie. Der VW Käfer geriet ins Schlingern und blieb ruckartig stehen. Das Auto hinter ihnen konnte gerade noch bremsen. Erneut erklang eine Hupe.

»Wir müssen sie auf dem Feld dort suchen«, rief Bruna. »Ich hab gesehen, wie sie über die Büsche geflogen sind. Wie ein Schmetterling.«

Sie setzte einen Fuß nach draußen und stieg, das Brautkleid mit sich ziehend, entschlossen aus dem Wagen. Dabei erklärte sie, dass das Gebiss neu sei, »ja, funkelnagelneu«, und der Seidenstoff des Kleides, der über den Boden schleifte, machte ein flüsterndes Geräusch wie eine Stimme, die die Stille einer Kirche durchbricht.

Auch Doña Olvido stieg aus und ließ die Fahrertür weit offen stehen. In diesem Moment raste ein anderes Auto vorbei, das der geöffneten VW-Tür gerade noch ausweichen konnte. Beinahe wäre es im Graben gelandet, und der Seat dahinter geriet auf die Gegenfahrbahn. Die Möwe erschreckte sich leicht, rutschte auf dem Autodach herum und kehrte schließlich mit einem verärgerten Krächzen auf ihren Platz zurück.

»Deine Zähne gehen mir echt auf die Nerven«, sagte Doña Olvido, völlig unbeeindruckt von dem, was sich gerade hinter ihr abgespielt hatte. »Warum behältst du dein Gebiss nicht einfach im Mund, so wie ich es mache? Es ist in Ordnung, das Gebiss herauszunehmen, wenn es einen stört, aber nicht, dass du ständig damit herumspielst. Das ist doch kein Spielzeug!«

»Meine Nichte Carmucha hilft mir immer bei der Suche, ohne mit mir zu schimpfen«, sagte Bruna, die schon durchs Gebüsch kroch und das Unkraut auf dem Boden auseinanderbog, und auch wenn sie kaum noch etwas sah, suchte sie überall. »Sie hilft mir immer … Einmal sind mir die Zähne ins Klo gefallen, und sie hat sie mit der Hand wieder rausgeholt. Wenn Carmucha jetzt hier wäre, hätte ich sie gar nicht verloren. Sie fährt viel besser Auto als Sie. Sie können überhaupt nicht fahren. Konnten Sie noch nie, egal, wie lange Sie Ihren Führerschein schon haben und dass Sie die erste Frau in Santiago de Compostela waren, die einen gemacht hat.«

»Jaja … Und gleich fängst du wieder damit an, dass du besser bei dem blöden Scherenschleifer geblieben wärst mit seinen noch blöderen Fliesen und bla, bla, bla … Hör zu, ich sag dir jetzt mal was: Der Scherenschleifer …«

»Zumindest war er kein rotes Schwein und kein Mörder und hat keine Klöster angezündet wie Ihr Mann«, fiel Bruna ihr ins Wort.

Doña Olvido rührte sich nicht mehr; ihre gestikulierenden Hände waren in der Luft erstarrt. Eine Ader an ihrer Schläfe begann zu pulsieren. Dann, ohne darüber nachzudenken, was sie tat, stürzte sie sich auf das Dienstmädchen und begann, ihr das Kleid vom Leib zu reißen. Wütend zog sie an der Ärmelspitze und am Rock, während Bruna sich mit Händen und Füßen zu wehren versuchte. Beide fielen auf die Erde und rollten erhitzt über den Boden, eine über die andere.

Nach einer Weile waren sie so erschöpft, dass sie nicht mehr konnten. Schwer atmend legten sie sich auf den Rücken und starrten in die Wolken, deren rasches Dahintreiben ihre Herzen in Aufruhr brachte.

»Du wolltest mir mein Kind wegnehmen … das habe ich dir nie verziehen!«, keuchte Doña Olvido aufgebracht.

Brunas Kleid war bis zu den Schenkeln hochgerutscht. Sie stützte sich auf die Ellbogen, und es gelang ihr, sich aufzusetzen. Inzwischen hatte der Himmel aufgeklart. Ein schneidender Wind fuhr in ihren sich auflösenden Dutt. Im Handgemenge hatte sie ihre Sonnenbrille verloren, und ihr Blick war noch genauso wie früher: der einer sanften Kuh. Plötzlich beugte sie sich vor, legte die Hände vors Gesicht und brach in Tränen aus. Es war ein sonores Weinen, ein zuckender Weinkrampf wie bei Kindern oder wie das immer wieder unterbrochene Rattern einer Nähmaschine, das sie nicht beherrschte. Ihr alter, schwacher Körper bebte und schien nicht in der Lage, so viel Schmerz zu ertragen.

Olvido richtete sich ebenfalls auf und setzte sich auf die Knie. Noch nie hatte sie ihr Dienstmädchen so bitterlich weinen sehen, und das untröstliche Schluchzen erregte ihr Mitleid.

»Entschuldige, Bruniña«, sagte sie. »Deine Tochter … Sie ist wohl nicht bei deiner Mutter geblieben, stimmt's? Was ist mit ihr passiert?«

Doch Bruna war noch nicht in der Lage, ihr zu antworten.

Zwei oder drei Wochen nachdem Bruna vom Fleischer zurückgekommen war, erzählte sie ihrer Mutter, dass sie schwanger sei. Daraufhin sagte ihre Mutter, dass sie zu dem Fleischer zurückkehren solle, da sie in diesem Haus voller Kinder nicht noch ein weiteres ernähren könne. Bruna entgegnete, dass sie niemals zu diesem alten Widerling zurückkehre und dass sie sich selbst um das Kind kümmern werde. Ihre Mutter meinte, dass sie nichts mehr von Kindern in ihrem Haus hören wolle, dass sie bereits zwölf Kinder – zwölf! – aufgezogen habe, und Bruna erwiderte, dass sie genauso wenig wie ihre Mutter schuld an dieser Schwangerschaft sei und dass sie, da es nun mal dazu gekommen war, sich über dieses Geschenk, das Gott ihr gesandt hatte, freuen wolle. Brunas Mutter lachte über das Wort »freuen«, und sie lachte über das Wort »Geschenk«, und vor allem lachte sie über Gott. Dann sagte sie, dass sie zum Glück keine Kinder mehr bekommen könne und dass dies das einzige Geschenk sei, das Gott ihr jemals gemacht habe.

»Und dann ist meine Mutter zu dem alten Fleischer gegangen«, erklärte Bruna, die inzwischen aufgestanden war und nun schwankend in ihrem zerrissenen Kleid auf dem Feld stand. »Seit dem Tag, an dem meine Mutter den Fisch gesäubert hatte und er gekommen war, um mich zu sich zu holen, hatte sie ihn nicht mehr gesehen. Sie erschauderte, als sie feststellte, dass dem Fleischer tatsächlich ein Stück vom Ohr fehlte, das noch immer violett verfärbt und von jemandem mit ein paar Stichen schlecht genäht worden war.«

Bruna ließ sich wieder auf den Boden sinken.

»Der Fleischer sagte, dass er, wenn irgendjemand ihn für dieses Kind, das ich im Bauch trug, verantwortlich machen wolle, zum Gericht nach Santiago gehen würde, um mich für das, was mit seinem Ohr passiert war, anzuzeigen. Und damit war das Gespräch beendet. Neun Monate später brachte ich mit der Hilfe meiner Mutter ein kleines Mädchen zur Welt, das nur zehn Minuten lebte. Kaum hatte es das Licht der Welt erblickt, legte meine Mutter es auf meinen Bauch. Es war ein hübsches Baby, kräftig und mit rosigen Wangen wie unsere Candeliña, aber sie hat es mir gleich wieder weggenommen. Dann hat meine Mutter vor sich hin gemurmelt, dass das Kind nicht gesund sei, hat die Nabelschnur, die sie noch nicht durchgeschnitten hatte, um seinen Hals geschlungen und es erwürgt. Anschließend ist sie in den Garten hinausgegangen, hat ein Loch in die Erde gegraben und es dort verscharrt.«

Doña Olvido beugte sich vor, um Bruna zu trösten. So blieben sie schweigend sitzen. »Und dann kam ich und habe dich kurz darauf vor deinem Haus abgeholt …«, murmelte Doña Olvido schließlich.

Bruna wischte sich mit dem Ärmel ihres Kleides übers Gesicht und sagte, während sie aufstand:

»Helfen Sie mir, meine Zähne zu finden.«

Eine Weile suchten die beiden alten Frauen das Gelände ab, rissen Gras aus und bogen das Gestrüpp auseinander. Immer wieder blieb Bruna mit ihrem Brautkleid irgendwo hängen, und Doña Olvido eilte herbei, um sie zu befreien. Es hatte aufgehört zu regnen, und die Sonne kam heraus. Nach einer Weile waren sie so erschöpft von der Sucherei, dass sie sich wieder hinsetzen mussten. Bruna öffnete ihre Tasche und nahm ein Stück Brot heraus, brach es in der Mitte durch und gab die Hälfte an Doña Olvido weiter. Beide begannen an ihrem Brot zu lutschen, wie es Babys tun, Bruna ohne Zähne und Olvido mit trockenen Lippen. Einige Zeit später sagte Letztere:

»Ich allein trage die Schuld. Ich hätte Candela an jenem Tag nicht allein nach draußen gehen lassen sollen … Aber es ist … Es sind so viele Dinge geschehen.«

Bruna erwiderte:

»Es war meine Schuld; ich hätte dort sein müssen.«

Darauf sagte Doña Olvido:

»Niemand konnte ahnen, dass so etwas passiert … Es heißt, dass der Schmerz verlöscht, wenn er seine Mission erfüllt hat, was für eine Lüge! Sie sperren dich mit deinem Schmerz noch in den Sarg ein.«

»Drauf geschissen!«

Eines Tages, als Don Ángelo da Pena gerade zu Besuch war, stürzte eine Frau aus dem Dorf ins Haus und rief, dass alle mitkommen sollten, da auf dem Platz etwas Furchtbares im Gange sei. Ein paar Soldaten hatten den Lehrer und zwei weitere Männer abgeführt und sie, die Gewehre auf sie gerichtet, gezwungen, auf einen Lieferwagen zu steigen. Wobei es nicht das erste Mal war, dass so etwas passierte. Tatsächlich wurden, seit die Familie Gondollín auf dem Gutshof angekommen war, beinahe täglich Menschen verhaftet. Wenn es nicht der Bürgermeister war, dann der Schreiner oder ein anderes Mitglied der Gewerkschaft. Alle im Dorf hatten zugesehen, wie die Frau des Wirts weggebracht wurde, weil sie gesagt hatte, dass alle Priester pervers seien, und wie sie zurückgebracht wurde, vollkommen nackt und mit geschorenem Kopf.

Als der Lehrer abgeholt wurde, sagte niemand mehr etwas, und obwohl die Kinder nun nicht mehr zur Schule gehen konnten, bat niemand um Erklärung. Nicht einmal Olvido, obwohl die Szene sie ziemlich mitgenommen hatte. Wer wohl den armen Lehrer denunziert hatte? Er war doch ein guter Mensch, der es sich zur Aufgabe gemacht hatte, den Kindern zu helfen. Den ganzen Tag über war sie traurig und zerstreut. Sie zuckerte die Linsen und zog ihren Rock an, ohne zu merken, dass sie darunter bereits einen trug.

Und Candela bemerkte ihre Unruhe.

Am Abend, als Olvido ihr half, das Nachthemd anzuziehen, wollte die Kleine, die die Leute miteinander hatte tuscheln sehen, wissen, ob sie weiterhin in die Schule gehen würde.

»Fürs Erste nicht«, sagte ihre Mutter. »Es gibt keinen Lehrer.«

Candela faltete ihren Rock und legte ihn aufs Bett.

»Wir haben jetzt das Geld für das Fahrrad zusammen«, erklärte sie. »Gestern haben Bruna und ich es gezählt.«

Olvido beglückwünschte ihre Tochter und sagte, dass sie an einem der nächsten Tage nach Santiago fahren würden, um das Rad zu kaufen. Ihre Tochter nahm das Nachthemd aus der Kommode und sah ihre Mutter an.

»Haben sie ihn weggebracht, weil er ein Roter war wie Papa und Tante Conchita?«, fragte sie plötzlich.

»Wen?«

»Den Lehrer.«

Olvido fasste ihre Tochter an den Handgelenken und sah ihr streng in die Augen.

»Wo hast du das denn gehört?«, fragte sie.

Die heftige Reaktion ihrer Mutter löste bei dem Mädchen eine seltsame Freude aus; die ungeschönte, namenlose Provokation stand drohend im Raum, und das gefiel ihr.

»Dein Vater ist kein Roter, verstehst du? Dein Vater ist kein Roter. Es scheint so, aber … Er hat alles für uns getan, damit wir nicht in Gefahr geraten. Der Lehrer ist ein Roter, ja … Und Rote wie der Lehrer müssen ins Gefängnis.« Olvido schüttelte ihre Tochter. »Wiederhole es!«

Mit der Unschuld ihrer sieben oder acht Jahre hatte Candela etwas bemerkt: Auch wenn ihre Mutter sie rauer und gleichgültiger behandelte und ihr nicht die gleiche Zärtlichkeit entgegenbrachte, wie Bruna es tat, war sie ihr wohl wichtig. Denn wenn sie, wie jetzt, Derartiges über ihren Vater und ihre Tante sagte, hatte sie sofort ihre Aufmerksamkeit; ihre Mutter wurde unruhig, weinte beinahe und befahl ihr zu schweigen. Und danach hatte ihre Mutter manchmal sogar Zeit für sie. Und das konnte nur bedeuten, dass sie sie liebte.

Candela begann laut zu schluchzen, woraufhin Olvido sie losließ und in die Arme nahm.

»Ist ja gut, ist ja gut. Wir fahren nach Santiago und kaufen dir das Fahrrad«, sagte sie dann.

»Ja.«

Kurz darauf, an einem sehr heißen Tag, war auf dem Gutshof das Trillern einer kleinen Flöte zu hören. Bruna, die gerade dabei war, Candela zu frisieren, hielt abrupt inne und erstarrte.

»Was ist los?«, fragte die Kleine. »Du tust mir weh ...«

Bruna ließ die Bürste fallen und lief zum Fenster.

Draußen vor dem Gartentor stand ein zerlumpter, schnurrbärtiger Mann.

Gleich darauf versammelten sich alle Hausbewohner in der Tür.

Seit Bruna mit dem Scherenschleifer fortgegangen und anschließend wieder zurückgekehrt war, war dieser Mann für sie alle zu einem mythologischen Wesen geworden, zu jemandem, der vielleicht existierte, vielleicht aber auch nicht, und von einer faszinierenden, geheimnisvollen Aura umgeben war. Hauptsächlich, weil aus Bruna, sosehr sie sie auch bedrängten, nicht herauszubekommen war, warum sie nicht bei ihm geblieben war, warum sie diesen scherenschleifenden Ehemann zurückgelassen hatte und dieses wunderbare Haus mit dem gefliesten Bad. Nur hin und wieder, in der Wärme des Feuers in der Küche, wenn Bruna Socken stopfte oder Kartoffeln schälte, wurde sie redselig und hatte Lust, etwas zu erzählen. Außer den Leuten aus dem Dorf war dann meistens auch Candela anwesend, manchmal auch Doña Olvido. »Das Haus«, erklärte sie immer wieder, »hatte Fliesen im Badezimmer.«

»Das wissen wir doch schon!«, riefen die Frauen aus dem Dorf. »Erzähl uns von ihm! Sieht er gut aus?«

Dann kam der Teil über den Scherenschleifer, der laut Bruna der attraktivste Mann war, den es auf der Erde gab: groß, muskulös und behaart, »wie Clark Gable«, behauptete sie, ohne zu wissen, wer Clark Gable war, und lachte. Was sie jedoch niemals preisgab, war der Grund, warum sie nach zwei Wochen ohne ihn zurückgekehrt war. Zweifellos hatte sie ihn nicht verlassen, weil er sie verärgert hatte, denn dann würde sie ihn sicher nicht über den Klee loben. Und so blieb das Geheimnis ungelüftet.

Doch der Scherenschleifer, der eines Morgens vor der Tür stand, war weder groß noch muskulös, noch behaart, er war kein echter Mann, sondern die reinste Enttäuschung: hässlich, so dünn wie die Messerklingen, die er dabeihatte, mit eingefallenen Wangen und einem Bart von einer Woche. Er war mit Schlamm und Blut beschmiert, durstig, barfuß, mit zerrissener Kleidung und dem ängstlichen Blick eines geprügelten Hundes. Höflich nahm er die Mütze ab und fragte:

»Ist Bruna da …?«

Doch Bruna war nirgendwo zu finden. Sie war wie vom Erdboden verschluckt.

Olvido bat den Mann herein und lud ihn zu einer Tasse Kaffee ein, während Doña Pelagia sich auf die Suche nach Bruna machte. Der Mann war schmutzig. Sehr schmutzig, und er roch schlecht; und so wie er den Käse herunterschlang, den sie ihm angeboten hatte, hatte er sicher seit mehreren Tagen nichts mehr gegessen. Unruhig blickte er von einer Seite zur anderen und fragte immer wieder nach Bruna. Olvido gefielen seine kleinen, unruhigen Augen gar nicht, die überall hinblickten und nichts zu sehen schienen.

Candela, die mitbekommen hatte, dass es sich um den Scherenschleifer handelte – den sie von dem Foto in Brunas Dachkammer kannte –, trat leise ein und setzte sich hin, um zuzusehen. Als der Mann sie ansprach, antwortete sie nicht.

Der Scherenschleifer aß alles auf, erhob sich dann und sagte, dass er gehen müsse, bevor sie ihn holen kämen.

»Sie? Wer?«, fragte Olvido, die in seinem Gesicht und an seinem Aufzug unablässig nach etwas suchte, was nicht stimmte und die mögliche Wahrheit verraten könnte.

»Die Wächter«, entgegnete er.

»Die Wächter?«

Der Scherenschleifer sah wieder von einer Seite zur anderen.

»Die von der Mine in Cassaio. Ich war als Gefangener dort.«

Dann bat er sie um Hilfe. Er erzählte, dass die Falangisten ihn als Gefangenen in die Wolframminen geschickt hatten und dass er zusammen mit drei anderen Männern geflohen war, die er in der Nacht im Gebirge aus den Augen verloren hatte. Er war zwei Tage gegangen, ohne zu schlafen, hatte sich nur einmal kurz im Innenhof einer Kirche ausgeruht. Am Abend des dritten Tages hatte er sich eine Pause gegönnt, um Atem zu holen, war danach jedoch gleich wieder aufgebrochen. Er hatte unter dem Hunger, der Kälte, der Feuchtigkeit und der Einsamkeit gelitten, doch am schlimmsten war die Angst. Angst zu sterben, Angst, krank zu werden, in einen Hinterhalt zu geraten. Verraten zu werden. Angst, von den Seinen vergessen zu werden. Angst. Angst. Ständige Angst … Es war ihm gelungen, das Haus wiederzufinden, und nun war er gekommen, um Bruna um Hilfe zu bitten.

Olvido nahm ihn beim Arm und geleitete ihn ins Obergeschoss des Hauses. Bevor sie die Treppe betrat, warf sie einen Blick in die Dunkelheit des ersten Stocks hinauf und blieb nachdenklich stehen. Sie hörte, wie ihr Mann, der in seinem Zimmer auf und ab ging, sich räusperte. Schließlich ging sie die Treppe hinauf, doch auf dem ersten Treppenabsatz knirschte ein morsches Bodenbrett unter ihren Füßen.

Kurz darauf tauchte Benigno oben an der Treppe auf. Sie hörte ihn atmen und erkannte ihn im Halbdunkeln, in den üblichen Cordanzug gekleidet und das Hemd sorgfältig bis obenhin zugeknöpft.

Olvido hatte überlegt, den Scherenschleifer in Brunas Dachkammer zu verstecken, ohne ihrem Mann etwas zu sagen, doch nun musste sie es ihm doch erklären.

»Und du sagst, er war drei Tage lang auf der Flucht?«, fragte Benigno, nachdem er sie angehört hatte. Sein stumpfer Gesichtsausdruck belebte sich.

»Wir müssen ihn verstecken, Benigno«, flüsterte Olvido.

Benignos Augen glänzten in der Dunkelheit.

»Ja«, sagte er und räusperte sich erneut. »Natürlich. Wir müssen ihn verstecken. Wir dürfen nicht zulassen, dass er wie der Lehrer und die anderen Gewerkschafter abgeführt wird. Wir dürfen nicht zulassen, dass er wie Conchitas Geliebter endet ...«

Die beiden alten Frauen befanden sich noch immer inmitten des Farns und des Heidekrauts am Straßenrand, als in der Ferne die Sirene eines Polizeiwagens zu hören war. Lauernd und verängstigt wie ein verletztes Tier, das weiß, dass es sich nun nicht mehr verteidigen kann, wischte sich Bruna die Tränen ab und putzte sich mit dem Schlamm bespritzten Saum ihres Kleides die Nase. Olvido wollte zu ihr.

Sie hatte das Bedürfnis, bei ihr zu sein, ihr feuchtes Schnaufen zu spüren, eins mit ihr zu werden, weil irgendetwas in ihrem Inneren ihr sagte, dass nur das Unvollständige, das, was Bedürfnisse hatte, lebendig war.

Doch Olvido Fandiño rührte sich nicht. Stattdessen öffnete sie langsam den Mund, um eine Frage zu stellen. Eine Frage, die ihr gesamtes Sein zusammenfasste, die furchtbare Sorge zu sterben, ohne dass irgendjemand, nicht einmal ihr Dienstmädchen, sie geliebt hatte.

»Aber ... du liebst mich, oder, Bruna?«

Bruna schwieg. Und als ob Doña Olvido sich für diese Gefühllosigkeit rächen wollte, griff sie nach dem Körper ihres Dienstmädchens und zog es an sich, an ihren bebenden, schwitzenden Körper: Endlich konnte sie sie umarmen.

Als die Polizei eintraf, stellten die beiden Beamten ihr Auto quer vor dem VW Käfer ab, betrachteten mit verwundertem Gesicht die Möwe auf dem Dach und betraten, um mit den beiden Frauen zu reden, das Gelände jenseits der Straße. Bei ihnen angekommen, fragten sie als Erstes, ob das Auto, das mitten auf der Straße stehe, ihres sei.

»Natürlich«, antwortete Doña Olvido und richtete sich auf. »Aber es ist nicht zu verkaufen.«

Einer der beiden Polizisten zog seinen Block aus der Tasche.

»Papiere!«, sagte er.

»Papiere«, wiederholte Doña Olvido, blickte irritiert um sich und schüttelte dann die Grashalme ab, die in ihrem Unterrock hingen.

»Fahrzeugschein und Führerschein.«

»Fahrzeugschein …«, wiederholte Doña Olvido wieder und wandte sich an Bruna: »Gumersinda, hast du zufällig den Fahrzeugschein bei dir?«

Doch Gumersinda (oder Bruna oder Matilde oder María del Mar) hatte noch immer den Kopf gesenkt und hielt im Farnkraut, ohne sich zu rühren, Ausschau nach ihrem Gebiss.

»Sie ist ein wenig schwerhörig«, erklärte Doña Olvido.

»Wer von Ihnen ist die Fahrerin des Wagens?«

»Ich natürlich«, sagte Doña Olvido sofort. »Stellen Sie sich vor, wir waren gerade beim Fernsehen, wo man mich interviewt hat, weil ich hier in Galicien die Frau mit dem ältesten Führerschein bin, wie finden Sie das? Die vom Fernsehen haben mich schon vor einer Weile darum gebeten, aber meine Kinder haben es nicht zugelassen. Ich habe jede Menge hochinteressante Dinge erzählt, über die ersten Autos, die es in Santiago gab. Sie müssen wissen, dass ich bereits Auto gefahren bin, als die Straßen noch nicht asphaltiert waren und es in den Häusern noch kein fließendes

Wasser gab. Hören Sie, ich kann mich noch daran erinnern, dass die Schafe auf der Praza da Quintana geweidet haben, wo damals noch Bäume standen. Habe ich recht, Gumersinda?«

Doch Gumersinda (oder Bruna oder Matilde oder María del Mar) antwortete nicht. Sie starrte nach wie vor zu Boden und bog nun das Gestrüpp auseinander, um weiter nach ihrem Gebiss zu suchen.

»Würden Sie mir bitte Ihren Führerschein zeigen, Señora?«, verlangte der Polizist.

»Sehen Sie«, begann Doña Olvido, »er müsste erneuert werden, nur da ich kein aktuelles Passfoto von mir habe, war das nicht möglich … Aber ich habe einen Führerschein, ganz bestimmt.«

»Señoras, würden Sie bitte mit zu unserem Wagen kommen. Wie es aussieht, rufe ich am besten ein Abschleppfahrzeug, und Sie kommen mit uns.«

»Ein Abschleppfahrzeug?«, kreischte Doña Olvido. »Aber nein, nein … Sie müssen wissen, dass Gumersinda auf dem Weg zu ihrer Hochzeit ist, die gleich stattfinden wird, daher ist das unmöglich. Wären Sie bitte so freundlich, uns bei der Suche nach ihrem Gebiss zu helfen?«

In der Zeit, die der Scherenschleifer sich auf dem Gutshof befand, ließ Bruna sich nicht blicken. Doch wo mochte sie sein? Sie hatte nichts aus ihrem Zimmer mitgenommen und hatte sich nicht mal verabschiedet. Ob sie sich im Wald verlaufen hatte? Oder im See ertrunken war? Niemand hatte eine Erklärung. Wie beim letzten Mal war sie spurlos verschwunden.

Olvido kümmerte sich um den Mann. Sie badete, rasierte und parfümierte ihn. Dann zog sie ihm Kleidung von ihrem Mann an. Sie gab ihm zu essen und machte ihm ein Bett in Brunas Dachkammer, wo er sich versteckt hielt. Das war das Mindeste, was sie für Bruna tun konnte.

Eines Tages folgte Olvido ihrer Tochter. Seit diese die Puppen erwähnt hatte, die angeblich am See hingen, war ihr dies nicht mehr aus dem Kopf gegangen.

Jedes Mal, wenn Cristino den Kindern aus dem Dorf kaputte Puppen abkaufte und Candela dabei war, nutzte Olvido die Gelegenheit, um mit den Kindern zu reden und dafür zu sorgen, dass sie mit ihrer Tochter spielten. Doch Candela zeigte kein Interesse an ihnen.

Die kaputten Puppen, die Cristino kaufte, verblieben nicht im Haus, sondern verschwanden, und Olvido hatte den Verdacht, dass sie sich irgendwo in der Nähe des Sees befanden.

Also folgte sie ihrer Tochter und versteckte sich dabei hinter Bäumen und Büschen, bis Candela zu einer Lichtung kam und dort, direkt am See, mit dem Schmetterlingsnetz spielte. Olvido sah ihr aus der Ferne zu: Dort, still für sich hockend, wirkte das Kind wie in der Erde verwurzelt, wie ein Busch oder ein Teil des Baumes, dessen Äste sich stolz über das erdige Ufer reckten. Candelas langsame, präzise Bewegungen erinnerten an die eines exotischen Insekts, einer Heuschrecke oder eines Käfers. Gerade nahm sie Glühwürmchen aus einer Schachtel und legte sie auf einen Baumstumpf.

Die abendliche Dunkelheit verschwand, und plötzlich war alles von Lichtern übersät. Einige von ihnen bewegten sich schnell über das Ufer des Sees, andere waren hohe, glänzende Lichter, die an jungfräulichen Himmeln zu brennen schienen; und wieder andere schwebten blinkend hernieder, stiegen erneut auf und wieder ab, als würden sie, grüßend und sich verbeugend, schließlich auf dem Boden landen.

Candela schlug mit einem Stein auf die Glühwürmchen. Dabei sagte sie streng: »Stirb, Roter!«, und verharrte eine Weile mit unbeweglichem, mürrischem Gesicht, das von dem kurzen Blinken erhellt wurde, das auf den tödlichen Schlag folgte. Nach einer Weile nahm sie einen anderen Stein: »Stirb, Roter!« Und noch einen: »Stirb, du auch!«

Olvido fuhr schaudernd zusammen, als sie das sah, doch als sie verstört den Blick hob, bot sich ihr ein noch makabrerer Anblick.

Ein Stück vom See entfernt hingen die Köpfe der Porzellanpuppen und verstümmelte Puppenkörper in den Ästen der Bäume oder waren einfach aufgespießt. Und nicht weit davon lagen weitere Puppen, deren Körper mit Erde und Spinnweben überzogen waren, mit lachenden oder ernsten Gesichtern, einige mit Schmuck und Kleidern zurechtgemacht, kleine Mädchen, an deren Mündern und Hälsen Ameisen krabbelten und die mit wirrem Haar, die Armen von sich gestreckt, aus den Blättern ragten.

Ein eiskalter Schauer lief Olvido über den Rücken. Dann ging sie zu ihrer Tochter, um mit ihr zu reden.

Candela war augenscheinlich nicht überrascht, ihre Mutter zu sehen, und fuhr einfach damit fort, die kleinen Tiere zu zermalmen.

»Was machst du da?«, fragte Olvido.

»Ich töte Lichter«, antwortete ihre Tochter.

»Glühwürmchen?«, fragte Olvido, wobei sie nicht anders konnte, als aus dem Augenwinkel einen neuerlichen Blick auf die hängenden Puppen zu werfen.

»Ich weiß es nicht …« Das Mädchen hob langsam den Kopf. »Lichter«, wiederholte es, »von den Körpern Conchitas und ihres roten Geliebten.«

Die Polizisten ließen sich auf alle viere nieder, um den beiden alten Damen bei der Suche nach dem Gebiss zu helfen.

Dieses jedoch war nicht aufzufinden. Nach einer Weile richtete sich einer der beiden Polizisten wieder auf. Während er sich den Schweiß von der Stirn wischte, sagte er:

»Señoras, das ist, wie eine Nadel in einem Heuhaufen zu suchen. Wenn Sie keinen Führerschein oder sonstige Papiere vorweisen können, sind wir gezwungen, einen Abschleppwagen zu rufen und Sie mitzunehmen.«

Olvido nahm den Polzisten ins Visier, dann zeigte sie mit dem Finger auf ihn.

»Sie sind alles andere als hässlich …«, sagte sie.

Der Polizist, dem der Kommentar peinlich war, überspielte dies, indem er seinen Block herauszog.

»Allerdings ziemlich unerfahren …«

»Señora, ich bin dazu verpflichtet …«

»Hören Sie! Meine Schwester Gumersinda ist schon über achtzig. Seit sechzig Jahren hat sie auf diesen Moment gewartet. Wir sind auf dem Weg zu der Kirche vom Kloster Sobrado. Dort wartet ihr Bräutigam, verstehen Sie? Ein alter Mann von neunzig Jahren. Möchten Sie wirklich derjenige sein, der ihr den großen Tag verdirbt? Sie sind ein junger, gut aussehender Mann, aber Sie haben nicht das Recht, das Glück zweier alter Frauen zu zerstören.«

»Ich hab's gefunden!«, war plötzlich eine Stimme zu hören.

Bruna richtete sich auf und zeigte allen das mit Erde beschmutzte Gebiss. Anschließend steckte sie es sich, ohne sich die Mühe zu machen, es vorher zu reinigen, mit einem klackenden Geräusch in den Mund: *Plock*. »Der Teufel soll mich holen!«, sagte sie, während sie auf der Erde in ihrem Mund herumkaute, *knarz, knarz*. Sie grinste düster, wankte ein paar Schritte nach vorn, als wäre sie betrunken, hielt sich die Augen zu und fiel einfach um.

Die Polizisten eilten zu ihr und beugten sich über sie.

»Das ist der Zucker«, murmelte Bruna, mit gespreizten Beinen auf dem Rücken liegend, »der steigt mir in den Kopf und lässt mich … träumen.«

Einer der Polizisten holte das Funkgerät aus dem Wagen, um einen Krankenwagen zu rufen: »Eine alte Frau, ja, wie es scheint, eine Hypoglykämie. Wir sind …« Er wandte sich suchend nach dem Kilometerstein um, der angab, wo sie sich befanden.

In diesem Moment zog Olvido Bruna vom Boden hoch und führte sie zum Auto. Dabei sagte sie:

»Gumersinda, jetzt wird geheiratet, tot oder lebendig.«

Als der Polizist, der den Notruf durchgab, sah, dass Bruna sich aufgerappelt hatte, schwieg er einige Sekunden. Dann sagte er:

»Nein, warten Sie. Besser, Sie fahren zum Kloster Sobrado. Die alte Dame ist dorthin unterwegs. Wie es scheint … Wie es scheint, will sie dort heiraten.«

Die Polizisten folgten ihnen und stützten sie am Arm, damit sie nicht wieder hinfielen. Bruna war nur halb bei Bewusstsein und murmelte zusammenhangloses Zeug vor sich hin. Als sie bei dem VW Käfer ankamen, starrten die Polizisten durch das hintere Fenster auf die Rückbank. Als Bruna dies sah, schwankte sie wieder.

»Wir haben keine Leiche im Kofferraum!«, rief sie lallend.

»Still!«, murmelte Doña Olvido.

Die Polizisten konnten sich ein Lachen nicht verkneifen, doch der eine musste immer wieder auf das Bündel auf der Rückbank starren. Schließlich sagte er zu seinem Kollegen:

»Hör mal, diese beiden Alten kommen mir irgendwie verdächtig vor. Siehst du die Haare von dem, was da sitzt?«

Der andere trat näher, um sich die Sache genauer anzusehen. Dann wandte er sich ab und sagte sehr ernst, mit leicht zitternder Stimme:

»Bitte öffnen Sie den Kofferraum, Señoras.«

Doña Olvido trat sehr würdevoll auf das Auto zu.

»Natürlich«, sagte sie.

Während sie vorgab, den Hebel im Handschuhfach zu betätigen, mit dem sich der Kofferraum öffnen ließ, griff sie nach Brunas Handtasche, nahm den Hammer heraus und kam mit dem Werkzeug in der Hand wieder nach draußen.

Bruna, die ein paar Schritte weiter hinten stand, schrie:

»Ach, du Scheiße!«

Olvido verpasste zuerst dem einen Polizisten einen kräftigen Schlag, dann dem anderen. Beide sackten in sich zusammen, ohne einen Laut von sich zu geben.

Die Möwe flatterte erschrocken davon.

Doña Olvido spürte einen Stich im Magen, gefolgt von einem bitteren Geschmack in der Kehle, den sie sofort zuordnen konnte.

»Was stehst du da rum!«, schrie sie und zog Bruna zum Auto. »Schnell, steig ein!«

Hatte sie *Conchita* gesagt? Hatte Candela tatsächlich von ihrer Tante gesprochen und von deren rotem Geliebten? Sie hatte Conchita doch kaum gekannt, da sie recht bald nach dem Umzug auf den Gutshof gestorben war, als Candela noch sehr klein gewesen war. Es war kaum möglich, dass sie sich an sie erinnerte. Sie selbst hatte nie mit der Kleinen über ihre Tante gesprochen und schon gar nicht über deren Geliebten.

»Wer ist Conchita?«, fragte sie daher Candela. »Eine von den Puppen?«

»Oh, nein. Conchita ist keine Puppe, sondern meine Tante«, erklärte ihre Tochter. »Jemand hat sie getötet, weil sie eine Rote war. Sie ist hier in der Nähe begraben, im selben Sarg wie ihr Geliebter, und deshalb kehrt sie immer wieder hierher zurück. Onkel Cristino hat die Puppen hier aufgehängt, um ihren Geist zu verscheuchen. Sie will uns viele Dinge sagen, aber sie spricht nicht mit ihrer Stimme, sondern durch bunte Lichter.«

Olvido nahm ihre Tochter am Arm und zog sie mit sich zum Haus zurück.

Es war offensichtlich, dass Cristino ihr diese Flausen in den Kopf gesetzt hatte. Hin und wieder, vor allem, seitdem Bruna verschwunden war, verbrachte Candela viele Stunden zusammen mit ihrem Onkel am See. »Jemand hat sie getötet. Jemand hat sie getötet …« Die Worte hallten in Olvidos Kopf wider. Das Erste, was sie tat, war, nach ihrem Schwager zu suchen, der wie üblich durch den Garten ging und seinen Löffel schwang, um Blutgerinnsel zu entfernen. Olvido ging zu ihm, während sie ihre Tochter hinter sich herzog.

»Was hast du der Kleinen über Conchita erzählt?«, fragte sie wütend.

Cristino sah sie überrascht an. Es war lange her, dass Olvido mit ihm gesprochen hatte, und sie plötzlich so aus der Nähe zu sehen, beeindruckte ihn irgendwie. Ihre jugendliche Schönheit war verflogen. Sie war extrem dünn geworden und hatte eingefallene Wangen. Ihre Kleidung war verfleckt und schlotterte um ihren mageren Körper. Und sie roch so wie seine Mutter, Doña Pelagia: nach Urin und Verderben. Cristino starrte sie nur an und antwortete nicht. Dann ging er, seinen Löffel schwingend, weiter.

Daraufhin stieg Olvido die Treppe hinauf, um mit ihrem Mann zu reden, fand ihn jedoch weder im Bett noch in seinem Zimmer vor. Ihr nächster Gedanke war, Doña Pelagia zu fragen. Sie suchte im Garten nach ihr, doch diesmal war ihre Schwiegermutter nicht draußen, sondern saß im kleinen Salon im Schaukelstuhl.

Sie trug einen rosafarbenen Schal mit Fransen und wirkte äußerst zufrieden.

»Pelagia … Hast du Benigno gesehen?«

Doña Pelagia stand auf und spazierte durchs Wohnzimmer, wobei sie die Fransen ihres Schals tanzen ließ.

»Gefällt er dir?«, fragte sie. »Das ist die neueste Mode aus Madrid. Amador hat ihn mir geschickt …«

Olvido sah sie an. Woher mochte sie diesen Schal haben?

»Wo ist Benigno?«, erkundigte sie sich erneut.

Doña Pelagia stellte sich vor den Spiegel und lächelte.

»Benigno?«, fragte sie dann. »Der ist mit diesem Kerl mit dem Schnurrbart weggegangen.«

»Mit dem Scherenschleifer? Wirklich mit dem Scherenschleifer? Ist er mit ihm …?«

Doña Pelagia drehte sich um sich selbst.

»Gefällt dir mein Schal? Ich habe Amador gesagt, dass das nicht nötig ist, aber er ist so ein guter Junge!«

Doch Olvido hatte den Raum bereits wieder verlassen. In ihrem Kopf lief wie ein Film das ab, was nun kommen würde.

»Deine Mutter war ein schlechter Mensch«, sagte Doña Olvido, die wieder am Steuer saß. Die bewusstlosen Polizisten hatten sie, auf dem Boden liegend, zurückgelassen. »Das muss mal gesagt werden und warum nicht jetzt!«

Bruna blieb keine Zeit, darauf zu antworten, da etwas Unvorhergesehenes geschah, was ihr die Sprache verschlug. Von den Hammerschlägen erschreckt, war die Möwe aufgeflogen, um nun im Sturzflug wieder herunterzustoßen, wobei sie mit einer Wucht gegen die Windschutzscheibe knallte, als hätte die zornige Hand Gottes sie dorthin geschleudert. Doña Olvido riss das Steuer herum und hielt am Straßengraben an.

Die am Fenster klebende Möwe starrte sie an. Dann rutschte sie langsam an der Windschutzscheibe nach unten, einen Flügel ausgestreckt, mit aufgeplustertem Gefieder und blutbefleckt.

Ein Auge ohne Brauen und Lider sah sie herausfordernd an.

Candela ging in Brunas Dachkammer hinauf und schloss sich darin ein. Sie hob das lose Bodenbrett an und nahm das Glas heraus. Dann schraubte sie den Deckel ab und blickte regungslos hinein.

Das Glas war leer.

Sie trat in den Flur hinaus und traf auf ihre Großmutter, die die Treppe hinauf- und hinunterging und jedem, der ihr über den Weg lief, ihren Schal zeigte.

»Oma«, sagte das Mädchen mit dem leeren Glas in der Hand, leise schluchzend. »Weißt du, wer mir das Geld für das Fahrrad gestohlen hat?«

»Keine Ahnung«, entgegnete Pelagia. »Gefällt dir mein neuer Schal?«

Candela verharrte eine Weile und sah ihre Großmutter an. Dann ging sie die Treppe hinunter und verließ das Haus. In der Tür begegnete sie ihrem Vater, der allein aus dem Dorf zurückkam. Er wirkte äußerst selbstgefällig und erregt, als sei er sehr stolz auf sich. Im Haus wandte er sich gleich an seine Frau und verkündete, dass sie nun nach Santiago zurückkehren könnten, dass alles geregelt sei.

Olvidos Gesicht verdüsterte sich.

»Geregelt?«, fragte sie. »Was ist geregelt?«

»Ich habe die Nase voll von dieser Bruchbude. Überall stinkt es nach Vieh.«

Benigno eilte mit großen Schritten die Treppe hinauf. Im Obergeschoss begegnete er auf dem Flur dem kleinen Cristino und seiner Mutter und befahl beiden, dass sie ihre Koffer packen sollten, da sie alle nach Santiago zurückkehren würden.

Olvido, die ihm nach oben gefolgt war, fragte ihn, wo der Scherenschleifer sei.

»Der Scherenschleifer?«, fragte Benigno, als hätte er nicht kurz zuvor in dessen Begleitung das Haus verlassen.

»Ja, der Scherenschleifer. Deine Mutter hat mir gesagt, dass ihr zusammen weggegangen seid, dass ihr in der Bodega etwas trinken wolltet …«

»Na ja, ich habe ein Glas mit ihm getrunken, und dann ist er gegangen … Er meinte, dass er hier nicht sicher sei und verschwinden müsse. Wusstest du, dass er als Gefangener in den Minen von Cassaio war?«

»Das habe ich dir erzählt, natürlich weiß ich das!«

»Jedenfalls ist er jetzt weg. Ich weiß nicht, wohin er wollte … Möglicherweise haben sie ihn doch noch geschnappt.«

»Benigno!«, schrie Olvido. »Du hast ihn der Polizei übergeben und ihn verraten! Du Judas!«

»Ich habe ihn nicht verraten! Was für ein Unsinn … Sieh doch mal, es ist einfach nicht ratsam, Leute im Haus zu haben, die …«

»Aber du hast auf dem Speicher eine Maschinenpistole und eine Mauser versteckt!«

Benigno sah sie verwundert an.

»Ich?«, entgegnete er.

In diesem Moment öffnete ein Luftzug die Tür, und eine dunkle Gestalt zeichnete sich im Gegenlicht im Türrahmen ab. Es war Bruna, die, mit Taschen beladen, alle begrüßte. Dann stieg sie in ihre Dachkammer hinauf, verstaute ihre Sachen, hielt sich noch eine Weile oben auf und ging wieder hinunter. Sie hatte ein Brautkleid angezogen.

»Wo ist der Scherenschleifer?«, fragte sie und sah sich um. »Ich bin bereit! Und wo ist mein Mädchen? Candeliña!«

Olvido hatte plötzlich wieder dieses Stechen im Magen, das ihr so vertraut war und das sie zuletzt in jenen Tagen gequält hatte, als ihre Tochter zu sterben drohte, zusammen mit dem Geschmack nach Galle im Mund.

»Wenn nicht du die Waffen versteckt hast«, sagte sie, an ihren Mann gewandt, »wer war es dann?«

Erst da fiel Olvido auf, dass Candela nicht mehr im Haus war. Sie hatte sie nicht mehr gesehen, seit sie mit Cristino im Garten gesprochen hatte.

Seerosen, Schwimmendes Laichkraut und unter Wasser eine ungewöhnliche Welt mit Kaulquappen, Wassertieren, Libellen und Glühwürmchen. Unter den Bäumen war das Laub so trocken, dass die Eidechsen, die darüberkrochen, ein Geräusch machten, das wie ein prasselndes Feuer klang. Candela konnte Stunde um Stunde damit zubringen am sandigen Ufer mit den kleinen Tieren zu spielen, während Olvido und Bruna sich unterhielten.

Doch an jenem schicksalhaften Sonntag war Candela nicht hergekommen, um mit den Tieren zu spielen.

Seit einiger Zeit benutzten Doña Pelagia und ihr Sohn Cristino regelmäßig das Boot, das am Ufer im Wasser lag, um bis zur Mitte des Sees zu rudern. Von dieser Stelle aus waren der Turm des Gutshofs zu sehen, das Mönchskloster, die hängenden Puppen, und es gefiel ihnen, dort stundenlang ihre Zeit zu verbringen und sich einfach treiben zu lassen. So war es auch an diesem Tag.

Ihre Großmutter kam mit Cristino zum See herunter, den neuen Schal stolz um sich geschlungen. Den Schal, den sie sich von dem Geld gekauft hatte, das sie ihr gestohlen hatte und von dem sich Candela das Fahrrad hatte kaufen wollen. Bruna war nicht da, und ihre Mutter war damit beschäftigt, nach dem Scherenschleifer zu suchen, sodass Candela, ohne zu fragen, mit ihrem Onkel und ihrer Großmutter ins Boot stieg. Sie trug einen Korb am Arm. Darin befanden sich eine Schachtel, in der sie tote Insekten aufbewahrte, und ein kleiner Imbiss, bestehend aus Tortilla und Kroketten, sowie Messer und Gabeln. Wortlos ließen die beiden sie einsteigen.

Olvido stürzte aus dem Haus, blieb nur eine oder zwei Minuten stehen, um mit Señora Evangelina zu reden, die ihr unterwegs begegnete und die sie nach dem Kind fragte. Als sie am See ankam – wieder einmal erfüllt von dieser angstvollen, abstoßenden, unerklärlichen Intuition, dieser rabenschwarzen Dunkelheit, die aus allem und nichts bestehen konnte –, war das Boot bereits sehr weit vom Ufer entfernt. Cristino ruderte, und Pelagia saß ihm kerzengerade gegenüber. Zwischen ihnen hockte Candela und spielte mit einem Eimer, in den sie Wasser schöpfte, um es dann wieder auszuschütten. Das Wasser des Sees glitzerte in tausend Farben.

Kaum dass Olvido sie sah, rief sie nach der Schwiegermutter und dem kleinen Cristino. Doch keiner von beiden drehte sich um. Inzwischen war auch Bruna in ihrem Brautkleid ans Ufer gelangt und winkte mit den Armen. Aber die drei in dem Boot inmitten des Sees bemerkten die beiden Frauen nicht.

Olvido meinte, in der Ferne ein Lachen zu hören. Oder knurrte ihr Magen? Eine ungewisse und ihr gleichzeitig bekannte Angst stieg in ihr auf. Eine Angst, die sie irgendwann mitten in der Nacht schon einmal wahrgenommen hatte und die sie niemals wieder losgeworden war, lauernd, lautlos und ungezähmt.

Die Angst einer Mutter.

Doña Pelagia und ihr Sohn Cristino hatten zu streiten begonnen. Nur einzelne zusammenhanglose Worte wurden vom Wind zum Ufer herübergetragen: *Schal, Mädchen, ihr Geld, gib es ihr wieder.* Plötzlich stand der kleine Cristino auf, machte einen Schritt auf seine Mutter zu und packte sie am Hals. Candela begann zu kreischen und stand ebenfalls auf. Das Boot schwankte, und Cristino bemühte sich, das Gleichgewicht zu halten, während er gleichzeitig seine Mutter würgte.

Candela fiel ins Wasser, Doña Pelagia und Cristino hörten auf, miteinander zu ringen, und blickten zitternd und verblüfft auf das Mädchen hinunter, das mit den Armen ruderte und hin und wieder den Kopf aus dem Wasser streckte. Candela konnte nicht schwimmen. Auf Olvidos und Brunas Schreie hin schauten Doña Pelagia und Cristino zum Ufer hinüber. Ihre Blicke kreuzten sich.

Die Blicke der Mutter und des Dienstmädchens flehten:

Um Gottes willen, tut etwas, das Kind ertrinkt!

Und die Blicke von Cristino und Doña Pelagia sagten:

Nein. Nicht dass wir es nicht wollen. Wir können es nicht.

Keiner der beiden tat etwas. Sie sahen zu, wie das Kind unterging und Luftblasen über Luftblasen aufstiegen, wie für einen letzten Moment noch einmal der Kopf auftauchte, mit panischem Gesichtsausdruck, um dann tiefer und tiefer und tiefer zu sinken. Und sie rührten sich nicht. Waren wie gelähmt. Untätig wie immer.

Am Ufer hatten auch Olvido und Bruna aufgehört zu schreien.

In den ersten Wochen nach Candelas Beerdigung wurde das Haus von einer allgemeinen Kopflosigkeit beherrscht. Es waren düstere Tage, in denen die Herrin und das Dienstmädchen ziellos durch die Räume irrten, um sich am Abend mitten im Flur wie zwei vom Blitz getroffene Wesen zu umarmen. Auch die anderen waren im Haus, doch die beiden nahmen sie nicht wahr.

Eines Tages wurde Olvido, als sie am frühen Morgen erwachte, von einem so heftigen Zittern erfasst, dass sie nicht einmal aufstehen konnte. Daraufhin nahm Bruna sie vorsichtig am Arm, zog sie hinaus in den Garten und ließ sie den Weg auf und ab gehen. »Sehen Sie?«, sagte sie. »Sie leben noch.« An einem anderen Tag war es Bruna, die nicht in der Lage war aufzustehen und sich weigerte, etwas zu essen. Dann bereitete Olvido eine heiße Brühe für sie zu und brachte sie in die Dachkammer hinauf. Manchmal blieb sie den ganzen Tag bei ihr dort oben, und sie nutzten jeden Vorwand, um über Candela zu reden. Das tote Kind hatte es geschafft, die Schroffheit und die Unterschiede zwischen ihnen zu glätten und sie zu einem Kern zu verschmelzen.

Bis eines Morgens die Lähmung einer großen Wut Platz machte. Bruna bereitete in der Küche gerade das Essen zu. Auch Olvido war dort, wobei sie nicht wirklich anwesend war. Und am Tisch saß die Schaufensterpuppe. Die Schaufensterpuppe mit dem echten Haar in Conchitas Kleidern, der schwarzen Spitzenbluse aus

Musselin, die am Rücken mit zwei Heftklammern befestigt war. In wenigen Tagen würden sie nach Santiago zurückkehren, so wie Benigno es beschlossen hatte. Alles schien sich wieder einzurenken in einer Realität, in der jeder seiner Beschäftigung nachging.

Doch an diesem Tag war Bruna besonders hektisch; sie bereitete gerade einen sehr würzigen Kaninchenbraten zu. Plötzlich hielt sie inne und sagte:

»Haben Sie nicht das übrig gebliebene Maulwurfgift aufbewahrt? Ich meine es im Wäscheschrank gesehen zu haben.«

Olvido sagte mit niedergeschlagener Stimme, den Blick auf den Tisch gerichtet:

»Es gibt keine Maulwürfe mehr, Bruna. Die sind alle weg.«

Bruna nahm den roten Pfeffer von der Konsole und gab eine große Menge davon auf den Braten. Dann griff sie nach dem Salz.

»Natürlich gibt es noch Maulwürfe.«

Olvido hob den Blick. Ein kleines Licht leuchtete in ihren Augen auf, die seit dem Tod ihrer Tochter wie erloschen waren.

»Meinst du?«

»Davon bin ich fest überzeugt«, sagte Bruna.

Olvidos Mundwinkel begannen zu zucken. Ihre Stimme klang weinerlich.

»Und … wie viele, Bruna? Wie viele Maulwürfe hast du gesehen?«

»Zwei?«

Bruna fuhr fort, Gemüse und Kartoffeln zu schneiden, um sie in den Topf zu geben. Dann fügte sie das Salz hinzu, viel Salz.

»Drei«, sagte sie. »Ich habe drei gesehen.«

»Drei? Es sind doch nur zwei …«

»Nein. Drei«, wiederholte sie eindringlich.

Olvido erhob sich, als würde sie an unsichtbaren Fäden nach oben gezogen. Sie stieg die Treppe hinauf, trat in ihr Zimmer und kam mit dem Maulwurfgift wieder herunter. Ihr Gesicht leuchtete.

»Du hast absolut recht. Es sind drei.«

Bruna nahm das Gift und leerte die ganze Dose in den Topf. Dann sagte sie:

»Sie werden es nicht merken. Sie haben einen solchen Hunger, dass sie ein ganzes Pferd verschlingen würden.«

Eine Stunde später saßen alle am Tisch, einschließlich der als Conchita verkleideten Schaufensterpuppe, die ebenfalls zur Familie zählte. Alle aßen den Kaninchenbraten mit riesigem Appetit, vor allem Doña Pelagia, die zufrieden erklärte, dass Kaninchen ihr Lieblingsgericht sei, und gleich zweimal nachnahm. Bruna ging von einer Seite des Tisches zur anderen, servierte Wasser und verteilte Brot.

»Isst du nichts, Olvido?«, fragte Benigno mit vollem Mund. »Du hast nicht einen Bissen probiert. Ich weiß, dass du traurig bist, meine Liebe, aber das Leben geht weiter. Du bist doch noch jung. Wir werden noch ein Kind haben. Und das Beste ist, dass wir nach Santiago zurückkehren!«

Doña Pelagia nahm sich noch mehr von dem Braten (so schmeckte der Tod), und Cristino seufzte glücklich.

Bis zum späten Nachmittag sagte keiner mehr ein Wort. Gegen sechs Uhr taumelte Cristino ins Wohnzimmer. Er klagte, dass ihm der Bauch …, doch ihm blieb keine Zeit mehr, den Satz zu vollenden, da er wie ein Stein – oder besser gesagt mausetot – umkippte. Sein Bruder Benigno, dem es inzwischen auch nicht mehr gut ging, stand auf, um ihm zu helfen, blieb jedoch auf halbem Weg abrupt stehen, verdrehte die Augen und fiel nach kurzem Schwanken mit einem Knall aufs Büfett.

Doña Pelagia sah von ihrem Schaukelstuhl aus mit schreckgeweiteten Augen zu und war nicht in der Lage zu reagieren. Auch nicht, als Bruna und Olvido, flüsternd und sich gegenseitig Befehle erteilend, die beiden Leichen an den Füßen fassten und wegschafften.

Die Herrin und das Dienstmädchen waren sich sicher, dass Doña Pelagia den nächsten Morgen nicht mehr erleben würde. Doch in ihren rosafarbenen Schal gewickelt wartete sie wie jeden Tag darauf, dass Bruna ihr das Frühstück servierte, und sah dazu auch noch viel gesünder aus als sonst.

Den ganzen Morgen über waren Olvido und Bruna damit beschäftigt, die beiden Leichen zum See zu schaffen, äußerst bedacht darauf, dass die alte Frau sie dabei nicht sah. Zuerst legten sie die beiden in eine Schubkarre und brachten sie dorthin. Dann hoben sie mühsam zwei Gräber aus und beerdigten die Toten dicht neben Conchita.

Als es Zeit zum Essen war, ging es Doña Pelagia immer noch gut; Olvido betrachtete sie mit Sorge. Was, wenn sie ins Dorf ging und etwas erzählte?

»Jeder reagiert auf seine Weise darauf«, beruhigte Bruna sie. »Haben Sie nicht gesehen, dass einige der vergifteten Maulwürfe tagelang noch ihre Pfoten und die Schnurrhaare bewegt haben?«

Tatsächlich war die einzige bei Doña Pelagia feststellbare Auswirkung des Gifts ihr mühsameres Atmen. Sie ging nicht mehr draußen spazieren, sondern verbrachte den ganzen Tag in ihrem Schaukelstuhl, und die Luft, die sie einsog, staute sich in ihren Bronchien an und entwich mühsam mit einem kleinen Geräusch, das wie das Zwitschern eines Vogels klang.

Die Stunden vergingen, und am dritten Tag begann die alte Frau zu delirieren. Dabei gab sie den drei leeren Stühlen am Tisch unaufhörlich Ratschläge und Empfehlungen: »Du bist einfach nur geschwächt«, sagte sie, an einen der Stühle gerichtet, »komm, hör auf zu weinen, du musst dich ausruhen.« Oder an einen anderen Stuhl gewandt: »Sag du etwas, Luciano Lucas, auf dich wird er hören.«

»Die ist quicklebendig«, flüsterte Olvido Bruna am Morgen des vierten Tages zu, während beide die alte Frau verzweifelt betrachteten.

»Grämen Sie sich nicht, Señora. Auch wenn es nicht so scheint, wird der Tod sie nicht verschonen. Schon bald werden ihr die Haare ausfallen. Das sind die ersten Symptome. Wie bei den Maulwürfen.«

Doch es kam anders. An jenem Morgen fand Bruna, als sie nach dem Frühstück Doña Pelagias Tablett abholte, neben dem Rest des Brotes einen Zahn. Beim Abendessen spuckte Doña Pelagia das Hühnchen aus und dazu zwei Backenzähne und einen Eckzahn. Und am späten Abend hatte sie keinen einzigen Zahn mehr im Mund.

Die drei Frauen sahen sich wortlos an.

Traurig und zahnlos und mit immer aufgedunsener Haut wurde Doña Pelagia für vier oder fünf Tage von einer Unruhe befallen, die die anderen beiden kaum ertragen konnten. Sie irrte durchs Haus, und obwohl sie kaum noch verständlich sprechen konnte – sie klang, als hätte sie heiße Kartoffeln im Mund –, redete sie mit sich selbst oder mit ihren Söhnen, was auf das Gleiche hinauslief, beklagte sich über die Kürze des Lebens und die wenige Zeit, in der man es genießen könne.

Eines Abends trat sie ins Wohnzimmer. In der einen Hand trug sie eine Bürste, in der anderen eine Haarsträhne, die ihr gerade ausgefallen war. Die Hälfte ihres Kopfes war bereits kahl. Sie wollte erklären, was mit ihr los war, doch bevor sie den Mund öffnen konnte, sank sie zu Boden.

»Jetzt aber«, sagte Bruna. »Sehen Sie, ihr fällt tatsächlich das Haar aus.«

Die Herrin und das Dienstmädchen warteten misstrauisch noch eine Weile ab und prüften dann nach, ob der Körper am Boden auch wirklich tot war. Nachdem sie festgestellt hatten, dass Doña Pelagia sich nicht mehr regte, atmeten sie auf, und die Freude war groß. Leicht wie Schmetterlinge und endlich frei, fassten sie sich um die Taille und begannen von einer Seite des Zimmers zur anderen zu tanzen. Sie lachten laut, jubelten und drehten sich schwungvoll um sich selbst. Von einer plötzlichen Gewandtheit erfasst, sprang Bruna ihrer Herrin auf den Rücken, und Olvido galoppierte mit ihr durchs Zimmer. Kindisch und verrückt, vor Glück und Angst heulend, hatten sie Doña Pelagia, die immer noch auf dem Boden lag, völlig vergessen. Bis in all dem wilden Treiben plötzlich ein erschreckendes Knurren zu hören war:

»Noch hab ich nicht ins Gras gebissen!«

Die Herrin und das Dienstmädchen hielten inne. Bruna rutschte erschrocken von Olvidos Rücken hinunter. Doña Pelagia sah sie mit einem Auge vom Boden aus an. Dann keifte sie:

»Ihr werdet mich niemals kleinkriegen!« Aus ihrem Mund quoll grüner Geifer, der wie eine Nacktschnecke an ihrer Lippe kleben blieb.

Wie von Sinnen richtete sich die Alte auf, sprang über einen Tisch und rannte durchs Zimmer. Bruna und Olvido versuchten, Arme und Beine weit ausgebreitet, sie in die Enge zu treiben. Als sie sie beinahe erwischt hatten, riss die alte Frau sich das Nachthemd herunter, schlüpfte zwischen den beiden Frauen hindurch, sprang mit einem Satz auf den Tisch und begann ihre Brüste zu schwenken, die wie Sandsäcke herabhingen.

»Ich bin quicklebendig und fidel! Seht mich an!«

Dann sank sie erneut zu Boden, und sie brachten sie in ihr Zimmer hinauf.

In diesem halb toten Zustand befand sich Doña Pelagia noch ein paar Tage, bis sie eines Abends, vom Warten erschöpft, in die Küche geschlichen kam. Inzwischen war sie vollkommen kahl, kraftlos, und in ihren Mundwinkeln hing grüner Schaum. Bruna klopfte gerade mit einem Holzhammer ein paar Filets flach, die sie braten wollte.

Doña Pelagia trat zu ihr und murmelte ihre letzten Worte:

»Nun bring mich endlich um, ich kann nicht mehr.«

Sie waren noch keine drei Kilometer gefahren, als sie erneut die Polizeisirene hörten.

Da sie gerade das Kloster Sobrado erreicht hatten, fuhren sie mit dem Auto auf den Platz und hielten vor dem Klostergarten an. Doña Olvido stürzte sich auf das Bündel, das immer noch auf der Rückbank saß, wühlte eine Weile in der Kleidung, nahm sich das, was sie brauchte, und steckte es in ihre Tasche. Dann eilten sie zur Eingangstür hinunter und pochten dagegen. Ein kahlköpfiger Benediktinermönch im weißen Gewand mit schwarzem Skapulier öffnete die Tür und sah sich zwei lächelnden, wenn auch recht beunruhigt wirkenden alten Damen gegenüber.

»Wir möchten zu Don Ángelo. Don Ángelo da Pena. Wir sind mit ihm befreundet.«

Der Mönch ließ sie schweigend ein und schloss die Tür wieder.

»Gleich kommt ein Polizeiwagen, hören Sie die Sirene?«, flüsterte Doña Olvido. »Sie haben das mit Don Ángelo und den Nonnen herausgefunden … Machen Sie nur ja nicht die Tür auf.«

Das Kloster Sobrado war ein beeindruckender Barockbau mit drei Kreuzgängen, Kapitelsaal und Küche.

Der Arzt, der inzwischen sehr alt war, lebte dort, von den Mönchen betreut, seit er senil geworden war. Einer der Oberinnen des Klosters, das er als Arzt regelmäßig besuchte, war sein Zustand aufgefallen, möglicherweise, weil er von einem Blutgerinnsel in seinem Kopf sprach. Also hatte sie, damit der Arzt wegen seiner wenig ethischen Praktiken nicht ins Gefängnis kam, dafür gesorgt, dass er zu den Mönchen ins Kloster Sobrado gebracht wurde, die ihn dort versteckten.

Der Mönch führte die beiden alten Damen durch diverse Gänge zu der Zelle, in der sich Don Ángelo befand. Als er Doña Olvido und Bruna in der Tür sah, lächelte er, schien sie jedoch nicht wiederzuerkennen.

Doña Olvido bat darum, mit ihm allein gelassen zu werden. Dann holte sie tief Luft und trat ein. Erst nach mehr als einer Stunde verließ sie die Zelle wieder.

Sie ging davon aus, vor der Tür die Polizei vorzufinden, doch dem war nicht so. Als sie durch das Portal nach draußen trat, warteten neben einem Krankenwagen ein Lieferwagen des galicischen Fernsehens und mehrere Männer mit Mikrofonen und Kameras. Bruna saß hinter einer Zypresse auf einem Stuhl, wurde von zwei Krankenpflegern behandelt (der eine nahm ihr Blut ab, der andere fächelte ihr Luft zu) und erklärte im Scheinwerferlicht, dass Cunqueira exquisite Rübenblätter mit gebratenem Ei zuzubereiten verstand, dass es aber ihre Herrin sei, die den Schriftsteller wirklich gut gekannt habe, denn wenn sie sich recht erinnere, sei er einer ihrer Geliebten gewesen.

Als Olvido durch die Tür schritt, rannten der Kameramann und der Journalist mit dem Mikrofon zu ihr hinüber. Sie wollten sie interviewen, da ein Mitarbeiter des Fernsehens gesagt habe, dass sie eine enge Freundin Álvaro Cunqueiros gewesen sei.

»Von Álvaro? Oh, ja«, sagte Olvido, rückte sich den Rock zurecht und strich sich das Haar glatt.

»Mal sehen: Könnten Sie uns vielleicht ein paar originelle Geschichten aus seiner Jugendzeit erzählen? Wie Sie wissen, ist er heute Morgen verstorben …«

Doña Olvido ging langsam und mit stolz erhobenem Kopf auf die Kamera zu. Kurz davor verharrte sie unbeweglich, leicht nach vorn gebeugt, mit geöffnetem Mund und den Blick ihrer gierigen honigfarbenen Augen auf das Schauspiel vor sich gerichtet.

»Sagen Sie uns, Señora«, hörte sie jemanden fragen, »wie alt sind Sie?«

»Zweeeeiiiundzwanzig!«, posaunte sie heraus.

Sofort erklang allgemeines Lachen, was von da an den Ton des ganzen Interviews bestimmte. Doña Olvido ihrerseits hatte ein Gefühl, als wäre ihr ein Insekt ins Ohr gekrochen. Doch trotz des Summens, das sie hörte, begann sie zu sprechen. Sie sagte zwei, drei Worte über Álvaro Cunqueiro, den sie nur einmal in ihrem Leben bei einem Vortrag gesehen hatte, und redete dann über die Zeit, als sie jung war, darüber, wie sie und ihre Familie sich während des Krieges auf einem Gutshof versteckt hatten, um der Verfolgung zu entgehen, von ihrer Schwägerin, die eine Spionin gewesen war, von den Waffen, die sie für die Republikaner geschmuggelt hatten, von den Autos, die sie fuhren und die die Falangisten jeden Abend konfisziert hatten, um ihre berühmten »Ausfahrten« zu machen.

Anschließend schilderte sie, wie sie und das Dienstmädchen drei Mitglieder ihrer Familie mit Strychnin vergiftet hatten, die inzwischen seit mehr als vierzig Jahren dort begraben seien, ohne dass irgendjemand davon wisse. Das gleiche Strychnin, erklärte sie, das sie gerade ihrem Freund, dem Arzt Don Ángelo da Pena, gegeben habe, damit er endlich sterben und in Frieden ruhen konnte.

Als sie Letzteres gesagt hatte, stellte sich verunsichertes Schweigen ein. Der Klang und die Lebendigkeit ihrer Stimme hatten dem Kameramann und den Journalisten gefallen – über die Erlebnisse dieser Frau aus den Zeiten des Krieges hätte man ein Buch schreiben können –, doch was die Sache mit dem Strychnin anging, hatten sie da richtig gehört? Das war ein Scherz gewesen, oder? Die Kamera schwenkte langsam zu Bruna hinüber, die, als sie das Licht in den Augen spürte, ausrief:

»Und wir haben noch eine Leiche im Kofferraum!« Sie hob die Füße an und zeigte die großen Turnschuhe, die sie trug. Dann fügte sie hinzu: »Diese Schuhe sind von ihm.«

In diesem Moment begannen die Leute wieder zu lachen, und die Journalisten entspannten sich. »Toll, diese kleine Alte mit dem Brautkleid!« Frauen mit ihren Kindern, Bauern mit der Hacke über der Schulter und ein paar Kühe hatten sich zu der Gruppe gesellt, um zuzuhören. Brunas Kommentar wurde mit einem langen, rauschenden Applaus gefeiert, in dem mehrere Bravorufe erklangen, und genau diesen Moment nutzten die beiden alten Damen, um wieder in ihr Auto zu steigen, wobei sie ihrem Publikum, das lautstark eine Zugabe forderte, zum Abschied zuwinkten und Luftküsse zuwarfen. Sie versicherten sich, dass das Bündel noch auf dem Rücksitz saß, und bogen endlich in den Waldweg ein, der zum See führte.

Sie hatten nur noch wenig mehr als einen Kilometer zurückzulegen, doch der Weg erschien ihnen endlos lang. Bruna blickte sich immer wieder um und sah nach, ob das Bündel noch da war, und Doña Olvido, die extrem nervös geworden war, redete ununterbrochen.

»Hast du eine Ahnung, was wir diesen Leuten erzählt haben?«, fragte sie. »Weißt du, warum die geklatscht haben?«

Bruna sah wieder zum Rücksitz.

»Es lebe der König!«, sagte sie.

In der Ferne war erneut eine Polizeisirene zu hören. Und diesmal bestand kein Zweifel.

»Wir müssen uns beeilen«, sagte Doña Olvido, als sie am Ufer des Sees zum Halten kam.

Sie klappte den Vordersitz um und bemühte sich, das Bündel herauszuholen. Als es ihr gelungen war, lehnte sie die riesige Schaufensterpuppe, die einmal Conchita gehört hatte und immer noch ihre Kleidung trug, gegen den Wagen. Die reine weiße Haut der Puppe war voller Risse. Nur der Porzellankopf mit den zu einem Lächeln geöffneten Lippen und den rosigen Wangen schien noch intakt zu sein. Auch Bruna stieg aus. Sie trat zu der Puppe, hob deren Röcke an, zog den Unterrock herunter und öffnete die Klappe auf der Höhe des Bauchnabels. Darin befand sich eine angebrochene Plastiktüte mit Strychnin.

»Wissen Sie, ob … ob das Gift, wenn das Haltbarkeitsdatum überschritten ist, besser oder schlechter wirkt? Ich will nicht qualvoll ertrinken wie meine Brüder«, sagte Bruna.

Doña Olvido neben ihr zitterte.

»Das ist doch jetzt völlig egal! Das Entscheidende ist die Dosis! Nun mach schon!«

Die Polizeisirene kam näher. Bruna öffnete mit zitternden Fingern die Tüte und schüttete sich etwas von dem Pulver auf die Hand. Für einen Moment starrte sie darauf und führte es dann zum Mund. Doña Olvido tat es ihr nach.

»Du hast sie geliebt wie dein eigenes Kind … Oder?«

Bruna begann zu schluchzen.

»Zum Teufel noch mal, ja, aus tiefstem Herzen!«

Sie kletterten wieder in den Wagen.

»Wir haben diese grausame Leere in uns, die nur von der Hoffnung gestillt wird, bald bei ihr zu sein. Und das werden wir …«, sagte Doña Olvido. »Auch ich hätte gern zehn oder zwölf Kinder gehabt, aber wir hatten nur uns.«

»Ja«, sagte Bruna blinzelnd.

»Ich bin zu lange über den Grund dieses Sees gelaufen, Bruna. Wie oft habe ich nachts im Traum eine Gruppe von Leuten gesehen, die hinter einem Leichenwagen herging, und du warst diejenige, die im Sarg lag. Ich will nicht an deiner Beerdigung teilnehmen. Ich will danach nicht allein nach Hause zurückkehren und mich vor den Fernseher setzen. Keine von uns beiden möchte den Tod der anderen überleben und allein zurückbleiben. Stimmt's, Bruna?« Doña Olvido hielt keuchend inne.

»Ja«, sagte Bruna, und es klang, als wäre sie betrunken.

»Aber ich will nicht gehen, ohne dir etwas zu gestehen!«

Doña Olvido sah ihr Dienstmädchen an. »Erinnerst du dich noch an den Tag, an dem du im Brautkleid nach Hause gekommen bist und nach deinem Scherenschleifer gesucht hast?«

»Oh, ja, mein Scherenschleifer …«

»Weißt du noch, dass der Scherenschleifer verschwunden war und wir sofort gedacht haben, dass mein Mann ihn denunziert hat?«

Bruna lächelte.

»Der Señor hat ihn verraten. Der Señor hat ihn verraten«, sagte sie. »Deshalb habe ich ihn vergiftet!«

»Ich war auf der Suche nach Candela, weil sie im Haus nicht aufzufinden war. Also, hör gut zu, meine Liebe, da ist etwas, was ich dir nie gesagt habe …«

Doña Olvido sah Bruna an, die neben ihr auf dem Beifahrersitz saß, und nahm ihre Hand. Bruna jedoch hatte, noch immer lächelnd, die Augen geschlossen.

»Auf dem Weg zum Teich bin ich Señora Evangelina begegnet. Ich habe sie nach Candela gefragt, und sie hat mir gesagt, dass sie unsere Kleine kurz zuvor auf dem Dorfplatz gesehen hätte, wo sie mit den Polizisten sprach, die immer darauf hofften, jemanden festnehmen zu können. Da Señora Evangelina sich gewundert hatte, dass die Kleine mit den Männern redete, ist sie zu ihnen gegangen, um mitzuhören. Und weißt du, was sie mir erzählt hat, Bruna?«

Bruna brummte. Es war angenehm, die Stimme ihrer Herrin zu hören, aber sie verstand kein Wort.

»Na ja … Also sie hat mir erzählt, dass die Kleine den Scherenschleifer denunziert hat. Unsere Candeliña!«

Doña Olvido begann zu weinen. Nach und nach wurde sie von einem Schatten umhüllt. An die Scheibe des Autos gelehnt, ging es ihr durch den Kopf, dass sie gerade den Sinn des Lebens verstanden hatte, den Sinn *ihres* Lebens, und dass das Leben genau so war: dass man die Dinge verstand, wenn es bereits zu spät war.

»Ich war nicht in der Lage, es dir zu sagen, Bruna. Niemals! Und weißt du, warum? Na ja, weil es doch vor allem der Schmerz um Candela war, der uns verband, und hättest du es gewusst, wärest du nicht mit mir hierhergekommen. Dann wärest du gegangen! Du auch! Und die Einsamkeit hätte mich erstickt! Verzeihst du mir, Bruna? Sag mir, dass du mir verzeihst!«

Doña Olvido musste kurzzeitig bewusstlos gewesen sein, denn plötzlich merkte sie, dass ihr Kopf zur Seite gefallen war. Die Reflexe des Wassers trübten ihren Blick, und sie hörte ein Pfeifen: Es war ihr eigenes Röcheln, doch das war ihr nicht bewusst.

Mit letzter Kraft trat sie das Gaspedal durch und umarmte ihr Dienstmädchen. Der flaschengrüne VW Käfer fuhr holpernd den kleinen Abhang hinunter und versank langsam im Wasser, während rundherum Luftblasen aufstiegen. Als das Auto ganz mit Wasser bedeckt war, tauchte jemand direkt vor dem Wagen zwischen den Algen hervor und schwebte mit langsamen Bewegungen vor den Augen der beiden sich umarmenden Frauen. Es war ein schlankes Mädchen mit offenem gewelltem Haar. Mit lockendem Zeigefinger forderte sie die beiden alten Damen auf, ihr zu folgen. Es war sehr warm im Auto, und der Geruch von Brunas Körper ähnelte dem süßen Duft einer verwesenden Blume.

Doña Olvido lächelte, und das pfeifende Röcheln erstarb.

Alles versank in der Dunkelheit.

DANKSAGUNG

Ich danke der angesehen Residenz Hawthornden Castle in Schottland, die mich einen Monat lang als Writer-in-Residence aufgenommen hat. Von der dortigen Stille und der außergewöhnlichen Landschaft umgeben, die mich in ihrer Üppigkeit und mit ihrem Grün manchmal an die galicische Landschaft erinnerte, erwachten all die verrückten Menschen, die ich in meinem Koffer mitgebracht hatte, zum Leben und begannen, mir Dinge zu erzählen. Doña Olvido Fandiño und ihr Dienstmädchen Bruna waren bereits in den VW Käfer gestiegen, aber damals wusste ich noch nicht, wohin sie fahren würden. Erst jetzt, nachdem ich das Buch vollendet habe, ist mir bewusst geworden, dass sie nirgendwo anders hätten hinfahren können und dass mein Aufenthalt in Hawthornden Castle (mit seinen Abenden am Kamin zusammen mit den anderen Schriftstellern, dem köstlichen Essen, dem nicht vorhandenen Internet und der ganzen Nüchternheit, die die Residenz umgab) es möglich gemacht hat, dass nichts und niemand die beiden daran hinderte, gemeinsam auf die letzte Reise ihres Lebens zu gehen.

Die Übersetzung dieses Buches wurde mit freundlicher Unterstützung
von Acción Cultural Española, AC/E realisiert.

AC/E
ACCIÓN CULTURAL
ESPAÑOLA

ISBN 978-3-85179-380-2

Alle Rechte vorbehalten

© 2017 by Cristina Sánchez-Andrade
vermittelt durch Pontas Literary & Film Agency
© 2017 by Editorial Anagramma, S.A., Barcelona
Die Originalausgabe erschien bei Editorial Anagramma, S.A., Barcelona
Titel der spanischen Originalausgabe: *Alguin bajo los párpados*
© 2021 für die deutschsprachige Ausgabe:
Thiele Verlag in der
Thiele & Brandstätter Verlag GmbH, Wien
Umschlaggestaltung: Christina Krutz, Biebesheim am Rhein
Satz: Christine Paxmann • text • konzept • grafik, München
Druck und Bindung: CPI books

www. thiele-verlag.com